JN311998

庫 SF

29〉

ディック短篇傑作選

変数人間

フィリップ・K・ディック
大森 望編

早川書房

7269

日本語版翻訳権独占
早　川　書　房

©2013 Hayakawa Publishing, Inc.

THE VARIABLE MAN AND OTHER STORIES

by

Philip K. Dick

Copyright © 2013 by
Philip K. Dick
All rights reserved

Edited and translated by
Nozomi Ohmori
Translated by
Hisashi Asakura
First published 2013 in Japan by
HAYAKAWA PUBLISHING, INC.
This book is published in Japan by
arrangement with
THE WYLIE AGENCY (UK) LTD.
through THE SAKAI AGENCY.

The official website of Philip K. Dick : www.philipkdick.com

目次

変数人間

パーキー・パットの日々

The Days of Perky Pat

浅倉久志◎訳

　午前十時、耳なれてはいるが、けたたましいサイレンのひびきで、サム・リーガンは眠りを破られ、上界のケア・ボーイに毒づいた。その大音響が故意であることはわかっていた。空を旋回しているケア・ボーイは、これから投下する援助物資が――野生動物でなく――まぐれものの手にまちがいなく渡るように念を押したのだ。

　わかった、とりにいくよ、サム・リーガンはひとりごとをつぶやきながら、防塵オーバーオールのジッパーをひきあげ、ブーツをはき、むっつりした顔で、できるだけのろのろと斜路のほうへ歩きだした。ほかのまぐれものが何人か仲間入りしたが、おなじように不機嫌な顔つきだった。

「きょうはやけに早いな」トッド・モリスンがぐちっぽくいった。「きっと基本食品ばっかりだぜ。砂糖、小麦粉、ラード――珍品なんてあるもんか。キャンデーとか」

「それでも感謝しなくちゃ」ノーマン・シャインがいった。

「感謝だと！」トッドは足をとめて、相手を見た。「カンシャだと？」

「そうだよ」ノーマンはいった。「あれが届かなければ、われわれはなにを食べてたと思う？　連中が十年前にあの雲に気づかなかったら」

「まあな」トッドはしぶしぶ同意した。「朝早いのが気にくわんだけさ。やつらがくることじたいには、べつに文句はない」

斜路のてっぺんにあるハッチに肩をあてがいながら、ノーマンはにこやかにいった。

「それは寛大なおぼしめしだな、トッド。ケア・ボーイの連中も、きみの気持を聞かされたら、さぞよろこぶだろう」

サム・リーガンは、三人の中で最後に地上へ出た。上界は大嫌いだし、そのことをだれに知られようと、かまうことはない。とにかく、だれにしても、おれをこの安全なピノールまぐれ穴から追いだすことはできないんだ。おれの自由なんだ。いま気がついたが、仲間のまぐれものの何人かは、地下の部屋から出てこようとしない。サイレンの呼びだしに答えて、ほかのだれかがなにかを持ち帰ってくれると、ずるをきめこんでいる。

「まぶしいな」日ざしに目をしばたたきながら、トッドがつぶやいた。

すぐ真上で、ケア・シップが灰色の空をバックに、まるでたよりない糸で吊されたように、きらきら輝いている。腕のいいパイロットだ、今日の投下は、とトッドは思った。やつは——というべきか、それとも、それは、というべきか——あわてずさわがず、のんびり船をあやつっている。トッドがケア・シップに手をふると、ふたたびけたたましいサイレンが鳴りだしたので、思わず両手で耳をふさいだ。こいつ、冗談もたいがいにしろよ。やがて、サイレンは鳴りやんだ。ケア・ボーイがふびんに思ったのか。

「投下の信号をしてくれ」ノーマン・シャインがトッドにいった。「手旗は持ってきたな」

「ああ」トッドは答えると、ずっと前に火星生物から支給された赤旗を、せっせと前後にふりはじめた。

ケア・シップの下側から発射物がひとつすべりでると、安定板をひろげ、地上に向かってらせん降下してきた。

「ちくしょう」サム・リーガンが吐きだすようにいった。「やっぱり基本食品だ。パラシュートがついてない」彼は興味を失い、そっぽを向いた。

きょうの上界はなんとみじめったらしいながめだ。まわりの風景を見まわしながら、サムは思った。あそこ、右手のほうに——このまぐれ穴から遠くないところに——十五キロ北のバレホーからひろい集めてきた材木を使って、だれかの建てかけた家がある。動物か、それとも放射能が、その建築家の命を奪い、事業はやりかけのままになっている。その家が使われることは永久にないだろう。しかも、サム・リーガンの見たところ、この前ここへ上がったときから、異常に大量の降下物があったようだ。あれは木曜の朝だったか、金曜だったか。たしかなところを忘れてしまった。くそったれな灰のせいだ。ここにあるのは岩と、石ころと、そして灰だけ。だれもきちんと掃除しないもんだから、この世界はほこりまみれの天体になった。おい、これをどう思う？　リーガンは、ゆっくり頭上を旋回しているケア・ボーイに、無言で問いかけた。おまえらのテクノロジーは無限じゃなかったのか？　いつかの朝に持ってきてみろよ。表面積百万平方キロもの雑巾でも持ってきて、おれたちの惑星を磨きあげ、ピカピカに新しくしてくれや。

それとも、ピカピカに古くてもいい。子供らのいう「むかしむかし」のように。それなら、みんなが喜ぶ。おれたちを助けるために、この上なにかをよこすつもりなら、そのへんをよく考えてほしいもんだ。

ケア・ボーイはもう一度旋回して、灰の上に書かれたしるしをさがしている――地下のまぐれものたちからのメッセージを。おれが書こうか、とリーガンは思った。雑巾ヲ持ッテコイ。ワレワレノ文明ヲモトドオリニシロ。わかったか、ケア・ボーイ？

とつぜんケア・シップは飛びさった。月面基地へもどるのか、それともはるばる火星まで舞いもどったのか。

三人がさっき出てきた開けっぱなしのまぐれ穴から、四人目が顔を出した。女性の顔だ。サム・リーガンの妻のジーンが、灰色のまぶしい太陽をボンネットでさえぎりながら現われ、顔をしかめていった。「重要な品物なの？　なにか新しいもの？」

「じゃなさそうだ」サムは答えた。援助物資の発射体はすでに着地しており、サムは灰の上でブーツをひきずりながら、そっちへ歩きだした。発射体の外殻は衝撃で割れて、中のキャニスターがいくつも顔をのぞかせていた。どうやら二千キロがとこの食塩か……。ここへほったらかしにしておくほうがいい。そうすりゃ動物たちも飢えなくてすむ。サムは気力がなえるのを感じた。

ケア・ボーイたちは、なんと奇妙な気づかいをしてくれることだろう。いつも彼らの惑星から地球まで、生存のたのみの綱をたやさないように運んでくる。おれたちが一日じゅう食ってばかりいるとでも思っているらしい、とサムは思った。冗談じゃない……まぐれ穴は貯蔵食料ではちきれそうだ。もっとも、ここは北カリフォルニアでも最小の公共シェルターだったしな。

「待てよ」ノーマンが発射体のそばにかがみこみ、側面にできた割れ目の中をのぞいた。「使えそうなものがあるぞ」彼は錆びた金属の棒をさがしてきた。むかしむかしの公共ビルで、コンクリートの補強に使われていたものだ。それを発射体の中につっこみ、開放メカニズムを作動させた。メカニズムのスイッチがはいり、発射体のうしろ半分がぽんとひらき……中身がさらけだされた。

「あの箱の中身はラジオらしい」トッドがいった。「トランジスター・ラジオだ」短く黒いあごひげをさすりながら、「こいつを使えば、われわれの模型セットに新しいなにかをつけたせるぞ」

「うちのには、もうラジオがあるよ」ノーマンがいった。

「じゃ、この部品を使って、全自動の電子芝刈機でも作ったら？　まだ持ってないだろう？」トッドはノーマン・シャインのパーキー・パット模型セットにくわしかった。この二組の夫婦、トッドとその妻、ノーマンとその妻は、しょっちゅういっしょにプレイしていて、いつもほとんど互角の勝負なのだ。

サム・リーガンがいった。「このラジオはおれのもんだ。使い道がある」サムの模型セットには、まだ車庫の自動開閉装置がない。ノーマンもトッドも、すでに持っているのに。サムはこのふたりにかなり水をあけられている。

「仕事にかかろう」ノーマンは同意した。「基本食品はここに残して、ラジオだけをカートで運ぼう。基本食品がほしい連中がいたら、勝手にきて持っていかせるさ。ネコイヌにとられないうちにな」

ほかのふたりもうなずいて、まぐれ穴の斜路の入口まで、発射体の重宝《ちょうほう》な中身を運ぶ作業にとりかかった。かけがえのない自分たちの精巧なパーキー・パット模型セットの一部として、それを転用するために。

砥石の前にあぐらをかいて、十歳のティモシー・シャインは、数多い責任を自覚しながら、ゆっくりと、上手に自分のナイフをといでいた。いっぽう、彼の両親は仕切りのむこうでモリスン夫妻とうるさく口論している。またパーキー・パットで遊んでいるのだ。いつものように。

おとなたちは、きょうもあのばからしいゲームを何回やるつもりだろう？　ティモシーは自分にそうたずねた。たぶん、いつまでもだ。ぼくはぜんぜんおもしろいと思わないけど、両親は夢中だ。夢中なのは、ぼくの両親だけじゃない。ほかの子もそういってる。よそのまぐれ穴の子に聞いても、両親が昼間はずっとパーキー・パットで遊んでいて、ときには夜までつづくこともあるという。

ティモシーの母が大声でいった。「パーキー・パットが食料品を買いにいくと、そのお店にドアをあける電子アイがついてるの。ほら」ちょっと間があいて、「ね、ドアがあいて、彼女が中へはいっていく」

「カートを押して」ティモシーの父が、わきから口をそえる。

「いいえ、ちがうわ」ヘレン・モリスンが反対する。「そうじゃない。パットは店の主人に買物リストを渡して、むこうが品物をそろえるのよ」

「それは近所の小さいお店の話」ティモシーの母が説明する。「これはスーパーなのよ。電子アイのついたドアがあるんだもの」

「いいえ、どの食料品店も電子アイぐらいはつけてるわよ」ヘレン・モリスンは強情にいいはり、彼女の夫もそれに調子を合わせた。四人ともカッカしてきて、声がしだいに大きくなる。また口論がはじまった。いつものように。

あーあ、カングでもくらいやがれ。ティモシーは、子供たちのあいだで使われるいちばん口ぎたない言葉をつぶやいた。それに、スーパーってなんのことさ？　彼はナイフの刃の切れ味をためしてから――このナイフも、重いフライパンを材料にして、自分で作りあげたのだ――ぴょんと立ちあがった。まもなく廊下をそうっと駆けぬけて、チェンバレンのドアを暗号ノックでたたいた。

やはり十歳のフレッドが、ノックに応じて現われた。「よう。用意できたか？　そのナイフ、ピカピカだな。きょうはなにをつかまえる？」

「ネコイヌはやめだ」ティモシーは答えた。「あれよりもっといいもの。ネコイヌを食べるのは、もうあきた。ピリピリからくてさ」

「おまえんちの親もパーキー・パットで遊んでるのか？」

「うん」

フレッドがいった。「うちのママとパパは、ずっと留守だ。ベントリーのとこへ遊びにいった」フレッドはティモシーをちらとながめ、つかのまふたりは両親に対する無言の失望をわかちあった。まったくもう。たぶん、あのくそったれなゲームは世界中で流行《はや》ってるんだろう。たとえそうだとしても、意外じゃない。

「どうしておまえの親は、あんなもので遊ぶんだい？」ティモシーはきいた。

「おまえの親とおんなじ理由さ」フレッドはいった。

口ごもりながら、ティモシーはいった。「だけど、なんでだよ？　知らないからきいてるんだ。教えてくれないのか？」

「それはさ……」フレッドは言葉を切った。「自分の親にきけよ。いこうぜ。上界へ狩りにいこう」フレッドは目を輝かせた。「きょうはどんな獲物があるかな」


まもなく、ふたりは斜路を登り、ハッチをくぐり、灰と岩のあいだにうずくまって、地平線を目でさがした。ティモシーは心臓がどきどきしていた。いつもこの瞬間には感動する。上界へたどりついた最初の瞬間には。このひろがりをひと目見たとたんに、胸がわくわくする。なぜなら、一度としておなじことがないからだ。きょうの灰はいつもより濃くて、この前より黒っぽい灰色をしている。いつもより濃くて、謎めいた感じがする。

あっちこっちに、何層もの灰におおわれて、これまでのケア・シップが投下していった荷物がある――ほったらかしで、どんどん朽ち果てていく。だれもとりにこない。そこに、けさ届いたばかりの新しい発射体があるのを、ティモシーは見つけた。中身の大部分が外から見える。おとなたちは、きょうの中身の大部分に用がなかったらしい。

「見ろよ」フレッドがささやいた。

二ひきのネコイヌが――突然変異した猫か犬だが、どっちなのかよくわからない――発射体をクンクン嗅いでいる。ひきとり手のない中身に誘惑されたのだ。

「ネコイヌは要らない」ティモシーはいった。

「あいつ、よく太っててうまそうだけどな」フレッドは名残り惜しげだった。しかし、ナイフを持っているのはティモシーだ。フレッドの武器は、ひもの端に結んだ鉄のボルトだけ。この飛び道具は、遠くの小鳥や小動物なら殺せるが、ネコイヌには効き目がない。ネコイヌはふつう七キロから十キロ、ときにはそれ以上の体重がある。

空の高みで、小さい点がものすごい高速で動いていた。よそのまぐれ穴へ補給品を運んでいくケア・シップだ。なんていそがしいんだろ、とティモシーは思った。ケア・ボーイたちは、たえまなく往復をつづけている。休むことがない。休めば、おとなたちが死ぬからだ。そうなったらかわいそうだよな？　ティモシーは皮肉に考えた。そうさ、悲しいよ。

フレッドがいった。「手をふってみろよ。なにか落としてくれるかも」にやりとティモシーに笑いかけ、それからふたりでぷっと吹きだした。

「よし」ティモシーがいった。「えーと、おれ、なにがほしかったっけ？」ふたりはまた吹きだした。自分たちがなにかをほしがるという考えが、おかしくてしかたがない。ふたりの少年は、見わたすかぎり、上界ぜんたいをわがものにしている……ケア・ボーイたちよりも大きい領分。すごいぞ。この広さはすごい。

「あいつらは知ってるのかな」フレッドがいった。「あいつらが投下したものから作った模型の家具で、ここのおとなたちがパーキー・パット遊びをやってることを？　きっとあいつらは、パーキー・パットなんて知らないぜ。パーキー・パットの人形なんて、見たこともないだろう。もし知ったら、カンカンになって怒るぞ」

「ほんとだ」ティモシーがいった。「ぶんむくれて、もう品物をよこさなくなるかもな」

彼はちらとフレッドを見て、その目をとらえた。

「やめとこ」フレッドはいった。「やっぱりあいつらに教えちゃまずいや。おまえがそんなことしてみろ。おやじさんにまたぶたれるぞ。おれもぶたれる」

たとえそうだとしても、おもしろい考えだった。ケア・ボーイがまずびっくりし、つぎに怒りだすようすが想像できた。きっと見ものにちがいない。いぼだらけの体にあわれみの心をしこたまかかえた、八本脚の火星生物、滅びゆく人類の生き残りを援助する仕事を自発的にひきうけた、頭足類か、単殻軟体動物みたいな生き物——これがむこうの慈善行為に対するお返しなんだ。むこうの補給品をまったくむだな、くだらない目的に転用するのが。おとなたちみんなが夢中になっている。ばかばかしいパーキー・パットのゲームに。

それに、どのみち、火星生物にそれを知らせるのはとてもむずかしい。人間とケア・ボーイのあいだには、ほとんどコミュニケーションがない。あまりにもちがいすぎる。行動や行為をつうじてなら、なにかの意味を伝えられるかもしれない……しかし、ただの言葉、ただのしぐさではだめだ。それに、とにかく――

大きな茶色のウサギが右手からとびだし、建てかけの家のそばを駆けぬけた。ティモシーはナイフを抜いた。「いたぞ！」興奮してさけんだ。「いこう！」石ころだらけの地面を走りだした。フレッドがすこしあとからついてきた。しだいにふたりはウサギとの距離をつめた。少年たちはかけっこが得意だ。練習を積んでいる。

「ナイフを投げろ！」フレッドが息を切らしながらいった。ティモシーはスリップしながらとまると、右腕をふりあげ、狙いを定めて、重みをつけた研ぎたてのナイフを投げた。ティモシーのいちばんたいせつな、手製の所有物だ。

ナイフはウサギの内臓をまっすぐに刺しつらぬいた。ウサギはころがったまま、地面の上をすべり、灰をもうもうと巻きあげた。

「きっと一ドルに売れるぞ！」フレッドがぴょんぴょん跳びあがりながらさけんだ。「毛皮だけでも……毛皮だけでも五十セントに売れる！」

ふたりの子供は、死んだウサギをめがけていっしょに走りだした。アカオノスリや、コミミズクが灰色の空から舞いおりてこないうちに、ウサギをひろわなければ。

腰をかがめて、ノーマン・シャインは自分のパーキー・パット人形をつまみあげ、ぶすっとした声でいった。「もうやめるよ。これ以上プレイしたくない」

妻が驚いて抗議した。「でも、せっかくパーキー・パットを新しいフォードのハードトップ・コンバーチブルに乗せて、ダウンタウンまできたのに。パーキング・メーターに十セント入れて、ショッピングをすませて、いま精神分析医の待合室でフォーチュン誌を読んでる。モリスン組に大差をつけたわ！　どうしてやめるのよ、ノーム？」

「意見が合わないからだ」ノーマンはぶつぶついった。「きみは分析医の診察料が一時間二十ドルだというが、ぼくははっきりおぼえてる。連中は十ドルしか請求しなかった。二十ドルなんて、請求できるわけがない。それでこっちは反則になる。なんでだよ？　モリスン組だって、十ドルで意見が一致してる。なあ、そうだろう？」ノーマンは、二組の夫婦のパーキー・パットを合わせた模型セットの向こう側にすわっている、モリスン夫妻に同意をもとめた。

ヘレン・モリスンが夫にいった。「あなたのほうが、しょっちゅう分析医にかよってたじゃない。十ドルしか請求されなかったのはたしかなの？」

「かよったといっても、たいていは集団療法だよ」トッドがいった。「バークリー州立精神衛生クリニックだけど、あそこは患者の支払能力に応じて料金をきめるんだ。パーキー・パットがかかってるのは、個人診療の精神分析医だし」

「ほかのだれかにきかないと」ヘレンがノーマン・シャインにいった。「いま、この場では、ゲームを延期するしかなさそうね」ノーマンはヘレンからもこわい目でにらみつけられた。その点に自分ひとりが固執したために、午後のゲームがお流れになってしまったからだ。

「このままでおいとく？」フラン・シャインがたずねた。「そのほうがよさそうね。今晩、夕食のあとでつづけられるかもしれない」

ノーマン・シャインは、ふたつ合わせた模型セットを見おろした。高級な商店街、照明のよくきいた街路、そこにパークした何台もの新車。どれもがピカピカだ。パーキー・パットが暮らしているスキップ・フロアの住宅そのものも。彼女はボーイフレンドのレナードをときどきそこでもてなすのだが、それはノーマンがいつもあこがれている家でもある。その家が模型セットの本当の焦点だ。ほかの点で、それぞれどんなにちがっていても。

たとえば、その家のクローゼット、寝室の大きなクローゼットにそろったパーキー・パットの衣装。彼女のカプリ・パンツ、白のコットンのショート・ショーツ、ツーピースの水玉模様の水着、ぼわぼわしたセーター……そして、寝室のハイファイ再生装置、LPのコレクション……。

以前はこうだった。むかしむかしには、本当にこうだった。ノーマン・シャインは自分のLPコレクションをおぼえている。以前は、パーキー・パットのボーイフレンドのレナードとおなじように、高級な服を持っていた。カシミアのジャケット、ツイードのスーツ、イタリア製のスポーツシャツとイギリス製の靴、レナードのようなジャガーのXKEスポーツカーじゃないが、かっこいい一九六三年型のメルセデス・ベンツを持っていて、通勤に使っていた。

あのころのわれわれは、いまのパットとレナードのような暮らしをしてたんだ、とノーマン・シャインは内心でつぶやいた。これが現実の生活だったんだ。

パットのベッドわきにあるクロック・ラジオを指さして、ノーマンは妻にいった。「うちのGEのクロック・ラジオをおぼえてるか？　朝になると、FM局のKSFRのクラシック音楽で起こしてくれたよな？　番組の名前は〈ウルフガンガー〉だった。毎朝、六時から九時までの」

「ええ」フランは真剣にうなずいた。「いつもあなたが先に起きたわね。早く起きて、ベーコンを炒めたり、コーヒーをいれてあげたりしなくちゃいけないとわかってるのに、朝寝ぼうがたのしくて。子供らが目をさますまで、半時間ほどじっとしてた」

「目をさますまで？　とんでもない。子供らはわれわれよりずっと先に目をさましてたよ」ノーマンはいった。「忘れたのか？　子供たちは奥のテレビで、八時まで《3ばか大将》を見てたよ。それからぼくが起きて、みんなにホット・シリアルをこしらえてやる。それから、レッドウッド・シティのアンペックスまで出勤したもんだ」

「そうだったわね。テレビか」ふたりのパーキー・パットはテレビを持っていない。一週間前にリーガン夫妻とのゲームに負けてとられてしまい、ノーマンはまだあれだけの本物らしい模型を作りだせずにいる。だから、ゲームでは、いま〝テレビの修理屋に預けてある〟ことにしている。自分たちのパーキー・パットが当然持つべき品物を持っていない理由を、ふたりはそう説明しているのだ。

ノーマンは思った。このゲームをやるのは……まるで以前にもどったような、戦前の世界にもどったような気分だ。だから、みんな、このゲームがやめられないんだろう。彼は恥ずかしさを感じたが、それはほんのいっときのことだった。その恥ずかしさは、もっとゲームをつづけたいという欲望に、たちまちおきかえられてしまった。

「やめないでおこう」ノーマンは唐突にいった。「同意するよ。精神分析医がパーキー・パットに二十ドル請求するということに。了解？」

「了解」モリスン夫妻が同時に答え、四人はふたたびゲームにもどった。

トッド・モリスンは、自分たちのパーキー・パットをとりあげた。人形のブロンドの髪をなで――モリスン夫妻のパットはブロンドだが、シャイン夫妻のはブルネットだ――そして、スカートのスナップをいじくった。

「なにをしてるのよ？」彼の妻がたずねた。

「すてきなスカートだ」トッドはいった。「きみは裁縫がうまい」

ノーマンがいった。「むかしむかしに、パーキー・パットに似た女とつきあったことはあるか？」

「いや」トッド・モリスンは真剣に答えた。「つきあっとけばよかったと思う。パーキー・パットに似た子はよく見かけたことがあるんだ。とくに朝鮮戦争のあいだ、ロサンジェルスに住んでいたころにはな。だけど、つきあうところまではいかなかった。それに、もちろん、あのころはすごい美人歌手がいたな。ペギー・リーとか、ジュリー・ロンドンとか……あのふたりは、いま思うとパーキー・パットにそっくりだ」

「早く」フランが元気よくうながした。順番がきたノーマンは、回転盤《スピナー》をとって、それをまわした。

「十一」ノーマンはいった。「これでうちのレナードは修理工場からスポーツカーを出して、競馬場へいける」彼はレナードの人形を前に進めた。

思案ぶかげに、トッド・モリスンがいった。「実はな、こないだケア・ボーイの落としていった生鮮食品を運びこんでたときだ……。ビル・ファーナーもいて、おもしろい話を聞かせてくれたんだよ。むかしのオークランド付近のまぐれ穴からきたまぐれものに会ったんだって。そのまぐれ穴では、どんなゲームをしてると思う？　パーキー・パットじゃない。連中、パーキー・パットの名前も聞いたことがないんだって」

「それじゃ、なんのゲームをしてるの？」

「ぜんぜんちがう人形なんだ」眉をしかめながらトッドはつづけた。「ビルの話だと、オークランドのまぐれものたちは、それをコニー・コンパニオン人形といってるらしい。聞いたことあるか？」

「〝コニー・コンパニオン〟人形ね」フランが考えこんだ。「おかしな名前。どんな人形かしら？　ボーイフレンドはいるの？」

「もちろんさ」トッドは答えた。「ポールという名前だ。コニーとポール。それでさ、一度そのうちにオークランドのまぐれ穴まで足をのばすべきじゃないかね。コニーとポールがどんな顔をしてるか、どんな生活をしてるか見るために。ひょっとしたら、われわれの模型セットにつけたせるようなものが、なにか見つかるかもしれない」

ノーマンがいった。「ひょっとしたら、そのゲームがやれるかもな」

首をかしげて、フランがいった。「パーキー・パットとコニー・コンパニオンがいっしょにプレイできるの？　そんなことって可能？　いったいどうなると思う？」

ほかの三人からは返事がなかった。だれも答を知らないのだから。

ふたりでウサギの皮をはぎながら、フレッドはティモシーにいった。「〝まぐれもの〟って名前はどこからきたんだい？　へんてこな名前。どうしてそんな名前を使うんだろ？」

「まぐれものって、水爆戦争を生き残った人間のことなんだ」ティモシーが説明した。

「つまりさ、まぐれの幸運。運命の気まぐれ。わかるだろ？　だって、ほかの人間はほとんどぜんぶ死んじゃったんだからね。むかしは何万人もの人間が住んでたんだぜ」

「じゃ、〝まぐれ〟ってのはどんな意味なんだ。いま、〝運命の気まぐれ〟っていったけど――」

「まぐれっていうのは、運命がおまえを見逃してくれたときのことだよ」ティモシーがこの話題についていえるのはそれだけだった。知っていることはそれだけだ。

　フレッドが考え深げにいった。「だけど、おまえやおれはまぐれものじゃない。だって、戦争がはじまったとき、まだ生まれてなかったんだもん。戦争のあとで生まれたんだぜ」

「うん」ティモシーは答えた。

「だから、おれをまぐれものなんていうやつがいたら、この飛び道具で目玉に一発食らわしてやる」

「それとさ」ティモシーはいった。「〝ケア・ボーイ〟っていうのも、新しい言葉なんだ。むかし、ジェット機や船が、災害地域の人たちにいろんな品物を運んだことからきてるんだって。その品物を〝ケア物資〟というんだ。被災者のことを心配《ケア》している人たちから送られてきたから」

「知ってるよ、そんなこと。だれも聞いてない」

「だけど、いっちゃったんだから、しょうがないだろ」

　ふたりの少年は、ウサギの皮をはぎつづけた。


　ジーン・リーガンは、夫にいった。「コニー・コンパニオン人形の話を聞いた？」ジーンは細長い厚板のテーブルのむこうにちらと目をやり、ほかの家族がだれも聞き耳を立てていないのをたしかめた。「サム、ヘレン・モリスンから聞いたのよ。彼女はトッドから聞き、トッドはビル・ファーナーから聞いたって。だから、たぶん本当よ」

「なにが本当なんだ？」サムはたずねた。

「オークランドのまぐれ穴には、パーキー・パットがないんだって。その代わりに、コニー・コンパニオンがある……そこで思ったんだけど、わたしたちのこの気分も――わかるでしょう、このなんとなく空虚な気分、ときどき味わう倦怠感……。もしかして、そのコニー・コンパニオン人形の暮らしかたを見たら、わたしたちの模型セットになにかつけたせるものが見つかったりして――」彼女は言葉を切り、考えこんだ。「もっと完全なものにできるかも」

「名前がいやだな」サム・リーガンは答えた。「コニー・コンパニオン。安っぽい名前だ」彼は実用本位の味気《あじけ》ないグレーン・マッシュをスプーンですくった。最近、ケア・ボーイが投下していく食料だ。それを一口頬ばりながら思った。きっとコニー・コンパニオンはこんなまずいものを食ってないぞ。さしずめ、付けあわせのぜんぶそろったチーズバーガーかな。どこかの高級なドライブインで。

「あそこまで足をのばしてみない？」ジーンはたずねた。

「オークランドのまぐれ穴までか？」サムは目をまるくして妻をながめた。「二十五キロも先だぞ。バークリーまぐれ穴のまだむこうだぞ！」

「でも、重要問題だわ」ジーンは強情にいった。「それに、ビルの話だと、オークランドからまぐれものがひとり、わざわざここまでやってきたそうよ。電子部品かなにかをさがしに……だから、もしむこうから歩いてきたなら、こっちからも歩いていけるはず。ケア・ボーイが落としてくれた防護服があるじゃない。きっといけると思うわ」

家族といっしょにすわっているティモシー・シャイン少年が、ジーンの話を横で聞いていた。いま、少年は口をひらいた。「リーガンのおばさん、フレッド・チェンバレンとぼくが、代わりに行ってあげるよ。お金をくれたらね。なあ、そうだろう？」ティモシーは、隣にいるフレッドをつついた。「ふたりで行けるよな？　五ドルくれたら」

フレッドは、まじめな顔でリーガン夫人に向きなおった。「ぼくらがコニー・コンパニオン人形を持ってきてあげる。ふたりに五ドルずつくれたらね」

「ばかなこといわないで」ジーン・リーガンは一言のもとにはねつけた。話題はそこで打ちきられた。

しかし、夕食のあと、自分たちの部屋の中でサムとふたりきりになると、ジーンはまたその話題を持ちだした。

「サム、どうしても見てみたいわ」彼女はせきを切ったようにしゃべりだした。サムはトタン板の浴槽で週一度のフロにはいっているところなので、逃げるに逃げられなかった。「そんな人形があるとわかった以上、オークランドのまぐれ穴でだれかと勝負しなくちゃ。すくなくとも、それはできるはずよ。そうでしょう？　おねがい」ジーンはせまい部屋の中で、両手を堅く組んで、行ったりきたりをはじめた。「ひょっとしたら、コニー・コンパニオンはスタンダードのガソリンスタンドを持ってるかもしれないわ。それに、ジェット機滑走路のある空港ターミナルも、カラーテレビも、エスカルゴを食べさせるフランス料理店も。ほら、結婚したてにふたりでいっしょに行ったじゃない……とにかく、コニーの模型セットをこの目で見なくちゃね」

「どうかなあ」サムはためらいがちにいった。「コニー・コンパニオン人形なんて、なんとなく――うす気味がわるいよ」

「どうして？」

「わからない」

ジーンはにがにがしげにいった。「それはコニーの模型セットがうちのよりずっと上等で、コニーがパーキー・パットよりずっと美人なのを知ってるからよ」

「そうかもしれない」サムはつぶやいた。

「あなたが行かなくて、オークランドのまぐれ穴の人たちと接触しなければ、ほかのだれかに――もっと野心的なだれかに先を越されるわよ。たとえば、ノーマン・シャイン。彼はあなたみたいに怖がってないわ」

サムは答えなかった。入浴をつづけた。しかし、彼の手はふるえていた。


最近、ケア・ボーイが投下していった複雑な機械があって、明らかにそれは一種の手動コンピューターらしい。何週間か、そのコンピューターは――もし、それがコンピューターならだが――まぐれ穴の中でいくつかのボール箱の中におさまったまま放置されていたが、いま、ノーマン・シャインはそのひとつを役だてようとしていた。いちばん小さいギアをいくつか応用して、パーキー・パットのキッチンのディスポーザーを作るのだ。

パーキー・パットの環境をととのえるのに必要な、特別の小さい工具を使って――それはまぐれ穴の住民たちが工夫してこしらえたものだ――ノーマンはホビー工作台の前でせっせと働いた。仕事に夢中になっていた彼は、ふとフランがまうしろに立ってそれをながめているのを知った。

「見られてると、おちつかないんだよ」ノーマンはピンセットで小さい歯車をつまみながらいった。

「ねえ」フランがいった。「思いつきがあるの。これを見てなにか連想しない？」彼女がノーマンの前においたものは、その前日に投下されたトランジスター・ラジオのひとつだった。

「これを見て連想するのは、車庫の自動開閉装置だ。すでに案が出ている」ノーマンは不機嫌に答えた。彼は仕事をつづけ、小さな部品をパットの流しの排水口へ巧みにはめこんだ。こういう細かい仕事には、最大限の精神集中が必要だ。

フランがいった。「これを見て連想するのは、地球上のどこかに無線通信機があるにちがいないってこと。でなけりゃ、ケア・ボーイがこれを投下するわけはないわ」

「それで？」ノーマンは依然として気乗り薄だった。

「ひょっとしたら、ここの市長が持ってるかもしれない」フランはいった。「ひょっとしたら、このまぐれ穴の中に通信機があって、それでオークランドのまぐれ穴を呼びだせるかもしれない。そしたら、両方の代表者が途中で落ちあえるわ……たとえば、バークリーのまぐれ穴で。そこでゲームができるかも。そしたら、二十五キロもはるばる歩かなくてすむ」

ノーマンは仕事の手を休めた。ピンセットを下におくと、ゆっくり答えた。「かもな。だけど、もしフッカー・グリーブ市長が通信機を持ってるとして、それをわれわれに使わせてくれるか？　それに、もし持ってるとしたら——」

「ためしてみましょうよ」フランはうながした。「だめでもともと」

「わかった」ノーマンはホビー工作台の前から立ちあがった。


ピノールまぐれ穴の市長は、陸軍の軍服を着た、狡猾《こうかつ》な顔の小男で、ノーマン・シャインが話しおわるまで無言で聞きいった。それから、抜け目のない、狡猾な笑みをうかべた。

「むろん、無線通信機はある。前から持っていた。出力五十ワットだ。しかし、どうしてまた、オークランドのまぐれ穴と連絡をとりたいんだね？」

用心深くノーマンは答えた。「個人的な用件ですよ」

フッカー・グリーブはしばらく考えた。「使わせてやるが、料金は十五ドルだ」

この強烈な一撃に、ノーマンはたじろいだ。冗談じゃない。夫婦の持ち金合わせた全額じゃないか——紙幣の一枚一枚がパーキー・パットのゲームに必要だというのに。金はこのゲームのチップだ。ゲームの勝ち負けを判断するのに、ほかの基準はない。「そりゃ高すぎる」ノーマンはいった。

市長は肩をすくめた。「そうかな、じゃ、十ドル」

とうとう六ドル五十セントで折り合いがついた。

「無線連絡はわたしがやろう」フッカー・グリーブはいった。「きみは方法を知らんだろう。けっこう時間がかかるんだ」市長は発電機のクランクをまわしはじめた。「むこうと連絡がついたら、すぐに知らせる。しかし、金はいま払ってくれ」市長は手をさしだし、ノーマンはしぶしぶ金を支払った。

やっとフッカーがオークランドと連絡をつけたのは、その夕方遅くだった。夕食時間にシャイン夫妻の部屋に現われた市長は、したり顔でにやついた。「準備完了だ」と宣言した。「おい、知ってるか。オークランドには九つもまぐれ穴があるんだと。わたしは知らなかった。どの穴がいいんだ？　わたしが呼びだしたのは、レッド・ヴァニラという無線コードのついた穴だ」市長はくすくす笑った。「むこうのやつらはタフで警戒心が強い。応答させるのがひと苦労だったよ」

夕食をそのままにして、ノーマンは市長の部屋にいそぎ、フッカーも息を切らせて、あとを追ってきた。

なるほど通信機のスイッチがはいっており、モニター・ユニットのスピーカーから喘息のような雑音が聞こえる。ノーマンはぎごちなくマイクの前にすわった。「このましゃべればいいんですか？」

「こういえばいい。こちらピノールまぐれ穴。それを二回ほどくりかえして、むこうが返事してきたら、用件をしゃべる」市長はもったいぶった手つきで、通信機のつまみをいじった。

「こちらピノールまぐれ穴」ノーマンはマイクに向かって大声でいった。

ほとんどすぐに、モニターから明瞭な声が返ってきた。「こちらレッド・ヴァニラ・スリー、受信中」

その声はひややかできびしい。明らかに異質な相手だ、とノーマンは強烈な印象を受けた。フッカーのいうとおりだ。

「そっちには、コニー・コンパニオンがあるのかね?」

「うん、ある」オークランドのまぐれものは答えた。

「じゃ、挑戦したい」ノーマンは、緊張でのどの血管がひくつくのを感じた。「この地区は、パーキー・パット一色なんだ。だから、パーキー・パットと、そっちのコニー・コンパニオンとの対抗試合ってことになる。どこで会おう?」

「パーキー・パットか」オークランドのまぐれものがいった。「ああ、話には聞いてる。いったい、なにを賭けるつもりだ?」

「こっちでは、たいてい紙の金を賭けてるがね」ノーマンは自分の返事がなんとなく間がぬけているのを感じた。

「紙の金ならいやほどある」オークランドのまぐれものは、にべもなくいった。「それじゃだれも興味を持たないな。ほかに、なにかないか?」

「どうかな」目に見えない相手と話しあうのは、勝手がちがう。こんなことには慣れていない。人間は面と向かって話しあうべきだ、とノーマンは思った。そうすれば、相手の表情もわかる。こんなやりかたは自然じゃない。「どこか中間点で落ちあって、話しあおう。こっちはバークリーまぐれ穴まで出張してもいい。あのへんでどうだ？」

オークランドのまぐれものは答えた。「遠すぎる。コニー・コンパニオンの模型セットをはるばるあそこまで運べっていうのか？　重くてかなわんし、なにか事故でも起きたらことだ」

「そうじゃなく、ルールと、なにを賭けるかを打ち合わせるだけさ」ノーマンはいった。

不承不承に、オークランドのまぐれものはいった。「うん、まあそれならいいだろう。しかし、ことわっておくがな――われわれはコニー・コンパニオン人形を非常に真剣に考えている。それ相当の条件を用意してこいよ」

「そうする」ノーマンはうけあった。

この間ずっと、フッカー・グリーブ市長は発電機のクランクをまわしつづけていた。その労働で赤らみ、汗だくになった顔で、おしゃべりをやめろというように、荒っぽくノーマンに手をふった。

「じゃ、バークリーのまぐれ穴で」ノーマンは話をしめくくった。「三日後に。それと、最高のプレイヤーをよこすんだぜ。いちばん大きい、いちばん迫真的な模型セットの持ち主を。こっちのパーキー・パットの模型セットは芸術品なんだから」

オークランドのまぐれものはいった。「まあ、それは拝見してからのことだ。なにしろ、こっちには大工と、電気技術者と、塗装屋がいて、腕によりをかけてる。そっちは、しょせん素人の集まりだろうが」

「なめるな」ノーマンはかっとなっていいかえし、マイクをおいた。さっそくクランクをまわすのをやめたフッカー・グリーブに向かって、「絶対に勝てますよ。ぼくがパーキー・パットのために作ったディスポーザーを見せてやりたいもんだ。知ってますか、むかしむかしには、ディスポーザーを持ってない人間がいたのを？　本物の生きた人間ですよ」

「おぼえてる」フッカーは不機嫌に答えた。「おい、あれっぽっちの金でずいぶんクランクをまわさせてくれたな。あんな長話をするとは。一杯食わされた」おそろしく敵意にみちた目でにらまれて、ノーマンは不安になってきた。なにしろ、まぐれ穴の市長には、気にいらないまぐれものを追いだす権限がある。それが法律なのだ。

「こないだ仕上げた火災報知器をあげましょう」ノーマンはいった。「ぼくの模型セットの中では、パーキー・パットのボーイフレンドのレナードが住んでいるブロックの角にあるんですがね」

「いいだろう」フッカーは同意し、敵意を薄れさせた。たちまち欲望がとってかわった。

「早く見せてくれよ、ノーム。わたしの模型セットの中へおけば、きっと引きたつだろう。火災報知器があれば、郵便ポストをおいた第一ブロックがすっかり完成する。ありがとう」

「どういたしまして」ノーマンはあきらめのためいきをついた。

バークリーのまぐれ穴への二日の旅からもどったノーマンは、おそろしく陰気な顔なので、妻にはすぐに察しがついた。オークランド・チームとの会見は不首尾だったのだ。その朝、ケア・ボーイが投下していったダンボール箱の中身は、紅茶に似た合成飲料だった。フランはそれでカップ一杯の飲み物を作って、夫の前にさしだし、十三キロ南で起きた出来事を聞こうと待ちかまえた。

「押し問答さ」ノーマンは妻と息子と三人の共用ベッドにぐったり腰をおろした。「むこうは金をほしがらない。食料もほしがらない——当然だよな。いまいましいケア・ボーイが、あそこへも定期的に物資を投下してるんだから」

「じゃ、むこうはなにを受けとるっていうの？」

「パーキー・パットそのものだよ」ノーマンはそれっきり黙りこんだ。

「なんてひどいことを」フランはあきれかえった。

「だが、もしこっちが勝てば、コニー・コンパニオンが手にはいる」

「で、模型セットは？　どうなるの？」

「模型セットは渡さなくていい。パーキー・パットだけだ。レナードや、ほかのいっさいは関係なし」

「でも」フランは抗議した。「パーキー・パットがなくなったら、わたしたちどうすればいい？」

「ぼくが新しいのを作るさ」ノーマンはいった。「時間はかかるがね。このまぐれ穴には、熱可塑性のプラスチックや、合成毛髪のストックがまだいっぱいある。それに、手持ちの塗料の色もけっこうそろってる。最低一ヵ月はかかるが、その気になればやれる。あんまりありがたい仕事じゃないがね。しかし……」目が輝いた。「暗い面を見るのはよそう。ゲームに勝って、コニー・コンパニオンを手に入れたときを想像してみろよ。勝てる見こみはある。むこうの代表は抜け目がなくて、フッカーがいったように、タフな感じだった。……しかし、ぼくが打ち合わせをした相手は、あんまりまぐれが強そうには見えなかった。つまり、幸運と相性がよくなさそうなんだ」

　煎じつめれば、ゲームの各段階で回転盤を介してはいってくるのは、幸運の要素、偶然の要素なのだ。

「パーキー・パットそのものを賭けるなんて、まちがってるような気がするわ。でも、あなたがそういうなら——」フランはかろうじて微笑をうかべた。「わたしはいいわよ。それに、もしあなたがコニー・コンパニオンをかちとったら——そうならないとだれが断言できて？　あなたがつぎの市長に選ばれるかもしれない。フッカーが死んだあとに。考えてもみて。だれかの人形をかちとるなんて――ただ、ゲームに勝ったり、お金を儲けるんじゃなくて、人形そのものを！」

「勝てるさ」ノーマンは真顔でいった。「ぼくはとてもまぐれが強い」自分の中にそれを感じとることができた。水爆戦争を生き残り、それからずっといままで生きのびてこられた、そのまぐれの強さだ。ツキのあるやつもいれば、ないやつもいる。おれにはツキがある。

妻がいった。「フッカーにたのんだほうがよくない？　まぐれ穴の全員に召集をかけて、みんなの中から最高のプレイヤーを選んだほうが？　勝利を確実にするために」

「いいか」ノーマン・シャインは力をこめていった。「最高のプレイヤーはぼくだ。ぼくがいく。そして、きみもいく。イキの合ったチームだし、他人とは組みたくない。とにかく、パーキー・パットの模型セットを運ぶには、すくなくともふたりの力が必要だ」ぜんぶ合わせれば、うちの模型セットは三十キロ近い重さがあるだろう。

ノーマンの計画は、本人にとっては申し分ないものに思えた。しかし、ピノールまぐれ穴のほかの居住者にそれを発表すると、たちまち激しい反対にあった。翌日は、まる一日、議論に明け暮れた。

「模型セットをふたりであそこまで運ぶのはむりだ」サム・リーガンがいった。「もっとおおぜい連れていくか、でなければなにかの車を使うか。たとえばカートとか」顔をしかめてノーマンを見つめた。

「カートなんか、どこで手にはいる？」ノーマンは問いかえした。

「なにかを改造する手があるだろう」サムはいった。「おれもできるだけてつだうよ。個人的にはいっしょに行ってやりたいが、家内にもいったように、この計画ぜんたいが、どうも心配なんだ」サムはノーマンの背中をたたいた。「おまえの勇気は尊敬するよ。フランとふたりだけででかけるなんて。おれにもそれだけの根性があったらな」サムは悲しそうだった。

結局、ノーマンは、ねこ車を使うことにした。フランと交代で押していけばいい。そうすれば、よけいな荷物を背負わなくてすむ。食料と水、それに、もちろん、ネコイヌから身を守るためのナイフ以外は。

ふたりが模型セットの各部分をねこ車の中へていねいに積みこんでいるとき、息子のティモシーがにじりよってきた。「ぼくも連れていってよ、パパ」と少年は訴えた。「五十セントくれたら、道案内と斥候をひきうける。途中で食べ物をつかまえるのもてつだうよ」

「ふたりでちゃんとやれる。おまえはこのまぐれ穴に残れ。そのほうが安全だ」ノーマンは気分を害していた。こんなだいじな冒険に、小さい息子がのこのこついてくるなんて。

それはまるで――冒瀆的だ。

「お別れのキスをしてちょうだい」フランはちらと息子にほほえみかけた。そのあと、彼女の注意は模型セットにひきもどされた。「この車がひっくりかえらなきゃいいけど」彼女は不安そうにノーマンにいった。

「ひっくりかえったりするもんか。用心してれば」ノーマンは自信満々だった。

まもなく、ふたりは斜路を通って、ねこ車をてっぺんのハッチへ、そして上界へと押していった。バークリーまぐれ穴への旅がはじまったのだ。

バークリーまぐれ穴の一キロ半手前で、ノーマンとフランは、からのキャニスターや、半分中身のはいったキャニスターにでくわした。自分たちのまぐれ穴のそばにも散らばっている、過去の補給貨物の残骸だ。ノーマン・シャインは安堵の息をついた。旅は予想したほどつらくなかった。ねこ車の金属の柄をにぎりつづけていた両手にまめができたのと、フランが足首をひねって、片足を痛そうにひきずっているだけだ。しかし、予想したよりも時間はかからなかったし、彼の気分はうきうきしていた。

前方に人影がひとつ現われた。灰の中に低くしゃがんでいる。少年だ。ノーマンは手をふって、呼びかけた。「おーい、坊や――ピノールまぐれ穴からきたんだ。ここでオークランド・チームと会うことになってるんだが……おじさんをおぼえてるかい？」

少年は返事もせずに、くるりと背を向けて走りさった。

「なにも心配ないよ」ノーマンは妻にいった。「あの子は市長に報告にいったんだ。ベン・フェニモアという、気のいい爺さんだよ」

ほどなく、何人かのおとなが現われ、用心深く近づいてきた。

ほっとして、ノーマンはねこ車の脚を灰の中におき、ハンカチで顔の汗をふいた。「オークランドのチームはもう着いたかね？」と呼びかけた。

「まだだ」白い腕章と、飾りのついた帽子をかぶった長身の老人が答えた。「きみか、シャインだな、ええ？」老人は目をこらした。これがベン・フェニモアだった。「もう模型セットを持って、ひきかえしてきたのか」バークリーのまぐれものたちがねこ車のまわりに集まって、シャインの模型セットを調べはじめた。彼らの顔には賛嘆がこもっていた。

「ここのみんなもパーキー・パットを持ってるんだよ」ノーマンは妻に説明した。「だけど――」声をひそめて、「連中の模型セットはごく初歩的なんだ。家と、衣装と、車があるだけ……ほとんどなにも作ってない。想像力がないんだよ」

バークリーのまぐれものたちの中から、ひとりの女がふしぎそうにフランにきいた。

「この家具のひとつひとつを、あんたたち、全部自分で作ったの？」驚嘆しながら、彼女はそばにいる男をふりかえった。「エド、この人たちのやったことを見た？」

「うん」男はうなずきながら答えた。「ちょっと」彼はフランとノーマンにいった。「ぜんぶならべたところを、おれたちに見せてくれるかい？　われわれのまぐれ穴の中でこいつをならべるんだろう？」

「そのとおりだよ」ノーマンは答えた。

バークリーのまぐれものたちは、最後の一キロ半のあいだ、ねこ車を押すのを手伝ってくれた。まもなく一行は斜路をくだり、地下のまぐれ穴にはいった。

「大きなまぐれ穴だよ」ノーマンは物知り顔でフランに教えた。「きっと二千人は住んでるな。カリフォルニア大学のあった場所なんだ」

「そうなの」フランはよそのまぐれ穴にはいるのに、ちょっと気おくれしたようだった。見ず知らずの他人に会うのは、もう何年ぶりか——事実、あの戦争以来なのだ。しかも、こんなにおおぜい。彼女には刺激が強すぎた。ノーマンは妻があとずさりして、身をすりよせてくるのを感じた。

ふたりが第一居住層までおりて、ねこ車の積荷をおろしはじめたとき、ベン・フェニモアがやってきて、小声で教えた。「オークランド・チームがやってきたようだ。いま、上界から報告があった。だから、用意してくれ」彼はつけたした。「むろん、われわれはきみたちを応援する。きみたちの人形はわれわれとおなじパーキー・パットだからね」

「コニー・コンパニオンの人形をごらんになったことがおあり？」フランがたずねた。

「いや、ないんですよ、奥さん」フェニモアは礼儀正しく答えた。「もちろん、オークランドはすぐ隣だし、噂は聞いてますがね。ただひとついえるのは……噂によると、コニー・コンパニオン人形は、パーキー・パットよりも年上らしい。つまり、その……より成熟しているわけですな」彼は説明した。「まあ、予備知識として知っておいてください」

ノーマンとフランは顔を見あわせた。「ありがとう」のろのろとノーマンはいった。「そうだ、そのつもりで心の準備をしておきますよ。で、ポールはどうなんです？」

「ああ、ポールはたいしたことはない」フェニモアはいった。「コニーが万事を切りまわしている。ポールは自分のアパートさえ持ってないらしい。だが、オークランドのまぐれものがくるまで、そのへんはお預けだ。きみたちを迷わせたくない——わたしの知識は、いまもいうように、すべてまた聞きだから」

そばに立っていたバークリーのまぐれものが口をひらいた。「おれは一度だけコニーを見たことがある。彼女はパーキー・パットよりもずっと年上だよ」

「パーキー・パットはいくつぐらいだと、きみは思う」ノーマンはたずねた。

「そうだな、十七、八かな」

「で、コニーは？」ノーマンは緊張して、返事を待った。

「もう二十五にはなってるかも」

背後の斜路から足音が聞こえてきた。バークリーのまぐれものがまた何人か現われ、そのうしろからふたりの男が、大きな台を運んでくるのが、ノーマンの目にはいった。その上にならべられているのは、すばらしくみごとな模型セットだった。

これがオークランドのチームだ。むこうは男女のカップルではなかった。どちらも男で、きびしくよそよそしい目つきと、無表情な顔をしていた。ふたりはノーマンとフランにそっけなく首をふった。それがあいさつらしい。それから、おそろしく慎重に、自分たちの運んできた模型セットの台を床におろした。

そのうしろから、三人目のオークランドのまぐれものが、ランチボックスのような金属製の箱を下におろした。それを見ていたノーマンは、本能的にさとった。箱の中身はコニー・コンパニオン人形だ。オークランドのまぐれものは、鍵をとりだして、箱の錠をはずした。

「ゲームはいつはじめてもいいぜ」オークランドのチームで背の高いほうの男がいった。「打ち合わせどおり、サイコロじゃなく、数字のはいった回転盤を使う。そのほうが、イカサマのはいる余地がすくない」

「賛成だ」ノーマンはおそるおそる手をさしだした。「ぼくはノーマン・シャイン。これがぼくの妻で、ゲームのパートナーのフラン」

どうやらチームのリーダーらしい、長身の男がいった。「おれはウォルター・R・ウィン。これがパートナーのチャーリー・ダウド。箱のそばにいるのがピーター・フォスター。

ピーターはゲームはやらない。模型セットの見張りだ」ウィンはバークリーのまぐれものたちをざっと見まわした。まるでこういっているようだった。ここのおまえたちがパーキー・パットに肩入れしてるのは知ってる。だが、おれたちは平気だ。怖くない。

フランがいった。「こちらも、いつでもプレイできますわ、ウィンさん」彼女の声は低いが、おちついていた。

「金はどうするんだね？」フェニモアがたずねた。

「どっちのチームも、金はたっぷり持っていると思う」ウィンはいって、ドル札で数千ドルをならべ、ノーマンもそれにならった。「この金は、もちろんゲームのファクターじゃない。ゲームを進行させる手段にすぎない」

ノーマンはうなずいた。それはよくわかる。重要なのは人形だけなのだ。そしていま、はじめて彼はコニー・コンパニオン人形を見た。

コニーは、明らかにこの人形の責任者らしいフォスターの手で、彼女の寝室におかれた。それを見たとたん、ノーマンは息がとまった。そう、彼女は年上だ。小娘ではなく、成熟した女だ……コニーとパーキー・パットのちがいは、歴然としていた。しかも、真にせまっている。流しこみではなく、彫りあげたものだ。明らかに木から彫りあげて、塗料を塗ったものらしい——熱可塑性のプラスチックじゃない。それに彼女の髪。これも本物の人毛らしい。

ノーマンは深い感銘を受けた。

「彼女をどう思う？」ウォルター・ウィンは薄笑いをうかべてきいた。

「とても……印象的だ」ノーマンは認めた。

こんどはオークランド・チームがパーキー・パットをながめる番だった。「熱可塑性プラスチックだ」ひとりがいった。「人工頭髪。しかし、ドレスはいいな。ぜんぶ手縫いだ。見ればわかる。おもしろい。噂どおりだった。パーキー・パットはおとなじゃない。ただのティーンエイジャーだ」

いまやコニーの男性の連れが現われた。彼はベッドルームのコニーの隣におかれた。

「待ってくれ」ノーマンはいった。「そのポールだかだれだかを、彼女のベッドルームの中におくのか？　彼は自分のアパートからスタートするんじゃないのかい？」

ウィンがいった。「ふたりは結婚してる」

「結婚！」ノーマンとフランは、唖然として相手を見つめた。

「そうだよ」ウィンはいった。「だから、当然ふたりは同居してる。きみたちの人形はまだ結婚してないのか？」

「え……ええ」フランは答えた。「レナードはパーキー・パットのボーイフレンドで……」語尾がかすれた。彼女は夫の腕をつかんだ。「ノーム、この人の話、信じられないわ。

結婚だなんて、ゲームに有利なように考えた、ただの作り話じゃないのかしら。だって、ふたりがおなじ部屋からスタートすれば――」

ノーマンはいった。「おい、きみたち、ちょっと待ってくれ。フェアじゃないな。ふたりが結婚してるなんて口実は」

ウィンはいった。「べつに〝口実〟じゃない。ふたりはげんに結婚してるんだよ。名前はコニーとポールのラスロープ夫妻。住所はピードモント、アーデン・プレース二四番地。もう結婚して一年になる。だれに聞いてもらってもいい」おちついた口調だった。

たぶん本当なんだろう、とノーマンは思った。彼はすっかり動揺していた。

「このふたりを見てちょうだい」フランはうずくまって、オークランド・チームの模型セットを調べた。「ひとつ屋根の下のおなじベッドルームよ。ねえ、ノーマン、これを見た？　ベッドがひとつしかないわ。大きなダブルベッド」目をまるくして、夫に訴えた。「パーキー・パットとレナードが、どうやってこのふたりとプレイできるの？」声がふるえた。「道徳的にまちがってるわ」

ノーマンはウォルター・ウィンにいった。「これはまったくべつの種類の模型セットだ、きみたちの持っているこれは。見ればわかるが、われわれのなじんだものとは、隅から隅までちがう」彼は自分の模型セットを指さした。「だから、あらためて要求する。このゲームでは、コニーとポールが同棲もしてなければ、結婚もしてないと考えることにしよう」

「しかし、げんにそうなんだから」フォスターが口をひらいた。「事実なんだよ。見てくれ——ふたりの衣装はおなじクローゼットの中にある」フォスターはクローゼットの中を見せた。「おなじたんすの引き出しにも」彼はそれも見せた。「それと、バスルームの中をのぞいてみな。歯ブラシが二本ある。彼と彼女のが。おなじラックにさしてある。これで、われわれが嘘をついてないのがわかるはずだ」

沈黙がおりた。

やがて、フランがかすれ声でいった。「で、もしふたりが結婚しているとしたら……もうすでにふたりは……許しあっているの？」

ウィンは片方の眉を上げ、それからうなずいた。「もちろん、結婚して以来ね。なにか不都合でも？」

「パーキー・パットとレナードは、まだ一度も……」フランはそこまでいいかけて、やめてしまった。

「もちろん、そうだろう」ウィンは同意した。「ふたりはただデートしているだけだからね。それはわかる」

フランはいった。「これじゃプレイできないわ。むりよ」彼女は夫の腕をとった。「ピノールまぐれ穴へ帰りましょう——おねがいよ、ノーマン」

「待て」ウィンがすかさずいった。「きみたちがプレイをしないなら、敗北を認めたことになる。パーキー・パットを渡してもらわないと」

オークランド・チームのふたりがうなずいた。そして、ノーマンの見たところでは、何人かのバークリーのまぐれものもうなずいていた。ベン・フェニモアを含めて。

「むこうのいうとおりだ」ノーマンは重い口調で妻にいいきかせ、妻を抱きしめた。「それだとパットをさしださなくちゃならない。ゲームをしたほうがいいよ、フラン」

「そうね」フランは麻痺したように単調な声でいった。「じゃ、はじめるわ」彼女は背をかがめると、ものうげに回転盤の針をまわした。針は6でとまった。

微笑しながら、ウォルター・ウィンがかがみこんで、回転盤をまわした。4が出た。

ゲームははじまった。

ずっと前に投下された補給品の、散乱し、朽ち果てた中身の陰にうずくまって、ティモシー・シャインは、灰におおわれた地表のむこうから、ねこ車を押して近づいてくる父と母をながめた。ふたりともふらふらに疲れきっているようだった。

「おかえんなさい」ティモシーはそうさけんで、また両親に会えたうれしさにとびだしていった。いなくて、とても淋しかったのだ。

「ただいま」父親はうなずきながらつぶやいた。ねこ車の柄から手を離し、足をとめて、ハンカチで顔をぬぐった。

そこへフレッド・チェンバレンが息を切らして駆けよってきた。「おかえんなさい、シャインさん。シャインのおばさん。ねえ、勝ったんですか？　オークランドのまぐれものをやっつけてやった？　きっと勝ったんだ、そうでしょう？」フレッドはふたりの顔をしきりに見くらべた。

低い声でフランがいった。「ええ、フレディ。勝ったわ」

ノーマンがいった。「ねこ車の中を見てごらん」

ふたりの少年は中をのぞいた。パーキー・パットの付属品の中に、もうひとつの人形が横たわっている。パットよりも大きく、肉づきもよく、もっと年上の……。ふたりの少年が見おろすと、人形は見えない目で灰色の空を見あげていた。これがコニー・コンパニオン人形なのか、とティモシーは心の中でつぶやいた。すごいや。

「運がよかったんだよ」ノーマンがいった。すでに何人かがまぐれ穴の中から現われて、彼らのまわりに集まり、聞き耳を立てている。ジーンとサムのリーガン夫妻、トッド・モリスンと妻のヘレン、そして、いまや市長のフッカー・グリーブその人が、興奮した、不安そうな顔で、よたよたと近づいてきた。顔が真っ赤になり、息がはずんでいるのは、めったに登ったことのない斜路を登ってきたせいだ。

フランがいった。「むこうに大差をつけられているときに、借金棒引きカードを引きあてたの。そこまでで五万ドルの借金があったんだけど、それでオークランドのチームととんとんになって。それから、そのあとで十マス前進のカードを引いて、大当たりのマス目にとまったわ。すくなくとも、わたしたちの模型セットでいえばね。ひどい口論になったのよ。オークランド・チームにいわせると、むこうの模型セットでは、それは不動産に対する租税先取特権のマス目だって。でも、そこで回転盤をまわして奇数が出たもんだから、こっちの模型セットのマス目が認められたわけ」彼女はためいきをついた。「帰ってこれてうれしいわ。たいへんだったんですよ、フッカーさん。大苦戦」

フッカー・グリーブが息をぜいぜいさせていった。「なあみんな、コニー・コンパニオン人形を見せてもらおうじゃないか」フランとノーマンに向かって、彼はいった。「これを持ちあげて、みんなに見せてやってもいいかね？」

「どうぞ」ノーマンはうなずいた。

フッカーはコニー・コンパニオン人形を持ちあげた。「たしかに写実的だ」しげしげ人形をながめた。「衣装はわれわれのほどよくないな。ミシン縫いに見える」

「そうなんだ」ノーマンは同意した。「しかし、木彫りですよ。流しこみじゃない」

「うん、そのようだな」フッカーは手の中で彼女をひっくりかえし、あらゆる角度からあらためた。「いい出来だ。彼女は……うん、パーキー・パットよりもグラマーだな。この服はなんだね？　ツイードのスーツのようだが」

「ビジネス・スーツです」フランがいった。「それも人形といっしょにもらったんです。最初からの約束で」

「つまり、コニーは職業を持ってる」とノーマンが説明した。「マーケティング・リサーチの会社の心理学コンサルタント。消費者の好みについてのね。高給とりですよ……年に二万ドル稼ぐとか。ウィンがいってました」

「なんとね」フッカーはいった。「パットはまだカレッジ在学中だというのに。まだ学生なのにな」不安な表情だった。「なるほど、いくつかの点で、むこうはわれわれより有利だったようだ。しかし、重要なのは、きみたちが勝ったことさ」陽気な笑顔がもどってきた。「パーキー・パットが勝ったんだ」フッカーは、みんなにも見えるように、コニー・コンパニオン人形を高くさしあげた。「おーい、みんな、これだよ、ノーマンとフランがぶんどってきた人形は！」

ノーマンがいった。「もっとていねいに扱ってくださいよ、フッカーさん」きっぱりとした声だった。

「え？」フッカーは間をおいてたずねた。「どうしてだ、ノーマン？」

「妊娠してるからです」

とつぜん、冷水を浴びせられたような沈黙がおりた。彼らのまわりでかすかに灰がざわめいた。聞こえる物音は、それしかなかった。

「どうしてわかる？」フッカーがたずねた。

「むこうが教えてくれたんです。オークランド・チームが。おまけにわれわれは赤ん坊ももらってきた――激論のあとで、フェニモアが裁定をくだしたんですが」ねこ車の中から、ノーマンは小さい革のポーチを持ちあげた。そこから、慎重な手つきで、ピンク色をした、木彫りの赤ん坊をとりだした。「これがもらえたのは、技術的観点からすれば、いま現在、これも文字どおりコニー・コンパニオン人形の一部だという意見に、フェニモアが賛成してくれたからなんです」

フッカーはいつまでも、それをじっと見つめていた。

「コニーは結婚してます」フランが説明した。「ポールと。ふたりはただデートしてるだけじゃないんです。ウィンさんの話では、コニーは妊娠三カ月だって。わたしたちが勝つまで、彼はそのことをだまってました。ゲームのあとでもいいたくなかったらしいけど、そうするしかなかったんです。でも、あの人がそうしたのは正しいと思います。黙ってすませられることじゃなし」

ノーマンはいった。「それだけじゃなく、胎児の一式もちゃんと――」

「そうなの」フランはいった。「もちろん、それを見るためには、コニーのおなかをひらかなくちゃならないけど――」

「やめて」ジーン・リーガンがいった。「おねがい、やめて」

フッカーがいった。「そうだ、奥さん、やめなさい」彼はあとずさりした。

フランはいった。「最初は、もちろん、わたしたちもショックだったけど、でも――」

「いいかね」ノーマンはいった。「これは論理的な話なんだ。論理にはしたがわなくちゃならない。そうなんだ、いずれパーキー・パットも――」

「いや」フッカーが激しくさえぎった。彼はかがみこんで、足もとの灰の中から石ころをひろいあげた。「だめだ」フッカーはいって、片手をあげた。「やめろ、ふたりとも。それ以上なにもいうな」

こんどはリーガン夫妻が石ころをひろいあげた。だれも口をきかなかった。

フランがようやくいった。「ノーマン、わたしたち、ここから出ていかなくちゃ」

「そのとおりだ」トッド・モリスンがふたりにいった。彼の妻も、きびしい同意の表情でうなずいた。

「きみたちふたりはオークランドへもどるがいい」フッカーはノーマンとフランの夫婦にそういった。「きみたちはもうここの住人じゃない。前とはちがう。きみたちは……変わった」

「そうだ」サム・リーガンが、なかばひとりごとのように、ゆっくりといった。「思ったとおりだった。やっぱり、虫が知らせたんだ」彼はノーマン・シャインにたずねた。「オークランドまでの旅はつらいか？」

「バークリーまで行っただけだよ」ノーマンは答えた。「バークリーのまぐれ穴まで」この成り行きに混乱し、茫然としているようだった。「冗談じゃない。いまから向きを変えて、このねこ車をまたバークリーまで押していけなんて、そりゃむちゃだ――こっちはへとへとなんだ。休ませてくれ！」

サム・リーガンがいった。「ほかのだれかがねこ車を押したら？」シャイン夫妻に近づいて、そばに立った。「おれが押してやるよ。おまえが案内してくれ、シャイン」サムは自分の妻をふりかえったが、ジーンは動こうとしなかった。ひろい集めた石ころを捨てようともしなかった。

ティモシー・シャインが父親の袖をひっぱった。「パパ、こんどはぼくもいっしょに行っていい？　いっしょに行きたい」

「わかった」ノーマンはなかば自分に向かってそういった。彼は背すじをのばした。「つまり、われわれはここで必要とされていないんだ」彼はフランをふりかえった。「行こう。サムがねこ車を押してくれる。日暮れまでにはむこうにたどりつけるだろう。だめなら、野宿すればいい。ティモシーがネコイヌから守ってくれる」

フランがいった。「ほかに選択の余地はなさそうね」彼女の顔は蒼白だった。

「これも持っていけ」フッカーが小さい木彫りの赤ん坊をさしだした。フラン・シャインはそれを受けとって、優しく革のポーチの中に入れた。ノーマンはコニー・コンパニオン人形をねこ車の中にもどした。出発の用意はととのった。

「いずれは、ここでもそうなる」ノーマンは、一団の人びと、ピノールまぐれ穴の住人たちにいった。「オークランドはここよりも進んでる。それだけのことなんだ」

「早くいけ」フッカー・グリーブがうながした。「さっさと出ろ」

うなずいて、ノーマンはねこ車の柄を握ろうとしたが、サム・リーガンが彼を押しのけ、自分でそれを握った。「行こうぜ」とサムは声をかけた。

三人のおとなは、ティモシー・シャインを先に立てて、南のほう、オークランドの方角へと歩きだした。少年はネコイヌの襲撃に備えてナイフを構えている。だれも口をきかなかった。いうべきことはなにもない。

「こんなことになるとは残念だ」ノーマンがやっとそういったのは、二キロ近く進んで、もう背後にピノールのまぐれものの姿が見えなくなったときだった。

「いや、わからんよ」サム・リーガンが答えた。「もしかすると、このほうがよかったのかもな」彼は憂鬱《ゆううつ》そうには見えなかった。いましがた、妻を失ったばかりだというのに。サムはほかのだれよりも大きいものをあきらめたが、しかし――とにかくこうして生き残っている。

「きみがそんな気持だと知ってうれしいよ」ノーマンはきまじめにいった。

四人は、それぞれの思いにふけって、歩きつづけた。

しばらくして、ティモシーが父親にいった。「ここから南にあるたくさんの大きなまぐれ穴ね……そこならもっといろいろすることがあるんでしょう？　つまりさ、ただすわって、あのゲームをしてるだけじゃないよね」ティモシーは心からそう望んだ。

彼の父親はいった。「うん、そうだろうな」

頭上では、ケア・シップが非常な高速で口笛のような音を立て、あっというまに去ってしまった。ティモシーはそれを見あげたが、たいして興味はなかった。これから行く南のほうには、地上にも、地下にも、たのしみなものがいっぱい待っているからだ。

父親がつぶやいた。「あのオークランドの連中。あのゲーム、あの特別な人形、それがあの連中になにかを教えたんだよ。コニーは成長しなくちゃならない。それで、あの連中も彼女といっしょに成長するしかなくなったんだ。ピノールのまぐれものは、そのことをまなばなかった。パーキー・パットからは。これからも、まなべるかどうかはわからない。パットも、コニーとおなじように成長しなくちゃいけないんだ。コニーも、前にはパーキー・パットとおなじようだったにちがいないよ。ずっと前には」

父親のいっていることに興味がない——人形だの、人形を使ったゲームなんかのどこがおもしろいんだろう？　ティモシーはさっさと駆けだし、目をこらして、なにが行く手に待っているかをのぞいた。自分と、母親と父親、そして、リーガンさんを待っている、たくさんの機会と可能性を。

「ぼく、待ちきれないよ」ティモシーが父親をふりかえってそうさけぶと、ノーマン・シャインもそれに答えて、疲れた、淡い微笑をむりにうかべてみせた。

ＣＭ地獄
Sales Pitch

浅倉久志◎訳

どっちを向いても、轟音《ごうおん》をあげて飛びつづける通勤宇宙船の流れ。エド・モリスは、長くつらい一日を会社で過ごしたあと、疲れきって地球に帰るところだった。ガニメデ＝地球線は、消耗した、不機嫌な顔のビジネスマンで混みあっている。木星は地球と衝《しょう》の位置にあり、旅にはまる二時間もかかる。二、三百万マイルおきに、厖大《ぼうだい》な交通流は苦しそうなうめきをもらして停止する。信号灯の点滅に合わせて、火星や土星からの支流が交通大動脈に加わってくるからだ。

「くそ」とモリスはつぶやいた。「どこまでクタクタにしてくれる気だよ？」オート・パイロットをロックし、制御盤からちょっと目をはなして、なによりもまずタバコに火をつけようとした。手がふるえた。頭がくらくらした。もう六時すぎだ。サリーがきっといらいらしていることだろう。ディナーがだいなし。おなじことの繰り返しだ。神経をすりへらす操縦。ホーンをけたたましく鳴らして、あっというまに、彼の小さい船を追い抜いていく不機嫌な通勤者たち。威嚇《いかく》の身ぶり、どなり声、口ぎたない罵《ののし》り……。

それに広告。あれだけは頭にくる。ほかのものはまだがまんできる——しかし、ガニメデから地球までの長い道を埋めつくした広告にはうんざりだ。それに、地球へ帰ったら帰ったで、セールス・ロボットの大群。あれはひどすぎる。しかも、いたるところで目につく。

モリスは五十隻の大衝突現場を避けようと、スピードを落とした。修理船がちょこまか飛びまわって、事故の残骸をレーンの外へ運び出している。警察のロケット船が駆けつけてきたらしく、彼のオーディオ・スピーカーにもサイレンの音が届いた。モリスは巧みな手際で船を上昇させ、速度ののろい二隻の商業輸送船のあいだに割りこむと、閉鎖された左のレーンへ一瞬飛びこんでから、スピードを上げ、事故現場をあとにした。みんなが怒ってホーンを鳴らした。彼は知らん顔をきめこんだ。

「お帰りなさいませ、太陽系物産でーす！」ものすごい声が耳もとでひびいた。モリスはうめきをもらし、シートの上で身を縮めた。地球へ近づくにつれて、CM攻勢はいっそう激化してくる。「きょう一日のフラストレーションで、あなたの緊張指数は安全限界を超えていませんか？　それならイド＝ペルソナ・ユニットが必要です。とても小型なので、耳のうしろにくっつけるだけで、前頭葉にすぐ近くから——」

ありがたい、終わった。高速船が突進をつづけるのにつれて、声は薄れ、うしろへ遠のいていった。だが、行く手につぎのがやってきた。

「ドライバーのみなさん！　惑星間ドライブで毎年何千人もの人びとが生命をむだに失っています。専門家の指導による催眠操縦コントロールが、あなたの安全をお守りします。いますぐ肉体を明け渡して、ご自分の生命を救いましょう！」声はいっそう大きくがなりたてた。「産業専門家の――」

どちらも聴覚広告で、耳をふさいでいればいい。だが、こんどは視聴覚広告が現われかけている。顔をしかめ、目をつむったが、それぐらいではどうにもならなかった。

「みなさん！」なめらかな口調の声が四方から押しよせてきた。「体内から発生する悪臭を永久に追いはらいましょう。最新の無痛法で胃腸をとり除き、人工消化器系を移植すれば、どんなに重い社会的排斥の原因もたちまち解消です！」映像が焦点を結んだ。巨大な若い女のヌードだった。しどけなく乱れた金髪、なかば閉じた青い目、軽くひらいた唇、けだるい恍惚感に浸るようにやや仰向いた顔。その唇が彼の唇に迫りよってくる。だしぬけに、若い女の顔にあったエクスタシーの表情が消えた。嫌悪と反感がその顔をよぎり、映像はフェードアウトした。

「あなたもこんな経験がありませんか？」声がとどろいた。「ロマンチックな愛撫のまっさいちゅうに、口臭であなたの恋人にいやがられたことは――」

声が薄れ、うしろに去った。彼の思考はふたたび彼のものになった。モリスは荒っぽくスロットルをふかし、小型船を跳躍させた。脳の視聴覚部位へじかに加えられた圧力が、ようやく発火点以下まで薄れていった。モリスはうめきをもらし、首をふって頭のもやを追いはらった。まわりでは、もうろうとぼやけた広告のエコーが、遠いテレビ局からのゴーストのように、きらめき、ざわめいている。集団で待ちうける広告をにらんで、やけくそな心境から生まれた動物的機敏さで舵を切り、いちばん静かなコースを通ろうとしたが、ぜんぶはよけきれなかった。絶望が彼をつかんだ。新しい視聴覚広告の輪郭がすでに現われはじめていた。

「一家の大黒柱のあなたっ」そのCMは、疲れきった何千何万の通勤者の目と耳、そして鼻と喉にむかってがなりたてた。「うだつの上がらない毎日にうんざりしていませんか……。ワンダー・サーキット工業は、すばらしい長距離思考波スキャナーを完成しました。ほかのだれかの考えていること、しゃべっていることが、手にとるようにわかります。隣の同僚に差をつけましょう。上役の私生活のデータをつかみましょう。迷ってちゃいけないっ」

モリスは完全に捨てばちな気分になった。スロットルをめいっぱいまで入れて、最大噴射にした。小型船は激しく揺れながらレーンを飛びだし、そのむこうのデッド・ゾーンへ突っこんでいった。かん高い悲鳴をあげて、フェンダーが防護壁をひっかいた——やがて、広告は背後に遠ざかっていった。

モリスは身ぶるいしながら、みじめな、疲れきった気分でスピードを落とした。地球が行く手に浮かんでいる。もうすぐ家だ。今夜はぐっすり眠れるかもしれない。さだまらない手つきで船首を下げ、シカゴ通勤発着場の牽引ビームに接触の準備をした。

「市販の中では最高の代謝調節器です」セールス・ロボットが金切り声でわめきたてた。「完全な内分泌バランスの維持が保証されております。だめなら、全額返金いたしますよ」

モリスは大儀そうにセールス・ロボットを押しのけ、自分の居住ユニットのある住宅地へと歩道をあるきつづけた。ロボットは二、三歩あとを追ってから、そこで彼をあきらめ、つぎの陰気な顔の通勤者にまとわりついた。

「ニュースは新しいうちが花」メタリックな声が、けたたましく彼に訴えてきた。「あまり使わないほうの目に、網膜テレビを移植されてはいかがですか。世界の歩みを同時にキャッチ。時代遅れのニュース番組なんか待ってちゃだめです」

「どけっ、いい、いったら」モリスはいった。ロボットがわきにどくのを待って、肩をまるめた男女の一団といっしょに通りを横ぎった。

ロボットのセールスマンはいたるところに待ちかまえていて、身ぶり手まねで訴えかけ、わめきたてた。その一台があとを追ってきたので、モリスは足を早めた。むこうはちょこまか動きながら売りこみ文句を並べたてて注意をひこうとしながら、丘の上にある彼の居住ユニットまでくっついてきた。モリスがかがみこんで小石を拾い、それを投げつけても、まだあきらめなかった。彼は家の中へとびこんで、荒っぽくドアのロックをかけた。ロボットはちょっとためらってから向きをかえ、両手にいっぱいの荷物をかかえて丘をてくてく登っていく婦人のあとを追いかけた。婦人はなんとかロボットから逃れようとしたが、そのかいもなく捕まってしまった。

「お帰りなさい！」サリーがプラスチックのショーツで濡れた手を拭きふき、キッチンから駆けだしてきた。目をきらきらさせ、興奮したようすだ。「まあ、かわいそうに！　こんな疲れた顔をして！」

モリスは帽子とコートをぬぎ、妻のむきだしの肩に軽くキスをした。「夕食はなに？」

サリーは帽子とコートをクローゼットにあずけた。「天王星のキジ料理よ。あなたの大好物」

モリスの口にはつばきがわき、疲れきった体にもいくぶんエネルギーがもどってきたようだった。「ほんとに？　いったい、どういう風の吹きまわしなんだい？」

妻の茶色の瞳が同情にうるんだ。「あら、きょうはあなたの誕生日じゃない。三十七になったのよ、あなたはきょうで。忘れてた？」

「ああ」モリスは苦笑した。「すっかりね」キッチンにはいっていくと、食事の用意がととのっていた。コーヒーがカップの中で湯気を立て、バターと白パン、マッシュ・ポテトとグリーンピースが並んでいる。「こりゃすごい。たいしたごちそうだ」

サリーがレンジの制御盤のキーをたたくと、ほかほかのキジのローストのはいった容器がテーブルの上に滑り出てきて、ぱっくり二つに分かれた。「手を洗ってきたら、すぐに食事にしましょう。さ、早く――冷めないうちに」

モリスは両手を洗滌《せんじょう》スロットの前にさしだしたあと、感謝の気分で食卓についた。サリーが柔らかく香ばしいキジ肉を切り分け、ふたりは食べはじめた。

「サリー」皿の上のものをきれいに平らげたあと、うしろにもたれてちびちびコーヒーをすすりながら、モリスはいった。「ぼくはもうこのままじゃやってけない。なんとかしないと」

「つまり、通勤のこと？　できたら、ボブ・ヤングみたいに、火星の勤め先が見つかればいいいんだけど。そうだわ、職業安定局に相談して、操縦のストレスがあんまり大きいから――」

「操縦だけじゃないんだ。やつらがうるさくって。どこへ行っても、ぼくを待ちかまえてやがる。昼も夜も」

「だれなの、やつらって？」

「セールス・ロボットだよ。船に乗ったとたんにはじまるんだ。ロボットと、視聴覚広告。脳の中へじかに割りこんできやがる。死ぬまでこっちをつけまわす気だ」

「わかるわ」サリーは優しく彼の手をなでた。「わたしがショッピングにでかけるときも、おおぜいでくっついてくるもの。いっせいに口上をしゃべりながらね。あれにはまいるわ──なにをいってるのか、半分もわかりゃしない」

「脱出しなくちゃだめだ」

「脱出？」サリーはたじろいだ。「それ、どういう意味？」

「やつらから脱出するんだよ。このままじゃ、こっちがもたない」


モリスはポケットの中をさぐって、小さく丸めたメタルホイルの切れはしをそっととりだした。ていねいにそれをのばして、食卓の上にひろげる。「ごらんよ。これが会社で回覧されてきたんだがね。ぼくのところまできたのをとっておいた」

「どういう意味かしら？」サリーは、そこに書かれた文章を判読しようと、ひたいにしわをよせた。「ねえ。これで全部じゃないみたい。まだ残りがあるはずよ」

「新世界なんだ」モリスはささやくようにいった。「やつらも、まだそこまではきていない。ずいぶん遠くだからね。太陽系の外。星々の中にある」

「惑星が二十。そのうち半分が居住可能。住んでいるのは、まだほんの二、三千人だ。ふつうの家族、職人、科学者、いくつかの産業の調査班。土地は申しこめば無料でわけてくれる」

「プロキシマ？」

「でも、これじゃあんまり——」サリーは顔をしかめた。「ねえ、なんだか低開発って感じじゃない？　二十世紀の生活に帰る、なんて書いてあるわ。水洗トイレ、おフロ、ガソリンで動く自動車——」

「そうなんだ」モリスはきびしい真剣な顔つきで、しわくちゃのホイルをまた小さく丸めた。「百年も時代に遅れてる。こんなものはなにもない」レンジや居間の調度を指さした。「なくてもがまんしなくちゃならない。素朴な生活に慣れなくちゃならない。先祖が暮していたように」ほほえもうとしたが、顔がいうことをきかなかった。「ねえ、どう思う？　広告もない、セールス・ロボットもいない。交通機関は時速六千万マイルじゃなく、六十マイルで動いている。系外行きの大型客船に乗ればいいんだ。渡航費はなんとかなるよ。通勤用のロケットを売れば……」

ためらいがちで懐疑的な沈黙がおりた。

「エド」サリーが思いきったようにいいはじめた。「もっとよく考えてからにしたほうがいいんじゃない？　あなたのお仕事はどうなるの？　むこうでなにをするつもり？」

「なにか見つけるさ」

「でも、なにを？　そこまで考えてないわけ？」彼女の声には不機嫌なかん高いひびきがこもってきた。「そのへんをもっとよく検討してからにすべきじゃない？　なにもかもうっちゃって、ただ――ポンと飛びだす前に」

「もし、ぼくたちが逃げださなければ」モリスは声を平静にたもとうと努力しながら、ゆっくりしゃべった。「やつらにとっつかまる。もうあんまり時間はない。あとどれだけやつらを食いとめられるか、ぼくには自信がなくなった」

「いいかげんにしてよ、エド！　あなたの話を聞いてると、まるでメロドラマだわ！　そんなにストレスがたまってるなら、ちょっと休みをとって抑圧の完全チェックをしてもらったら？　こないだテレビの番組で見たけど、検査を受けてた人の精神身体システムは、あなたよりずっとひどかったわよ。それに、ずっと年もとってたし」

サリーはぴょんと立ち上がった。「今夜はどこかへでかけて、お祝いしましょうよ。ね？」ほっそりした指がショーツのジッパーをもてあそんだ。「あの新品のプラスティローブのおひろめといくわ。これまで着る勇気がなかったけど」

サリーは興奮に目をきらきらさせて、寝室へと小走りに急いだ。「ねえ、どれのことだかわかるでしょ？　近くで見ると半透明なんだけど、遠くへいくとどんどん透きとおってきて、とうとう――」

「知ってるよ」モリスは疲れた声でいった。「帰り道の広告でしょっちゅう見てる」のろのろと立ち上がって、居間にはいった。寝室のドアのそばで立ちどまった。「サリー――」

「なあに？」

モリスは口をひらきかけた。もう一度、妻と話しあってみるつもりだった。ていねいに小さく丸めて持って帰ってきた、あのメタルホイルのこと、フロンティアのこと、プロキシマ・ケンタウリのこと、この世界から出ていって二度と帰らないことを、話しあうつもりだった。だが、そのチャンスはやってこなかった。

玄関のチャイムが鳴ったのだ。

「だれかお客さまよ！」サリーがさけんだ。「あなた、早く出てちょうだい！」

夜の薄闇の中で、そのロボットは無言の、微動だにしない影だった。冷たい風がそのうしろから家の中へ吹きつけてきた。モリスはぞくっと身ぶるいし、戸口からあとずさった。

「なんの用だ？」詰問しながらも、奇妙な不安にさいなまれた。「こんな時間に？」

そのロボットは、これまでに見たどれよりも大きかった。背が高く、横幅が広く、ごつい金属のグリッパーと、細長い目のレンズを備えていた。上半身はふつうの円錐形でなく、真四角なタンクだった。キャタピラーも、ふつうの二個ではなくて、倍の四個。背丈は七フィート近く、モリスの前にそそり立っている。どっしりとした重量感。

「こんばんは」ロボットは静かな声でいった。その声が夜風に鞭打たれた。そして、夜の陰気な物音、交通の反響と、遠くの道路信号のひびきと混じりあった。ちらほらとおぼろな人影が暗闇のなかを急いでいる。世界は黒く、敵意に満ちていた。

「こんばんは」モリスは自動的に応じた。自分がふるえているのがわかる。「なにを売りにきたんだね？」

「ファスラッドをお見せしたいんです」ロボットはいった。

モリスの頭は麻痺状態だった。まるきり反応してくれない。ファスラッドとはなんだ？　これは現実か、悪夢か？　自分の心身に活を入れようとした。「なにを見せるって？」かすれ声でたずねた。

「ファスラッド」ロボットはなんの説明もつけたさなかった。説明する責任がどこにあるかという態度で、無感情に彼を見つめていた。「お手間はとらせませんよ」

「しかし――」モリスはいいかけて、風をよけようとうしろにさがった。ロボットは、まったく表情をかえずに、彼のわきをすりぬけて、家の中へはいってきた。

「おじゃまします」ロボットは居間の中央でとまった。「奥さんを呼んでいただけませんか？　奥さんにもファスラッドをお見せしたいんです」

「サリー」モリスは力なくつぶやいた。「おいでよ」

サリーは息をきらして居間にはいってきた。胸のふくらみが興奮にふるえていた。「なんなの？　まあ！」ロボットを見て、困ったように足をとめた。「エド、なにか注文してあったの？　なにかを買うの？」

「こんばんは」ロボットは彼女にいった。「いまからファスラッドをお見せします。どうかお掛けください。そこのソファーがよろしい。ごいっしょに」

サリーは期待に頬を染めて腰をかけた。驚異と当惑に目が輝いていた。麻痺した気分で、彼もその隣に腰をかけた。「ちょっと」と、のどにひっかかった声でたずねた。「そのファスラッドってのはいったいなんだ？　どういうつもりなんだ？　なにも買う気はないぞ！」

「お名前は？」ロボットがきいた。

「モリス」彼は二の句がつげなくなった。「エド・モリス」

ロボットはサリーのほうを向いた。「ミセス・モリス」軽く一礼して、「どうかよろしく、モリスご夫妻。このご近所でファスラッドをごらんになるのは、おたくが最初ですよ。この地区最初の実演販売です」つめたい目が部屋の中を見まわした。「ミスター・モリス、お見うけしたところ、会社にお勤めのようですね。どちらの会社ですか？」

「ガニメデなの」サリーが小学校の生徒のように従順に答えた。「テラ金属開発工業」

ロボットはこの情報を消化した。「ファスラッドはきっとお役に立ちますよ」サリーに目をやって、「あなたは？」

「わたしは歴史研究所のテープ速記者」

「ファスラッドはあなたのお仕事には役立ちませんが、家庭ではとても重宝ですよ」ロボットは強力な鋼鉄のグリッパーでテーブルを持ちあげた。「たとえば、ときどきドジなお客がりっぱな家具をこわすことがあります」ロボットはテーブルをなぐりつけて、こっぱみじんにした。木とプラスチックの破片が雨のように降りそそいだ。「こんなときには、ファスラッドが必要です」


モリスは力なく立ち上がった。事態の進行を食いとめるすべはない。全身が痺れたように重かった。ロボットはテーブルの破片を投げ捨てて、重いフロアスタンドを選んだ。

「ひどいわ」サリーが息をのんだ。「いちばん上等のスタンドを」

「ファスラッドをお持ちになれば、心配はご無用です」ロボットはスタンドをつかむと、グロテスクにひん曲げた。シェードをむしりとり、電球をたたき割り、残骸を投げつけた。

「この種の状況は、なにかの大爆発から起こる可能性があります。たとえば、水爆とか」

「冗談じゃない」モリスはいった。「こんな——」

「核攻撃の可能性はごくわずかでしょう」ロボットは話をつづけた。「しかし、そういう状況のもとでは、ファスラッドは欠かせない必需品です」ロボットは床にうずくまり、こみいった形のチューブを腰からひきぬいた。筒先の狙いをつけると、たちまち直径五フィートの穴を床にぶちぬいた。ぽっかりあいた穴の縁から後退しながらいった。「このトンネルはまだ延長してありませんが、核攻撃におそわれた場合、ファスラッドのおかげで命が助かることは、これでおわかりいただけたと思います」

　おそわれたという言葉がきっかけで、金属の脳には一連の新しい反応が生まれたようだった。

「ときには、夜中に強盗におそわれることもあります」そういうと、いきなりロボットはくるりと向きをかえ、拳骨を壁に突きだした。壁の一角が崩れ落ち、粉と破片の山になった。「これで強盗は片づきます」ロボットは背をのばし、部屋の中を見まわした。「夜はすっかり疲れて、料理のボタンを押す気にならないことも多いでしょう」ロボットはキッチンの中へはいりこむと、レンジの制御盤のキーを押しはじめた。とてつもない量の食べ物が、四方八方へあふれだした。

「やめて!」サリーがさけんだ。「わたしのレンジにさわらないでよ!」

「ときには、フロにお湯を張る気にもなれないことがあります」ロボットが浴槽の制御ボタンをいじると、水がどっと流れだした。「それとも、まっすぐベッドへはいりたくなることもあります」ロボットはベッドを格納スペースからひきちぎり、床に投げつけた。サリーはおびえてあとずさりした。ロボットが彼女のほうに近づいてきたのだ。「ときには、一日の労働に疲れきって、服を着替える気にもならないことがあります。そんな場合には――」

「出ていけ！」モリスはロボットにむかってわめいた。「サリー、早く警官を呼んでこい。こいつはまともじゃない。早く」

「ファスラッドは現代家庭の必需品です」ロボットはしゃべりつづけた。「たとえば、電気器具がこわれることがあります。ファスラッドはさっそくそれを修理します」いうなり、自動湿度調節器をつかんで、配線をひきちぎり、壁にもどした。「ときには、出勤したくない日もあるでしょう。ファスラッドは、連続十日間を超えない範囲で、あなたの身代わりをすることが法律で許可されています。もし、その期間後に――」

「くそ、そうだったのか」ようやくモリスも事情がのみこめた。「おまえがファスラッドなんだ」

「そのとおりです」ロボットは答えた。「FASRADは全自動自己調節《フルオートマチック・セルフレギュレーティング》アンドロイド（家庭用《ドメスチック》）の略。ほかにも、ファスラック（建設工事用《コンストラクション》）、ファスラム（経営管理《マネージアリ》用《アル》）、ファスラス（兵士用《ソルジャー》）、ファスラブ（官庁用《ビューロクラット》）があります。わたしは家庭用です」

「おまえは――」サリーがあえぎあえぎいった。「おまえは売り物なのね。自分を売りこんでるのね」

「自分の実演販売をしているんです」ファスラッドは答えた。それから、無感動な金属の目でモリスをじっと見つめると、あとをつづけた。「ミスター・モリス、きっとわたしがお気に入ったことでしょう。わたしは値段も手ごろですし、完全保証つきです。使用法のマニュアルもちゃんとついております。けっして、いやとはいわせませんよ」

十二時半になっても、エド・モリスはまだ片方の靴をはき、片方の靴を手に持って、ベッドの端に腰かけていた。ぼんやりと宙を見つめたままで、なにもしゃべらない。

「ねえ、おねがい」サリーがたまりかねていった。「いいかげんにそのもつれた靴ひもをほどいて、ベッドにはいったら？　五時半起きなのよ」

モリスはあてもなく靴ひもをいじっていた。しばらくして、手に持った靴をほうりだすと、もう片方の靴をひっぱった。家の中は寒く、静まりかえっている。外では、不気味な夜風が家のそばのヒマラヤ杉の並木を鞭打ち、揺さぶりつづける。サリーは放熱レンズの下で体を丸め、タバコをくわえて、うとうとしながら暖かさを楽しんでいるようだった。

居間の中にはファスラッドが立っていた。あれから帰ろうとしない。まだそこにがんばって、モリスが買うのを待っているのだ。

「ねえったら！」サリーが鋭くいった。「いったいどうしたのよ？　あのロボット、こわしたものをぜんぶ修理したじゃない。実演販売をやっただけよ」眠そうにため息をついて、「たしかに、一時はこわかったわ。調子がくるったんじゃないかと思って。でも、すごい新手ね。戸別訪問で自分を売りこむなんて」

モリスは無言だった。

サリーはごろんとうつぶせになり、ものうげにタバコをもみ消した。「そんなに高くもないじゃない？　一万ゴールド・ユニット。もし、友だちを紹介すれば、五パーセントの手数料がもらえるし。それだって、ただ見せればいいわけでしょ。わたしたちが売りこむ必要はないのよ。あいつが自分で売りこむんだから」クスクス笑いだした。「メーカーの夢だったのよね。自分で自分を売りこむ製品が。そうじゃない？」

やっと、もつれた靴ひもがほどけた。モリスはもう一度靴をはき、ひもを締めなおした。

「なにをしてるの？」サリーが怒りの声をあげた。「ベッドにはいりなさいよ！」モリスが部屋を出て、廊下を歩きだすのを見て、彼女はカンカンになって起きあがった。「どこへ行く気？」

居間にはいったモリスは、電気のスイッチをつけ、ファスラッドと向かいあった。「聞こえるか」

「もちろんです」ファスラッドは答えた。「わたしはけっして作動をやめません。ときには夜中に緊急事態が発生することがあります。子供が急病になったり、事故が起こったりします。あなたにはまだお子さんがいませんが、ひょっとして――」

「だまれ。おまえの話は聞きたくない」

「質問したのはあなたですよ。自己調節ロボットは中央情報交換局に接触しています。ときにはお客様からすぐに情報を求められることもあります。ファスラッドはどんな理論的質問にも、実際的質問にも、その場でお答えできます。形而上学的質問でさえなければ」

モリスは使用法のマニュアルを手にとって、ページをめくった。ファスラッドは何千種類もの仕事ができる。けっして摩《ま》耗《もう》しない。けっして途方に暮れない。けっしてミスをしない。モリスはマニュアルを投げ捨てた。

「おまえを買う気はない。絶対にだ。百万年たっても」

「いいえ、お買いになりますとも」ファスラッドはいいかえした。「このチャンスを見逃す手はありませんよ」その声には冷静で金属的な自信がみなぎっていた。「ミスター・モリス、わたしを断るのはむりです。ファスラッドは現代家庭になくてはならない必需品ですから」

「出てうせろ」モリスはにぶい声でいった。「この家から出ていけ。二度とくるな」

「わたしはまだあなたのファスラッドじゃないから、命令してもむだですよ。あなたが正価で購入されるまで、わたしは自己調節アンドロイド社に対する義務しかありません。社からわたしが受けた命令は、それと正反対でしてね。あなたがわたしをお買いになるまで、あなたのそばにいるようにといわれています」

「ぼくがいつまでたっても買わなかったら、どうする？」モリスはいいかえしたが、そうたずねながらも、心の中には氷が張りはじめていた。つぎに返ってくる答えがもたらすだろう冷たい恐怖を、すでに感じることができた。それ以外の答えはありえない。

「わたしはいつまでもおそばにいます」ファスラッドは答えた。「そのうちにあなたも根《こん》負《ま》けなさいますよ」マントルピースの上の花瓶からしおれたバラをつみとると、自分のゴミ処理口へ投げこんだ。「ファスラッドがどうしても必要な状況は、これからたびたび起こります。いずれはあなたも、わたしなしで生きていけるだろうかと、疑問を感じるようになられます」

「おまえにできないことだってあるだろうが」

「はい、わたしにできないことはたくさんあります。しかし、あなたにできることはなんでもできますよ——しかも、ずっとうまく」

モリスはゆっくりと息を吐きだした。「ぜったいにおまえなど買うもんか」

「ぜひともお買いなさい」無感動な声が答えた。ファスラッドは長い管をのばして、カーペットの掃除をはじめた。「わたしはどんな状況でも役に立ちます。ほら、こんなにほこりがきれいにとれて、ふわふわしてきたでしょう」ファスラッドは管をひっこめ、べつの管をのばした。モリスは咳《せ》きこみ、よろよろとあとずさりした。白い粉末の雲がもうもうと出てきて、部屋の中にたちこめた。

「防虫剤のスプレーです」ファスラッドが説明した。

白い雲が青黒く変色した。部屋は不気味な闇の中に溶けこんだ。ファスラッドは、その真中で能率よく動きまわっているおぼろな影になった。まもなく雲が薄れ、家具が姿を現わした。

「殺菌消毒のスプレーもしておきました」

ファスラッドは部屋の壁を塗りかえ、それに調和する新しい家具をこしらえた。バスルームの天井を補強した。暖房の温風吹き出し口をふやした。屋内配線を新しくやりかえた。キッチンの設備を全部とっぱらい、もっとモダンな器具を組み立てた。モリスの収支状態を検討し、翌年の所得税額を計算した。エンピツの先を一本残らずとがらした。モリスの手首をつかんで、即座に彼の高血圧を心身症的なものと診断した。

「わたしに責任をあずければ、ずっと気分がよくなりますよ」ファスラッドは説明した。

ファスラッドは、サリーがとっておいた古い缶入りスープを捨ててしまった。「ボツリヌス中毒の危険があります。奥さんは性的魅力がいっぱいですが、高次の知的思考には向いていません」

モリスはクローゼットへ行って、コートをとりだした。

「どこへ行くんです？」ファスラッドがきいた。

「会社だ」

「こんな夜中にですか？」

モリスはちょっと寝室の中をのぞいた。サリーは心地よい放熱レンズの下ですやすや眠っている。スリムな体は健康そうなローズピンクに輝き、顔には気苦労のあとかたもない。モリスは玄関のドアを閉めると、急ぎ足にステップを下りて、闇の中にはいった。つめたい夜風に切りつけられながら、駐船場へとむかう。彼の小型通勤船は、ほかの何百隻かといっしょにパークされていた。ロボット係員はコイン一枚で従順にそれを出しにいった。

十分後には、彼はガニメデにむかっていた。

火星へ燃料補給に立ち寄ると、ファスラッドが乗りこんできた。

「どうやらあなたはおわかりになっていないらしい。わたしに与えられた指令は、あなたが満足なさるまで実演販売をするようにというものです。まだ、いまのところ、あなたは納得なさっていない。よりいっそうの実演販売が必要です」ファスラッドは船の制御盤の上に精巧な腕をのばし、すべてのダイヤルとメーターを調整した。「もっとひんぱんに手入れをしなくちゃだめですよ」

ファスラッドは船尾へもぐりこんで、推進ジェットの点検をはじめた。モリスは麻痺した気分で係員に合図を送り、補給ポンプがはずされた。船はみるみるスピードをまし、小さな砂の惑星はうしろに去った。行く手に木星が大きくふくらんできた。

「このジェットの手入れはよくありません」ファスラッドが船尾から顔を出した。「メイン・ブレーキ駆動のノックが気になります。着陸したら、すぐに本格的点検をやりましょう」

「こんなふうに無料サービスをして、会社から文句をいわれないのかね？」モリスは精いっぱいの皮肉をこめていった。

「会社はわたしをあなたのファスラッドと見なしています。月末には、あなた宛てに請求書が送られてくるはずです」ファスラッドはペンと申込用紙をとりだした。「四種類のご便利な支払い方法を説明しましょう。一万ゴールド・ユニットをキャッシュでお支払いの場合は、三パーセントの割引になります。おまけに、若干の家庭用品の下取りもいたします――わたしがいれば、必要なくなりますからね。もし、四回の分割支払いなら、初回は即時、最終回は九十日後です」

「ぼくはいつも現金払いだ」モリスはつぶやいた。制御盤の上で、航路を慎重に組みなおしているところだった。

「九十日ローンには分割払い手数料がかかりません。六カ月ローンですと、利子が年六パーセントですから、だいたい――」ファスラッドは言葉を切った。「コースが変わりましたね」

「そうだ」

「公認交通路からそれています」ファスラッドはペンと申込用紙をしまいこみ、制御盤へと駆けつけた。「なにをする気ですか？　こんなことをしたら二ユニットの罰金ですよ」

モリスは知らん顔だった。決然と制御盤にとりついたまま、スクリーンを見つめていた。船はぐんぐん速度を増している。警報ブイが怒ったように鳴りだすのをしりめに、そのあいだを通りぬけ、その先のわびしい暗黒の中へと飛びこんだ。数秒のうちに、すべての交通は背後に去ってしまった。いまや彼の船はただ一隻、木星をあとにして深宇宙へとひた走っていた。

ファスラッドは軌道計算をした。「この船は太陽系外に向かって飛行しています。ケンタウルスに向かって」

「図星だ」

「奥さんに知らせたほうがよいのでは？」

モリスは鼻を鳴らし、推進力を一目盛上げた。船はガクンと揺れ、しばらくよろめいてから、やっと立ちなおった。ジェットが不気味な悲鳴をあげはじめた。計器がメイン・タービンの過熱を知らせている。モリスはそれにかまわず、非常用燃料までもぶちこんだ。

「わたしがミセス・モリスに連絡しましょう」ファスラッドがいった。「あとしばらくで交信可能範囲から出てしまいます」

「ほっといてくれ」

「奥さんが心配なさいますよ」ファスラッドは船尾へと急ぎ、もう一度ジェットを点検した。それから警報をビービー鳴らしながら、キャビンへもどってきた。「ミスター・モリス、この船は系外旅行に向いていません。太陽系内専門のＤ級四管通勤船です。とてもこんな速度には耐えられませんよ」

「プロキシマへ行くには」とモリスは答えた。「この速度が必要なんだ」

ファスラッドは、自分の動力線を制御盤につないだ。「これで配線系統にかかる負担がいくらか和らげられます。しかし、速度を正常に落とさないかぎり、ジェットの機能低下に責任が持てません」

「ジェットなんかくそくらえだ」

ファスラッドは黙りこんだ。しだいに大きくなる床下からの悲鳴に、じっと聞きいっている。船ぜんたいが激しく身ぶるいした。塗料が剝がれて漂い落ちてきた。シャフトの猛回転で床が熱を持ってきた。モリスの足はスロットルを踏みこんだままだった。いちだんと船のスピードが加わり、太陽がうしろにまわった。船は星図表示空域の外に出た。太陽がみるみる遠のいていく。

「もう、奥さんにも連絡できません」ファスラッドがいった。「船尾に非常用の信号ロケットが三本あります。もしお望みなら、近くを通過する軍用輸送船の注意がひけないものかどうか、あれを発射してみますが」

「なぜ？」

「輸送船に曳航《えいこう》してもらえば、太陽系へ帰れるからですよ。六百ゴールド・ユニットの罰金はかかりますが、このさいはそれが最善の方策だと思います」

モリスはファスラッドに背を向け、スロットルに全体重をあずけた。ジェットの悲鳴が猛烈なうなりにかわった。計器がこわれ、ひびがはいった。制御盤のヒューズがつぎつぎに飛んだ。照明が暗くなり、消えてから、また不承不承についた。

「ミスター・モリス」ファスラッドがいった。「死を覚悟なさってください。タービン爆発の統計的確率は七十三パーセントです。わたしも全力をつくしてみますが、危険限界をとっくに超えました」

モリスはスクリーンに向きなおった。つかのま、渇望のまなざしで、しだいに大きくなる光点、ケンタウルスの連星を見つめた。「すてきじゃないか、ええ？　プロキシマはすごい星だ。二十の惑星」彼はめちゃくちゃに振れ動く計器を調べた。「ジェットはどんなぐあいだ？　これじゃさっぱりわからない。ほとんどの計器がショートしてる」

ファスラッドはためらった。なにかいいかけてから、思いなおした。「もう一度調べてきます」船尾へ向かい、短い斜路を下りて、ものすごい轟音と震動に包まれたエンジン室へはいっていった。

モリスは前かがみになって、タバコをもみ消した。ほんのしばらく待ってから、手をのばして、推進エンジンを制御盤の目盛いっぱいまで全開にした。

爆発で船体はまっぷたつになった。船殻の破片がまわりに飛び散った。彼はふわりと持ちあげられてから、制御盤にたたきつけられた。金属とプラスチックが雨のように降りそそいだ。白熱の閃光がまたたく点々になり、薄れていって、最後は静寂の中に消えた。あとは冷たい灰があるだけだった。


非常用空気ポンプの鈍いシュッシュッという音で、意識がもどった。モリスは制御盤の残骸の下敷きになっていた。片腕は折れ、体の下にねじ曲がっていた。両足を動かそうとしたが、腰から下の感覚がなかった。

さっきまで彼の船だったぐじゃぐじゃの残骸は、まだケンタウルスさして突進していた。空気洩れ防止装置が、あっちこっちにあいた穴をふさごうと、はかない努力をつづけている。自動温度調節装置と人工重力発生機が、内蔵バッテリーの力で発作的に作動をくりかえしている。展望スクリーンでは、ふたつの太陽の燃えさかる火球が静かに容赦なく大きさをましてくる。

彼はうれしかった。破壊された船の静寂の中で、残骸の下に生埋めにされたまま、しだいに大きくなる火球をありがたく見まもった。美しい眺めだった。ずっと前から、それを見たくてたまらなかったのだ。いま、それが刻々と近づいてくる。あと一日か二日で、船は燃えさかる火の玉の中に飛びこみ、焼きつくされてしまうだろう。だが、それまでの時間を楽しめる。この幸福に水をさすものはなにもない。

放熱レンズの下で眠りこけているだろうサリーのことを思った。サリーをプロキシマへ連れていったら、喜んでくれたろうか？　おそらくむりだろう。おそらく、すぐにも地球へ帰りたがっただろう。これは自分ひとりで楽しむしかないものなんだ。これは自分だけの楽しみなんだ。彼はとほうもない安息に満たされた。ここで身動きもせずに横たわっているだけでいい、燃えさかる壮麗な火球が、どんどん近づいてくれる……。

物音。融けてくっついた残骸の山から、なにかが起きあがろうとしている。ねじくれた傷だらけの姿が、スクリーンからちらつく光の中で、ぼんやり見分けられた。モリスはかろうじて首をめぐらした。

ファスラッドがふらりと立ち上がった。その胴体は、打ちくだかれ、えぐりとられて、ほとんどなくなっていた。よろめいたファスラッドは前へつんのめり、大音響を立てて倒れた。のろのろとファスラッドは彼のほうへ這《は》いすすんでから、二、三フィート先で力なく止まった。ギアがぎしぎしと鳴った。継電器が開いては閉じた。もうろうとしたあてどない生命が、破壊された巨体を動かしていた。

「こんばんは」かん高い、金属的な声が、きしるようにいった。

モリスは悲鳴をあげた。体を動かそうとしたが、折れた梁《はり》にしっかりと押さえつけられていた。それでも必死に絶叫しながら、這って逃げようとした。悪態をつき、泣きさけび、涙を流した。

「ファスラッドをお見せしたいんです」金属的な声はつづけた。「奥さんを呼んでいただけませんか？　奥さんにもファスラッドをお見せしたいんです」

「あっちへ行け！」モリスは絶叫した。「あっちへ行けったら！」

「こんばんは」ファスラッドは、こわれたテープのようにしゃべりつづけた。「こんばんは。どうかお掛けください。どうかよろしく。お名前は？　ありがとう。このご近所でファスラッドをごらんになるのは、おたくが最初ですよ。どちらの会社にお勤めですか？」

どんよりしたレンズの目が、空虚に彼を見つめた。

「どうかお掛けください」ファスラッドは繰り返した。「お手間はとらせませんよ。お手間はとらせませんよ。お手間は――」

不屈の蛙《かえる》

The Indefatigable Frog

浅倉久志◎訳

「ゼノンは最初の大科学者だった」ハーディー教授はきびしい目で教室の中を見まわしながら、講義をつづけた。「たとえば、蛙と井戸に関する彼の逆理をとりあげてみよう。どのジャンプもその前のジャンプの半分の高さだとすると、ゼノンのいうとおり、蛙はけっして井戸の外に出られない。わずかではあるが越えることのできない余地が、つねに蛙の前に残されるからだ」

午後の物理学3Aのクラスには沈黙がおりた。みんながハーディー教授のご託宣を頭の中でひねくりまわしている。やがて、教室のうしろでのろのろと一本の手が上がった。

ハーディー教授は信じられないという顔で、その手をにらんだ。「なんだね？　いってみたまえ、ピットナー」

「でも、論理学の講座で教わりましたが、蛙は井戸の外に出られるそうです。グロート先生の話だと――」

「蛙は出られない!」

「グロート先生は出られるとおっしゃいました」

ハーディー教授は腕組みした。「このクラスでは、蛙はけっして井戸の外に出られんのだ。わたしはその証明を自分なりに検討した。蛙がつねにわずかな距離だけ跳びたりない、という結論は納得できる。たとえば、もし蛙が――」

終了のベルが鳴った。

学生たちはいっせいに立ちあがって、ドアのほうへ移動をはじめた。尻切れとんぼになったままで、ハーディー教授は彼らを見つめた。明るいまぬけな顔をした若い男女の群れを、不機嫌にあごをさすりながらにらみつけた。

最後のひとりが出ていったあと、ハーディー教授はパイプを手にとって、教室から廊下に出ていった。廊下の左右に目をやる。予想どおり、そう遠くないところにグロート教授がいた。水飲み器の前に立ち、あごについたしずくを拭いている。

「グロート!」ハーディーは呼びかけた。「顔を貸せ!」

グロート教授はふりむいて、目をぱちくりさせた。「なに?」

「顔を貸せ」ハーディーはつかつかと歩みよった。「よくもずうずうしくゼノンのことを教えたりできるな。彼は科学者だ。科学者である以上、わたしの教材であって、きみの教材じゃない。ゼノンはわたしにまかせろ！」

「ゼノンは哲学者だ」グロートは腹にすえかねたようにハーディーを見あげた。「きみの考えはわかっているぞ。例の蛙と井戸の逆理だろう。参考のために教えてやるがな、ハーディー、あの蛙はわけなく井戸から出られるんだ。きみは学生を惑わせている。論理学がこっちの味方だ」

「論理学か、ふん！」ハーディーは目をいからせ、鼻を鳴らした。「古ぼけた、ほこりだらけの公理の集合じゃないか。あの蛙が井戸という永遠の牢獄に閉じこめられているのは明らかだ。そこから絶対に脱出はできん！」

「できるとも」

「できるもんか」

「ご両人、もうお話はすみましたかな？」穏やかな声がした。ふたりは急いでふりむいた。学部長がにこにこしながら、静かにうしろで立っている。「もし、お話がすんだようなら、おふたりでちょっとわたしの部屋までご足労ねがえまいか」学部長はあごでドアを示した。「お手間はとらせないから」

グロートとハーディーは顔を見あわせた。

「えらいことをしてくれたな」一列にならんで学部長室へはいりしなに、ハーディーはそうささやいた。「おかげでまたお目玉だぞ」

「きみが張本人じゃないか——きみとあの蛙！」

「まあ掛けなさい」学部長は、背のまっすぐな椅子を二つ指し示した。「らくにしてくれたまえ。いそがしいところすまないが、すこし話しあいたいことがあってね」不機嫌にふたりを見やってから——「いったい、こんどの議論の原因はなんです？」

「ゼノン」グロートがぼそりとつぶやいた。

「ゼノン？」

「蛙と井戸の逆理ですよ」

「なるほど」学部長はうなずいた。「なるほど。蛙と井戸ね。二千年前の格言。大昔のパズル。それをいいおとなが廊下のまんなかで、まるで腕白——」

「問題は」とハーディーが口をはさんだ。「これまでだれひとり、それを実験でたしかめたものがないことです。あの逆理は純粋な抽象論ですからね」

「すると、ご両所がはじめて蛙を井戸の中におろして、なにが起きるかを見とどけるというわけか」

「しかし、蛙はあの逆理の条件どおりに跳躍してはくれません」

「じゃ、むりにもそうさせるんだね。二週間の猶予をあげるから、そのあいだに制御条件をととのえて、このばかげたパズルの真相を究明したまえ。毎月毎月きみたちの口論につきあわされるのはまっぴらだ。これを最後にきっぱり決着をつけてもらいたい」

ハーディーとグロートは黙りこんだ。

「なあ、グロート」ハーディーがようやくいった。「それじゃとりかかろうか」

「まず、網が要るな」とグロート。

「網とガラス瓶だ」ハーディーがためいきをついた。「どうせはじめるなら、早いほうがいい」

やがて〝蛙の間〟と呼ばれるようになったそれは、相当な大事業だった。大学から地下室の大部分を提供されて、グロートとハーディーはさっそく仕事に着手し、部品や資材を階下へ運びこんだ。まもなく、そのことはだれひとり知らぬものがなくなった。理科系の学生はあらかたハーディーの味方だった。彼らは〈失敗クラブ〉を結成し、蛙の努力はむなしいと予言した。文科系の学生の中には、それに対抗して〝成功クラブ〟を作ろうとアジるものもあったが、こちらは実を結ばなかった。

グロートとハーディーは、熱にうかされたように、この計画に打ちこんだ。二週間の期限が残りすくなになるにつれて、休講がだんだんふえていった。〝蛙の間〟そのものはしだいに発展をとげ、地下室の長さいっぱいの下水管、という感じを強めてきた。その管の一端は、導線と電子管の迷路の中に消えている。もう一端には扉がある。

ある日、グロートが地下室へおりていくと、すでにハーディーがそこにいて、管の中をのぞいていた。

「約束がちがうじゃないか」グロートはいった。「双方立ち合いのもとでなければ、なにもいじらないという申し合わせだぞ」

「中をのぞいていただけさ。暗いな、この中は」ハーディーはにやりと笑った。「蛙の夜目がきくといいが」

「どのみち、一方へしか行けないんだから」

ハーディーはパイプをくわえて火をつけた。「どうだ、ためしに蛙を一ぴき入れてみようか？　こっちは結果を知りたくてうずうずしてるんだ」

「時期尚早だよ」グロートは、ハーディーがガラス瓶をさがしにかかるのを、おちつかなげに見まもった。「もうすこし待ったほうがよくないか」

「現実に直面したくないんだろう、ええ？　さあ、手を貸せよ」

だしぬけに物音がした。ドアがギーッとひらく。二人は顔を上げた。ピットナーが戸口に立って、地下室の中にできた細長い〝蛙の間〟をものめずらしそうにのぞきこんだ。

「なんの用だ？」ハーディーがいった。「いま、手が放せないんだがね」

「いよいよはじめるんですか？」ピットナーは部屋にはいってきた。「こんなにたくさんのコイルや継電器はなんのために？」

「実に簡単なことさ」グロートは得意顔でいった。「これはぼくの発案でな、こっちの端には――」

「わたしが説明するよ」ハーディーがいった。「きみの説明だと、ややこしくなっていけない。そう、われわれはこれから第一回の蛙テストにとりかかるところだ。ピットナー、きみも見たければ、ここにいていいよ」ハーディーはガラス瓶のふたをあけ、中から湿った蛙をとりだした。「ごらんのように、その大きなチューブには、入口と出口がある。この蛙は入口からはいる。チューブの中をのぞいてみたまえ。さあどうぞ」

ピットナーは、チューブのひらいた口から中をのぞきこんだ。中は暗く長いトンネルだ。

「あの線はなんですか？」

「測定線だ。グロート、スイッチを入れろ」

機械にスイッチがはいり、ブーンと低い唸《うな》りがはじまった。ハーディーはつかんだ蛙をチューブの中へ入れた。金属製の扉を閉め、しっかり止め金をかける。「こうすれば、もう蛙はこっち側から出られない」

「どんなでっかい蛙を使うつもりだったんです？」ピットナーがいった。「このチューブなら、大のおとなでも充分もぐりこめますよ」

「さあ、見てろ」ハーディーはガス栓をひねった。「チューブのこっち側の端をあたためる。熱に追われて、蛙はチューブの中で跳躍する。それをこっちののぞき窓から見る」

三人はチューブの中をのぞきこんだ。蛙はじっとおとなしくうずくまったまま、悲しげに前方を見つめている。

「跳ぶんだ、このばか蛙」ハーディーは、ガスの火力を一段強くした。

「上げすぎだ、このばか！」グロートがどなった。「蛙を蒸し焼きにする気か」

「ほら！」ピットナーがさけんだ。「跳びますよ」

蛙は跳んだ。

「伝導で、熱はチューブの床にそってむこうへ進んでいく」ハーディーは説明した。「蛙は熱から逃れるために、跳びつづけなくちゃならない。よく見ていろ」

とつぜんピットナーがおびえた声を出した。

「たいへんだ、先生。蛙が縮みました。もとの大きさの半分しかありません」

ハーディーはにっこりした。「そこが奇跡なんだよ。いいか、チューブのむこうの端には力場がある。蛙は熱に追いやられて、その方向へ跳びつづけていくしかない。この力場は、動物の体組織を接近の度合いに応じて縮小する働きをもっている。だから、蛙は先に進めば進むほど小さくなっていくのだ」

「なぜそんなことを？」

「蛙のジャンプの幅をしだいにせばめていくには、この方法しかないからさ。蛙は跳躍するたびに体が縮まり、そのためにつぎのジャンプの幅もそれに応じてせばまっていく。その縮小がゼノンの逆理とおなじ条件になるように、お膳立てをととのえたんだ」

「でも、それが行きつく先はどうなるんでしょう？」

「それこそ」とハーディーはいった。「われわれが没頭している問題だよ。チューブのいちばんむこうのゴール地点には、もしそこまで行きつければの話だが、光子ビームが照射してある。もし蛙がそこを通過すれば、力場が切れる仕組みだ」

「きっとたどりつけるさ」グロートがつぶやいた。

「いや、蛙はどんどん小さくなり、ジャンプの距離はどんどん短くなっていく。蛙にとっては、チューブがどこまでも果てしなく伸びていくような感じだろう。絶対にむこうまで行きつけっこない」

ふたりはにらみあった。「あまり調子に乗るなよ」とグロートがいった。

三人はのぞき窓からチューブの中をながめた。蛙はすでにかなりの距離まできていた。もうほとんど目に見えないほど小さい。ハエぐらいのちっぽけなしみが、あるかなしかの動きで、チューブの中を進んでいく。蛙はまたいっそう小さくなった。ピンの先ぐらいになった。そして消えた。

「すげえ」ピットナーが感嘆した。

「ピットナー、もう帰れ」ハーディーは両手をもみあわせながらいった。「グロートとわたしは、これから話しあいがある」

学生が出ていくと、ハーディーはドアに錠をおろした。

「よし、聞こう」グロートはいった。「このチューブの設計者はきみだ。あの蛙はどうなった?」

「きまってるじゃないか。まだピョンピョン跳んでるよ。どこか素粒子の世界の中をね」

「このぺてん師め、あのチューブの中のどこかで、蛙はなにかの事故に遭ったにちがいない」

「ほう?」とハーディー。「もしそう思うなら、自分でチューブの中を調べてみたらどうだ?」

「そうするとも。ひょっとすると……落とし戸が見つかるかもしれん」

「気のすむまで調べるさ」ハーディーはにやりとしていった。それからガスの栓を閉め、大きな金属扉をひらいた。

「懐中電灯をかしてくれ」グロートがいった。ハーディーが懐中電灯をわたすと、グロートはぶつぶついいながら、四つんばいでチューブの中にもぐりこんだ。彼の声がうつろに反響した。「もうごまかされんぞ」

ハーディーは相手の姿がチューブの中に消えるのを見まもった。腰をかがめて、チューブの端からなかをのぞいてみる。グロートはまだたいして進んでいないのに、息を切らし、手足をもがいている。

「どうした?」ハーディーはたずねた。

「ここは窮屈で困る……」

「ほう？」ハーディーの笑みがひろがった。口からパイプを離すと、テーブルの上においた。「その点なら改善してやれると思うよ」

ハーディーは金属扉をガチャンと閉めた。急いでチューブのもう一端へまわり、スイッチを入れる。電子管がともり、継電器がカチッカチッと音を立てた。

ハーディーは腕組みした。「ジャンプ開始だ、蛙くん。跳びつづけろよ、うまずたゆまずな」

彼はガス栓に近づくと、それをひねった。


あたりはまっ暗だった。グロートは身動きもせず、長いあいだうつぶせになっていた。頭の中をさまざまな考えが去来する。ハーディーはどうした？　やつめ、なにをたくらんでいるのか？　ようやくグロートは両肘をついて上体を起こした。その拍子に、頭をごつんとチューブの天井にぶつけた。

温度が上がってきた。「ハーディー！」恐怖のこもった彼の声は、雷のように大きく反響した。「扉をあけろ！　なにをする気だ？」

グロートは体の向きをかえて、いまきた扉のほうへひきかえそうとしたが、チューブがせまくて動きがとれなかった。こうなったら前進するしかない。這《は》い進みながら、小さくつぶやいた。「いまに見てろよ、ハーディー。おまえのジョークはもうたくさんだ。いったいどういうつもりで――」

とつぜんチューブが跳ねあがった。グロートははずみをくらって、あごをしたたか金属の床にぶつけた。目をぱちぱちさせた。チューブが成長したのだ。もう動きまわるだけのゆとりは充分にある。それにこの服！　シャツとズボンが、まるでテントを着たようにだぶだぶだ。

「なんてこった」グロートは小声でいった。両膝をついて起きあがった。苦労しながらうしろ向きになる。膝をついたまま、いまきた道を金属扉まで這いもどった。扉に体重をかけて押してみたが、びくともしない。彼の力ではこじあけられないほど大きくなってしまったのだ。

グロートは長いあいだそこにすわっていた。尻の下で金属の床ががまんできないほど熱くなってきたので、いやいやながら、もっと涼しい場所へと這い進んだ。それから上体を起こし、なさけなさそうに暗闇の中を見つめた。「これからどうすりゃいいんだ」

しばらくするうちに、勇気がすこしもどってきた。「論理的に考えなくちゃだめだ。おれはすでに一度あの力場にはいった。だから、半分のサイズに縮められている。いまの背丈は九十センチぐらいにちがいない。逆にチューブは二倍の長さに伸びたわけだ」

グロートは懐中電灯とメモ帳を巨大なポケットからとりだし、計算をはじめた。懐中電灯は、もてあますほど重い。

体の下で床が熱くなってきた。知らず知らず、熱から逃れようと移動をはじめ、ひとりごとをつぶやいた。「こんなところにじっとしてたら、蒸し焼きに――」

チューブがふたたび跳ねあがり、あらゆる方向にひろがった。気がつくと、ざらざらした織物の海の中で、息をつまらせながらもがいていた。ようやくのことで、そこから自由になれた。

「身長四十五センチか」グロートは周囲を見まわした。「もうここを動く気はないぞ、こんりんざい」

しかし、また足もとの床が熱をおびてくると、前進しないわけにはいかなかった。「二十二・五センチ」グロートはチューブの前方を見はるかした。はるか、はるか彼方に、ぽつんと光が見える。光子ビームがチューブを横ぎっているのだ。あそこまで、とにかくあそこまで、とにかくあそこまでたどりつけさえしたら！

グロートはしばらく自分の計算を再検討した。考えたすえにいった。「よし、これで合ってりゃいいが。おれの計算だと、約九時間半であの光線までたどりつけるはずだ。もし、休みなく歩きつづければ」深呼吸を一つすると、懐中電灯を肩にかつぎあげた。

「しかし、そのころには、ずいぶん小さくなってるだろうなあ……」そうつぶやいてから、グロートはあごをもたげて歩きだした。

ハーディー教授はピットナーに向きなおった。

「このクラスのみんなに、きみがけさ見たもののことを話してやってくれ」

みんなが彼に注目した。ピットナーはおちつかなげに、ごくんと唾《つば》をのみこんだ。「えー、ぼくは地下室へおりていった。そしたら、〝蛙の間〟を見ていけと誘われた。グロート先生にだ。先生たちは実験をはじめるところだった」

「きみのいうのはなんの実験だね?」

「ゼノンの実験です」ピットナーはそわそわした口調で説明した。「蛙。ハーディー先生が蛙をチューブの中に入れ、扉を閉めた。それからグロート先生がスイッチを入れた」

「するとなにが起きた?」

「蛙がピョンピョン跳びはじめて、だんだん小さくなって……」

「蛙がだんだん小さくなったというんだね。それからどうなった?」

「蛙は消えました」

ハーディー教授は椅子の背にもたれた。「じゃ、蛙はチューブの端までたどりつかなかったんだな?」

「はい」

「よろしい」いっとき教室がざわめいた。「これできみたちにもわかったろう。蛙はチューブの端までたどりつけなかった。わが同僚、グロート教授の予想は、みごとにはずれたわけだ。蛙はけっしてゴールにたどりつけないだろう。悲しいかな、あの不運な蛙の姿を二度と見ることはあるまい」

ふたたび教室にざわめきが起きた。ハーディーは鉛筆でデスクをコツコツとたたいた。それからパイプに火をつけ、椅子にもたれてゆっくり紫煙を吐きだした。

「あわれなグロート教授は、この実験で目がさめたんじゃないかな。彼は非常な打撃を受けた。諸君も気づいたと思うが、午後の講義にまだ顔を出していない。どうやらグロート教授は、長い休暇をとって、山ごもりをしたようだね。たぶん、みっちり休養をとり、今回の痛手を忘れたあかつきには……」

グロートはたじろいだ。だが、そのまま歩きつづけた。「びくびくするな」自分にそういいきかせる。「そのまま進め」

チューブがまた跳ねあがった。彼はよろめいた。懐中電灯が床に落ち、こわれて消えてしまった。巨大な洞窟の中で、彼はひとりぼっちだった。このとほうもない空洞は果てしがない、どこまで行っても。

グロートは歩きつづけた。

しばらくすると、また疲れてきた。何度も経験したことだ。「休憩したってかまわんさ」腰をおろした。床はざらざらしていた。ざらざらしていて、でこぼこだ。「こんどの計算からすると、二日ぐらいかかりそうだ。いや、ひょっとすると、もうすこし長く……」

グロートは休息をとり、しばらくうとうとした。それからまた歩きだした。チューブがとつぜん跳ねあがるのには、もう驚かなくなっていた。だんだん慣れてきたのだ。遅かれ早かれ、自分はゴールにたどりつき、光子ビームを切るだろう。そうすれば力場が消え、もとのサイズにもどれる。グロートはかすかなひとり笑いをうかべた。ハーディーのやつ、きっとびっくりするぞ……。

足の爪先がなにかにぶつかって、頭から闇の中につんのめった。底知れぬ恐怖がこみあげ、身ぶるいがはじまった。起きあがり、周囲を見まわす。

どっちだ？

「ちくしょう」腰をかがめ、床にさわってみた。どっちだ？　時間が過ぎていく。まず一つの方向へ、つぎにべつの方向へ、ゆっくり歩いてみた。なにも見わけられない。まったくなにも。

やがてグロートは走りだした。暗闇の中をすべったりころんだりしながら、あっちへこっちへと走った。とつぜん体がよろけた。あのなじみ深い感覚——彼はすすり泣きに似た安堵の吐息をもらした。この方向で正しい！　また走りだした。こんどはおちついて、ロをあけ、大きく呼吸しながら走った。やがて、大揺れをくらってよろけるのといっしょに、体がまたひとまわり縮んだ。しかし、だからこそ正しい方向といえる。がむしゃらに走りつづけた。

走りつづけるうちに、床のでこぼこはますますひどくなってきた。まもなく大小の石ころに足をとられて、走れなくなった。このチューブの中は、ふたりでなめらかに磨きあげたんじゃなかったか？　あんなにサンドペイパーやスチールウールで——

「わかりきったことだ」グロートはつぶやいた。「かみそりの刃の表面でも……もし、こっちが小さければ……」

手さぐりで歩きつづけた。あらゆるものから微光がさしている。まわりに散らばった大石からも、自分の体からも。なんだろう？　両手を目の前にかざしてみた。両手が闇の中できらきら輝いた。

「熱だ」とグロートはいった。「そうだったのか。ありがとよ、ハーディー」薄明かりの中で、岩から岩へと跳びうつった。ごつごつした大岩と丸石の散らばる果てしない平原を、山羊のようにピョンピョン跳びながら横ぎった。「それとも、蛙のように、かな」とひとりごちた。跳躍をつづけたあとは、ときおり立ちどまって、呼吸をしずめた。いつまでかかるんだ？　まわりに積み重なる巨大な鉱石の山を見まわした。だしぬけに、恐怖が体をつらぬいた。

「考えないほうがいい」とつぶやいた。高くそびえた断崖をよじのぼって、むこう側へ跳びうつる。つぎのクレバスはいっそう幅が広かった。かろうじてそれを跳びこえ、あえぎながら、両手で岩につかまった。

くりかえし、くりかえし、果てしなく跳躍はつづいた。回数はとっくに忘れてしまった。

グロートは岩角に立って、跳躍した。

つぎの瞬間、落下がはじまった。下へ、下へ、クレバスの中へ、薄明かりの中へ。底なしの谷だ。どこまでもどこまでも、落下はつづく。

グロート教授は目をつむった。心の平安が訪れ、疲れきった肉体は緊張を解いた。

「もう跳ばなくていい」下へ下へと漂い落ちながらいった。「落下する物体には一つの法則がある……質量が小さいほど、重力の作用もすくない。虫があんなに軽く落下するのもふしぎはない……ある特性が……」

グロートは目を閉じ、ついにやってきた暗黒に身をゆだねた。

「そういうわけで、この実験はいずれ科学史上に――」

ハーディー教授は言葉を切り、眉をよせた。教室の全員がドアのほうを見つめている。何人かの学生は微笑をうかべ、ひとりはげらげら笑いだした。なんだろう、とハーディー教授はそっちへ目をやった。

「こいつは奇現象だ」ハーディーはつぶやいた。

一ぴきの蛙が教室の中にピョンピョン跳びこんできたのだ。

ピットナーが立ちあがった。「先生」興奮した口調だった。「これでぼくの考えた理論が証明されました。あの蛙はものすごく体が小さくなったために、チューブを構成している分子と分子の隙間を――」

「なに？」ハーディーはいった。「これはべつの蛙だ」

「――分子と分子の隙間をすりぬけたんです。蛙はそれからふわふわと床に落ちました。質量が小さいため、重力の作用を受けにくいからです。そして、力場の外に出ると、蛙はもとの大きさにもどりました」

ピットナーは蛙がゆっくりと教室を横ぎりはじめるのを、にこにこ顔で見おろした。

「しかし」とハーディー教授はいいかけてから、力なくデスクの前に腰をおろした。その瞬間にベルが鳴り、学生たちは本とノートを小脇にかかえた。まもなくハーディーはひとりあとに残されて、じっと蛙を見つめた。かぶりをふってつぶやく。「そんなことはありえない。この世界にはごまんと蛙がいる。おなじ蛙であるはずがない」

ひとりの学生がデスクに近づいた。「ハーディー先生――」

ハーディーは顔を上げた。

「え？　なんだね？」

「先生に会いたいという人が廊下にいます。ひどくとりみだしているようです。毛布をかぶって」

「わかった」ハーディーはためいきをついて立ちあがった。ドアの前で足をとめ、一度深呼吸をする。それから唇をひきしめ、廊下に出ていった。

グロートが赤いウールの毛布をかぶって、そこに立っていた。顔は興奮で真っ赤だ。ハーディーは詫びるようにちらと彼に目をやった。

「まだわからんぞ！」グロートがさけんだ。

「え？」ハーディーは口をもぐもぐさせた。「あのなあ、グロート――」

「まだわからんぞ。あの蛙はチューブの端までたどりつけたかもしれん。蛙も、ぼくも、分子と分子の隙間から下に落っこちた。あの逆理をテストするには、なにかべつの方法を考えないとだめだ。〝蛙の間〞では役に立たない」

「うん、なるほど」ハーディーはいった。「待てよ、グロート――」

「そいつはあとで話しあおう」グロートはいった。「まず講義に出なくちゃな。今夜、会いにいくよ」

そういうと、グロートは毛布をしっかりつかんで、廊下を駆けだしていった。

あんな目はごめんだ

The Eyes Have It

浅倉久志◎訳

　ほかの惑星の生物による地球侵略、この信じられない大事件をわたしが知ることになったのは、まったくの偶然だった。いまのところ、それに対してなんの行動もとっていないし、どんな行動をとればいいのかもわからない。政府宛てに投書してみたところ、木造家屋の修理と保全法を書いたパンフレットが送られてきただけだった。とにかく、この事件の全貌はすでに知られている。わたしが最初の発見者というわけではない。ひょっとすると、すでに対策が講じられているのかもしれない。

　あのとき、わたしは安楽椅子にすわって、だれかがバスの中へ忘れていったペイパーバック本を、退屈しのぎにめくっていた。そのうちにある文章にでくわしたのが、思えば最初の手がかりだった。といっても、すぐに反応したわけではない。その意味が頭に浸透するまでには、しばらくかかった。いったん理解してみると、すぐに気がつかなかったことが、むしろふしぎに思えたのだが。

明らかにその文章は、地球土着ではない、不可思議な性質を備えた宇宙生物種族に言及したものである。ただし、とりいそいで付言するなら、この種族、ふだんはふつうの人間に変装している。しかし、その変装も、この本の著者の観察眼にかかると、たちまち馬脚を現わす。この本の著者がすべてを知っていることは明白だ。なにもかも知っている――しかも、知りながら、きわめて冷静そのものだ。その文章は（いまもそれを思いだすと身ぶるいが出るのだが）こういうものだった――

「……彼の目はゆっくりと室内をさまよった」

なんとなく背すじがうそ寒くなった。わたしはその場面を想像してみた。目玉がころころと床をころがっていくのだろうか？　前後関係からすると、そうではなさそうだ。床の上というより、むしろ空中を移動するように思える。しかも、物語の中のだれひとりとして、この程度では驚いてはいない。わたしが最初にピンときたのはそこだった。こんなとっぴょうしもないことが起きているのに、だれもが平然たるものなのだ。そのあと、この一件はさらに強調される。

「……彼の目は人から人へと移動していった」

すべてがこのセンテンスに凝縮している。つまり、その目は持ち主の彼から離れて、明らかに単独行動をとったのだ。わたしの心臓は高鳴り、いまにも息がつまりそうだった。

偶然にも、まったく異質な種族についてのさりげない言及にでくわしたのだ。明らかに、彼らは地球外生物である。しかし、この本の登場人物たちにとっては、それがいとも自然なことなのだ――ということは、彼らもまたおなじ種族に属していると見てよろしいのではないか。

とすると、この本の著者は？　心の中にふつふつと疑惑がわいた。この著者も万事を実に冷静に受けとめている。これがきわめてありふれた現象だと考えているようだ。この知識を隠そうとする努力が、まったく見られない。叙述はさらにつづく――

「……まもなく彼の目はジュリアに吸いつけられた」

ジュリアは育ちのいい女性なので、すくなくともこれに憤慨するだけのたしなみを持ちあわせていた。彼女は顔を赤らめ、怒りに眉をよせた、と描写されている。ここを読んで、ほっとした気分になった。登場人物のみんながみんな、地球外生物ではないらしい。さて、叙述はつづく――

「……ゆうゆうと、冷静に、彼の目はジュリアの全身をくまなく調べた」

なんということを！　しかし、ジュリアがくるりと彼に背を向け、荒々しく部屋を出ていくため、この一件はそこでけりがつく。わたしは椅子の背にもたれて、思わず恐怖のあえぎをもらした。妻と家族のみんなが、ふしぎそうにこっちを見た。

「どうかしたの、あなた？」と妻がきいた。

妻には話せなかった。この種の知識は、ふつうの人間には刺激が強すぎる。この胸のうちにしまっておこう。「なんでもない」と、あえぎながら答えた。椅子から立ちあがると、その本を持って、そそくさと部屋から出ていった。

車庫の中で、わたしはその本を読みついだ。まだ先がある。身ぶるいしながら、つぎの暴露的な箇所を読んだ。

「……彼はジュリアを抱きよせた。まもなく彼女は、その腕を離してちょうだいとたのんだ。彼はにっこり笑って、そのたのみを聞いた」

その男が自分の腕を体から離したあとで、それをどこへやったかは記されていない。たぶん、部屋の隅にでも立てかけたのだろうか。それとも、ごみ捨て場へでも持っていったのか。そんなことはどうでもいい。とにかく、いまの文章にすべてがいいつくされているではないか。これ見よがしに。

この生物種族は、自分の体の一部を自由にとりはずせるのだ。目も、腕も――たぶん、そのほかの部分も。しかも、顔色一つ変えずに、それを平然とやってのける。ここで、生物学の素養が役に立ってくれた。明らかにこの種族は単純な生物だ。単細胞生物と呼ばれる、一つの細胞だけでできあがった、原始的な生きものにちがいない。彼らの発達の程度は、ヒトデなみである。ヒトデにもおなじことができるのは、ご存じだろう。

わたしはなおも読みつづけた。そして、この信じられない秘密が、著者にとっては日常茶飯事のように、淡々と記述されているのを見いだした。

「……映画館の前でわれわれは二つに分かれた。片方は中にはいり、あとの片方は軽食堂で昼食をとった」

二分裂、それにちがいない。半分ずつに分かれて、二つの個体を作るやりかただ。軽食堂のほうが距離が遠いことからしても、そこで昼食をとったのは、彼らの下半身だろう。そして、上半身だけが映画館へはいったのだ。わたしは読みつづけた。手がわなわなとふるえた。こんな重大な秘密にでくわすとは。目まいを感じながら、こんな文章を読みとった。

「……残念ながら、そのことには疑いがない。あわれなビブニーは、また頭をどこかへおき忘れたのだ」

そのあとにつづいて、すぐ――

「……それにボブにいわせると、彼にははらわた《ガッツ》もない」

ところが、なんとビブニーは、それでもピンピンして歩きまわっている。もっとも、もうひとりの人物も、奇妙な点では同様だ。彼はこのように描写される――

「……あいつは骨がない」

つぎの一節については、もはや疑いの余地がなさそうだ。さっき、わたしがこの中で唯一の正常な人間と思ったジュリアが、やはりほかの連中とおなじように異質な生物であることが暴露されるのである——

「……それを知りつつ、ジュリアはあの青年に自分のハートを与えた」

その臓器が最後におさまった場所がどこなのか、そこまでは書いてないが、それはどうでもいい。ほかの登場人物と同様、ジュリアもなんの別状もなく生きつづけていることは明らかだ。心臓も、腕も、目も、頭も、はらわたも、骨もなく、しかも、必要とあれば二分裂をやってのける。平然と。

「……そこで彼女は自分の手を彼にあずけた」

吐き気がする。この悪党は、彼女の心臓だけでなく、手までを奪ったのだ。いまごろ、それをどう処理しているかと考えると、そぞろ戦慄をおぼえる。

「彼は彼女の唇を奪った」

もうおとなしく待っているだけでは満足できずに、この男は自分から進んで彼女をバラバラにしはじめたのだ。顔を赤らめて、わたしはその本をばたんと閉じ、いきおいよく立ちあがった。しかし、その前に、最後の文章が目にはいっていた。最初にわたしがうさんくさいぞと感じた、変幻自在な肉体に関する最後の言及が。

「……彼女の目は彼を追った。道路を横ぎり、野原を越え、どこまでも」

わたしは車庫からとびだし、呪われた怪物どもに追いかけられてでもいるように、暖かい家の中に駆けこんだ。妻と子供たちは、キッチンでモノポリーに興じていた。わたしもその仲間入りをした。ひたいが熱っぽいのを感じ、歯をガチガチ鳴らしながら、ゲームにうちこもうとした。

あの怪物どものことは、もうたくさんだ。なにも聞きたくない。くるならこさせろ。地球の侵略でもなんでもご自由に。それに巻きこまれるのだけはまっぴらだ。

そんな神経は、わたしにはない。

猫と宇宙船
The Alien Mind

大森 望◎訳

シータ室がもたらす不活性状態の奥底で、かすかな音が聞こえた。それにつづいて合成音声が、「あと五分です」

「オーケイ」といって、彼は深い眠りから抜け出そうと意識を集中した。船の針路を修正するまでにあと五分。自動操縦システムになにかトラブルが起きた。おれのミスか？　まずありえない。ミスをおかしたことなど一度もなかった。このジェイスン・ベドフォードがミスをおかす？　まさか。

ふらつく足で操縦モジュールへと向かう途中、旅の無聊《ぶりよう》を慰めるために同乗しているノーマンの姿が見えた。猫は、空中でゆっくりと輪を描きながら、なぜか固定されずに宙に浮かんだ一本のペンを前足でつついている。妙だな、とベドフォードは思った。

「おれといっしょに眠ってたはずなのに」とつぶやいてから、船の航路データを調べた。

ありえない！　シリウス方向に五分の一パーセクもずれている。これでは旅程が一週間延びてしまう。厳密な正確さで操縦装置の設定を直してから、目的地であるメクノスⅢに緊急連絡を入れた。

「トラブルですか？」メクノス人オペレーターが応じた。声はドライで冷たく、計算するようなモノトーンの響きが、いつもどこか蛇を連想させる。

ベドフォードは状況を説明した。

「われわれにはワクチンが必要です」とメクノス人がいった。「針路をはずれないようにしてください」

猫のノーマンが悠揚迫らざる態度で操縦装置のそばを漂い、前足をのばしたかと思うと、でたらめにボタンを叩いた。押しこまれた二個のボタンがかすかなビープ音を奏で、船はまた針路を変えた。

「犯人はおまえか」とベドフォードはいった。「エイリアンの前で、よくも恥をかかせてくれたな。異星人の知性を向こうにまわして、こっちはまるで阿呆みたいじゃないか」ベドフォードは猫の首をつかむと、ぎゅっと力をこめた。

「いまの奇妙な音はなんですか？」メクノス人オペレーターがたずねた。「泣いているような」

ベドフォードはおだやかな口調で、「泣くようなものは、もうなにもない。忘れてくれ」といって回線を切り、猫の死体を廃棄用シューターに運んで、船外に排出した。

　数分後、シータ室にもどった彼は、またまどろみはじめた。今回は、設定した針路に干渉する者はなかった。ベドフォードはつつがなく眠りつづけた。


　船がメクノスⅢに到着すると、出迎えた異星人の医療チームが奇妙な要望をつきつけてきた。「あなたのペットを見せてください」

「ペットなんかいない」とベドフォードは答えた。たしかにそのとおりだった。

「しかし、事前にいただいている積荷目録によれば――」

「そんなの、そっちの知ったことじゃないだろう。ワクチンはたしかに引き渡した。おれは出発する」

　メクノス人はいった。「あらゆる生命体の安全に気を配ることがわれわれの関心事です。船を調べさせていただきます」

「存在しない猫を探してか」とベドフォード。

　彼らの捜索は不首尾に終わった。ベドフォードは異星人たちが船のあらゆる貯蔵庫や通路をくまなく調べるのをじりじりしながら見守った。あいにくなことに、異星人は猫用のドライフード十袋を発見した。そのあと彼らは、自分たちの言語で長々と議論をつづけた。

「もういいかげん、地球へ帰る許可をいただけませんかね」ベドフォードはぞんざいな口調でいった。「こっちもスケジュールが詰まってるんでね」異星人がどう思おうが、なにをいおうが、彼にはどうでもよかった。静かなシータ室と深い眠りにもどることだけが願いだった。

「除染処置Aを受けていただく必要があります」メクノス人医療チームの代表がいった。「この惑星の菌類やウイルスを――」

「わかった」とベドフォード。「とっとと済ませてくれ」

その後、除染が終わり、彼が船にもどって駆動装置を始動させようとしたとき、映話連絡が入った。相手がだれなのかはわからない。彼の目には、どのメクノス人もそっくりに見えた。「猫の名前はなんでしたか?」とメクノス人がいった。

「ノーマンだ」と答え、始動スイッチを押した。船は空に向かって舞い上がり、彼はにっこりした。

しかし、シータ室の電源装置がとりはずされているのを見たときは、にっこりしなかった。予備電源まで消えているのを知ったときも、にっこりとはしなかった。おれが持ってくるのを忘れたのか? と自問した。いや、そんなわけはない。やつらが持ち去ったんだ。

地球に帰りつくまでに二年。シータ室の睡眠を奪われ、意識を保ったままで過ごす二年間。そのあいだじゅう、じっと椅子にすわるか、宙を漂うか、それとも――軍事訓練ホロフィルムで見たように――精神に異常をきたして部屋の隅で体をまるめるかして過ごすことになる。

引き返したいという要望をメクノスⅢに送った。返信なし。ふむ、これで、もどるという選択肢は消えた。

操縦モジュールの席に着き、小型船内コンピュータのスイッチを入れると、質問した。

「シータ室が作動しない。サボタージュの被害に遭った。二年のあいだ、なにをすればいい？」

〝非常用娯楽テープがあります〟

「そうだった」思い出してしかるべきだった。「ありがとう」

ボタンを押して、テープを収納している保管庫の扉を開けた。

テープはなかった。中に入っていたのは、ノーマンのために積み込まれた猫用のおもちゃ――ミニチュアのパンチングバッグ――だけ。これを使って遊ばせるような面倒なことは一度もしなかった。それをべつにすると、棚はからっぽ。

異星人の知性は、謎めいていて残酷だ。

船の録音装置を作動させると、おだやかに、せいいっぱいの説得力を込めていった。

「これからやるべき課題は、今後二年間の日課を決めること。まずは食事だ。三度三度のおいしい献立を考え、調理し、食べ、食事を楽しむことに最大限の時間を使う。これからの長い旅のあいだに、あらゆるメニューの組み合わせを試してみようじゃないか」

立ち上がり、巨大な食糧貯蔵庫へと足を向けた。中には、何列も何列も、同じスナックの箱がぎっしり詰まっていた。とはいえ、食材がキャットフード二年分とあっては、できることはほとんどない。とくに、バラエティという点では。しかし、どれも同じ味なんだろうか？

同じ味だった。

スパイはだれだ

Shell Game

浅倉久志◎訳

その物音でオキーフはたちまち目ざめた。毛布をはねのけ、簡易ベッドからすべりでると、壁からブラスター拳銃をつかみとり、片足で警報ボックスをけやぶった。高周波が発生し、移住地のほうぼうに設置された非常ベルが鳴りだした。オキーフが自分の家からとびだすころには、すでにまわりでライトがまたたきはじめていた。

「どこだ？」フィッシャーがかんだかい声でたずねた。オキーフのそばに現われた彼は、まだパジャマ姿で寝ぼけづらをしていた。

「右のほうだ」オキーフは横へとびのいた。地下武器庫から大型砲が運びあげられてくる。パジャマ姿の人影のあいだから、兵士たちが現われた。右手にはもやにおおわれた黒い沼があり、肉の厚い枝葉や、シダ類や、汁気の多いタマネギが、ベテルギウス第二惑星の表面を形づくる半液体の軟泥《なんでい》の中に沈んでいる。夜の燐光《りんこう》が沼地の上に踊りたわむれ、たよりない黄色のライトが濃い闇の中にまたたく。

「わかった」ホルストコフスキーがいう。「やつらは道路の上じゃなく、道路のわきをやってきたんだ。道路わきの両側二十メートルぐらいは、沼地が盛りあがって路肩になってる。だから、こっちのレーダーがはたらかなかった」

〝火吹き虫〟と呼ばれる巨大な燃焼圧縮機械が、沼の中をかきわけて泥と波立つ水をむさぼり食い、まだ煙のくすぶるひとすじの堅固な路面を尻から吐きだしている。茂みや、腐った根や枯葉は、すべて吸いこまれ、効率よく片づけられていく。

「なにが見えたんだ?」ポートベインがオキーフにきいた。

「なにも見えない。熟睡してたから。だが、やつらの物音が聞こえたんだよ」

「やつらはなにをしてた?」

「おれの家へ神経ガスを送りこむ準備をしてた。ポータブルのドラムからホースをひきだす音や、与圧タンクの栓をはずす音が聞こえた。だが、そうはいかん、やつらがジョイントを締めおわる前に、おれは家からとびだした」

ダニエルズが駆けつけた。「ガス攻撃か?」ベルトからガスマスクをはずそうとした。

「そこにぼやっとつったってないで——早くマスクをつけろ!」

「やつらはポンプを動かすひまがなかった」シルバーマンがいった。「オキーフが早く気づいて警報を鳴らしてくれたんだ。やつらは沼地へ退却した」

「たしかか？」ダニエルズが問いつめた。「なんのにおいもしないだろう？」

「ああ」ダニエルズは認めた。「しかし、無臭性のやつがいちばん危険だ。それに、ガスにやられたと気がついてからでは遅い」ダニエルズは念のためにガスマスクをつけた。

何列にも並んだ家のそばに、二、三人の女が現われた——緊急サーチライトの眩光《げんこう》の中に、きょとんとした顔の、ほっそりした姿がうきあがった。そのうしろから、子供たちがこわごわついてくる。

シルバーマンとホルストコフスキーは、大型砲のそばの影の中に移動した。

「興味ぶかいな」ホルストコフスキーがいった。「今月にはいってガス攻撃は三度目だ。それに、もう二回は移住地内に起爆装置をしかけようとした。やつらは攻勢を強めてる」

「きみはなにもかも計算ずみだな、ええ？」

「われわれが押される一方だということぐらい、パターン統合装置に教えてもらわなくてもわかるさ」ホルストコフスキーは用心ぶかくあたりを見まわしてから、シルバーマンをそばにひきよせた。「ひょっとすると、レーダー・スクリーンが反応しなかったのは、それかもしれんぞ。あのレーダーはなんにでも反応するはずだ、タタキコウモリにでも」

「だが、もしきみがいったように、やつらが路肩をやってきたとしたら——」

「あれは伏線を張っただけさ。だれかやつらの手引きをして、レーダーの妨害をしたやつがいる」

「というと、われわれの中に？」

ホルストコフスキーは、湿った夜の薄闇をすかして、フィッシャーをじっと見つめている。フィッシャーは、すでに用心ぶかく道路の縁まで移動していた。堅い路面が終わって、軟ぬるぬるした、焼けただれた沼地がはじまるところだ。フィッシャーはうずくまって、泥の中をほじくっていた。

「やつはなにをしてる？」ホルストコフスキーがたずねた。

「なにかを拾ったんだろう」シルバーマンは無関心に答えた。「いいじゃないか。さっき、そのへんを見まわりにいったんだから。そうだろう？」

「見てろ」とホルストコフスキー。「きっとこっちへもどってきたとき、なんにも見つからなかったというぞ」

まもなくフィッシャーは、手から泥をかき落としながら、足早にもどってきた。

ホルストコフスキーが途中で彼を迎えた。「なにが見つかった？」

「なにがって？」フィッシャーはまばたきした。「なにも見つからんよ」

「ごまかすな！　あそこで四つんばいになって、沼の中をほじくりかえしてたじゃないか」

「あれは――金属みたいなものが見えたように思ってな。それだけさ」

ホルストコフスキーの身内にとほうもない興奮がひろがった。思ったとおりだ。「さっさといえ！」彼はさけんだ。「なにを見つけた」

「ガス管かなと思ったんだ」フィッシャーはつぶやいた。「だけど、ただの根っこだった。大きな濡れた根っこだ」

はりつめた沈黙がおりた。

「身体検査してみろ」ポートベインが命じた。

ふたりの兵士がフィッシャーをつかまえた。シルバーマンとダニエルズがすばやく彼の持ち物を調べた。

ベルトの拳銃、ナイフ、非常ホイッスル、自動リレー点検器、ガイガー・カウンター、パルス発信器、救急キット、それに身分証。それだけだ。

兵士たちはがっかりして彼を放し、フィッシャーはむすっとした顔で所持品を拾い集めはじめた。

「やっぱり、なにも見つけたわけじゃない」ポートベインは宣言した。「すまなかったな、フィッシャー。用心第一だから。つねに警戒をつづけなけりゃならない。やつらがあそこにいて、われわれに対する危害と陰謀をたくらんでるあいだは」

シルバーマンとホルストコフスキーは顔を見合わせて、そっとその場を離れた。

「わかってきたような気がする」シルバーマンが小声でいった。

「そうとも」ホルストコフスキーは答えた。「なにかを隠したにきまってる。やつがいじくってたあのへんの泥を掘りかえしてみよう。なにかおもしろいものが見つかりそうだ」

ホルストコフスキーは戦いをいどむように肩をそびやかした。「この移住地の中で、だれかが敵に内通してるのはわかってる。地球《テラ》のスパイが」

シルバーマンはぎくりとなった。「地球《テラ》？　そうなのか、われわれをおそってくるのは？」

「もちろんそうさ」

割りきれない表情が、シルバーマンの顔にうかんだ。

「敵は、もっとほかのだれかだと思ってた」

ホルストコフスキーは憤然とした。

「たとえば？」

シルバーマンは首をふった。「わからない。どうするかってことが先で、相手がだれかってことはあんまり考えなかったんだ。相手はエイリアンだと思いこんで、それですましてたところもある」

「あのテラのモンキー野郎どもがエイリアンじゃないというのか？」ホルストコフスキーはかみついた。

毎週のパターン会議には、移住地の九人のリーダーが、補強された地下会議室に集まる。最後のリーダーが入念な検問のすえに中へ通されると、さっそく入口は密閉されて、武装警備員がそこを固める。

議長のドムグラフ＝シュワッハは、注意ぶかい態度で深い椅子にすわり、片手をパターン統合装置の上に、もう片手をスイッチの上においている。このスイッチを押せば、ただちに彼はこの部屋からカタパルトで発射されて、攻撃から安全な特別室へ避難できるのだ。ポートベインはいつものように会議室の点検をおこない、椅子とデスクのひとつひとつを鋭い目で調べている。ダニエルズはガイガー・カウンターをにらんですわっている。シルバーマンは、スチールとプラスチックでできた精巧な防護服ですっぽり身を包んでいる。こみいった配線のあるその服からは、たえずブーンと唸《うな》りがひびいている。

「いったい、その鎧《よろい》かぶとはなんのつもりだ？」ドムグラフ＝シュワッハが腹立たしげにきいた。「そんなものはぬいで顔を見せろ」

「おことわりだ」シルバーマンはどなりかえしたが、その声は手のこんだ被覆の中でくぐもっていた。「これからはこの服を放さない。ゆうべ、だれかが細菌の充満した注射器の針を突き刺そうとした」

それまで自分の席でなかば居眠りしていたラノアールが、きゅうに生きかえった。「細菌の充満した注射器？」椅子からさっと立ちあがると、シルバーマンのほうにいそいだ。

る！」

「ちょっと聞くが――」

「そばによるな！」シルバーマンはさけんだ。「それ以上近づいたら、感電死させてや

「先週わたしが報告した未遂事件だ」ラノアールが興奮に息をはずませた。「やつらが水源を金属塩で汚染しようとしただろう？　あのとき思った。やつらのつぎの方法は、きっと細菌汚染だ。実際に発病してからはじめて気がつくような、濾過性《ろかせい》ウイルスだ、と」ラノアールはポケットから小瓶をとりだし、白いカプセルを掌《てのひら》いっぱいにふりだした。そのカプセルをつぎからつぎへと口にほうりこみはじめた。

会議室の全員が、なんらかのかたちで自衛していた。めいめいが、自分の個人的経験に対応した防御方法を準備しているのだ。そして、それらの防御システムを総合計したものが、パターン計画に統合されている。中でこうした機械器具に関心がないのは、テイトひとりだった。緊張した青い顔ですわってはいるが、ほかのみんなをしりめに、手持ちぶさたなようすだ。ドムグラフ＝シュワッハは頭の中にこう書きとめた――テイトの自信のレベルは異常に高い。この男は、どういうわけか、自分だけは絶対に安全だと思っているらしい。

「雑談は中止」ドムグラフ＝シュワッハはいった。「会議をはじめよう」

彼が議長にえらばれたのは、ルーレットの結果だった。このやりかたなら、転覆活動の

可能性はない。六十人の男性と五十人の女性を擁する、孤立した、自給自足のコロニーの中では、こうした無作為の選出法が必要なのだ。

「ダニエルズに、ここ一週間のパターン統合報告を読みあげてもらおう」とドムグラフ＝シュワッハがいった。

「なぜ？」ポートベインがぶっきらぼうにたずねた。「われわれはそれをまとめたメンバーだ。なにが書いてあるかはわかってる」

「いつも読みあげるのとおなじ理由だよ」シルバーマンが答えた。「内容がいじられてないのを確認するためだ」

「要約だけでいい！」ホルストコフスキーが声高にいった。「この穴蔵に必要以上の長居はしたくない」

「だれかが通路を埋めてしまうんじゃないかと気がかりかね？」ダニエルズがからかった。「ここには半ダースもの非常脱出口がある。きみもそれは知ってるはずだ――そのひとつひとつの設置を強く要求したご本人だからな」

「早く要約を読め！」ラノアールが要求した。

ダニエルズが咳《せき》ばらいした。「ここ七日間のあいだに合計十一回の明白な襲撃があった。おもな攻撃の対象は新しいA級橋梁《きょうりょう》網で、サボタージュ工作によって破壊された。支柱が弱められ、基本材料の混合プラスチックが薄められていたため、最初の輸送トラック隊が橋を通過した瞬間に、すべてが崩れ落ちたのだ」

「それは知っている」ポートベインが陰気な声をだした。

「損失は六人の人命と莫大な器材。軍隊がまる一日付近を捜索したが、犯人どもは逃げおおせた。この襲撃のあとまもなく、水源が金属塩で汚染されているのが発見された。そこで従来の井戸は埋めたてられ、新しい井戸が掘りぬかれた。現在、われわれが使用するすべての水はフィルターと分析システムを通ってくる」

「わたしは自分の使う分を煮沸してるよ」ラノアールがしみじみと告白した。

「襲撃の回数も激しさも一段とましたというのが、みんなの一致した意見だ」ダニエルズは大きな壁のチャートとグラフを指さした。「爆発にも平気なバリヤーと、恒久的な指向性ネットワークがなければ、今夜のわれわれは敗北していただろう。そこで肝心の質問だが——われわれをおそってくる敵は何者だ？」

「テラ人さ」ホルストコフスキーがいった。

テイトは首を横にふった。「テラ人だと！　いったいあのモンキー野郎どもがはるばるこんなところまでなにをしにくるというんだ？」

「われわれもはるばるここにきた、ちがうかね？」ラノアールがいいかえした。「それに、われわれもむかしはテラ人だった」

「ばかな！」フィッシャーがさけんだ。「テラに住んでたかもしれんが、われわれはテラ人じゃない。もっと優れたミュータント種族だ」

「じゃ、敵はだれなんだ？」ホルストコフスキーがききただした。

「宇宙船の生存者はほかにもいる」テイトがいった。

「どうしてわかる？」シルバーマンがきいた。「見たことがあるのか？」

「われわれは一隻の救命艇も回収できなかった。おぼえているか？　やつらはそれに乗って脱出したにちがいない」

「もし、敵が孤立無援の生存者だとしたら」オキーフが反論した。「あんな装置や武器や機械を持ってるはずがない。やつらは訓練され、統制のとれた戦力だ。これまでわれわれは敵をうち負かすことはおろか、五年間にたったひとりの敵も殺せなかった。それだけをとっても、敵の実力は明らかだ」

「われわれは敵をうち負かそうとしていない」フィッシャーがいった。「ただ自衛につとめてきただけだ」

　九人の男の上にとつぜん張りつめた沈黙がおりた。

「あの宇宙船のことだな」ホルストコフスキーがいった。

「まもなくあいつを沼地から引き揚げられる」テイトは答えた。「そうすれば、やつらに目にもの見せてやれるぞ――やつらが忘れられないようなものを」

「冗談じゃない！」ラノアールがうんざりしたようにさけんだ。「あの船は完全なスクラップだ――隕石で完全にたたきつぶされた。かりに引き揚げたとしてどうなる？　完全に修理しなければ、動かすことさえむりだ」

「もしモンキー野郎どもにあれが作れたのなら」とポートベインがいった。「われわれに修理ができないはずはない。そのための道具と機械はある」

「それに、やっと司令室の位置がわかったんだ」オキーフが指摘した。「引き揚げられない理由はない」

ラノアールの表情が一変した。「わかった。異議はひっこめるよ。早く引き揚げよう」

「おまえの動機はなんだ？」ダニエルズが興奮してどなった。「なにかわれわれをだまそうとたくらんでるな！」

「たしかになにかをたくらんでるぞ」フィッシャーが激しい口調で同意した。「やつに耳をかすな。あのくそったれな船はそのままにしておけ！」

「もう手遅れだ」オキーフがいった。「何週間も前から浮上がつづいている」

「おまえも同類か！」ダニエルズが金切り声でさけんだ。「おれたちに一杯食わせるつもりだな！」

その宇宙船は、濡れそぼって腐食した廃物だった。軟泥がぼとぼとと流れ落ちる中で、磁力クレーンは宇宙船を沼の中から引き揚げ、火吹き虫が準備した堅い地面の上に運ぼうとしている。

火吹き虫たちは、沼地の中に、司令室までつうじる堅い道路を焼きかためた。クレーンが司令室を吊りあげているあいだに、下から頑丈なプラスチックの梁《はり》があてがわれた。古びた髪の毛のようにもつれあった藻が、真昼の日ざしの下で、球形のキャビンをおおっている。五年ぶりにキャビンに当たった日光。

「さあ、行こう」ドムグラフ＝シュワッハがいそいそといった。

ポートベインとラノアールは焼きかためられた地面の上を進んで、沼から引き揚げられた司令室に近づいた。ハンドライトが、湯気の立っている壁と、殻をかぶったような制御装置のまわりを、不気味な黄色に照らしだした。足もとのどろっとした水たまりの中で、鉛色のウナギがのたうち、もがいている。司令室は、たたきつぶされてひしゃげた廃墟だ。最初に中へはいったラノアールが、気みじかにポートベインを手招きした。

「おい、制御装置はきみが見てくれよ――技術者だろうが」

ポートベインは錆びた金属の盛りあがった斜面にハンドライトをおき、膝までの深さの泥の中をびちょびちょ渡って、破壊された操作パネルに近づいた。溶融し、ひんまがった金属の迷路。ポートベインはその前にうずくまって、あばたになったカバーを剝がしはじめた。

ラノアールは物品戸棚をあけ、缶に密封されたオーディオ・テープとビデオ・テープをとりだした。缶の中のビデオ・テープをどさっとあけ、またたく光をたよりにラベルを読んだ。

「ここに船のデータがある。だれも乗船していなかったことが、これで証明できるぞ」

オキーフがぎざぎざの戸口に現われた。「どうだい、状況は？」

ラノアールは肘で彼を押しのけて、支持台の上に出た。かかえてきたテープの缶をそこにおくと、ずぶ濡れの司令室の中へとってかえした。「操作パネルでなにか見つかったか？」とポートベインにきく。

「おかしい」とポートベインはつぶやいた。

「なにがあった？」テイトが詰問した。「破壊がひどいのか？」

「配線やリレーはたくさんある。計器や動力回路やスイッチもたくさんある。しかし、それらを動かす制御装置がない」

ラノアールがあわてて近づいた。「あるはずだ！」

「修理するためには、このカバーをはずさなきゃならない――ぜんぶ剝がしてしまわないと、なにも見えない。しかし、ここにすわってこの船を操縦することは、だれにもむりだ。のっぺらぼうの密封されたキャビンがあるだけだから」

「ひょっとすると、司令室じゃないのかもしれんな」フィッシャーがべつの見解を出した。

「これは操舵《そうだ》機構だ――それはまちがいない」ポートベインは黒焦げになった配線の塊を

ひっぱりだした。「しかし、このぜんぶが自己充足的なんだ。ロボット・コントロール。全自動式だ」

みんながおたがいに顔を見合わせた。

「じゃ、われわれは囚人だったのか」テイトが呆然とした声でいった。

「だれの？」フィッシャーはなっとくがいかないようだった。

「テラ人のだ！」ラノアールがいった。

「どうもよくわからんな」フィッシャーはぼんやりといった。「この船の飛行を計画したのはわれわれだぜ――そうだろう？　われわれはガニメデから脱出して、ここまで逃げおおせたんだ」

「テープを調べてみよう」ポートベインがラノアールにいった。「なにがはいっているかをな」

ダニエルズがスキャナーからビデオ・テープをはずし、照明の光度を上げた。

「やっぱりそうか」と彼はいった。「いま見たとおり、これは病院船だった。乗組員はいなかった。木星の中央誘導ビームに乗って操縦されていた。ビームがこの船を太陽系からここまで誘導した。ところが、そこで機械的エラーのために、隕石が防御バリヤーを突破し、船は墜落したんだ」

「じゃ、もし墜落していなければ？」ドムグラフ＝シュワッハが小声できいた。

「その場合、われわれはフォーマルハウト第四惑星の中央病院に送られていただろう」

「最後のテープをもう一度再生してくれ」テイトがうながした。

壁のスピーカーがプップッ雑音を出してから、よどみなくしゃべりはじめた――

「この患者たちと接触するさいには、パラノイアと、その他の精神病的人格障害におけるパラノイア的症候群との区別を、心にとどめておかねばならない。パラノイア患者は、全体的な人格構造を無傷でたもっている。コンプレックスの領域外においては、彼は論理的、理性的であり、頭脳明晰ですらある。彼とは対話ができる――彼は自分自身を論じることもできる――彼は周囲の環境を認識している。

パラノイア患者がほかの精神病者と異なる点は、彼が外界に対して積極的な指向を持つことである。彼がいわゆる正常人格タイプと異なる点は、一連の固定観念、誤った仮定を持っており、そこからこれらの誤った仮定に論理的に一致するような、手のこんだ信念体系を容赦なく構築していくことにある」

ふるえる手で、ダニエルズはテープを中断させた。「これらのテープは、フォーマルハウト第四惑星の病院当局に宛てられたものだ。それが司令室の物品戸棚の中に鍵をかけてしまってあった。司令室そのものも、船のほかの部分から遮断されていた。われわれはだれもそこへはいれなかった」

「パラノイア患者はきわめて頑固である」テラ人の医師の穏やかな声があとをつづけた。「彼の固定観念は揺るがすことができない。彼の生活は固定観念に支配されている。彼はあらゆる事件、あらゆる人物、あらゆる偶然の発言、偶然の出来事を、論理的に自分の体系の中に織りこむ。彼は世界が自分に対して陰謀をくわだてていること――自分がなみはずれた重要性と能力をもつ人物であり、その自分に対して果てしない策謀がこらされていることを確信している。それらの陰謀の裏をかくために、パラノイア患者は自分を守ろうと無限の努力をする。彼はくりかえして当局の活動をビデオ・テープに撮影し、たえず住居をかえ、そして、危険な最終段階になると、おそらく――」

シルバーマンが荒々しくスイッチを切ったので、部屋の中はふいに静かになった。移住地の九人のリーダーは、おのおのの席にすわったまま微動だもしない。

「われわれは精神病者の集まりか」ようやくテイトが吐きすてるようにいった。「船いっぱいのサイコが、偶然の隕石で難破したわけか」

「自分をごまかすんじゃない」ホルストコフスキーがかみついた。「あの隕石は絶対に偶然の産物じゃなかった」

フィッシャーがヒステリックに笑いだした。「それもまたパラノイアのご託宣か。なんてこった、あの襲撃のぜんぶが――われわれの頭の中だけの妄想だったとは！」

ラノアールがテープの山をぼんやりとつついた。「いったいなにを信じりゃいいんだ？

襲撃者は実際にいるのか？」

「五年間もやつらを相手にたたかってきたんだぞ！」ポートベインがいいかえした。「それだけで証拠は充分じゃないか」

「しかし、やつらを見たかい？」フィッシャーがからかうようにきいた。

「相手は銀河系最高のエージェントどもだ。テラの突撃隊と、軍事スパイ。転覆工作やサボタージュ工作の訓練をみっちり受けたやつらだ。姿を見せるようなへまをするもんか」

「やつらは橋を破壊したじゃないか」オキーフがいった。「姿を見たことがないのは事実だが、橋はまちがいなくこわされた」

「作り方が悪かったのかもしれん」フィッシャーが指摘した。「橋が勝手にこわれたのかもしれん」

「あれだけの建造物が〝勝手に〟こわれたりするか！　あれだけいろいろなことが起こるには、なにか理由があるはずだ」

「たとえば？」とテイトがききかえした。

「毎週のガス攻撃」ポートベインがいった。「水源にほうりこまれた金属塩。これらはほんの数例だ」

「それに細菌のはいった結晶」ダニエルズがつけたした。

「ひょっとすると、どれも実在しないのかもしれん」ラノアールが反論した。「しかし、どうやってそれを証明する？　もし、われわれがみんな狂人だとしたら、いったいなにがわかる？」

「ここには百人以上の仲間がいる」ドムグラフ＝シュワッハがいった。「それがみんなあの襲撃を体験した。それだけで証拠は充分だろうが？」

「神話はひとつの社会ぜんたいに受けいれられ、信じこまれ、つぎの世代に教えつがれていく。神々、妖精、魔女――あるものを信じたところで、それが存在するということにはならない。テラ人たちは、何世紀ものあいだ、地球が平らだと信じこんでいたほどだ」

フィッシャーがいった。「もし、一フィートの定規が、ぜんぶ十三インチになっていたら、だれかがそれに気づくと思うか？　どれかひとつが、十二インチのままでないと、変化を受けない定数でないと、比較はできない。われわれは不正確な定規の集まりだ。だれもが十三インチの長さなんだ。比較のためには、非パラノイアがひとり必要だ」

「それとも、このすべてが敵の戦略かもしれないぞ」シルバーマンがいった。「ひょっとすると、敵はあの司令室に細工した上で、このテープをあそこにわざとしまっておいたのかもしれん」

「これをテストすることは、どんな信念をテストするのとも変わらないはずだ」ポートベインが説明した。「科学的検証の特質はなにか？」

「その現象が再現できることだ」フィッシャーが即座に答えた。「いいか、われわれは堂々めぐりをしている。自分たちを測ろうとしている。だが、十二インチの定規にしろ、十三インチの定規にしろ、定規に自分の寸法を測れといってもむりだ。どんな計器も、それ自身の正確さを測ることはできない」

「ちがうな」ポートベインが穏やかに答えた。「有効で客観的なテストの方法はあるよ」

「そんなテストはどこにもない！」テイトが興奮してさけんだ。

「いや、まちがいなくあるさ。一週間以内に、それを準備してみせる」

「ガスだ！」とひとりの兵士がさけんだ。まわりでサイレンが生きかえり、むせぶように鳴りだした。女子供はいそいでガスマスクをとりに走った。大型砲が地下室から轟音《ごうおん》を立てて上昇し、持ち場についた。沼地の周辺では、火吹き虫が軟泥《なんでい》をひとすじのリボンに焼きかためている。サーチライトがシダの濃く茂る闇の中をはねまわっている。ポートベインは鋼鉄製ボンベの栓をゆるめ、作業員たちに合図した。ボンベは横にころがされ、泥の海と焼け焦げた雑草からすばやく遠ざけられた。

「よし」ポートベインは息をはずませた。「下へ運べ」

栓を閉じたボンベが位置におさまると、彼は地下室に現われた。

「あのボンベには青酸ガスが含まれているはずだ。襲撃の現場で採取したんだから」

「こんなことをしてもむだだ」フィッシャーがぐちった。「やつらが襲撃してくるのに、ここでなにをするっていうんだ？」

ポートベインの合図で、作業員たちはテスト器具を並べはじめた。「ここにふたつの標本をおく。中身はべつべつの気体で、それぞれにはっきりAとBというラベルが貼ってある。ひとつは、いま襲撃現場で充満させたボンベからとったもの。もうひとつは、この部屋の空気からとったものだ」

「かりにわれわれがどちらも陰性だと判断したらどうなる？」シルバーマンが心配そうにいった。「その場合、テストは無効じゃないのか？」

「その場合は、新しいテストをすればいい。二カ月ほどつづけても陰性の反応しか出なければ、襲撃説は否定されるわけだ」

「両方とも陽性だと判断したらどうなる？」テイトが首をひねりながらいった。

「それが本当なら、われわれは死んでるはずだ。もし、両方の標本を陽性と見た場合は、パラノイア説が裏書きされることになる」

ややあって、ドムグラフ＝シュワッハが不承不承に同意した。「片方が対照標準というわけか。もし、青酸ガスのはいってない対照標本を手にいれることは不可能だと反論しても……」

「なかなか巧妙だな」オキーフが認めた。「ひとつの既知事実が前提にある――われわれ自身が生きていることだ。こいつは疑おうにも疑いようがない」

「ここにはいろいろの選択肢がある」とポートベインがいった。「両方とも陽性なら、われわれは精神病だ。両方とも陰性なら、襲撃が誤報なのか、それとも襲撃者がいないか。片方が陽性で片方が陰性なら、襲撃者が実在すること、われわれが正気で理性的であることが明らかになる」彼はリーダーたちの顔を見まわした。「ただし、どちらの標本がどちらであるかについて、全員の意見が一致した場合の話だが」

「われわれの反応はひそかに記録されるのか？」とテイトがきいた。

「機械の目で記録され、機械によって表示される。判定はひとりずつべつべつにやるんだ」

ちょっと間をおいて、フィッシャーがいった。「じゃ、おれからやろう」

フィッシャーは前に進みでると、比色計の上に背をかがめ、ふたつの標本をじっとにらんだ。何度か両方を見くらべてから、チェックペンをしっかり握った。

「たしかか？」ドムグラフ＝シュワッハがたずねた。「どっちが陰性の対照標本なのかが、本当にわかったか？」

「わかった」フィッシャーは自分の答をカードに記入して、その場を離れた。

「つぎはおれだ」テイトが待ちきれないように進みでた。「はやく片づけよう」

ひとりずつ、リーダーたちはふたつの標本を見くらべ、自分の意見を記入してからその場を離れ、おちつかないようすで待ちうけた。

「よし」とポートベインがいった。「わたしが最後だな」彼はつかのま両方をにらんでから、自分の見た結果を書き、器具をむこうへ押しやった。スキャナーのそばにいる作業員に声をかけた。「結果を見せてくれ」

まもなく、みんなから見えるようにテストの結果が映しだされた。

フィッシャー　A
テイト　A
オキーフ　B
ホルストコフスキー　B
シルバーマン　B
ダニエルズ　B
ポートベイン　A
ドムグラフ＝シュワッハ　B
ラノアール　A

「なんてこった」シルバーマンが小声でつぶやいた。「そういうことだったのか。われわれはパラノイアだぜ」

「このまぬけ！」テイトがホルストコフスキーにどなった。「Aだ、Bじゃないぞ！　どうしてあんなものをまちがえる？」

「Bはサーチライトのようにはっきりしてる！」かっとしてドムグラフ＝シュワッハがいいかえした。「Aはまるっきり無色だ！」

オキーフが前に進みでた。「どっちなんだ、ポートベイン？　どっちが陽性の標本だ？」

「わたしも知らない」ポートベインは告白した。「この中のだれにそんな確信が持てる？」

ドムグラフ＝シュワッハのデスクの上でブザーが鳴り、彼は映話スクリーンをつけた。兵士の顔がうかびあがった。「襲撃は終わりました。敵を撃退しました」

ドムグラフ＝シュワッハは皮肉な微笑をうかべた。「ひとりでも敵をつかまえたか？」

「いや、だめです。やつらは沼地の中へ隠れました。しかし、ふたりほどやっつけたと思います。夜が明けたらあのへんを調べて、死体をさがしてみます」

「見つかると思うかね？」

「さあ、たいていは沼にのみこまれますから。しかし、たぶん今回は――」

「わかった」ドムグラフ＝シュワッハは相手をさえぎった。「もし、今回が例外だったら、すぐ知らせてくれ」接続を切った。

「これからどうする？」ダニエルズがひややかにきいた。

「もう宇宙船の修理をつづける意味はない」オキーフがいった。「なぜ時間のむだを承知で、からっぽの沼地を爆撃するんだ？」

「おれは宇宙船の修理をつづけるべきだと思う」ティトが反対した。

「なぜ？」とオキーフ。

「フォーマルハウトに飛んで、病院にはいるためだ」

シルバーマンが信じられないといいたげに彼を見つめた。「病院にはいる？　なぜここでがんばらない？　ここでわれわれはだれの迷惑にもなってないぞ」

「そのとおりだ。いまはな。おれの考えるのは将来のことさ、いまから何世紀も先のこと」

「そのころには、われわれは死んでるさ」

「この部屋にいるものはそうだろう。しかし、われわれの子孫はどうなる？」

「彼のいうとおりだ」ラノアールが同意した。「いずれわれわれの子孫が全太陽系にあふれるときがくる。遅かれ早かれ、われわれの宇宙船団が銀河系にひろがる」彼は微笑をうかべようとしたが、筋肉がうまく動いてくれなかった。「あのテープは、パラノイア患者がどれほど頑固なものかを力説していた。自分の固定した信念に狂信的にすがりつく、と。

もし、われわれの子孫がテラの領域にまでひろがれば、そこで戦争が起き、ひとつのことに徹底できるという強みで、こっちが勝利をおさめるだろう。われわれはけっして進路を踏みはずさないからな」

「狂信者集団だ」ダニエルズがささやいた。

「この情報は、移住地のみんなから隠しておかなければ」とオキーフがいった。

「絶対にだ」フィッシャーが同意した。「あの宇宙船は水爆攻撃用だと、みんなには思わせておく。でないと、えらく厄介な事態をしょいこむことになる」

麻痺したように、一同は密閉されたドアへと歩きはじめた。

「ちょっと待て」ドムグラフ＝シュワッハが切迫した口調でいった。「あのふたりの作業員が」

彼がひきかえすあいだに、あるものは廊下に出ていき、あるものは自分たちの席にもどった。

それが起こったのはそのときだった。

シルバーマンが最初に発射した。絶叫とともに、フィッシャーの体の半分が蒸発して、渦巻く放射性塵《じん》の微粒子になった。シルバーマンは片膝をついてテイトを撃った。テイトは後退し、自分のブラスター拳銃を抜いた。ダニエルズがラノアールのビームの進路から身をかわした。ビームは彼をそれて、最前列の椅子に当たった。

ラノアールは冷静に煙の中を壁ぞいに這《は》いすすんだ。前方に人影がうかびあがる。彼は銃を構えて撃った。人影はさっと横に伏せ、逆に撃ちかえしてきた。ラノアールはよろめいて、しぼんだ風船のように倒れた。シルバーマンは起きあがって駆けだした。

デスクの前で、ドムグラフ＝シュワッハは脱出ボタンを必死に手さぐりした。指がボタンにふれたが、それを押したとたんに、ポートベインの銃のビームが彼の脳天をふっとばした。生命のない骸《むくろ》は一瞬棒立ちになり、それからデスク下部の精巧な機構で〝安全〟な場所へと射出された。

「こっちだ！」ポートベインは煮えたぎるようなブラスターの音に負けまいと声をはりあげた。「はやくこい、テイト！」

何本かのビームが彼に集中した。部屋の半分がこっぱみじんにはじけとび、瓦礫《がれき》と火のついた破片が上から降りそそいできた。ポートベインとテイトは非常口のひとつをめざした。背後からは何人かがブラスターを撃ちまくりながら迫ってくる。

ホルストコフスキーは出口を見つけ、ひっかかったロックをひらいた。前方の通路を駆けのぼっているふたつの人影を狙って撃つ。ひとりがつんのめったが、もうひとりに支えられ、足をひきずりながら逃げだした。ダニエルズのほうが射撃はうまかった。テイトとポートベインが地上に現われたとき、ダニエルズの放ったビームが背の高い男の足を切りはらった。

それでもまだポートベインはしばらく走ってから、無言で頭からプラスチックの家の側面にぶつかった。夜空を背景にした不透明な黒い四角形に。

「やつらはどこへ行った?」通路の出口に顔を出すと、シルバーマンはかすれ声で聞きただした。右手はラノアールのブラスターにやられて、ちぎれていた。傷口は堅く焼けついている。

「ひとりは仕留めた」ダニエルズとオキーフが、動かない人影に用心ぶかく近づいていった。「ポートベインだ。すると残りはテイトだな。四人のうち、三人はやっつけた。悪くないぜ、とっさの作戦にしては」

「テイトはおそろしく頭が切れる」シルバーマンが荒い息をついた。「やつは感づいてたらしい」

シルバーマンはまわりの闇を目でさぐった。ガス攻撃の後始末からもどった兵士たちが、いそいで駆けつけてくる。サーチライトが、乱射戦の現場へ轟音を上げて近づいてきた。遠くでサイレンが鳴っている。

「やつはどっちへ行った?」ダニエルズがたずねた。

「沼地のほうだ」

オキーフが狭い道路にそって用心ぶかく進みはじめた。ほかの三人もゆっくりとそのあとにつづいた。

「最初に気づいたのはきみか」ホルストコフスキーがシルバーマンにいった。「しばらくのあいだ、おれはあのテストを信じこんだよ。そこで、だまされてることに気づいたんだ——やつら四人が組んだ陰謀だと」

「まさか四人とは思わなかった」シルバーマンが告白した。「すくなくともひとりはテラのスパイがまぎれこんでると思ったが。しかし、ラノアールだとは……」

「おれは前からラノアールがテラのスパイだとにらんでいた」オキーフはきっぱり断言した。「テストの結果には驚かなかったぜ。やつらは答をごまかしたために、かえって自分らの正体を暴露してしまったんだ」

シルバーマンが一団の兵士を招きよせた。「テイトをつかまえて、ここへひっぱってきてくれ。移住地周辺のどこかにいるはずだ」

兵士たちは、事の成り行きに呆然として、ぶつぶつつぶやきながら走り去った。非常ベルがいたるところで鳴りひびいている。人影が右往左往する。まるでつつかれた蟻《あり》の巣のように、移住地ぜんたいが興奮でわきかえっていた。

「いいかえれば」とダニエルズがいった。「やつら四人が出したテストの答も、実はわれわれとおなじだったわけだ。やつらはBが陽性だと判定したくせに、わざとAと記入した」

「やつらはわれわれがBと記入するのを知っていた」オキーフがいった。「Bは襲撃現場から採取した陽性の標本だからだ。やつらとしては、その逆を記入するだけでよかった。結果はラノアールのパラノイア説を裏書きするように見えたが、これこそポートベインがあのテストを発案した最初からの狙いだった。ずっと前からの計画だったんだ——やつらの全体的な仕事の一環として」

「そもそも、あのテープを掘りだしたのもラノアールだったぞ！」ダニエルズがさけんだ。

「フィッシャーとあいつが、宇宙船の残骸の中へあれを埋めこんどいたのだろう。つぎに、ポートベインがあんなテストを提案してきた」

「いったいやつらの狙いはなんだったんだ？」だしぬけにシルバーマンがきいた。「なぜ、やつらはわれわれがパラノイアだと信じこませたかったんだろう？」

「わかりきった話じゃないか！」オキーフが答えた。「われわれが病院へ出頭するようにしむけたかったのさ。テラのモンキー野郎どもは、当然のことだが、自分らにとってかわりそうな種族の息の根をとめたがってるんだ。もちろん、われわれは降伏しない。やつら四人は利口だった——もうすこしでおれも信じこむとこだった。あの結果が五対四と出たとき、一瞬、気持がぐらついた。しかし、そこで、やつらがおそろしく手のこんだ戦術を使ってるのに気づいたんだ」

ホルストコフスキーは自分のブラスターを調べた。「早くテイトをつかまえて、泥を吐かせたいな。やつらの計画の全貌をだ。それで黒白がはっきりする」

「まだなっとくしないのか?」ダニエルズがたずねた。

「もちろんなっとくしたさ。しかし、やつの口からそれを認めさせたい」

「テイトが見つかるとは思えんね」オキーフはいった。「いまごろはテラの陣営にたどりついてるだろう。でっかい系内軍隊輸送船におさまって、金モールをつけたテラ人の将校どもに報告してるんじゃないか。おれたちがこうしているあいだにも、きっとやつらは重火器と突撃隊を動員して攻めてくるぞ」

「ぐずぐずしちゃいられない」ダニエルズが鋭い声でいった。「あの宇宙船を早く修理して、水爆をいっぱい積みこもう。この惑星にあるやつらの基地を一掃したら、こんどはこちらから戦争をしかけるんだ。太陽系に何回か出撃をかければ、やつらもわれわれに手出ししないほうが利口だとわかるだろう」

ホルストコフスキーがにやりとした。「これからは骨の折れる戦いだ——孤立無援で全銀河系を相手にまわすんだからな。しかし、やつらには負けない。われわれのひとりは、テラのモンキー野郎百万人に相当する」

テイトは暗いからみあった雑草の中で横になってふるえていた。ぽたぽたしずくの垂れる夜行植物の黒い茎が、まわりでうごめき、手さぐりをくりかえしている。有毒な夜行昆虫が、臭い沼の表面を這いまわっている。

彼の全身は泥まみれだった。衣服はずたずたに裂けていた。逃げる途中で、どこかにブラスターをなくしてしまった。右肩がずきずき痛む。そっちの腕はほとんど動かない。おそらく骨折だろう。あまりの衝撃に麻痺した気分で、そんなことはどうでもよくなっていた。ねばねばした泥の中にうつぶせに倒れて、目をつむった。

もう見込みはない。この沼地で生きのびられたものはだれもいない。首すじを這っている昆虫を弱々しく押しつぶした。虫は彼の手の中でのたうち、それからしぶしぶ死んだ。長いあいだ、死んだ脚がもがきつづけていた。

ドクカタツムリの触角が、テイトの動かない体の上で網模様を描きはじめた。ねばねばしたカタツムリの重みが体の上を動きまわるのといっしょに、最初のかすかな遠い物音が聞こえてきた。移住地ぜんたいが行動を起こす物音。しばらくのあいだ、その意味がピンとこなかった。それからやっと理解がおとずれ——彼はみじめに、力なく身ぶるいをした。

テラに対する大攻勢の第一段階が、すでに最高速に切りかえられたのだ。

不適応者
Misadjustment

浅倉久志◎訳

職場から帰宅すると、リチャーズはいつもささやかな秘密の日課をすませる。そのたのしい一連の行動は、通商研究所の一日十時間の勤務よりはるかに大きな満足を与えてくれるのだ。彼は書類カバンを椅子の上へほうりだすと、ワイシャツの袖をまくりあげ、液体肥料の噴霧器をつかんで、裏口のドアをけりあけた。涼しい夕暮れの日ざしのもと、湿った黒い土の上をそうっと横ぎって、裏庭の中央に立つ。心臓が高鳴る。どんなぐあいだろう？

いいぞ。毎日ぐんぐん育っている。

リチャーズはその植物に水をやり、枯れた葉をちぎりとり、土を掘りかえし、しつこい雑草を抜き、ほうぼうに肥料をまき、うしろにさがって全体をながめた。創造的活動ほどすばらしい満足はない。職場での自分は、高給取りとはいえ、九惑星《ナイプラン》経済システムを支える歯車のひとつにすぎない。仕事は口頭の指図ばかり。しかも、それはほかのだれかの指図の受け売りだ。ここではじかに現実と取り組める。

リチャーズはそこにしゃがんで、自分の作物を検分した。いいながめだ。もうそろそろ完全な成熟に近い。身を乗りだして、堅固な側面をそうっとつついてみた。

しだいにたそがれていく夕空のもと、高速艇はにぶくきらめいた。すでに窓は生えてきた——先細りの金属の船体に、四枚の青白い正方形が育っている。制御バブルは船体中央から芽ばえかけたところだ。噴射管はもう完全に成長した。キャビン・ドアと非常脱出口はまだ見あたらないが、まもなく芽を出すだろう。

リチャーズの満足感は熱病の域にまで高まった。もう疑いはない。高速艇はほとんど熟した。あとしばらくで収穫できる……そしたら、これでほうぼうを飛びまわろう。

午前九時には、待合室は人びととタバコの煙でいっぱいだった。いまは午後三時三十分。もう待合室はからっぽに近い。客は、ひとりまたひとりとあきらめて帰っていった。捨てられたテープと、あふれかえった灰皿と、がらあきの椅子が、機械的作業をつづけるロボット・デスクをとりまいている。しかし部屋の一隅には、若い女がひとり、きゃしゃな両手でハンドバッグをかかえ、背すじをまっすぐに伸ばして、まだ居すわっていた。このデスクでさえ断念させられなかった、ただひとりの客だ。

デスクはもう一度ためしてみることにした。もうそろそろ四時。エガートンはまもなく仕事を終えて帰宅するだろう。帽子をかぶり、コートをはおって、これから帰宅する人間を待ちうけるなんて。その不合理さが、デスクの繊細な神経を逆撫でした。しかも、この若い女は朝の九時からここにがんばっているのだ。大きな目でべつになにを見るでもなく、タバコも吸わず、テープも調べず、じっとそこにすわったきりで。

「ねえ、お嬢さん」とデスクは発声した。「きょうのエガートンさんは、どなたにも会われませんよ」

若い女はふっと微笑した。「たった一分ですむのに」

デスクはため息をついた。「強情な人だ。なにがご希望なんです？　あなたほどの社員をかかえた会社は、きっとすばらしい発展ぶりでしょうね——しかし、さっきも申しあげたとおり、エガートンさんはなにも買いませんよ。だからこそ、いまの地位につくことができたんです。あなたのようなお客を追いだすことによってね。きっとあなたは、ご自分の容姿を武器にして、大きな注文がとれると思っているんでしょう」デスクは不機嫌につけたした。「恥ずかしくありませんか、そんなドレスを着て。あなたのようなちゃんとした娘さんが」

「彼はきっとわたしに会う《シー》わ」と若い女が小声でいった。

デスクはスキャナーで書類を処理しながら、〝会う《シー》〟という単語に二重の意味があるかを検索した。なるほど、見る、という意味か。「そう、そのドレスならね」デスクがそういいかけたとき、奥のドアがひらいてジョン・エガートンが現れた。

「自分のスイッチを切れ」とエガートンはデスクに命じた。「いまから家に帰る。再起動のセットは明朝十時。明日の出勤は遅くなる。企業《id》連合がピッツバーグで政策レベルの会議をひらくんだ。みんなが顔をそろえた機会に、二、三発言したいんでな」

　若い女がさっと立ちあがった。ジョン・エガートンはゴリラのような肩幅をした大男で、髪はぼうぼう、ジャケットのボタンははずれ、食べ物のしみがつき、袖はまくりあげたままだ。落ちくぼんだ暗い瞳には、こすっからい商売の知恵がひそんでいる。エガートンは、近づいてくる彼女を警戒の目でながめた。

「エガートンさん、ちょっとお時間をいただけますか？　お話があるんです」

「わたしはなにも買わないし、だれも雇わない」エガートンの口調は疲労でそっけなかった。「お嬢さん、きみの雇い主に伝えたまえ。わたしになにかを見せたいなら、もっと経験を積んだ代表者をよこせ、と。きみのような、学校を出たばかりの……」

エガートンは近眼だった。彼女がそばに寄るまで、手に持ったカードが見えなかったらしい。だが、大男に似合わず、驚くほど動作はすばしっこい。ひと跳びで彼女をわきに押しのけ、ロボット・デスクのうしろへまわると、横の出口をくぐってオフィスから出ていった。ハンドバッグが床に落ち、その中身がまわりに散らばった。彼女はハンドバッグの中身とドアの方角を見くらべてから、シューッと怒りの声を発し、オフィスから外の廊下へ駆けだした。急行エレベーターには赤ランプがともっていた。すでに五十階を上昇して、ビル専用の屋上発着場に近づいている。

「くそ」彼女は向きを変え、不満に煮えたぎりながらオフィスにもどってきた。

デスクはショックから回復しかけていた。「なぜ不感応者《イミューン》であることを教えてくれなかったんです？」と彼女をなじった。怒りが高まった——官僚主義者の怒りだ。「S四〇五書式に記入してくださいい、とたのんだじゃないですか。第六問はあなたの職業に関する具体的な回答を求めているのに。あなたは——わたしを欺いた！」

若い女はデスクの主張を聞き流して床にしゃがみこむと、バッグの中身を拾い集めはじめた。拳銃、磁気ブレスレット、インターコムののど当てマイク、口紅、鍵束、鏡、小銭、ハンカチ、ジョン・エガートン宛の二十四時間期限の召喚令状……これで監察庁へもどったら、こってり油をしぼられそう。エガートンは口頭認知さえ避けた。バッグからこぼれ出た録音テープはブランクのままで、使い物にならない。

「おたくのボスは頭が切れるわね」わきあがった怒りを、彼女はデスクにぶつけた。「まる一日がまんして、このくさいオフィスにセールスマン連中とすわってたのに、まったくむだ骨だわ」

「なぜあなたがこんなに根気がいいのか、ふしぎでした」とデスクがいった。「こんなにねばり強いセールスウーマンは見たことがない。なにかがおかしい、と気づくべきでしたよ。あなたはもうすこしで彼を捕まえそうになった」

「いまに捕まえてみせるわよ」オフィスを出がけに彼女はいった。「彼にそう伝えなさい。明日出勤してきたときに」

「明日は出勤してきません」とデスクは答えたが、これはひとりごとだった。「エガートンさんはもうここへ帰ってきません。あなたがた不感応者がうろつくようになってはね。生命は事業よりもだいじです。いくら大規模な事業でも」

若い女は公衆映話ボックスにはいり、監察庁にかけた。「逃げられました」と、直接の上司に当たる厳格な表情の女性に報告した。「彼は召喚令状のカードに手もふれません。わたしは令状送達人として失格のようです」

「彼は令状を見たの？」

「もちろん。だから、逃げたんですよ」

年長の女はメモ用紙になにかを走り書きした。「法的には、彼の急所を押さえてある。彼の相続人たちとの係争は、専属弁護士たちにまかせればいい。二十四時間期限の召喚令状を彼が受けとったものとして、手続きを進めることにするわ。もし彼がこれまでも警戒をしていたとすれば、今後はきっと接近不能でしょう。もう近づける機会はないかもしれない。あなたがしくじったのはくれぐれも残念ね……」そこで判断をくだした。「彼の自宅へ映話して、秘書に有責性を通告しておきなさい。明朝、通常のニュース・マシンをつうじてそれを公表する、と」

ドリスは回路を切り、スクリーンの前に手をかざして画像をクリアしてから、エガートンの自宅の番号にかけた。応答した秘書に、彼女は正式通告を伝えた。二十四時間以内に出頭しないかぎり、エガートンは九惑星のあらゆる公民から見て法律の餌食《えじき》になる。秘書は――ロボットだったが――その情報をまるで繊維製品の大量注文のように受けとめた。機械の平静さが、なぜかドリスを前以上に落ちこませた。彼女はめいった気分でボックスを出て、下り斜路を歩きだし、カクテル・バーで夫を待つことにした。

ジョン・エガートンは念動能力者《パラキネシスト》には見えなかった。その用語からドリスが連想するのは、都会から遠く離れた田舎町や農場に姿を隠した、無口で悩みの多い、青白い顔の小柄な若者たちだ。エガートンは有名人でもある……しかし、もちろんそれは彼がランダム点検ネットにひっかかる確率とは無関係。彼女はトム・コリンズをすすりながら、なぜジョン・エガートンが最初の探査通知と、つぎには警告状を――罰金とおそらくは禁固刑の危険をおかして――無視したのか、その理由を考えてみた。こんどが最後の警告なのだ。

エガートンは、はたして真のＰＫ、つまり、念動能力者《パラキネシスト》なのか？

カウンターの奥の暗い鏡の中で彼女の顔がゆれ、淡い影の輪、もうろうとした女悪魔、九惑星世界にひろがる暗い影になった。その鏡像は、若い女の念動能力者にも見える——黒い円のような目、濡れたまつげ、痩せた両肩まで届く湿った髪、先細りのとがった指。しかし、それは鏡のせいだ。女性の念動能力者は存在しない。すくなくとも、現在まで報告されていない。

知らないうちにドリスの夫のハーヴィーがうしろから近づいてきて、スツールの上にコートをおき、自分も腰をおろした。「どうだった？」ハーヴィーは同情深くたずねた。

ドリスは驚いて彼を見つめた。「びっくりするじゃないの！」

ハーヴィーはタバコに火をつけ、バーテンに合図した。「バーボンの水割り」彼は穏やかに妻をふりかえった。「元気を出せよ。追いかけるべきミュータントはまだほかにもいるんだから」午後のニュース・マシンからとってきた薄箔《ホイル》を彼女に渡した。「もう知ってると思うが、きみのいるサンフランシスコ支局は四人連続で逮捕したらしいぜ。四人とも、それぞれにユニークだ。中のひとりの魅力的な才能ときたら、自分の嫌いな人間の代謝機能を促進できるんだって」

ドリスはぼんやりうなずいた。「聞いたわ、監察庁のメモで。べつのひとりは床にめりこまずに壁抜けができる。もうひとりは手をふれずに石を動かせる」

「エガートンは逃げたのか？」

「電光石火の早業——あれほどの大男があんなにすばしっこく動けるなんて。でも、ひょっとしたら、彼は人間じゃないのかも」ドリスは冷たいグラスの柄をつまんで、くるくるとまわした。「監察庁はあと二十四時間以内に公表するはずよ。もう彼の自宅には連絡したわ……彼の秘書に有利なスタートをくれてやったわけだけど」

「むこうもそれがほしいんだよ。秘書たちだって、ずっと彼のために働いてきたんだ。懸賞金一番乗りのチャンスぐらいはもらわないと」ハーヴィーはおどけた口調でいったが、妻は冗談に乗ってこなかった。「そんなにでっかい男が身を隠せると思うか？」

ドリスは肩をすくめた。潜伏する連中については、問題は簡単だ。彼らは世間の行動様式の基準からしだいに離れていくことで、自分を暴露してしまう。だが、生得の差異に自分でも気づかず、偶然に発見されるまで機能しつづける念動能力者となると……こうしたいわゆる無意識ＰＫの出現から、その対抗策として、ランダム点検ネットと、女性の不感応者による監察庁が誕生したわけだ。いま、ドリスの心には不気味な考えが忍びこんできた。人によっては、ＰＫではないのに、自分はＰＫだと思いこむケースもあるかもしれない――こうした永遠の神経症患者は、まったく正常なのに、自分がどことなく人とちがっているのではないか、変わり種ではないかと思いこむ。エガートンは、あれほどの企業権力と影響力の持ち主であっても、自分がＰＫではないかという根強い恐怖症をいだいた普通人かもしれない。そんな実例はこれまでにもあった……その一方では、真正のＰＫたちが、自分の異常さに気づかず、嬉々として歩きまわっているのだ。

「絶対に確実なテストが必要だわ」ドリスは考えを声に出した。「個人が自分を測定できるような、そして確認できるようなテストが」

「すでにあるんじゃなかったのかい？　点検ネットにひっかかっても確信が持てないのか？」

「運よく捕まえたときにはね。でも、捕まるのは一万人にひとり。点検ネットにひっかかるのは、ごくごく少数」とつぜん彼女はカクテルのグラスを押しやり、立ちあがった。「家に帰りましょう。おなかがすいたし、くたびれたわ。早くベッドにはいりたい」

ハーヴィーはコートをさらいあげ、勘定を払った。「あいにくだな、ハニー。われわれは今夜これからディナーにお呼ばれだ。通商研究所のジェイ・リチャーズという男だがね。昼食会で会ったことがある……実をいうと、きみもいっしょだったんだぜ。で、われわれ夫婦はなんだかの祝賀のために招待された」

「なんの祝賀よ？」ドリスはとがった声できいた。「なにを祝うっていうの？」

「彼の秘密のなにかさ」ハーヴィーはそう答えながら、通りに出る大きなドアを押しあけた。「ディナーのあとで発表するつもりらしい。元気を出せよ――ひと晩のおたのしみには絶好かもしれない」

エガートンは自宅へ直行しなかった。ニューヨークの周囲を何重にもとりまく高層住宅群に近づくと、高速であてもなく旋回した。恐怖と憤激の波がかわるがわる心の中にうちよせている。自然な衝動からすれば、自分の私有地と住宅へもどりたいが、監察庁の令状送達人がおおぜいでやってくる不安を考えると、心が萎えた。決心しようと努力しているうち、のど当てマイクがオンになった。監察庁からの通話の転送だ。

幸運だった。あの女は秘書ロボットに二十四時間期限の出頭命令を通告したという。しかし、ロボットは懸賞金に興味がない。

彼はピッツバーグ工業地帯の屋上発着場をでたらめに選んで着陸した。目撃者はいなかった。これも幸運。身ぶるいしながらエレベーターに乗り、街路レベルまで下りた。乗りあわせたのは、無表情な会社員と、ふたりの老婦人と、きまじめな顔の青年と、どこかの下級官僚のかわいい娘だった。無害で無関心な人びとの集まりだが、ごまかされてはいけない。二十四時間の期限が切れたとたん、この連中はみんなしておれを追いはじめる。むりもない話だ。なにしろ、一千万ドルは大金だから。

理論的にいえば、まる一日の猶予期間がある。しかし、最後通告の秘密性はあまりよく保たれていない。上層部の連中の大部分がすでにそれを知っているはずだ。たとえばこちらが旧友のだれかをたよっていくとする。むこうは温かく歓迎して、酒と食事をふるまい、大量の補給物資つきでガニメデのキャビンを隠れ家に提供しようといってくれる――だが、期限切れと同時に、こちらは眉間《みけん》に一発ぶちこまれる。

もちろん、自分の企業系列の中で僻地《へきち》にあるユニットへ逃げこむ手はある。しかし、いずれ司直の手がおよぶだろう。持ち株会社やトンネル会社は多いが、監察庁はそこへ時間をつぎこむ価値があると判断すれば、かたっぱしから洗っていく。自分が九惑星世界の実物教育の材料にされ、監察庁の手で操作され、利用される――その直感的な認識だけで気が狂いそうだった。幼いころからエガートンの心理に根ざす、深くひそんだ恐怖感は、女性の不感応者によっていつも掘りおこされる。母権制文化というアイデアは、彼の嫌悪をそそる。監察庁がエガートンを狙い撃ちするのは、企業連合の基礎をゆるがせるためだ。考えてみれば、ランダム点検ネットの自分の番号は、最初からランダムでなかったのではないか。

巧妙だ――企業連合のリーダーたちの身分証明番号を集めておき、それをときどき点検ネットの中で回転させ、ひとりずつ、じょじょに消去していくわけか。

エガートンは街路レベルに到着すると、まだ決心のつかないまま、そこにたたずんだ。まわりにはけたたましい都市の交通流があった。かりに企業連合のリーダーたちが、あっさり点検ネットに協力するとすれば？　最初の召喚令状に応じれば、ごくありきたりの精神探査ですむ。官製の御用部隊に属するミュータントたちの探査だ。彼らはいわば去勢されたテレパスで、野放しのミュータントに対する有用性を考えて保護されている。こうしてランダムに、それともひょっとすると故意に選ばれた犠牲者は、その探査に応じて、監察庁の前に自分の心理をさらけだし、自分の精神の内容が荒っぽいやりかたで削りとられるのを黙認したあと、人畜無害の身になって自分のオフィスへもどるわけだ。しかし、ここからひとつの事実がうかびあがる——企業のリーダーがその探査テストをパスするなら、その人物はＰＫではない。

エガートンのごついひたいに汗が噴きだしてきた。ひょっとすると、おれはまわりくどいやりかたで自分がＰＫでないと心にいいきかせているのでは？　いや。ちがう。これは主義の問題だ。九惑星世界の経済基盤である企業連合のリーダーを精神探査するような道徳的権利は、監察庁にもない。その点では、あらゆる企業連合のリーダーが同意するだろう……おれに対する攻撃は、企業連合そのものへの攻撃なのだから。

みんながおなじ思いであることを、エガートンは心から願った。ロボット・タクシーを呼びとめると、こう命じた——「企業連合会館へやってくれ。もしだれかがとめようとしても決してとめるな。五十ドル出すから」

エガートンが到着したとき、反響を返す巨大な会館は薄闇に包まれていた。会議がはじまるのはまだ数日先だ。エガートンはあてどもなく通路を上下した。さまざまな企業ユニットの技術スタッフと事務スタッフがすわる階段席、リーダーたちがすわるスチールとプラスチックのベンチのあいだを通りぬけ、無人の演壇に近づいた。大理石の演壇の手前で立ちどまると、淡い照明が自動的に点灯した。自分の地位のはかなさが強烈に実感された。がらんとしたホールに立ったまま、一瞬、彼は社会の追放者に仕立てあげられたことを自覚した。声をかぎりにさけんでみても、だれも現れない。どんなメンバーも、どんな会議も召集できない。監察庁は九惑星世界の合法的な政府だ。それと対立することで、おれはすべての組織社会の対極におかれてしまった――いくらおれが強力であっても、社会そのもののほうち負かせない。

エガートンはそそくさと会館を出ると、高級レストランを見つけ、ぜいたくなディナーをたのしんだ。熱病にかられたように、めずらしい輸入食品の珍味をむさぼり食った。すくなくとも最後の二十四時間をたのしむことはできるだろう。食事しながらも、ウェーターやほかの客たちを心配そうに見つめた。穏やかで無関心な顔――だが、まもなくむこうはあらゆるニュース・マシンでおれの顔と番号を目にする。巨大な人狩りがはじまる。何十億人ものハンターがたったひとりの獲物を追うのだ。急に彼は食事をやめると、腕時計を見てそのレストランを出た。午後六時だった。

それから一時間ほど、高級売春街でつぎつぎに部屋を移りかわりながら散財にふけったが、相手の女の姿はほとんど印象になかった。あとに残されたのは大混乱――彼は金を払い、狂熱の街を去って、夜の街路の新鮮な空気を吸いこんだ。それから十一時まで、彼は住宅地域をとりまく、星々の光に照らされた暗い公園をさまよいつづけた。ところどころにおぼろげな人影が見える中を、しょんぼりとポケットに両手をつっこみ、背をまるめ、みじめな気分で歩いた。どこか遠くの時計塔が時報を鳴らした。二十四時間の期限は水が漏るように減っていき、とどめるすべがない。

十一時三十分。エガートンは目的のない放浪を打ちきり、気をひきしめて現況の分析にとりかかった。事態に直面しよう。唯一のチャンスは企業連合会館に残されている。技術と事務のスタッフはまだ顔を見せていないが、大部分のリーダーは優先居住区で待機しているはずだ。腕マップで見ると、いつのまにか会館から八キロほどさまよい歩いたらしい。とつぜん恐怖にかられ、彼は決断をくだした。

まっすぐに会館へもどり、人けのない屋上発着場に下りた。そこから居住区の階まで下りた。もうこれ以上は先に延ばせない。いまやらなければおしまいだ。

「はいれよ、ジョン」タウンサンドは愛想よく彼を迎えたが、エガートンがオフィスで起きた出来事を簡単に説明すると、表情が変わった。

「つまり、むこうはあなたの自宅へ最後通告を入れたってこと?」タウンサンドの妻のローラが早口にきいた。すでにカウチから立ちあがった彼女は、ドアのそばまでやってきた。

「じゃ、もう手遅れだわ!」

エガートンはクローゼットにオーバーを投げこみ、安楽椅子に沈みこんだ。「もう手遅れ？　そうかもしれない……通告を避けるには。だが、わたしはまだあきらめない」

タウンサンドをはじめとする企業連合のリーダーたちが、エガートンのまわりに集まってきた。好奇心と同情の表情、どこかひややかに面白がっている気配もある。ひとりのリーダーがいった。「まったくとんでもない窮地にはまりこんだわけだな。最後通告の出る前にみんなに知らせてくれたら、なんらかの手が打てたのに。いまとなっては……」

エガートンは周囲の興奮がさめていくのを感じ、息が詰まりそうになった。だみ声でいった。「待ってくれ。事態をはっきりさせよう。われわれは一蓮托生《いちれんたくしょう》だ。きょうはわたし、明日はきみたち。もしわたしがここで屈服したら——」

「まあ、落ちつけ」と何人かの声がした。「理性的に考えよう。そうしないと」

エガートンは椅子の背にもたれ、椅子が自分の疲れた背中に合わせて変形するのを待った。そうだ、理性的に考えなければ。

タウンサンドが体を前に乗りだし、両手を組むと、静かに切りだした。

「わたしの見解だが、これは監察庁を無力化できるかどうかの問題じゃない。集団としてのわれわれは、九惑星世界の経済を動かすバッテリーだ。もしこっちが監察庁の足元から支柱をはずせば、むこうは転覆する。かんじんな質問はこうだ——われわれは監察庁を抹《まっ》殺《さつ》したいのかどうか？」

エガートンはかすれ声をふりしぼった。「冗談じゃない。これはわれわれか、彼らかの問題なんだぞ！　わからないのか？　彼らが点検ネットや探査システムを使うのは、われわれの弱体化が目標だということが？」

　タウンサンドはちらと彼をふりかえってから、ほかのリーダーたちに説明をつづけた。

「ひょっとすると、われわれはなにかを忘れているのかもしれない。そもそも監察庁を設立したのはわれわれだ。つまり、前世代の企業連合だよ。彼らがランダム点検ネットの監視体制から、従順なテレパスの利用、最後通告と人狩りまで、監察の土台を築いたわけだ。監察庁はわれわれの保護のためにある。でなければ、念動能力者が雑草のようにはびこって、われわれの息をふさぐだろう。したがって、われわれは監察庁の支配をたもたなければならない……あれはわれわれの道具だ」

「それはそうだが」とべつのリーダーがいった。「その道具にうるさく干渉されてはたまらない。その点では、たしかにエガートンの主張が正しい」

「だが、こうも考えられる」とタウンサンドがつづけた。「いついかなるときも、PKを探知する機構は必要だ。もし監察庁がなくなれば、それに代わるなにかを設立しなくてはならない。さて、はっきりいおう、ジョン」考え深げにエガートンを見つめた。「もしきみになにかの代案があれば、それを聞くのにやぶさかではない。だが、もし代案がないなら、監察庁は有効だ。二〇四五年に最初のPKが出現して以来、女性だけがそれに対する免疫性を示してきた。われわれがなにを設立するにせよ、それは女性の政策決定委員会によって運営されるべきだ……ということは、監察庁をまた一からくりかえすことになる」

沈黙がおりた。

おぼろげに、エガートンの頭の中でほのかな希望がまたたいた。「監察庁の干渉が、われわれにとって負担であることには同意するんだな?」とかすれ声できいた。「よろしい、われわれは自己主張すべきだ」彼はまわりの一団に対して力のない身ぶりをした。リーダーたちは石のような無表情でこちらをながめ、ローラ・タウンサンドが半分空《から》になったカップにコーヒーをついでまわっている。彼女はエガートンに無言の同情のこもった視線を送ってから、キッチンへもどっていった。まわりから冷たい沈黙が押しよせた。エガートンは悲しげに腰をおろし、タウンサンドが単調な声でしゃべりつづけるのを聞いた。

「きみのナンバーが審査の対象になったとき、われわれに知らせてくれなかったのはまずかったな。まだ最初の通告のさいなら、なにかの手が打てたろう。だが、いまとなってはむりだ。この時点でわれわれが対決を望むならべつだが——時期尚早だとわたしは思う」

彼は権威をこめてエガートンに指をつきつけた。「なあ、ジョン、個人としてのPKが何者であるかを、きみはちゃんと理解していないようだ。一種の狂気におかされ、妄想にとりつかれた連中とみなしているんじゃないかね」

「彼らが何者かは知っているよ」エガートンはむっとして答えた。しかし、思わずこんな言葉が出た。「じゃ、彼らは妄想にとりつかれた人間じゃないのか?」

「彼らは時空間の妄想体系を実体化できる能力を備えた異常者だ。彼らは自分の周囲の限定された空間をゆがめ、自分の風変わりな観念と一致させる——わかるかね？　ＰＫは自分の妄想を実現させるんだ。したがって、ある意味でそれは妄想じゃなくなる……そこから自己を切り離し、距離をおいてそれをながめ、世界の本体と、自分のゆがんだエリアとを比較することができなければね。しかし、ＰＫ自身にどうやってそれができる？　ＰＫはなんの客観的基準も持たない。自己から離れることができない。そのゆがみはＰＫの行くさきざきへついてまわる。本当に危険なＰＫとは、石を動かしたり、自分を動物の姿に変えたり、卑金属を貴金属に変えたりすることが、だれにもできると思いこんでいる連中だ。もしわれわれがＰＫを野放しにして、彼らを成長させ、生殖させ、家庭と妻子を持たせれば、彼らの超能力は子孫にひきつがれ、どんどんひろがっていく……それがある集団の信条になり……ついには社会制度化された慣行になる。

どんなＰＫも、自己の特異な能力のまわりにＰＫ社会を築きあげることができる。大きな危険はそれだ。いずれそのうちに、われわれ非ＰＫは少数派におちぶれる……われわれの理性的な世界観が、逆に異常とみなされるようになる」

エガートンは唇をなめた。タウンサンドの淡々とした、けだるい口調を聞いていると、気分がわるくなりそうだった。不気味な死のさむけがとりついてきた。エガートンはつぶやいた。「つまり、わたしを助けてはくれないんだな」

「そういうことだ」タウンサンドはいった。「しかし、それはきみを助けたくないからじゃない。われわれは監察庁のもたらす危険がきみの想像するよりもすくないと考えている。PKのほうが真の脅威だと感じている。監察庁の助けを借りずにPKを探知できる方法を見つけてくれれば、われわれはきみに協力する——だが、それまではだめだ」彼はエガートンのほうに身を乗りだし、痩せて骨張った手で彼の肩を軽くたたいた。「もし女性がPKに対して免疫でなければ、われわれには勝ち目がなかったろう。われわれは幸運だった……へたをすると、状況はいまよりはるかにわるくなっていたかもしれない」

エガートンはゆっくりと立ちあがった。

「おやすみ」

タウンサンドも立ちあがった。一瞬、緊張した、ぎごちない沈黙がおりた。タウンサンドはつけたした。「しかし、監察庁がきみにくだした逮捕命令を、われわれはうち負かすことができる。まだ時間はある。まだ一般大衆には公表されていない」

「じゃ、どうすればいいんだ？」エガートンは絶望の中でたずねた。

「いまそこに召喚令状を持っているか？　二十四時間期限の通告を？」

「ない！」エガートンの声がヒステリックにひびきわたった。「あの女がそれをよこす前に、オフィスから逃げだしたんだ！」

タウンサンドはじっと考えた。「彼女の名前はわかるかね？　どこへ行けば彼女が見つかるかを知っているか?」

「いや」

「たずねてまわれ。彼女の行方を追って、通告書を受けとり、それから監察庁の慈悲にすがるんだ」

エガートンは力なく両手をひろげた。「しかしそれだと、これからの一生、彼らの束縛のもとにおかれてしまう」

「しかし、生きてはいける」タウンサンドはなんの感情も示さず、穏やかにいった。

ローラ・タウンサンドが湯気の立つブラック・コーヒーをエガートンの前へ運んできた。

「クリーム、それともお砂糖?」ようやく彼の視線をとらえると、ローラはたずねた。

「それとも両方? でかける前になにか温かいものをおなかに入れていったほうがいいわ。とても長い旅になりそうだから」


あの女の名前はドリス・ソレル。住所は夫のハーヴィー・ソレルの名義で登録されていた。そのマンションは留守だった。エガートンはドアのロックを炭化してから中に忍びこみ、四つの小さい部屋を捜索した。ドレッサーの引き出しをひきぬき、衣類やこまごました持ち物を順々にわきへどけて調べ、クローゼットや食器戸棚の中もくまなく探した。手がかりは、仕事机のそばのごみ処理スロットで見つかった。丸めて捨てられたがまだ焼却されていない、しわくちゃのメモだ。ジェイ・リチャーズという名前、それに日付と時刻、アドレスのほかに、こんな書きこみがあった――〝もしドリスが疲れていなければ〟。エガートンはそのメモをコートのポケットへつっこみ、マンションをあとにした。

その夫婦を見つけたのは、午前三時三十分だった。エガートンは通商研究所のずんぐりした建物の屋上に着陸し、居住区までの斜路を下りた。北の翼棟からの光と音。パーティーはまだつづいているようだ。無言の祈りを唱えながら、エガートンは片手をドアに近づけ、アナライザーを作動させた。

ドアをあけた男は、三十代後半のがっしりした体格の男だった。ととのった顔立ち、灰色の髪。片手にグラスを持ったまま、むこうはエガートンを見つめた。その瞳は疲れとアルコールにくもっていた。「あなたを招待したおぼえは――」とむこうはいいかけた。だが、エガートンは彼の横から強引に割りこみ、部屋の中にはいった。

そこにはおおぜいの人間がいた。すわっているもの、立っているもの、低い話し声として聞こえる笑い声がつづいていた。酒、柔らかいカウチ、強い香水、ドレス、刻々と色を変える壁、オードブルを運んでくるロボットたち、隣のうす暗い部屋部屋からは、くぐもった不協和音と女性のくすくす笑い……。エガートンはコートをぬぎ、あてどもなく歩きまわった。あの女はこの家のどこかにいるはずだ。顔から顔へと視線を移したが、うつろでなかば焦点のぼやけた瞳と、締まりのない口もとしか目にはいらなかった。彼はリビングルームをあとにして、ベッドルームにはいった。

ドリス・ソレルは窓ぎわに立っていた。こちらに背を向け、窓台に手をおいて、市街の明かりをながめているところだ。「あら」と彼女はつぶやいて、すこし向きをずらした。「早かったわね」そこで相手がだれであるかに気づいた。

「あれをくれ」とエガートンはいった。「二十四時間期限の召喚令状を。いま」

「びっくりしたわ」ふるえながら、ドリスは大きな窓の前を離れた。「どうやって——いつからここにいたんですか？」

「いまきたばかり」

「でも——どうして？　あなたはふしぎな人ね、エガートンさん。わけがわからない」不安そうな笑い声を立てた。「ぜんぜんあなたという人が理解できないわ」

薄暗がりの中からひとりの男が現れた。戸口にその輪郭がぼんやりうかんだ。「ダーリン、きみのマティーニを持ってきた」エガートンの姿を認めたとたん、男の酔った顔に険悪な表情がうかんだ。「おい、出ていけよ。これはあんたの酒じゃない」

ふるえながら、ドリスは夫の腕をとった。「ハーヴィー、この人なのよ、わたしがきょう令状を渡そうとしたのは。エガートンさん、こちらがわたしの夫です」

ふたりはひややかに握手した。「その令状はどこにあるんだね？」エガートンはそっけなくたずねた。「いま、持ってる？」

「ええ……バッグの中」ドリスはその場を離れた。「いまとりに行くわ。お望みなら、ごいっしょにどうぞ」彼女は落ちつきをとりもどしていた。「このへんのどこかへおいたんだけど。ハーヴィー、わたしのバッグ知らない？」暗がりの中で、小さくぼんやり光るものをさぐった。「あったわ。ベッドの上に」

ドリスはそこに立ってタバコに火をつけながら、エガートンが二十四時間期限の通告を読みおわるのを見まもった。「なぜもどってきたの？」とドリスはきいた。パーティーのための彼女の装いは、膝までの絹シャツと、銅のブレスレットと、サンダル、それに暗がりで光る花を髪にさしていた。いまではその花もすっかりしおれ、シャツはしわだらけでボタンがはずれ、ひどくくたびれているようだった。口紅のとれかかった唇にタバコをくわえ、ベッドルームの壁にもたれたままでいった。「あなたがそれを受けとったからって、べつに事態が変わるとは思えないわ。あと半時間でその通告は公表される──あなたの秘書はすでに通知を受けている。ああ、神さま、もうくたくた」彼女は夫の姿を求めて、あたりをいらだたしげに見まわした。「帰りましょう」ふらふらと近づいてきた夫にいった。「明日は出勤なのよ」

「かんじんのものをまだ見ていない」ハーヴィー・ソレルが不満そうに答えた。

「そんなもの、ほっときなさい！」ドリスはクローゼットから自分のコートをひっぱりだした。「なぜこんなに謎めかすっけ？まったくもう。ここへきて五時間にもなるのに、彼ったらぐずぐず出し惜しみするんだから。たとえタイムトラベルを完成したとか、そんな不可能事をやってのけたにしても、わたしは興味ないわ。こんな夜更けには」

リビングルームの人ごみをかきわけて出ていこうとするドリスに、エガートンは急いで追いすがった。「聞いてくれ」と息を切らしながらいった。彼女の肩に手をおき、早口につづけた。「タウンサンドにいわれたんだ。もしわたしがおとなしく出頭すれば、監察庁の慈悲にすがれる、と。彼がいうには――」

ドリスは彼の手をふりはらった。「そうよ、もちろん。それが法律ですもの」ふたりのあとを追ってきた夫を不機嫌にふりかえった。「いっしょに帰る？」

「帰るよ」ハーヴィーは答えた。充血した両眼が怒りに燃えた。「だが、まずリチャーズにあいさつしてからだ。きみから伝えてくれよ。いまから帰るのはきみの考えだってことをな。パーティーの途中で帰るのを、ぼくのせいにする気はないね。もしきみがエチケットをわきまえているなら、招待主におやすみのあいさつぐらいはするべきだ……」

さっきエガートンを中に入れた灰色の髪の男が、ひとかたまりの客たちから離れ、にこにこしながら近づいてきた。「ハーヴィー！　ドリス！　もう帰るのかい？　でも、まだ見てないじゃないか」肉づきのよい顔に失望がひろがった。「まだ帰っちゃだめだ」

いいえ、帰るわ、とドリスがいいかけたとき、ハーヴィーがあわてて割ってはいった。

「いま見せてもらえないかな。たのむよ、ジェイ。ずいぶん長く待ったんだから」

リチャーズはためらった。何人かの客が大儀そうな足どりで集まってきて、まわりをとりまいた。「そうしろよ」とおおぜいの声が要求した。「早く見せてくれ」しばらく迷ってから、リチャーズは同意した。「わかった」客を長く待たせすぎたことには、自分でも気づいているらしい。パーティーに飽きてきた客たちにも、ぼつぼつ関心がもどってきた。リチャーズは両手をドラマチックにさしあげた。まだみんなの期待をかきたてるつもりなのだ。「じゃ、みなさん、いまからはじめます！　どうかいっしょに——この裏手まで」

「どこかと思ったら」ハーヴィーはそういって、ホストのあとにつづいた。「こいよ、ドリス」彼女の腕をつかんでむりやりにひきずっていった。ほかの客たちもダイニングルームとキッチンを抜けて、ぞろぞろと裏口に向かった。

夜気は氷のように冷たかった。身を切るような風が吹きつけてくる。一同は身ぶるいしながら、おぼつかない足どりで暗い階段を下り、極寒の薄闇の中にはいった。ジョン・エガートンは小さい人影がぶつかってくるのを感じた。ドリスが荒々しく夫の手をふりはらったのだ。エガートンは彼女のあとを追った。ドリスは客たちの中を急ぎ足にかきわけ、コンクリートの通路を抜けて、裏庭をとりかこむフェンスに歩みよった。「待ってくれ」エガートンは訴えた。「聞いてほしい。では、監察庁はわたしを受けいれてくれるんだな？」自分の声に哀訴の口調がこもるのを防ぎとめる力がなかった。「当てにしていいのか？　召喚令状は無効にされるのか？」

ドリスは大仰にため息をついた。「そのとおりよ。こうしましょう。もしお望みなら、いまからあなたを監察庁へ連行して、あなたの書類に関する手続きにとりかかる。でないと、一カ月も埒《らち》があかないから。ところで、これがなにを意味するかはわかるわね。あなたは寿命の残りを監察庁への契約労働で縛られる。そのことはご存じだと思うけど、どうなの？」

「知ってる」

「それでも希望する？」ドリスはすこし好奇心にかられたようだった。「あなたのような人が……同意するとは思わなかったわ」

エガートンは身をよじった。「タウンサンドが──」と悲しげにいいかけた。

「わたしが知りたいのはね」とドリスがさえぎった。「なぜ最初の通告に反応しなかったのかということ。もし、あのときにあなたが出頭していれば……こんなことにはならなかったのに」

エガートンは口をひらいて答えようとしかけた。そこにからむ原則の問題について、自由社会の概念について、個人の権利について、自由と、法の適正手続きについて、国家の侵害行為について、自分の主張を述べたかった。だが、その瞬間、強力な屋外サーチライトのスイッチがはいった。リチャーズがこの日のために準備しておいた照明装置だ。彼の偉大な業績は、いまはじめてみんなの目にふれることになった。

つかのま、麻痺したような沈黙がおりた。そのあと、とつぜん裏庭から悲鳴が上がり、みんなが右往左往をはじめた。客たちは恐怖にかられ、必死の形相でフェンスを乗り越えると、裏庭をかこんだプラスチックの壁を突き破り、隣の庭を横切って、表の道路へ逃げだしていった。

リチャーズは自分の傑作のかたわらで茫然とたたずんでいた。あっけにとられ、さっぱりわけがわからなかった。サーチライトの白くまぶしい人工照明のもとで、高速艇は究極の美に見えるのに。いまやその果実はすっかり成熟し、完全に形がととのっている。つい半時間前、リチャーズは懐中電灯を手に、こっそりこの裏庭へきてそれを調べたあと、興奮に身ぶるいしながら、高速艇を実らせた植物の茎を船体から切断したのだ。いまや高速艇はそれを育てた植物から分離された。リチャーズはそれを裏庭の隅まで運び、燃料タンクをいっぱいにし、ハッチをあけて、いつでも飛行できるようにしておいたのだ。

もとの植物の茎には、芽ばえたばかりの高速艇が、さまざまな成長段階で鈴なりに生《な》っている。さっき、リチャーズは慣れた手つきでそれに水と肥料をやったばかりだ。この植物は、夏の終わりまでに、もう十隻以上のジェット推進艇を実らせるだろう。

ドリスの疲れた頬に涙がしたたり落ちた。「あれを見た？」とみじめな表情でエガートンにささやいた。「あれは――美しいわ。見て。あそこに立っているあれを！」悲痛な表情で彼女は顔をそむけた。「かわいそうなジェイ……彼が理解したときには……」

ジェイ・リチャーズは両脚をふんばるようにして立ちあがった。みんなが逃げ去ったあとの踏みにじられた庭を見まわした。彼はエガートンとドリスの姿を見わけた。ややあってから、ためらいがちにふたりのほうへ近づいてきた。「ドリス」とリチャーズは涙ながらにいった。「どうしてだ？　わたしがなにをした？」

とつぜん彼の表情が変化した。困惑があとかたもなく消えた。最初に現れたのは、粗野で赤裸々な恐怖だった。自分が何者なのか、なぜ客たちが逃げだしたのか、それがようやくのみこめたのだ。つぎに狂おしい狡知がよみがえった。リチャーズはぎごちなく向きを変えると、自分の船に向かって裏庭を駆けだした。

エガートンはリチャーズの後頭部を狙い、一発で即死させた。ドリスがかんだかい悲鳴を上げはじめたとき、彼はサーチライトをねらい撃って、ひとつまたひとつと消していった。裏庭と、リチャーズの死体と、輝く金属の船体が、深い闇の中に溶けこんだ。エガートンはドリスを押し倒し、裏庭の壁まで伸びている濡れて冷たいツタの葉に、彼女の顔を押しつけた。

しばらくしてドリスは落ちつきをとりもどした。身ぶるいしながら、踏みにじられた草とツタの葉の上に起きあがり、両腕で自分の膝をかかえ、ふるえながら体を前後にゆすっていたが、やがてしだいにそれもおさまった。

エガートンは彼女を助けおこした。「この長い年月、だれひとり疑わなかったんだ。彼は自分だけの――大きな秘密をかかえていた」

「あなたはだいじょうぶよ」ドリスがいいはじめたが、その声は聞こえないほど低くかぼそかった。「監察庁はあなたの召喚令状を取り消すわ。彼を阻止した功績で」まだショックに萎えた手つきで、暗闇の中に散らばったバッグとタバコを手探りした。「あなたがいなければ、彼は逃げおおせた。そういえば、あの植物。あれをいったいどうすればいいの？」やっとタバコを見つけ、ふるえる手で火をつけた。「どうすればいい？」

ふたりの目はしだいに暗闇に慣れてきた。星明かりのもと、造船植物の輪郭がぼんやりと形をとりはじめた。「もう、あれもそんなに長生きしないだろう」とエガートンは答えた。「あれも妄想の一部だった。いま、その張本人が死んだからね」

怖《お》じ気《け》づき、無口になって、ほかの客たちがぼつぼつ裏庭へもどってきた。酔いのさめたハーヴィー・ソレルが影の中から現れ、しょんぼりと妻のそばへ近づいた。どこか遠くでサイレンの音が聞こえた。自動警察が通報を受けてやってきたのだ。「わたしたちといっしょにくる？」ドリスがふるえ声でエガートンにたずねた。彼女は夫を指さした。「いまから三人で監察庁へ行って、あなたの問題を解決すればいいわ。だいじょうぶ、減刑されるわよ。一種の契約労働を科せられると思うけど、せいぜい二、三年。それより長くはならない」

　エガートンは彼女から離れた。「いや、けっこう。わたしにはこれからやるべきことがある。たぶん、あとでまた」

「でも――」

「ほしかったものが手にはいったようなんだ。われわれの探していたものが」エガートンは裏口をあけ、いまは主人のいなくなった住居へはいった。

　彼はただちに緊急通話を入れた。三十秒たらずで、タウンサンドのマンションにブザーの音が鳴りひびいた。眠そうなローラが夫をたたきおこした。双方がおたがいの映像に向かいあうのを待って、エガートンが話しはじめた。

「われわれは基準を手に入れたよ」と彼はいった。「われわれに監察庁は必要ない。彼らの足もとをすくうことはできる。なぜなら、もう彼らの監視は必要ないからだ」

「なに？」タウンサンドは不機嫌に聞きかえした。まだ眠気で頭がぼうっとしていた。

「いったいなんの話だ？」

　エガートンはいまの自分の言葉を、できるだけ冷静にくりかえした。

「じゃ、だれがわれわれを監視する？」とエガートンは聞きかえした。「いったいどういうことだ？」

「われわれがおたがいを監視するのさ」エガートンはがまん強く説明した。「だれも免除されない。われわれひとりひとりが隣人を測る基準になる。リチャーズは彼自身を客観的に見ることができなかったが、わたしはできる——たとえ自分が不感応者でなくても。だから、われわれを上から監視する機構はいらない。われわれ自身がそうできるからだ」

タウンサンドはまだ不機嫌なままで考えこんだ。あくびをし、寝ぼけまなこで腕時計を見た。「驚いたな、もうこんな時間か。ひょっとすると、きみがいうのは名案かもしれんし、そうでないかもしれん。そのリチャーズについてもうすこし話してくれ。いったい彼はどんなPK能力を持っていた？」

エガートンはそれを説明した。「これでわかったろう？　長い年月のあいだ……しかも、彼自身は気づかなかった。だが、われわれにはすぐにわかる」エガートンの声は興奮したように大きくなった。「われわれは自分たちの社会を支配できるんだよ、もう一度！　つまり、これは人民の合意だ——前からわれわれには測定基準があったのに、だれもそれに気づかなかった。個人的にはめいめいが誤りを犯しがちだが、集団としてはまちがえるはずがない。いまやらなければならないのは、ランダム点検ネットに全員を登録することだ。そのプロセスをスピードアップして、より多くの人びとを登録し、よりひんぱんに点検する。それを加速して、だれもが遅かれ早かれ、探査を受けるようにする」

「なるほど」タウンサンドは同意した。

「もちろん、従順なテレパスは残しておく。すべての思考と意識化の材料をさぐれるようにだ。テレパスが評価するんじゃなく、われわれがそれを自分たちで処理する」

タウンサンドはゆっくりとうなずいた。「よさそうだな、ジョン」

「リチャーズの植物を見たとたんにわかったよ。瞬間的に――完全な確信が持てた。どうしてエラーの生じるわけがある？　彼のような妄想システムは、しょせんわれわれの世界に適合しないからだ」エガートンは目の前のテーブルをどんとたたいた。ジェイ・リチャーズのものだった本がすべりおち、部屋の厚いカーペットの上に音もなく落ちた。「わかるか？　PKの世界とわれわれの世界のあいだには等式が存在しない。われわれがやらなければならないのは、PKの材料をこちらの目に見えるところへひきずりだすことだ。われわれ自身の現実と比較できるところへ」

タウンサンドはしばらくだまりこんだ。ややあってから、「わかった」と答えた。「こっちへきてくれ。もしきみが企業連合のみんなを説得できれば、その時点でわれわれは行動を開始する」彼は決断をくだした。「いまからみんなをたたきおこして、ここへ召集しておこう」

「よし、わかった」エガートンはスイッチに手を伸ばした。「いまから急いでいくよ、ありがとう！」

祝賀パーティーの客がいなくなり、空き瓶の散らばった、乱雑で陰気な部屋からエガートンは飛びだした。裏庭では、すでに警察があたりを調査し、ジェイ・リチャーズの妄想能力がつかのまの存在をもたらした、瀕死の植物を調べていた。

夜気は冷たく、きびしかった。エガートンは上昇斜路から通商ビルの屋上発着場に出た。はるか下のほうから二、三人の話し声が聞こえる。屋上にはだれもいなかった。彼は厚いオーバーのボタンをはめ、両腕を伸ばすと、屋上から飛び立った。ぐんぐん高度とスピードが増していった。ほんの数分で、ピッツバーグへのルートにはいった。

夜空を静かに飛びながら、彼は冷たくきれいな空気を大きな胸いっぱいに吸いこんだ。高まる満足感と興奮が体内を駆けめぐった。おれは即座にリチャーズを見破った——どうして見破れないわけがある？　自分の裏庭で植物を育てて、そこにジェット推進の高速艇を実らせるような男は、明らかに常軌を逸している。

両腕で羽ばたきながら飛ぶほうがはるかに簡単なのに。

超能力世界
A World of Talent

浅倉久志◎訳

1

その部屋にはいったときには、すでにおおぜいの人間が騒音ときらめく色彩を作りあげていた。とつぜんの不協和音に少年はとまどった。かたちと、音と、においと、斜めにゆがんだ三次元の斑点がどっと押しよせるのを意識して、そのむこうを見分けようと戸口で立ちどまった。意志の力で、ぼやけたものをいくらかはっきりさせることができた。意味のない、熱にうかされたような人間活動が、しだいにひとつの秩序らしいものにおちついてきた。

「どうしたんだ?」父親が鋭くたずねた。

「わたしたちが半時間前に予知したとおりよ」答えられずにいる八歳の息子に代わって、母親が返事した。「だから、部隊員にたのんで、この子の心をさぐらせればいいのに」

「わたしはテレパシー部隊をあんまり信用していない。それに、あと十二年間は、まだ家族の中の問題だ。もしそれまでに解明できなければ——」

「その話はあとで」母親は腰をかがめ、きびきびした口調で命じた。「中へはいんなさい、ティム。みなさんにごあいさつして」

「自分がどこにいるかをなるべく忘れないようにな」父親が優しくつけたした。「すくなくとも今夜のパーティーが終わるまでは」

ティムはこみあったリビングルームの中に無言でわけいり、斜めにゆがんだいろいろのかたちを無視したまま、首をかしげ、上体を前に倒して歩きまわった。両親は彼のあとを追おうとしなかった。ふたりはこの家の主人のフェアチャイルドに迎えられたあと、招待客の常人や超能力者にとりまかれた。

雑踏の中で少年は忘れられた。少年はリビングルームの短い一周を終わり、なにもそこに存在しないのをたしかめてから、脇廊下《わきろうか》をさぐった。ロボット従僕《じゅうぼく》がベッドルームのドアをあけてくれたので、少年は中にはいった。

ベッドルームは人けがなかった。パーティーはまだはじまったばかりだ。少年の背後で話し声と動きが薄れて、区別のつかないひとつのぼやけた塊になっていく。この高級マンションの中には、都市の中央ダクトから送りこまれてくる地球型の暖かい人工大気に乗って、女の香水のほのかなにおいがただよっていた。少年は背をのばし、甘い芳香を吸いこんだ。花、果物、スパイス――そして、それ以外のなにか。

それを分離するには、ベッドルームの奥まではいりこまなければならなかった。これだ――すえたミルクのように酸《す》っぱいにおい――これがお目当ての警告だ。このベッドルームにそれがある。

用心ぶかく少年はクローゼットをあけた。ロボット衣装係が服をあてがおうとしたが、少年はとりあわなかった。クローゼットがひらいたとたん、そのにおいは強くなった。〈かげぼうし〉がどこかそばにいる。このクローゼットの中かどうかはべつにして。

ベッドの下？

少年はしゃがんで、そこをのぞいた。いない。床に腹ばいになって、スチール・デスクの下をのぞきこんだ。植民地の役人の家では典型的な家具だ。においがうんと強くなった。不安と興奮がおそってきた。少年はぴょんと立ちあがると、デスクをなめらかなプラスチックの壁ぎわから押しのけた。

いままでデスクのあった暗闇の中で、〈かげぼうし〉が壁にくっついていた。

もちろん、それは〈みぎ〉の〈かげぼうし〉だった。少年がこれまでに出会った〈ひだり〉の〈かげぼうし〉はたったひとりで、それもちらっと見ただけだ。この〈かげぼうし〉はまだ完全に位相が合っていない。少年は用心しいしいあとずさった。これだけはわかった。むこうとしては、こっちの協力がないので、これでも近づけるだけ近づいたのだ。

〈かげぼうし〉は穏やかに少年をながめていた。少年の消極的な行動に気づいても、〈かげぼうし〉にはどうするすべもないのだった。〈かげぼうし〉は意志を伝えようともしなかった。それにもこれまでずっと失敗していたから。

ティムは安全だった。少年は足をとめ、しばらく〈かげぼうし〉をながめた。〈かげぼうし〉のことをもっとよく知るチャンスだ。ある空間が両者を隔てていて、〈かげぼうし〉の視覚イメージと臭気——気化した微粒子——だけがこっちへ渡ってくるのだ。〈かげぼうし〉のひとりひとりを見分けるのは不可能だ。どれもがよく似ていて、おなじものの集団にも思える。しかし、中にはひどくちがう〈かげぼうし〉もいる。こっち側へ渡ろうとして、いろいろの顔ぶれを選んでためしているのだろうか？

またあの考えがよみがえった。リビングルームにいる人びとは、常人クラスも超能力クラスも——それにティムの属する未発現《ミュート》クラスまでが——自分の〈かげぼうし〉とうまく折り合いをつけているらしい。ふしぎだ。彼らの〈ひだり〉は、ティムの〈ひだり〉よりも数がずっと多いはずなのに……。〈ひだり〉の数がますにつれて、〈みぎ〉の数が減っていくのでもないかぎりは。

〈かげぼうし〉ぜんたいの数がかぎられているのだろうか？

少年はめまぐるしいリビングルームにもどった。まわりじゅうに人びとがざわめき、渦巻き、まわりじゅうに濁ったけばけばしいかたちが揺れ動き、生あたたかい体臭が至近距離から少年を圧倒した。情報は父母から聞きだすしかないらしい。すでに少年は、太陽系教育通信網につないだ研究索引を調べてみたのだ――だが、回路が作動しない以上、調べても結果は出てこなかった。

「どこをさまよい歩いていたの？」部屋の片側にかたまった常人クラスの官僚と活発なやりとりをしていた母親が、いっとき会話の輪から離れてたずねた。母親は息子の表情に気づいた。

「あら。ここにも？」

少年は母親の質問に驚いた。場所は関係ない。そのことを知らないのだろうか？　まごつきながら、自分の殻に閉じこもってじっと考えた。ぼくには助けがいる。外からの助けがなければ理解できない。しかし、口で説明したくても、厚い言葉の壁がそこにある。それはただの言葉の問題だろうか、もっと大きなものだろうか？

リビングルームの中をさまよい歩いていると、人びとの体臭の厚いカーテンを通して、うっすらカビくさいにおいがただよってきた。〈かげぼうし〉はまだあそこにいる。あのデスクの暗闇、だれもいないベッドルームの暗闇の中にうずくまっている。こっちへ渡ろうとしている。ぼくがあと二歩だけ近づくのを待っている。

ジュリーは八歳の息子が遠ざかっていくのを見つめ、小さいととのった顔に不安な表情をうかべて、夫をふりかえった。

「あの子から目を離さないようにしないと。予知では、あの子の例のもののまわりで状況の圧力が高まってるから」

夫のカートもそれを予見していた。しかし、彼はこの予知能力者《プレコグ》夫妻をとりまく常人クラスの役人たちと話をつづけた。

「もし、むこうが総攻撃をかけてきたら、どうするつもりだね？　でかぶつひとりでは、とうていミサイルの雨を扱いきれない。ときたま飛んでくるひとにぎりのミサイルなんて、ただの実験みたいなもんだ……それに、彼はいつも半時間前にジュリーとわたしから予告を受けてたんだからね」

「たしかに」フェアチャイルドは灰色の鼻をかき、唇の下に生えかけたあごひげをさすった。「しかし、彼らが露骨な軍事作戦に転じるとは思えない。そんなことをすれば、われわれの行動が有効なのを認めることになる。おまけにわれわれのほうが正当化され、新局面が展開する。もしかすると、われわれがきみたち超能力クラスを集めて――」フェアチャイルドは疲れた微笑をうかべた――「念力で太陽系をアンドロマク星雲のむこうへ移動させるかもしれない」

カートはなんの反感もなく耳をかたむけた。相手の言葉は意外でもなんでもなかった。

車でここへやってくる途中、ジュリーとふたりでこのパーティーのこと、実りのない討論のこと、息子の奇矯《ききょう》な行動がつのる一方であることを予知していたからだ。妻のジュリーの予知範囲は、カートよりもいくらか大きい。この瞬間も、ジュリーはカートのヴィジョンより先を見ている。いま、妻の顔にある心配そうな表情はなにを意味しているのだろう、と彼はいぶかった。

ジュリーがひきつった声でいった。「どうやら、今晩家に帰る途中で、ちょっとした夫婦喧嘩をすることになりそうだわ」

そう、彼もそれを予知していた。「この状況のせいさ」とその話題を一蹴した。「みんな、気が立っている。口論するのは、きみとわたしだけじゃない」

フェアチャイルドが同情的にその会話に聞きいっていた。「予知能力者《プレコグ》もらくじゃないな。しかし、あらかじめ口論するとわかってるなら、そうなる前に状況を変えられないのかね？」

「変えられるとも」カートは答えた。「われわれがきみたちに予知情報を与え、きみたちがそれを使って地球《テラ》との状況を変えたようにね。しかし、ジュリーもわたしも、そうすることにはあまり関心がない。これを食いとめるには、とほうもない精神エネルギーが必要だ……わたしたち夫婦は、どちらもそんなエネルギーを持っていない」

「ねえ、あの子を部隊にひきわたしましょうよ」ジュリーが声をひそめていった。「あの子がなにをさがしてるのか、あっちこっちをさまよい歩いて、家具の下やクローゼットの中をのぞくのは、もう耐えられない！」

「〈かげぼうし〉をさがしてるんだ」カートはいった。

「なんだか知らないけど」

生まれながらの仲介者であるフェアチャイルドは、さっそく調停をこころみた。「まだあと十二年の余裕があるじゃないか。ティムが未発現クラスにいるのは、なんの恥でもない。きみたちみんながそんなふうにして人生をはじめたんだ。もし、あの子に超能力があれば、いずれ発現するだろう」

「まるで無限予知ができるような口ぶりね」ジュリーがおもしろそうにいった。「どうして発現するとわかるの？」

フェアチャイルドの温厚な顔がゆがんだ。カートは彼をきのどくに思った。フェアチャイルドは大きな責任を背負いすぎ、決断する問題をたくさんかかえすぎ、たくさんの人命を預かりすぎている。地球《テラ》からの独立以前の彼は、任命された司政官、ひとつの地位とおきまりの日常業務を持った官僚だった。いまでは、月曜早朝に太陽系内メモを彼に送信してくる相手がいない。

「そちらの新発明を見せてもらおうか」カートがいった。「どんなふうに動くものか、気になってね」

フェアチャイルドは虚をつかれた。「どうしてそれを——」そこではっと気づいて——

「そうか、すでに予知していたわけだな」フェアチャイルドは上着のポケットをさぐった。「きょうのパーティーでみんなをびっくりさせるつもりだったが、プレコグがふたりもいたんじゃどうにもならん」

常人クラスの官僚がまわりに集まるのを待って、フェアチャイルドは四角いティッシュの包みをひらき、中から小さいきらきらした石をとりだした。まるでダイヤを鑑定する宝石商のように、フェアチャイルドがそれに目を近づけて調べるのを見て、部屋のみんなが興味をひかれ、静まりかえった。

「よくできてる」カートはいった。

「ありがとう」フェアチャイルドは答えた。「そろそろ大量生産品も到着するはずだ。この光は、子供や、安ピカ物に目のない下層の人たちをひきつける——値打ち物じゃないかと勘ちがいしてね。これをダイヤではないかと思って足をとめ、拾いあげるのは、技能者クラス以外の人間だ。実演してみよう」

フェアチャイルドは静まりかえったリビングルームの中で、華やかなパーティー・ドレスの人たちを見まわした。片側には、ティムが首をかしげて立っている。フェアチャイルドはふとためらったあと、その石をカーペットの上にころがした。石は少年の足もとのすぐ前でとまった。少年の目はちらとも動かなかった。足もとにある光り物に気づいたようすもなく、人びとのむこうをぼんやり見つめている。

カートは白けた空気を救おうと前に進みでた。「ジェット機ぐらいのサイズの石でも持ってこなくちゃむりだ」彼は腰をかがめて石を拾いあげた。「ティムが五十カラットのダイヤみたいな世俗的なものに反応しないのは、そちらの落ち度じゃない」

フェアチャイルドは実演の不首尾に気落ちしていた。「それを忘れていた」そこでぱっと顔を輝かせた。「しかし、もう地球《テラ》にはひとりの未発現クラスもいない。このメッセージを聞いて、感想をいってくれ。一部はわたしが書いたんだ」

その石は、カートの手の上につめたくのっていた。小さい羽虫のような唸《うな》りが彼の耳に聞こえてきた。調節されたリズミカルな変調音が、部屋の中にざわめきをひきおこした。

「友人のみなさん」録音された声がいった。「テラとケンタウルス植民地の抗争は報道で大きくゆがめられています」

「これでほんとにお子様を対象にしてるの？」ジュリーがたずねた。

「たぶん、テラの子供はわれわれの子供よりも進歩してるということなんだろうな」超能力クラスの官僚の軽口で、笑いを含んだざわめきが部屋に流れた。

小さな録音の声は、法律的議論と、理想主義と、物悲しいほどの嘆願のいりまじったメッセージを、単調に語りつづけた。その哀願調がカートの神経を逆撫《さかな》でした。なぜフェアチャイルドは膝を屈して、テラ人のお慈悲を乞わなくちゃいけないんだ？　カートが耳をかたむけるかたわらで、フェアチャイルドは腕組みしたまま、鈍重な顔に満足の笑みをうかべ、自信たっぷりにパイプをくゆらせていた。明らかにフェアチャイルドは、録音メッセージの薄っぺらなたよりなさに気づいていない。

ふとカートは思った。ここにいるだれひとり――自分も含めて――独立運動が実際にどれほどひよわなものかを、はっきり認識していないらしい。偽の宝石がさえずる弱々しい言葉を責めてみてもしかたがない。こちらの立場をどう表現したところで、そこにはきっとこの植民地を支配したぐちっぽい不安が反映されることだろう。

宝石はしゃべりつづけた。「自由が人間にとって自然な状態であることは、古くから実証されています。隷属状態、つまり個人や集団がほかの個人や集団に屈従している状態は、過去の遺物であり、悪質な時代錯誤です。人間は自治を重んじなければなりません」

「ふしぎな気分ね、あんな言葉を石から聞かされるのは」ジュリーがなかば笑いながらいった。「生命のない鉱物の塊から」

「みなさんは、植民地脱退運動によって日々の暮らしや生活水準がおびやかされると教えられてきました。それは誤りです。もし植民惑星が自治を許され、それぞれの経済市場を見いだせば、全人類の生活水準が上昇します。テラ政府が、太陽系外に住んでいるテラ人に押しつけた通商システムは――」

「子供たちはこの石を持って帰るだろう」とフェアチャイルドがいった。「そして、両親が子供たちからそれを受け取る」

石は語りつづけた。「どの植民地も、テラのたんなる補給基地、生原料と安い労働力の供給源としてとどまっていることはできません。植民地人は、いつまでも二級市民の地位に甘んじていられません。太陽系に残った人びととおなじように、植民地人にも自分たちの社会を築きあげる権利があります。このため、植民地政府はテラ政府に対して、われわれの自明の運命の実現を阻《はば》んでいる束縛を断ち切るよう、請願したのであります」

カートとジュリーは顔を見合わせた。堅苦しい教科書風な陳述は、重しのように部屋の中にわだかまっていた。植民地は、本気でこの男を抵抗運動の指導者にえらんだのか？この空論家、雇われ役人、官僚主義者、そして——とカートはつい考えずにはいられない——超能力の持ちあわせのない男を。常人を。

フェアチャイルドは、おそらくありきたりの指令のささいな不適切表現に立腹して、テラとたもとを分かつ気になったのだろう。たぶんテレパシー部隊を除いて、彼の動機がなんであるか、いつまで彼がその任に耐えられるかを知っているものはだれもいない。

「どう思う？」石のモノローグが終わり、また最初にもどるのを待って、フェアチャイルドがたずねた。「こんな石が太陽系各地の空から、何百万も雨のように降ってくる。テラのマスコミがわれわれのことをどういってるかは知ってるだろう？　われわれが太陽系を乗っ取ろうとしている、外宇宙からの侵略者、怪物、ミュータント、奇形だといってるんだ。悪質なデマだ。そのての悪宣伝に対抗しなければ」

「そうね」とジュリーがいった。「わたしたちの三分の一は奇形よ。だから、正面からそれを見つめたら？　すくなくともわたしは知ってるわ。自分の息子が能なしの奇形だってことを」

カートが彼女の腕をつかんだ。「だれにもティムを奇形とはいわせんぞ。いくらきみでも！」

「でも、事実よ！」彼女は夫の手をふりはらった。「もしわたしたちがまだ太陽系にいたら――もし独立してなかったら――あなたもわたしも抑留所に入れられて、運命を待っていたはずよ――どんな運命かは知ってるわね」ジュリーは息子の方角に激しく指を突きたてた。「そしたら、ティムもいなかったはずよ」

部屋の隅から、鋭い顔だちの男が発言した。「われわれは太陽系にはもどらない。われわれはだれの助けもかりずに独立した。フェアチャイルドはなんの関係もない。われわれが彼を連れてきたんだ。それを忘れるな！」

カートは敵意の目でその男をにらんだ。テレパシー部隊のリーダーのレナルズが、また泥酔したのだ。泥酔して、常人に対する激しい憎悪をぶちまけたのだ。

「かもしれん」カートはうなずいた。「しかし、もしそうだったら、われわれはもっともっと苦労していただろう」

「きみもおれも知っている。この植民地がだれのおかげで生きのびているかはな」レナルズは傲慢で冷笑的な顔に血をのぼらせて答えた。「でかぶつとサリー、きみたちプレコグ夫婦、テレパシー部隊、そのほかの超能力者がいなければ、この官僚政治家どもの命がいつまであったと思う？　事実に直面しろ——こんな法律のお飾りはいらんのだ。われわれが勝つとしたら、それは自由と平等を求める殊勝ぶったアピールのせいじゃない。われわれが勝つのは、テラにもう超能力者がいないからだ」

　部屋の中の平和な雰囲気が薄らいでいった。常人クラスの招待客から、怒りのつぶやきがあがった。

「待ちたまえ」フェアチャイルドがレナルズにいった。「たとえ人の心を読めるとしても、きみが一個の人間であることに変わりはない。超能力を持つこと、かならずしも——」

「お説教はごめんだ」レナルズはいった。「しびれ頭から指図を受けるいわれはない」

「それはいいすぎだぞ」カートはレナルズをたしなめた。「そのうちに、だれかがきみをぶんなぐる日がくる。もしフェアチャイルドがやらなければ、わたしがやる」

「おまえも、あのおせっかいな部隊も」と超能力クラスの蘇生能力者《リザレクター》が、レナルズの襟《えり》をつかんでののしった。「心をくっつけあえるだけのことで、おまえたちがわれわれより偉いと思っているのか。この野郎——」

「その手をどけろ」レナルズが喧嘩腰にいった。グラスが大きな音を立てて床の上で砕けた。女たちのひとりがヒステリーを起こした。ふたりの男がもみあい、三人目がそれに加わり、たちまち部屋の中央で敵意が煮えたぎる渦巻きになった。

フェアチャイルドが大声で制止した。「後生だからやめろ。もしおたがいに争えば、われわれはおしまいだ。わからんのか――みんなで力を合わせていかなければだめなんだ！」

騒ぎがおさまるのにはしばらくかかった。レナルズは、青ざめた顔でぶつぶつつぶやきながら、カートを押しのけた。「こんなところにいられるか」ほかのテレパスたちも、好戦的な顔つきでそのあとにつづいた。


青い闇の中をジュリーといっしょに車でゆっくり家路につきながら、カートの頭の中ではフェアチャイルドのメッセージの一部が何度もくりかえされていた。

「植民地人の勝利は超能力者の常人に対する勝利だと、みなさんは聞かされてきました。それはちがいます！　分離独立を計画し、実行したのは、超能力者でもミュータントでもありません。この反乱は、すべてのクラスをひっくるめた植民地人の、自然発生的な反応なのです」

「どうかな」とカートはつぶやいた。「フェアチャイルドはまちがっているのかもしれん。それとは知らずに、超能力者にあやつられているのかもしれん。個人的には彼が好きだがね。とんまなところはあっても」

「ええ、彼はとんまよ」

ジュリーが車内の闇のなかで同意した。彼女のタバコの火は赤熱した怒りだった。後部席では、ティムがエンジンからの暖房にあたたまり、丸くなって眠っていた。小さな路面車の前方には、不毛なプロキシマ第三惑星のごつごつした風景が起伏する。敵意を秘めた、異質な、暗いひろがり。人間の作った数すくない道路と建物が、作物タンクと農地のあいだにちらほら目につく。

「レナルズは信用できない」カートは言葉をつづけた。それによって、さっき予知した夫婦喧嘩の火ぶたを切ることになるのはわかっていたが、いまさら避ける気にはなれなかった。「レナルズは悪賢い無節操な野心家だ。彼がほしがってるのは特権と地位だけだ。いっぽう、フェアチャイルドは植民地の福祉をねがっている。あの石の中に口述したメッセージを本気で信じている」

「あのうすのろ」ジュリーは軽蔑をあらわにした。「テラ人はきっとおなかをかかえて笑いだすわ。あれをまじめな顔で拝聴するなんて、わたしにはとてもできなかった。しかも、わたしたちの命があの作戦にかかっているとはね」

カートは自分がなんに足をつっこもうとしているかを承知の上で、ゆっくりといった。「もっとも、きみやレナルズよりも良識のあるテラ人がいるかもしれないさ」妻に向きなおった。「おたがいにこれから相手がなにをするつもりかは予知できる。ひょっとするときみが正しくて、ぼくたちふたりはここで区切りをつけるべきかもしれない。夫婦の気持がかよいあわなければ、十年間というのは長い月日だ。それに、あれは最初からぼくたちのアイデアじゃなかった」

「そうよ」ジュリーは同意して、タバコをもみつぶし、わななく手でべつの一本をつけた。

「もし、あなたのほかに男性のプレコグがひとりでもいたら……たったひとりでもいたら……。あれだけはレナルズを許せないわ。あれは彼のアイデアだもの。あんなものに同意すべきじゃなかった。だまされたのよ。種族の栄光のために！　超能力の旗を掲げて、前進また前進！　史上最初の本物のプレコグどうしの神秘的結婚……そこからなにが生まれたと思う？」

「よせったら。あの子はまだ眠っていない。聞こえるぞ」

ジュリーの声は苦かった。「そう、聞こえるわね。でも、理解はしないわ。わたしたちは、どんな第二世代が生まれてくるかを知りたがった――これでわかったのよ。プレコグたすプレコグは奇形。役立たずの未発現《ミュート》クラス。モンスター――直視しようじゃない、あの子のカードに書かれたMの記号はモンスターの頭文字よ」

カートは両手でハンドルを堅く握った。「いくらきみでも、その言葉を使うことは許さん」

「モンスター！」彼女はダッシュボードの明かりに歯を白く光らせ、瞳を燃えあがらせて、彼に顔を近づけた。「たぶんテラ人が正しいんだわ――たぶんプレコグなんか断種して、死なせたほうがいいんだわ。抹殺《まっさつ》したほうが。わたし……」ふいに言葉を切った。しまいまでいえなくなったのだ。

「いえよ」カートはうながした。「きみはこう思ってる。もし反乱が成功して、われわれが全植民地の支配権をにぎったときには、選択的な育種をすべきだと。もちろん、テレパシー部隊をトップに据えてだ」

「小麦ともみがらをふるい分けるのよ」ジュリーはいった。「まずテラから植民地を。つぎに常人からわたしたちを。そして、もしあの子のようなのが生まれてきたら、たとえそれが実の息子でも……」

カートはさえぎった。「きみたちのしてることは、人間を有用性だけで判断することだ。ティムは役に立たないから、生かしておく意味はない――そういいたいんだろう？」血圧が上がるのはわかっていたが、そんなことにかまっていられなかった。「人間を家畜のように育種するなんて。人間が生きる権利もないなんて。その特権をこっちの好き勝手に分け与えるなんて」

カートはがらんとしたハイウェーに車をとばした。「フェアチャイルドが自由と平等についてえんえんとしゃべったのは聞いたろう。彼はあれを信じてるし、ぼくも信じてる。われわれが彼の能力を利用できるかどうか、そもそも彼に能力があるかどうか、そんなことには関係なくだ」

「あの子には生きる権利があるわ」ジュリーはいった。「でも、あの子がわたしたちの仲間じゃないことはお忘れなく。あの子は珍種なのよ。あの子にはわたしたちのような能力がない。わたしたちの――」ジュリーはその言葉を誇らしげに吐きだした――「優秀な能力がね」

カートは車をハイウェーの縁によせた。車をとめるとドアを押しあけた。暗く乾ききった空気が、車の中に吹きこんできた。

「あとはきみが家まで運転していけ」カートは後部席に首をつっこみ、ティムをつついた。「さあ、行こう、坊や。おとうさんと外に出るんだ」

ジュリーは体をずらしてハンドルを握った。「いつ家に帰ってくるつもり？　それとも、もうすっかり受けいれ準備ができてるわけ？　よくたしかめなさい。彼女は何人もの男を手玉にとるタイプかもしれないから」

カートが車から離れるのと同時に、ドアがばたんと閉まった。彼は息子の手をひいて、ハイウェーを歩きだした。夜の薄闇の中にくろぐろと出口の標識がそそり立っている。出口の階段を下りながら、彼は闇の中を家にむかって走り去る車のエンジン音を聞いた。

「ここはどこ？」ティムがたずねた。

「知ってるだろう。毎週おまえを連れてきてる。おまえやおとうさんのような人間を訓練する学校だ――われわれ超能力者が教育を受ける場所だ」

2

ふたりのまわりで明かりがついた。正面入口の斜路から、まるで金属のつる植物のように通路が枝分かれしていた。

「なんなら二、三日ここにいてもいいよ」カートは息子にいった。「しばらくおかあさんに会えなくても、がまんできるかい？」

ティムは答えなかった。いつもの沈黙にもどって、父親の横にくっついて歩いた。カートはまたしてもふしぎになった。この子はこれほど自分の殻に閉じこもっているのに――外から見ると、そうとしか思えないのだが――どうしてこんなに敏感でいられるのだろう。その答は、ひきしまった幼い肉体の上にはっきり書きしるされていた。ティムは人間との接触から閉じこもっているだけだ。ティムは外界と――というよりは、むしろ、ある外界と――ほとんどいやおうなしに接触をたもっている。その外界がどんなものにしろ、そこには人間はいない。いくらそれが現実の外界の事物からできあがっていても。

すでにカートが予知したとおり、息子はきゅうに彼の手をふりはらった。ほうっておくと、息子は枝廊下のひとつへと走りだした。補給品ロッカーの前で立ちどまったティムが扉をあけようとするのを、カートは見まもった。

「わかったよ」カートはしかたなく息子のあとを追って、合鍵でロッカーをあけてやった。「ほらね？　なんにもはいってないだろう？」

この少年がどれほど完全に予知能力を欠いているかは、その顔にひろがった安堵の表情からもわかる。それを見せつけられて、カートは暗然とした。自分とジュリーが持っている貴重な能力は、この子には伝わらなかった。この子がなんであるにしても、絶対にプレコグではない。

夜中の二時過ぎなのに、学校の内部はこうこうと明るく、活動していた。バーでビールと灰皿にかこまれて休憩をとっている部隊員ふたりに、カートはそっけなくあいさつした。「サリーはどこだ？」と彼はたずねた。「中で、でかぶつに会いたいんだが」

テレパスのひとりがのんびり親指をしゃくった。「サリーはどこかそのへんにいるよ。そっちの児童宿舎。たぶん、もう眠ってるな。遅いから」相手は、カートがジュリーのことを考えているのを読みとった。「そんな奥さんなら別れちまいなよ。どのみち、年は食ってるし、痩せてるし。あんたのお目当ては、もっと若くてピチピチした――」

激しい嫌悪の念を投げつけたカートは、にやにやしていた青年の顔がきゅうにこわばるのを見て満足を感じた。もうひとりのテレパスがすわりなおして、カートのうしろからどなった。「女房とけりがついたら、こっちへまわしなよ」

「きみのさがしているのは、はたちぐらいの女性だな」またべつのテレパスが、カートを児童宿舎の寝室へ入れながらいった。「黒い髪と、それに――もしまちがってたら訂正してくれ――黒い目。きみの心にははっきりしたイメージがある。たぶん、特定の女性だ。待てよ、小柄で、そこそこに美人で、名前は――」

カートはこうして自分の心を部隊員にさらさなければならない状況をのろった。テレパスは各植民地のすみずみにまで配置されていて、とりわけ学校と植民地政府のオフィスには数が多い。カートはティムの手を強く握ると、息子を連れて戸口をくぐろうとした。

ティムがそばを通りぬけようとしたとき、そのテレパスがいった。「この子の心はずいぶん奇妙だ。もっと深くさぐってもいいか？」

「やめてくれ」カートは鋭く答えて、ティムのうしろでドアをばたんと閉めた。それでどうなるものでもないのはわかっていたが、重い金属のドアが相手をへだてる感触がうれしかった。ティムをうながして狭い通路をぬけ、小部屋にはいる。ティムはわきのドアをあけたいのか、父から離れようとした。カートは荒っぽく息子をひきもどした。

「あそこにはなにもない」きびしく息子を叱った。「ただのバスルームだ」

ティムはそれでも行きたがる。まだひきとめつづけているうちに、サリーがガウンをはおりながら現われた。眠そうな顔がむくんでいた。

「こんばんは、パーセルさん」と彼女はカートにあいさつした。「こんばんは、ティム」あくびをしてフロアスタンドの明かりをつけ、椅子に腰をおろした。「こんな真夜中に、なんの用？」

サリーは十三歳だった。背がひょろ長く、黄色いトウモロコシの毛のような髪に、ソバカスだらけの肌をしている。サリーが眠そうに親指の爪をほじくりながら、またあくびをしていると、その向かい側にティムがすわった。年下の少年をおもしろがらせようと、サリーはサイドテーブルの上の手袋に動きを与えた。手袋がひとりでにテーブルの縁まで這《は》いだし、指をくねくねさせて床へ下りていくのを見て、ティムはうれしそうに笑いだした。

「うまい」カートはいった。「きみはどんどん上達している。授業をサボってないようだ」

サリーは肩をすくめた。「パーセルさん、この学校で教わることなんてなにもないわよ。物体賦活《アニメーション》なら、あたしがいちばん進んだ超能力者なの。だから、いつもほったらかし。というより、あたしのほうが教えてるぐらい。その能力があるかもしれない未発現クラスの子供たちをさ。ふたりほどは、練習を積んだらものになると思うわ。この学校があたしに与えてくれるのは、激励だけ。つまりさ、心理的なあと押しと、たくさんのビタミンと、それに新鮮な空気ぐらい。あたしになにかを教えるなんて、できないもんね」

「きみがどれほど重要な人間かってことは、教えられるよ」もちろんこのやりとりも、カートはちゃんと予知していた。ここ半時間でいくつかの可能な方法をえらびだし、それらを順々に切り捨てて、とうとうこれにきめたのだ。「ぼくはでかぶつに会いにきた。ということは、きみを起こすしかなかった。なぜだかわかるかね？」

「うん」サリーは答えた。「あんたが彼を怖がってるからよ。でも、でかぶつはあたしを怖がってるから、あたしといっしょにいきたいんだ」サリーは手袋をふたたびだらんと動かなくすると、立ちあがった。「じゃ、いこ」

カートはこれまでに何度もでかぶつと会ってきたが、まだその姿に慣れていなかった。すでにこの場面を予見したのになんとなくひるんだ気分で、プラットホームの前のひろい空間に立った。だまりこみ、威圧されて、上を見あげた。

「彼、太りすぎよ」サリーが現実的な感想をのべた。「もすこし痩せないと、あれじゃ長生きできないよね」

でかぶつは技術部特製の巨大な椅子の上に、気味悪い灰色のプディングのようにどてっとすわっていた。目はなかば閉じ、ぶよぶよした腕は体の両脇にだらんと垂れている。たるんだ贅肉がひだを作って、椅子の肘かけの外まであふれだしている。卵に似た頭蓋の縁には、汗に濡れた糸のような頭髪が、腐った海草さながらにべったり貼りついている。爪はソーセージのような指の肉に隠れて見えない。歯は黒く虫が食っている。小さな青い目が、カートとサリーを見てとって、ちらとまたたいたが、肥満した巨体は身じろぎもしなかった。

「彼、休息中なの」サリーは説明した。「いま、食べたばっかり」

「こんばんは」カートはいった。

ふくれあがった口、ピンク色をした肉厚の唇のあいだから一声、不機嫌なつぶやきが返ってきた。

「こんな夜中にじゃまされて、ご機嫌ななめだわ」サリーがあくびしながらいった。「むりもないけどな」


サリーは部屋の中を歩きまわり、壁の照明の取りつけ金具に動きを与えて遊んでいた。取りつけ金具は、かたまった加熱処理プラスチックの外へ逃れようともがいている。

「こんなことというと気を悪くするかもしれないけど、まがぬけてるわね、パーセルさん。テレパシー部隊はテラ人のスパイがここに潜入するのを防ごうとしてるのに、あんたのこの注文は部隊と張りあうためなんでしょ。だったら、テラを助けてるわけじゃない。ちがう？　もし、部隊が見張りをしてくれなかったら――」

「おれがテラ人を入れない」でかぶつがつぶやいた。「壁を作って、ぜんぶはねかえす」

「ミサイルははねかえせても、スパイははねかえせないわよ。テラのスパイがいまここにきても、あんたは気がつかない。ただのまぬけなでっかい脂肪の塊だもん」

サリーの表現は的を射ていた。しかし、その巨大な脂肪の塊が、この植民地の心臓部、だれよりもすぐれた超能力者なのだ。でかぶつは分離独立運動の核だった……そして、その運動がかかえた問題の生きたシンボルでもあった。

無限ともいえる念動能力を持っているのに、でかぶつの知能は三歳児なみだった。まさしく天才白痴《イディオ・サヴァン》なのだ。そのとほうもない能力は、彼の全人格をのみこみ、それを拡大するよりも、逆にしなびさせ、退化させてしまった。もし、食欲と不安のほかに狡猾《こうかつ》さが備わっていたら、でかぶつは何年も前にこの植民地をどこかへはじきとばしていたろう。だが、自分では動くこともままならないため、まったく植民地政府のいいなりで、サリー怖さにしぶしぶいまの境遇をがまんしているのだ。

「おれ、ブタ一ぴき食べたぞ」でかぶつはなんとか起きあがって、すわった姿勢に近くなると、げっぷをし、弱々しくあごをふいた。「ほんとはブタ二ひきだ。この部屋で、ちょっと前にな。ほしけりゃいくらでもある」

植民地人の食事は、おもにタンクで栽培された人工蛋白だ。でかぶつはみんなをさかなにしておもしろがっている。

「あのブタは」とでかぶつは調子よくつづけた。「テラから持ってきた。前の晩は野鴨《のがも》をたらふく食った。その前はベテルギウス第四惑星から動物を連れてきた。名前のない動物だ。走りまわってエサを食うだけだ」

「あんたとおんなじね」サリーがいった。「ただ、あんたは走りまわらないけど」

でかぶつはクスクス笑った。つかのま、誇りがサリーへの恐怖にうち勝った。「キャンデーほしいか」いったとたんに、雹《ひょう》のような音を立てて、チョコレートが降ってきた。カートとサリーがいそいで退却すると、部屋の床はチョコレートの洪水におおいつくされた。チョコレートといっしょに、機械の断片や、ダンボール箱や、陳列棚の一部や、コンクリートの床の破片も降ってきた。

「テラの菓子工場だ」でかぶつはうれしそうに説明した。「位置はちゃんとわかってる」

ティムが物思いからさめたようだった。腰をかがめると、熱心にチョコレートを拾いはじめた。

「そうだな」とカートは息子にいった。「おまえもすこしもらえばいい」

「キャンデーを食べていいのはおれだけだ」でかぶつが腹を立ててどなった。チョコレートが消えた。「送りかえした」とでかぶつは不機嫌に説明した。「あれはおれのだ」

でかぶつのやることには、べつに悪意はなかった。ただ、おそろしく子供っぽくてわがままなだけだった。その能力を使えば、宇宙の中のあらゆる物体が彼のものになる。そのぶよぶよの両腕が届かないものは、どこにもない。その気になれば、月をつかんでたぐりよせることもできるだろう。さいわい、たいていのものは彼の理解範囲の外にある。だから、彼の興味をひかない。

「遊びはそのへんでやめよう」カートはいった。「われわれのさぐれる範囲の中にテレパスはいるか？」

でかぶつはしぶしぶあたりをさぐりはじめた。どこにある物体も、彼の意識の中にある。その能力を使って、彼はこの宇宙の物質的内容と接触しているわけだ。

「近くにはいない」ややあって、でかぶつはそう断言した。「三十メートルむこうにひとり……あいつをどかせよう。のぞき屋がそばにくるのはきらいだ」

「のぞき屋が好きなやつなんかいないわ」サリーがいった。「いやらしい、きたない能力。他人の心をのぞくのは、おフロにはいったり、着替えしたり、ものを食べたりしてるところをのぞくのとおんなじ。自然じゃない」

カートはにやりとした。「プレコグとちがいがあるかね？　プレコグだって、自然とはいえないだろう」

「プレコグは、人間じゃなく事件と関係してるんだもん。これからなにが起こるかを知るってことは、すでに起こったことを知るのとくらべて、べつに悪くもなんともないわ」

「逆にいいかもしれない」カートは指摘した。

「ううん」サリーはきっぱり答えた。「そのおかげで、あたしたちはトラブルにひきこまれたんだもん。あんたのおかげで、いつも自分の考えを隠さなくちゃいけなくなったわ。のぞき屋に会うたんびに鳥肌が立つわ。いくら隠そうとしても、つい彼女のことを考えちゃうのよ。考えちゃいけないとわかってるから、よけいにね」

「わたしの予知能力は、パットとはなんの関係もないよ」カートはいった。「プレコグはべつにきまった運命を導きだすわけじゃない。パットの居場所をつきとめるのはむずかしい仕事だった。それを知ってて、わざと選択したんだ」

「後悔してない？」とサリーはきいた。

「してない」

「もしおれがいなかったら」とでかぶつが割りこんだ。「おまえはパットに会えなかった」

「会わないほうがよかったよ」サリーが熱をこめていった。「もしパットがいなかったら、こんな計画にまきこまれなかったもん」敵意のまなざしをカートに向けた。「それに、彼女がきれいだとも思わない」

「じゃ、どうすればいい？」カートは苛立ちをこらえてサリーにたずねた。この少女とでかぶつにパットのことをわからせようとしてもむだなことは、すでに予知していた。「いまさら、彼女を見つけなかったふりはできないよ」

「わかってる」サリーは認めた。「それに、のぞき屋はあたしらの心からもうなにかをさぐりだしてるわ。だから、あんなにおおぜいここをうろついているのよ。よかったわ、彼女の居場所を知らなくて」

「おれは居場所を知ってるぞ」でかぶつがいった。「はっきり知ってる」

「ううん、知らないよ」サリーは答えた。「あんたはどうやれば彼女のところへ行けるかを知ってるだけ。それはおんなじことじゃないよ。あんたは説明できないもんね。あたしらをむこうへ送って、また連れもどせるだけだもんね」

でかぶつが憤然といった。「あの惑星には、へんてこな植物と、緑色したものがたくさんある。それと空気が薄い。彼女は移民村に住んでる。みんなは一日じゅう外にでて、畑を作ってる。のろまな動物がたくさんいる。寒い」

「その惑星はどこにある？」カートはきいた。

でかぶつはつばきを飛ばした。「あれは……」ぶよぶよした両腕をふった。「どこか近くに……」でかぶつはあきらめ、サリーをにらみつけてぜいぜいあえいでから、タンクのきたない水を少女の頭の上から浴びせようとした。水がこぼれかけたとき、少女は両手をちょこちょこと動かした。

でかぶつは恐怖の悲鳴を上げ、水はなくなった。でかぶつは身ぶるいしながら、おそろしそうに息をはずませ、いっぽうサリーはガウンの濡れたしみをふいていた。彼女はでかぶつの左手の指を勝手に動かしたのだ。

「あんなことはしないほうがいい」カートはサリーにいった。「彼が心臓麻痺でも起こしたらたいへんだ」

「あのでっかいのろま」サリーはクローゼットをひっかきまわした。「そうね、もしあんたが決心しちゃったんなら、そうするしかないじゃない。でも、あんまり長くあそこにいるのはいやよ。あんたがパットと話をはじめて、それからふたりでどこかへ行ってしまうと、何時間も帰ってこないんだもん。夜になると凍えるほど寒いし、暖房はないし」クローゼットからコートをひっぱりだした。「これ持ってく」

「でかけるんじゃないよ。こんどはちがうんだ」

サリーは目をぱちぱちさせた。「ちがうって？　どんなふうに？」

でかぶつさえもが驚いたらしく、ぶつぶつ文句をいった。「むこうへ送ってやる準備をしてたのに」

「わかってる」カートはきっぱりと答えた。「しかし、こんどはパットをここへ連れてきてほしいんだ。彼女をこの部屋へひっぱってきてくれ、わかるな？　これが前からいってた潮時だ。いよいよそのときがきたんだ」

フェアチャイルドのオフィスにはいっていくカートの連れはひとりだけだった。サリーは学校のベッドで眠っている。でかぶつはあの部屋から絶対に外へ出ない。ティムはまだ学校にいて、テレパスでなく、超能力クラスの専門家に預けられている。

パットがためらいがちについてきた。オフィスの中にすわった男たちにじろじろ見つめられて、怖《お》じ気《け》づき、おちつかないようすだった。

パットは十九歳ぐらいで、ほっそりして、銅色の肌に、黒い大きな瞳をした娘だった。キャンバス地の作業シャツとジーンズ、どた靴は泥だらけだ。もつれた黒い髪は赤いバンダナでうしろにまとめてある。まくりあげたシャツの袖からは、日焼けした、力の強そうな腕がのぞいている。革ベルトにはナイフと、野外電話と、非常食と水のパックがくっついている。

「これがその娘だ」カートはいった。「よく見てくれ」

「きみはどこからきたんだね？」フェアチャイルドはパットにたずねた。指令書やメモテープの山をわきにどけて、パイプをさがした。

パットはためらった。「わたし――」いいかけてから、迷ったようにカートをふりかえった。「いうなといわれたでしょう？　あなたにさえ」

「もういいんだ。もう話してくれてもいい」カートは優しくいってから、フェアチャイルドに説明した。「彼女がなにをしゃべるかは予知できるんだが、これまではわざと知らずにおいた。部隊員にさぐられたくなかったんだよ」

「プロキシマ第六惑星」パットが低い声でいった。「わたしはあそこで育ったの。あの星から離れたのは、これがはじめて」

フェアチャイルドは目をまるくした。「あそこは未開地だ。実をいうと、植民地の中でもいちばん原始的な場所だ」

　オフィスにいたフェアチャイルドおかかえの常人や超能力者のコンサルタントが、そばに集まってきた。肩幅のひろい老人が片手をあげた。石のように風雨にさらされた顔に、鋭い目つきをした老人だった。

「すると、でかぶつがきみをここへ運んだと考えていいのかね？」

　パットはうなずいた。「ええ、最初は知らなかったけど。そんなこと予想もしてなかったから」彼女はベルトを軽くたたいた。「ちょうど働いてるときでした。茂みを切りはらってたの……もっと利用できる土地をふやすために」

「きみの名前は？」とフェアチャイルドがたずねた。

「パトリシア・アン・コンリー」

「クラスは？」

　日焼けでひびわれた唇が答えた。「未発現クラス」

　役人のあいだにざわめきが起きた。さっきの老人がたずねた。「つまり、超能力のないミュータントかね？　正確には常人とどこがちがう？」

　パットがちらと彼の顔をうかがったので、カートは彼女を代弁しようと前に出た。「彼女はあと二年で二十一になる。その意味はわかるだろう。もし、彼女がそのときまだ未発現クラスなら、断種されて抑留所に入れられる。それが植民地の方針だ。もし、テラがわれわれをうち負かしたとしたら、その場合も彼女は断種される羽目になる。われわれ超能力者やミュータントといっしょに」

「きみは、彼女になにかの超能力があるというのか？」フェアチャイルドがたずねた。

「彼女を未発現クラスから超能力クラスに昇格させてほしいのかね？」フェアチャイルドはテーブルの上の書類をいじった。「このての請願書が一日に千通も届く。それだけのために、朝の四時にここまでやってきたのか？　この書式に記入してくれれば、正規の手続として受けつけておくが」

さっきの老人が咳《せき》ばらいして口を切った。「この女性はきみとしたしいのか？」

「そのとおり」カートは答えた。「個人的関心がある」

「どうやって彼女と知りあった？」老人はたずねた。「もし、彼女がプロキシマ第六惑星を一度も離れなかったとすると……」

「でかぶつにたのんで、むこうまで往復させてもらったんだよ」カートは答えた。「その旅を二十回ほどやった。もちろん、そこがプロキシマ第六惑星とは知らなかった。まだ未開拓地の多い、原始段階の植民惑星だということだけはわかったがね。最初は、未発現クラスのファイルで、彼女の性格図と神経特性表を見つけたんだ。そこで気がついて、さっそくでかぶつに彼女の脳識別パターンを教え、そこへ送りこんでもらった」

「そのパターンとは？」とフェアチャイルドがきいた。「彼女にはどんな変わった点がある？」

「パットの能力はまだ超能力として認められていない。ある意味で、それは超能力じゃないが、いずれはわれわれの発見した最も有用な精神能力になるはずだ。その能力が発生することは、当然予想されてしかるべきだった。なにかの生物が発生するときには、つねにそれを餌《え》食《じき》とするべつの生物が現われる」

「要点にはいってくれ」フェアチャイルドは、青くひげの伸びかかったあごをさすった。

「きみがわたしに連絡したときには、ただ簡単に——」

「さまざまな超能力を、生存のための武器と考えてみてほしい」カートはいった。「テレパシー能力を、ある生物の自衛のための進化だと考えてほしい。それによって、テレパスは敵よりも格段に優位に立てる。しかし、その状態がいつまでもつづくものだろうか？　そんな状況は、たいていの場合、また平衡状態に近づいていくのではないだろうか？」

　理解を見せたのはさっきの老人だった。賛嘆のこもった苦笑をうかべた。

「なるほど。この女性にはテレパシー走査がきかないんだな」

「そのとおり。彼女が最初のひとりだが、いまにつづいて出現するだろう。テレパシー走査に対する防御力だけじゃない。念動能力者に抵抗する生物、ぼくのような予知能力者《プレコグ》や、蘇生能力者《リザレクター》や、物体賦活能力者《アニメーター》や、その他ありとあらゆる超能力に抵抗する生物が現われてくるだろう。いま、われわれは第四のクラスを発見した。反能力者だ。いまにそれがきっと存在するようになる」

3

　コーヒーはにせものだが、熱くてなかなかいける味だった。卵やベーコンとおなじように、タンクで培養した澱粉《でんぷん》とタンパク質に土着の植物繊維の粉末をうまく混ぜて、人工的に合成したものだ。食事をしているあいだに、外では朝日が昇った。プロキシマ第三惑星のわびしい灰色の風景にほのかな赤みがさした。

「すてきね」パットはキッチンの窓から外をながめ、恥ずかしそうにいった。「ここの農機具を見せてもらえない？　あっちにないものがたくさんあるわ」

「こっちのほうが時間が長かったからね」カートは答えた。「この惑星に人間が移住したのは、きみの惑星より一世紀も前だ。きみたちもいずれ追いつくよ。いろいろの意味で、第六惑星のほうが資源もゆたかだし、土地も肥《こ》えてる」

　ジュリーはいっしょに食卓にすわらなかった。冷蔵庫にもたれ、腕組みをして、堅くつめたい表情をしていた。ぎすぎすした切り口上でたずねた。

「彼女、ほんとにここへ泊る気？　わたしたちとひとつ屋根の下に？」

「そうだよ」カートは答えた。

「いつまで？」

「二、三日。それとも一週間。フェアチャイルドを説得するまでだ」

家の外でかすかな物音がする。この住宅地のあっちこっちで、人びとが目ざめ、一日の準備にとりかかったのだ。キッチンの中は暖かく快適だった。透明プラスチックの窓が、数百キロの先までつづく、ごろた石と痩せた樹木と草だけの荒地から、このキッチンを切り離していた。つめたい朝風が、住宅地の外のさびれた宇宙港に捨てられたごみ屑《くず》を吹き散らしている。

「あの宇宙港が、われわれと太陽系を結ぶきずなだった」とカートはいった。「へその緒だった。それがいまは切れてしまった。すくなくともここ当分はね」

「美しい」パットがいった。

「宇宙港が？」

パットは何列にも並んだ家のむこうに上のほうだけ見える、選鉱製錬工場のタワーの列に手をふった。「いいえ、あれが。ここの景色はわたしたちの惑星とおんなじ――わびしくて、おそろしいわ。だけど、意味があるのはああいう施設……あなたがたがここの風景を押しもどしたところ」パットはぞくっと身ぶるいした。「わたしたちは一生かけて木の根や岩とたたかい、土地を改良して、人間の住める場所を作ろうとしてきた。でも、第六惑星には大型の農機具がなくて、あるのは鋤《すき》や鍬《くわ》と、自分の体力だけなの。わたしたちの村を見たから知ってるわね」

カートはコーヒーを一口すすった。「第六惑星にはおおぜいの超能力者がいるのかね？」

「すこしだけ。そんなに目立たない能力ばっかり。蘇生能力者が二、三人と、物体賦活能力者が五人ほど。だれもサリーほどの腕はないわ」パットは歯をのぞかせて笑った。「この大都会にくらべたら、わたしたちは僻《へき》地の田舎者よ。あそこの生活ぶりを見たでしょう？　ちらほらと村があって、農場があって、ぽつんぽつんと補給センターがあって、うらぶれた宇宙港がひとつだけ。わたしの家族にも会ったわね。兄弟と父親。家庭生活。あの小屋を家庭と呼べるならだけど。テラより三世紀は遅れてるわ」

「テラのことは教えられたのかい？」

「ええ。分離独立の前まで、太陽系からテープが直送で届いたのよ。といっても、べつに独立を後悔してないわ。どのみち、テープなんか見てるひまがあったら、外で働かなきゃいけないんだから。でも、ほかの世界を見るのはおもしろかった。大都会と、そこに住む何十億もの人たち。それに金星や火星の先進植民地。あれはすごい」パットの声は興奮にうかされてきた。「あの植民地も、むかしはわたしたちの惑星みたいだったのよ。いま、わたしたちが第六惑星を開拓してるみたいに、火星を開拓したわけ。いまに、わたしたちも第六惑星を開拓して、そこに都会を作り、農場をひろげるわ。めいめいが自分の役割を果たして」

ジュリーは冷蔵庫のそばを離れ、食卓から皿を下げはじめた。パットのほうは見ずに、カートにたずねた。

「わたしが鈍感なのかもしれないけど、彼女、どこで寝るの？」

「その答は知ってるだろう」カートはしんぼうづよく答えた。「きみはこのやりとりを予知したはずだ。ティムは学校だから、あの子の部屋をパットに使わせるよ」

「わたしはなにをするわけ？　彼女を食べさせて、世話して、メイド役を務めるの？　みんなが彼女に会ったとき、なんといえばいいのよ？」ジュリーの声はしだいにかんだかくなった。「妹です、とでも紹介するわけ？」

パットは自分のシャツのボタンをいじりながら、カートにほほえみかけた。ジュリーのぎすぎすした声を聞き流して、気にもしていないのは明らかだった。部隊員が彼女の心をのぞけなかった理由はおそらくそれだろう。雑音は聞こえないとでもいうように超然とした彼女は、憎しみにも暴力にも染まっていないのだ。

「パットには監督はいらないよ」カートは妻に答えた。「ほっとけばいい」

ジュリーはせかせかしたしぐさでタバコに火をつけた。「ええ、ほっとけというなら、よろこんでそうするわ。でも、囚人みたいなあの作業服で出歩かれちゃかなわないわね」

「きみの服を貸してやってくれ」

ジュリーの顔がゆがんだ。「わたしの服なんか着れっこないわ。あんなに肉がついてちゃ」パットにむかってわざと残酷な口調を使った。「サイズはいくつ？　ウェストは三十ぐらい？　まあ、驚いた、いったいどんな仕事をしてたの？　犂《すき》でもひっぱってたの？　ねえ、あなた、見てやってちょうだい、この首から肩……まるで農耕馬みたい」

カートはふいに立ちあがると、椅子をテーブルに押しやった。「行こう」とパットにいった。この敵意の底流以外のなにかを、彼女に見せてやらなければ。「そこらを案内するよ」

パットは頬を赤くして、元気よく立ちあがった。「わたし、なんでも見たい。なにもかもめずらしいものばっかり」コートをひっつかんで玄関にむかうカートのあとを、いそいで追ってきた。「超能力者を訓練する学校を見せてもらえます？　どうやって能力を開発するのか、見せてほしいの。それと植民地政府がどんなふうに運営されているかも。フェアチャイルドさんがどうやって超能力者とうまくやっていくのか、それも見たいわ」

ジュリーは玄関のポーチまでふたりについてきた。ひえびえとした朝風がまわりに渦巻き、住宅地から都市にむかう車の騒音がそれと混じりあう。

「わたしの部屋にスカートとブラウスがあるわ」ジュリーはパットにいった。「なにか薄いものをえらべば。ここは第六惑星より暖かいのよ」

「ありがとう」パットはいそいで家の中にひきかえした。

「彼女、きれいだわ」ジュリーがカートにいった。「体を洗ってやって、ちゃんとした服を着せたら、きっと見ちがえるようになるわよ。すてきな体をしてるもの――健康的な感じの。でも、心のほうはどうかな？　なにかの精神能力は？」

「あるさ」とカートは答えた。

ジュリーは肩をすくめた。「まあ、まだ若いしね。わたしよりずっと若い」さむざむとほほえんだ。「わたしたちが最初に会ったときをおぼえてる？　もう十年前……わたしは好奇心でいっぱいだったわ、あなたに会って、話をしたかった。自分以外のたったひとりのプレコグ。あのころのわたしは結婚生活に夢と希望を持ってたわ。ちょうどいまの彼女ぐらいの年、もうちょっと若かったかもしれない」

「この結果がどうなるかを予想するのはむずかしい。われわれにさえむずかしい。半時間先の予知能力なんて、こんな状況の前ではたかが知れてる」

「どれぐらい前からなの？」

「それほど長くはない」

「ほかにも女はいた？」

「いや、パットだけだ」

「ほかに女がいると知ったとき、その女があなたに見合う能力があればいいなと思ったわ。彼女になにかがあると確信が持てさえすればいいんだけど。あの超然としたところが、なんだか中身のない印象を与えるのよね。あなたはわたしよりも彼女と気が合うみたい。おそらく、もしそれが欠陥でも、あなたは欠陥と感じないいんじゃないかな。あれは彼女の能力と結びついているのかもしれない。あの不透明さは」

カートはコートの袖ボタンをはめた。「いや、ぼくは一種の純真さだと思う。この都会的な工業社会にあるいろいろのものに、彼女はまだ染まってない。きみが彼女のことをしゃべってたときも、ぜんぜん気にしてないようだった」

ジュリーは彼の腕に軽くさわった。「じゃ、だいじにしてあげて。ここでの彼女にはそれが必要よ。レナルズがどんな反応をするか、気になるわ」

「なにか予知できるか？」

「彼女についてはなにも。あなたはでかける……。わたしが予知したところでは、つぎの期間、この家に寝起きするのはわたしだけみたいよ。さしあたっては、町へ新しい服を買いにいこうかと思うの。彼女の服も見つかるかもしれないし」

「当座の服だけはそろえてやらなきゃな」カートはいった。「借り着じゃなしに」

パットがクリーム色のブラウスと足首までの黄色いスカートで現われた。きらきらした黒い瞳、朝霧に髪が湿っている。

「支度ができたわ！　でかけましょうか」

三人が平らな地上に下りると、日ざしがぎらぎら降りそそいできた。

「まず学校に寄って、息子を連れていこう」


三人は、白いコンクリート造りの学校につうじる砂利道をゆっくり歩いた。この惑星のきびしい気象条件の中で手塩にかけられた芝生が、濡れてかすかな輝きを放っている。ティムはパットとカートの前を駆けまわっては、あたりのものに耳をすましたり、のぞきこんだりしている。しなやかに、敏感そうに、前かがみになって。

「あの子、無口なのね」パットがいった。

「いそがしくて、われわれに注意を向けるひまがないんだよ」

ティムは立ちどまって、植込みのうしろをのぞきこんだ。パットが好奇心にかられて、そのあとをすこし追いかけた。

「なにをさがしてるのかな。きれいな顔だちね……髪の毛はジュリー譲りだわ。彼女の髪、すてきよ」

「むこうを見てごらん」とカートは息子にいった。「あそこにおおぜいの子供がいるよ。行って、いっしょに遊んでおいで」

学校の正面入口には、両親とその子供たちが、おちつかない、不安そうなようすで群れをなしていた。制服を着た学校職員がそのあいだを歩きまわり、子供たちをえり分け、チェックし、小グループに区分けしている。ときおり、小グループが検査を通過して、学校の中に通される。心配そうに、痛々しいほどの期待をいだいて、母親たちは外で待ちつづける。

パットがいった。「第六惑星でもあれとおんなじ。学校から就学調査のテストにくるときはね。みんなが未分類の子供たちを超能力クラスに入れたがる。父は何年もわたしを未発現クラスから昇格させようと努力したわ。でも、とうとうあきらめたの。あなたが見たあの報告書は、父が毎年出してた申請のひとつ。いまはどこかのファイルにしまわれてるんでしょうね。ほこりをかぶって」

「もし、これがうまくいけば、もっとおおぜいの子供が未発現クラスから昇格することになる。きみだけじゃない。きみを皮切りにして、おおぜいが発見できたらいいなと思っているんだ」

パットは小石をけとばした。「わたしは自分が新しいものだという気も、人とひどくちがってるという気もしないわ。なんにも感じない。わたしにはテレパシー走査がつうじないって話だけど、わたしがこれまでに走査されたのはせいぜい一回か二回よ」パットは銅色の指で髪にさわって、ほほえんだ。「もし、テレパスから走査されなければ、わたしはほかのみんなとまったくおんなじなわけ」

「きみの才能は反能力なんだ」カートは指摘した。「もとの超能力がなければ、それは生まれてこない。もちろん、ふだんの日常生活でそれに気づくわけもない」

「反能力。なんだかとても……ネガティブな才能みたい。だって、なにもしないんですもの……物を動かすわけでもなし、石をパンに変えたり、受胎せずに子供を生んだり、死人を生きかえらせたりするわけでもない。ただ、だれかの超能力を中和するだけ。なんだか妨害専門の、マイナスの能力みたいね──テレパシーの因子だけを打ち消すなんて」

「いや、テレパシー因子そのものとおなじぐらい役立つかもしれないよ。とくに、のぞき屋でないわれわれみんなにとっては」

「かりに、あなたの能力を中和するようなだれかが出てきたとするわよ、カート」彼女はすっかり真剣になり、気落ちした、悲しそうな声を出した。「すべての超能力を中和するような人たちがつぎつぎに出てきたとする。そしたら、最初から超能力がなかったのとおんなじことだわ」

「そうは思わないな。反能力の因子は、バランスの自然回復のひとつだ。ある昆虫が飛ぶことをおぼえると、べつの昆虫が網を張ってそいつを捕えることをおぼえる。それが飛ばないこととおなじだろうか？　ハマグリは自分を守るために堅い殻を作りだした。すると、鳥はハマグリを空高く持ちあげて、岩の上に落っことすことを思いついた。ある意味で、きみは超能力者を餌食《えじき》にする生物だし、超能力者は常人を餌食にする生物なんだ。つまり、きみは常人の味方だってことだよ。バランス、ひとつの円、捕食者と餌食の関係。それは永遠のシステムだし、率直にいって、これ以上の改善の余地はなさそうだ」

「あなたは裏切り者とみなされるかもよ」

「そうだな」カートは同意した。「たぶんそうだろう」

「気にならない?」

「みんなに敵意を持たれることは気になるよ。しかし、生きていれば、いつかはだれかの敵意を買う。万人に好かれようというのはむりだ。人それぞれにほしいものがちがうからね。ひとりを満足させれば、ほかのだれかに恨まれる。この人生では、どっちを満足させるかをきめなければならない。ぼくはフェアチャイルドを満足させるほうをえらぶ」

「彼が聞いたら喜ぶわ」

「いまなにが起こっているかに彼が気がついていればね。フェアチャイルドは過労ぎみの官僚政治家だ。きみのおとうさんの請願書をもとにぼくが行動したことを、越権行為と判断するかもしれない。あの請願書をまたファイルにもどして、きみを第六惑星に帰らせるかもしれない。ことによると、ぼくを罰金刑にするかもしれない」

　三人は学校をあとにして、長いハイウェーを車で海岸へとむかった。人けのない広い砂浜を見て、ティムはうれしそうに大声を上げ、両手をふって走りだした。彼のさけびは、寄せ波のたえまないざわめきにかき消された。赤みがかった空が、頭上であたたまってきた。三人は、海と空と砂浜が作る深鉢《ふかばち》の中で、完全に孤立していた。ほかに人影はまったくなく、土着の鳥の群れが砂の中に棲《す》む甲殻類《こうかくるい》をあさってひょこひょこ歩いているだけだった。

「すてき」パットが畏怖《いふ》にうたれたようにいった。「テラの海もきっとこんなふうなんでしょうね。大きくて、光ってて、赤くて」

「テラの海は青い」とカートは教えた。あたたかい砂の上に寝そべって、パイプをくゆらしながら、ほんの二メートルほど先までにじりよってきた波を憂鬱《ゆううつ》な目でながめた。湯気の立った海草の山をそこに残して、波はひいていった。

ティムが、まだしずくの垂れる、ぬるぬるした海草を両手にいっぱいかかえて駆けもどってきた。からみあってまだぴくぴくふるえている植物の塊を、パットと父親の前にどすんと投げだした。

「海が好きなのね」パットがいった。

「〈かげぼうし〉の隠れ場所がないからだ」カートは説明した。「ここなら何キロも先が見えて、やつらが忍びよってこないのがわかる」

「〈かげぼうし〉？」パットは好奇心を示した。「ティムはとても変わった子ね。すごく心配そうで、いつもいそがしそう。自分の別世界をとても真剣に受けとってるみたい。あんまり気持のいい世界じゃないんでしょうね。責任が多すぎて」

日ざしが暑くなった。ティムは水ぎわから運んできた濡れ砂で、手のこんだお城を作りはじめた。

パットがはだしで走りよって、ティムに加わった。ふたりは力を合わせて、城壁や、別《べっ》棟《むね》や、塔をつけたしていった。ぎらぎら反射する水ぎわで、パットのむきだしの肩と背中から汗がぽたぽたしたたり落ちた。さすがに疲れたらしく、息を切らし、上体を起こして、目にはいった髪の毛をかきあげ、よいしょと立ちあがった。

「ああ暑い」パットはカートのそばにどすんと腰をおろして、息をはずませた。「ここじゃ、気候がぜんぜんちがうのね。眠くなっちゃった」

ティムはまだ砂の城を作りつづけている。ふたりは指のあいだから砂をふるい落としながら、のんびりとそれを見物した。

しばらくしてパットがいった。「あなたの結婚生活、もうあんまり先がなさそう。あなたとジュリーの生活を、わたしがぶちこわしたんだわ」

「きみのせいじゃない。ジュリーとは最初からそりがあわなかった。共通しているのは例の能力だけで、人格とはなんの関係もない。トータルな人間とは」

パットはスカートをぬぐと、波打ちぎわへはいっていった。渦巻くピンクの泡を手ですくって、髪を洗いはじめた。泡と海草の中になかば埋もれて、なめらかな銅色の体が真上からの日ざしを受け、つやつやと健康そうに輝いた。

「いらっしゃいよ！」彼女はカートに呼びかけた。「つめたくって、とても気持がいいわ」

カートはパイプの灰を乾いた砂の上にはたき落とした。「もうもどらないと。いずれはフェアチャイルドと徹底的に話しあわなくちゃならない。決定が必要だ」

パットは海の中からずぶ濡れで上がってきた。首をうしろにふると、髪の毛からしずくが肩にしたたり落ちた。ティムに呼びとめられてパットは足をとめ、しばらく砂の城をながめた。

「あなたのいうとおりよ」パットはカートにいった。「ここで水遊びしたり、昼寝したり、砂のお城を作ってる場合じゃない。フェアチャイルドは分離独立を成功させようとしてる。わたしたちには、後進植民地で現実に築かなきゃいけないものがあるんだわ」

カートの上着で体をふきふき、パットはプロキシマ第六惑星のことを物語った。

「ちょうどテラの中世時代と似てるわね。故郷の人たちは超能力を奇跡だと思ってる。超能力者を聖者だと思ってる」

「事実、むかしの聖者は超能力者だったんだろうな」カートは同意した。「聖者たちは死人をよみがえらせ、無機物を有機物に変え、いろいろの物体を動かした。たぶん、超能力はむかしから人類にそなわっていたんだ。超能力クラスの人間はべつに目新しくない。そんな人間はむかしからわれわれの中にいて、あっちこっちで人助けをしていた。ときには、その能力を悪用して、みんなに害をすることもあった」

パットはサンダルをはいた。「うちの村にお婆《ばあ》さんがひとりいたわ。一流の蘇生能力者。そのお婆さんは第六惑星を離れる気がないし、政府のチームにも加わらないし、学校とも関係を持たないの。賢い魔女として、いまの場所に居たいだけなの。みんなはそのお婆さんのところへ行って、病気を治してもらってた」

パットはブラウスのボタンをとめると、車のほうへ歩きだした。「七つのときに、わたしは手を折ったの。そのお婆さんがしなびたしわだらけの手をそこにのせると、折れた骨がひとりでにくっついたわ。その手から一種の活力の場が放射されて、それが細胞の成長速度を高めるらしいの。それから、いつだったか、男の子が溺れたときも、そのお婆さんが生きかえらせたわよ」

「病気を治せるお婆さんがひとり、それに未来を予知できる人間がひとりいれば、きみの村は安泰だ。われわれ超能力者は、自分でも気づいていないずっとむかしから、みんなの助けになってきたわけさ」

「おいで、ティム」パットは日焼けした手を口のわきに当てて呼びかけた。「もう帰るわよ！」

少年は、お別れのつもりか、腰をかがめて自分の構築物の奥をのぞきこんだ。手のこんだ内部構造と、砂の建物を。

だしぬけに彼は悲鳴を上げ、うしろへとびのいてから、必死になって車のほうへ走りよってきた。

パットがつかまえると、少年は恐怖に顔をゆがめて、彼女にしがみついた。

「どうしたの？」パットも怖《お》じ気《け》づいていた。「カート、いったいなんなの？」

カートは近づいて、息子のそばにしゃがんだ。「あそこになにがあったんだ？」と優しくたずねた。「おまえの作ったお城に」

少年の唇が動いた。「〈ひだり〉だ」聞きとれないほどの小声でつぶやいた。「〈ひだり〉がいたんだよ。知ってる。はじめてのほんとの〈ひだり〉。あそこにつかまってた」

パットとカートは不安な顔を見合わせた。

「いったい、なんのことかしら？」パットがきいた。

カートは車の運転席にすわり、ふたりのためにドアを押しあけた。「わからない。しかし、町へもどったほうがよさそうだ。フェアチャイルドと話しあって、反能力者の問題をはっきりさせよう。それさえ片づけば、あとはティムの世話にぼくらの一生を捧げられる」

オフィスのデスクの上に両手を組んですわったフェアチャイルドは、疲れた青い顔をしていた。あっちこっちで常人クラスの顧問がちらほら、熱心に聞きいっていた。フェアチャイルドの目の下にはくまができている。カートの話を聞きながら、グラスにはいったトマト・ジュースを飲んだ。

「いいかえれば」とフェアチャイルドはつぶやいた。「われわれはきみたち超能力者を信用できないってわけかね。これはパラドックスだな」彼の声は絶望にかすれていた。「超能力者がここにやってきて、すべての超能力者は嘘つきだという。じゃ、わたしはいったいどうすればいい？」

「すべての超能力者ってわけじゃない」この場面を予知しているために、カートはすこぶるおちついていた。「ただ、こういいたいんだ。ある意味でテラは正しい……超能力を持つ人間の存在は、超能力を持たない人びとにひとつの難問を投げかける。しかし、テラが出した解答はまちがいだ。断種は残酷だし、無意味でもある。しかし、協力という解答も、そちらが思うほど簡単じゃない。そちらは生存のためにわれわれに依存しているが、それはこちらに弱点を握られていることにもなる。こちらはあれこれ指図できる。なぜなら、われわれがいなければ、テラがさっそくここへ乗りこんできて、常人たちみんなを軍刑務所にぶちこむだろうからだ」

「そしてきみたち超能力者を殺すだろう」フェアチャイルドのうしろに立っている老人が指摘した。「それを忘れるな」

カートはその老人を観察した。ゆうべもここにいた、肩幅のひろい、灰色の顔をした人物だ。その老人には、どこか見おぼえがある。この場面を予知してきたにもかかわらず、カートはじっと見つめたあとで、はっと息をのんだ。

「あんたは超能力者だな」

老人は軽く一礼した。「明らかに」

「本題にもどろう」フェアチャイルドがいった。「よろしい、われわれはこの女性に会った。きみの反能力説も受けいれよう。で、いったいわれわれにどうしてほしいんだね？」みじめなようすでひたいの汗をふいた。「レナルズが危険な人物なのは、わたしも知ってる。しかし、考えてもみてくれ、もしテレパシー部隊がなければ、テラのスパイがいまもこのへんにうようよしているかもしれんのだぞ！」

「正式な第四のクラスを作ってもらいたいんだ」カートはいった。「反能力クラスを。そのクラスに断種から免除される地位を与えてもらいたい。そのことを公表してもらいたい。そうすれば、各植民地の母親たちが子供を連れてここへ集まってくる。自分の子供が未発現でなく、超能力を持っていると証明するために。つまり、反能力者を利用できるように、公認の地位を与えてほしいんだよ」

フェアチャイルドは乾いた唇をなめた。「ほかにもおおぜいがすでに存在しているというのか？」

「その可能性は大いにある。パットのことを知ったのは、偶然のきっかけからだ。しかし、その流れを絶やすな！　母親たちが反能力を期待してゆりかごの中をのぞきこむようにしてほしい……反能力者はいくらいてもたりないんだから」

沈黙がおりた。

「パーセル君の主張をよく考えてみたまえ」あの老人がようやく口をひらいた。「それによって反プレコグが出現するかもしれない。未来でのその人物の行動が予知できないという、特殊な能力だ。一種のハイゼンベルクの不確定性粒子……すべてのプレコグの予言を無効にする存在。にもかかわらず、パーセル君はここにきて、いまのような提案をした。彼は自分の利益でなく、分離独立のためを思っているんだよ」

フェアチャイルドの指がふるえた。「レナルズが怒り狂うぞ」

「彼はすでに狂ってるよ」カートはいった。「もうすでに、このことも知っているにちがいない」

「きっと抗議してくる！」

カートが笑いだすと、役人たちもちらほら微笑をうかべた。「もちろん抗議するだろう。まだわからないか？　きみたちは排除される運命なんだ。常人が末長く生きていけると思うのか？　この宇宙に慈善はめったに見つからない。きみたち常人はまるでカーニバル見物にきたいなか者のように、超能力者に驚きの目を見はる。すばらしい……魔法のようだ、と。きみたちは超能力者を励まし、学校を建て、植民地で生きるチャンスを与えた。だが、五十年もしないうちに、きみたちはわれわれの奴隷になる。われわれの肉体労働を一手にひきうけることになる——もし、第四のクラス、反能力者クラスを設立するだけの知恵がなければだ。だから、きみたちはレナルズに対抗すべきなんだ」

「わたしは彼をのけものにしたくない」フェアチャイルドはつぶやいた。「どうしてみんなで一致協力できないんだ？」部屋の中の一同に訴えかけた。「なぜ、われわれみんなが兄弟になれない？」

カートは答えた。「それはわれわれが兄弟じゃないからさ。事実に直面しろ。兄弟愛は美しい考えだが、それよりも社会勢力のバランスを達成したほうが、結局は目的が早く実現する」

老人が提案した。「いったん反能力という概念がテラに届いたら、断種計画が修正される可能性もあるんじゃないかね？　この考えは、非ミュータントが持っている非理性的な恐怖を解消するかもしれない。われわれが、いまに彼らの世界を乗っ取りにくる怪物だという、あの病的恐怖を。劇場で彼らの隣にすわる怪物、彼らの姉妹と結婚する怪物だという恐怖を」

「よろしい」フェアチャイルドは同意した。「正式な指令書を作成しよう。文章を考えるのに、一時間の余裕がほしい——抜け穴がないようにしておきたいから」

カートは立ちあがった。これで仕事は終わった。自分が予知したとおり、フェアチャイルドは同意したのだ。「すぐに報告がほうぼうから集まってくると思うよ。ファイルの再調査がはじまると同時にね」

フェアチャイルドがうなずいた。「ああ、そうだろうな」

「経過報告を期待してるよ」

カートの心の中で不安がうごめいた。自分は成功した……いや、そうだろうか？　つぎの半時間を走査してみた。予知した中には、なにも否定的な材料はない。自分自身とパット、自分自身とジュリーとティムの場面をすばやく走査してみた。しかし、それでも不安は残る。予知能力よりも奥ぶかい直感が。

なにもかも申し分なく見えるが、彼はだまされなかった。なにか根本的なところでおそろしい異変が生じたのだ。

4

町はずれにある小さいへんぴなバーで、カートはパットと落ちあった。闇がふたりのテーブルのまわりにまたたいていた。空気は人いきれでむっとこもっている。ときどき低い笑い声がはじけ、ひっきりなしのぼやけた話し声にまたかき消される。

「どうだったの？」カートがさし向かいにすわるのを待ってから、パットは黒い目を大きく見はってたずねた。「フェアチャイルドは同意した？」

カートは、彼女にトム・コリンズ、自分にはバーボンの水割りを注文した。それから一部始終を語って聞かせた。

「じゃ、なにもかもうまくいったのね」パットはテーブルの上に腕をのばして、彼の手にふれた。「そうじゃない？」

カートは水割りをちびちび飲んだ。「だと思う。反能力クラスが制定されることになった。しかし、どうもあっさりいきすぎた。調子がよすぎる」

「未来が読めるんでしょう？ なにかが起こりそうなの？」

暗い酒場の奥で、ミュージック・マシンがおぼろげな音のパターンを作りあげている。ランダムなハーモニーとリズムがやわらかい塊になってつらなり、酒場の中をただよってくる。幾組かのカップルが、変化する曲のパターンに合わせてけだるく動きはじめた。

カートはパットにタバコをすすめ、テーブルの中央のろうそくから仲よく火をつけた。

「これできみにも法的な地位ができたわけだ」

パットの黒い瞳がきらりと光った。「ええ、そうね。新しい反能力クラス。もうこれで心配しなくてすむわ。問題は片づいた」

「われわれはもっとおおぜいが名乗りでるのを待っているんだ。もし、ほかにだれも名乗りでなければ、きみは特異な存在ということになる。この宇宙でたったひとりの反能力者」

つかのま、パットはだまりこんだ。それから――「そのあとには、なにが予知できるの?」彼女は飲み物をすすった。「つまり、わたしはここに残るんでしょう? それとも、故郷に帰る?」

「きみはここに残る」

「あなたと?」

「ぼくとだ。それにティムと」

「ジュリーは?」

「ジュリーとぼくは、一年前に相互解放証書にサインした。どこかのファイルに、それがおさまってるはずだ。事務処理されずにね。あとあと、おたがいが相手を拘束できないようにと、合意の上でかわした契約なんだよ」

「ティムはわたしを好いてくれてると思うわ。彼、いやがらないでしょうね?」

「ぜんぜん」

「すてきな生活になりそうね、そう思わない? わたしたち三人だけ。ティムといっしょに働いて、彼の能力を発見する。いったい彼の能力はなんなのかしら、なにを考えてるのかしら？　きっとたのしいわ……ティムはわたしに反応してくれるもの。それに時間はたっぷりあるし。あわてることはなにもない」

パットの手が彼の手をつつんだ。酒場の移りかわる闇の中で、パットの顔が彼のそばに泳いできた。身を乗りだしたカートは、彼女のあたたかい息が自分の唇にかかるのを感じ、ちょっとためらってからくちづけした。

パットが顔を上げてほほえみかけた。「ふたりですることがいっぱいあるわ。ここでも――それからそのあとは第六惑星でも。いつか、もう一度あそこへ帰りたいの。そうしていい？　ほんのしばらくでいいわ。ずっと永住しなくても。あそこがうまくいってること、わたしがいままでやってきたことがつづいていることを、たしかめたいだけ。わたしの世界を見たいだけ」

「もちろんだ。そのうちにあそこへ行こう」

ふたりのむかい側では、神経質そうな小男が、ガーリック・ブレッドとワインの食事をすませたところだった。小男は口をぬぐい、腕時計を見て立ちあがった。カートのそばをすりぬけしなに、小男はポケットをさぐり、小銭をじゃらつかせ、ぎごちなくポケットから手を出した。細いチューブを握ったまま、向きをかえ、パットの上にかがみこんでチューブをしぼった。

一粒の粒状食《ペレット》がチューブからしたたり落ち、一瞬、パットのつややかな髪の上にくっついてから消えてしまった。鈍い振動のこだまが近くのテーブルにまでひびいてきた。神経質そうな小男は、そのまま歩きつづけた。

カートはショックにうたれ、ふらりと立ちあがった。まだ凍りついたように彼女を見おろしているとき、レナルズがかたわらに現われ、ぐいと彼をその場からひき離した。

「彼女は死んだ」とレナルズはいった。「わかってくれ。即死だった。なんの苦痛もない。神経中枢にじかに作用する薬物だ。おそらく気づきもしなかったろう」

酒場の中ではだれも身動きしなかった。だれもが自分のテーブルに無感動な表情ですわったまま、レナルズが明かりを要求するのを見まもっていた。闇が薄れ、酒場の中のいろいろなものがきゅうに明瞭になった。

「音楽をとめろ」レナルズが鋭く命じた。ミュージック・マシンがもごもごと沈黙した。レナルズはカートに説明した。「この連中はみんな部隊員だ。きみがフェアチャイルドのオフィスにはいるときに、きみの思考からこの店のことをさぐりだしたんだ」

「しかし、そんな気配はなかった」とカートはつぶやいた。「なんの危険材料もなかった。予知の中には」

「彼女を殺した男は反能力者だ。こっちはもう何年も前からそういうものがあるのを知っていた。思いだしてみろ、パトリシア・コンリーの遮蔽《しゃへい》能力が発見されたのは、最初のテレパシー走査のときだ」

「そうか。何年も前に走査されたことがあるといってたな。テレパスに」

「こっちは反能力というしろものが気に食わなかった。そんなクラスを存在させたくなかったが、関心はあった。そこでこの十年間に十四人の反能力者を発見して、無効化してしまったんだ。これについては、超能力者クラス全員が後押しをしてくれた——例外はきみだけだ。もちろん、問題はある。反能力者は、それが中和する超能力者と対決させなければ、発見できない」

　カートは理解した。「つまり、あの男をプレコグと対抗させる必要があったというわけか。しかも、ほかにプレコグはひとりしかいない」

「ジュリーは協力的だったよ。この問題を彼女のところにもちこんだのは、二ヵ月ほど前だった。きみとこの娘の情事に関する決定的な証拠を、ジュリーに見せるだけですんだ。どうして自分の計画がテレパスに知られずにすむと思ったのか知らんが、とにかくきみはそう考えた。いずれにせよ、この娘は死んだ。もうこれで反能力クラスは存在しなくなる。これでもできるだけ長く待ったんだ。精神能力のある人間をむざむざ殺したくはないからな。しかし、フェアチャイルドが新しいクラスを認める法令を出そうとしている。もうこれ以上がまんするわけにはいかん」

　カートはやけくそで拳《こぶし》をつきだした。そうする前から、むなしい試みなのはわかっていた。レナルズはさっと後退した。だが、テーブルの脚に自分の足をひっかけて、よろめいた。すかさずカートはとびかかり、パットの飲み物がはいっていたつめたいグラスを割って、ぎざぎざの縁をレナルズの顔の上にふりかざした。

部隊員たちが彼をひき離した。

カートは彼らの手をふりきった。身をかがめて、パットの死骸を抱きあげた。まだぬくみがある。その顔は穏やかで、無表情だった。もはやなにも映さない鏡、燃えつきた抜けがらだ。カートは彼女を酒場から運びだし、凍るような夜闇の街に出た。まもなく彼女を車の中に横たえ、ハンドルを握った。

学校まで車を走らせ、パークしてから、彼女を中央ビルに運びこんだ。仰天した役人たちを押しのけて児童宿舎にたどりつくと、サリーの部屋につうじるドアを肩で押しあけた。サリーはちゃんと服を着て起きていた。背のまっすぐな椅子にすわった少女は、挑むように彼と向きあい、かんだかい声でいった。

「わかった？　自分がなにをしたか、これでわかった？」

カートは啞然として、返事もできなかった。

「みんな、あんたがわるいのよ。あんたがレナルズをそうさせたのよ。レナルズは彼女を殺すしかなかったのよ」サリーは椅子から立ちあがると、ヒステリックにわめきながら、彼のほうへ走ってきた。「あんたは敵！　あたしたちの敵よ。みんなをトラブルにまきこもうとしてる。あたし、あんたがしてることをレナルズに教えてやったわ。そしたら、彼

――」サリーの声がとぎれたのは、カートが重い死体をかかえて部屋から出ていったから

だった。廊下をとぼとぼ歩いていく彼のうしろから、ヒステリックになった少女が追いか

けてきた。

「あんた、むこうへ渡りたいんだ――むこうへ渡してくれるように、あたしからでかぶつ

にたのんでほしいんだ！」

サリーは彼の前にとびだすと、気の狂った昆虫のようにあっちこっちと走りまわった。

涙がぽろぽろと頬をつたい、別人のように顔がゆがんでいた。サリーはでかぶつの部屋の

中まで彼にくっついてきた。

「あんたの手助けなんかしてやんないよ！　あたしたちみんなの敵なんだから、もう二度

とてつだってやんない！　彼女が死んでよかった。あんたも死ねばいいのよ。どのみち、

レナルズにつかまったら、殺されるけどさ。レナルズがいったわ。あんたみたいな裏切り

者は、もう絶対に出さないようにするって。これからはあたしたちの思いどおりにやって

いくのよ。あんたや、あのしびれ頭どもに、絶対じゃまさせないわ！」

カートはパットの死体を床に横たえて、部屋を出た。サリーが追いかけてきた。

「レナルズがフェアチャイルドをどうしたか知ってる？　あいつが二度とよけいなことが

できないように、始末をつけたわよ」

カートは鍵のかかったドアをあけて、息子の部屋にはいった。ドアがうしろで閉まり、

少女のいきりたったさけびが薄れて、くぐもった振動になった。ティムはまだなかば寝ぼけた顔で、びっくりしてベッドの上に起きなおった。

「おいで」カートは息子をベッドからひっぱりだすと、服を着せ、廊下へせきたてた。

もう一度でかぶつの部屋へはいろうとしたとき、サリーが前に立ちはだかった。

「彼、あんたのいうことなんか聞かないわよ。あいつはあたしを怖がってるし、やるなといってあるんだから。わかった？」

でかぶつは、巨大な椅子の上にぐったりよりかかっていた。カートが近づくと、大きな頭を持ちあげてつぶやいた。

「どうしたんだ？」パットの動かない体を手で示した。「気絶したのか？」

「レナルズが殺したのよ！」サリーがカートとその息子のまわりを跳びはねながら、そうさけんだ。「いまにこの人も殺すわ！　あたしたちのじゃまをするやつはみんな殺すわ！」

でかぶつの鈍重な顔がけわしくなった。剛毛の生えた、ひだだらけの皮膚に血がのぼり、赤いまだらができた。

「なにがはじまったんだ、カート？」

「部隊が政府を乗っ取ろうとしてるんだよ」

「やつらがあんたの恋人を殺したのか？」

「そうだ」

でかぶつはやっとこさ上体を起こすと、身を乗りだした。「レナルズがあんたを追いかけてるのか？」

「そうだ」

でかぶつはためらいがちに厚い唇をなめた。「どこへ行きたい？」とかすれ声でたずねた。「ここから移してやるよ。テラへ行きたいか。それとも――」

サリーが両手をせわしなく動かした。でかぶつの椅子の一部がぐにゃりと曲がり、生命を持った。椅子の肘かけがねじれて彼をかかえこみ、プディングのようなたいこ腹に食いこんだ。でかぶつはげっとうめいて、目をつむった。

「そんなことしたら、後悔するよ！」サリーが歌うようにいった。「あたしにひどい目にあわされたいの？」

「テラへは行きたくない」とカートはいった。パットの死体をかかえあげ、ティムにそばへこいと手まねきした。「プロキシマ第六惑星へ行きたい」

でかぶつはもがきながら、決心をつけようとした。部屋の外では、役人と部隊員が行動を起こしかねている。混乱した物音と、迷った気配が、廊下を往復している。

その物音を切りさいて、サリーがでかぶつの注意をひこうと、かんだかい声を上げた。

「あたしがなにをするか知ってるわね！　そしたらどうなると思う？」

でかぶつは決心した。カートに向きなおる前に、サリーを食いとめようと反撃を加えた。テラのどこかの工場の溶けたプラスチックが、シューシュー音を立ててサリーの頭上から滝のように降りそそいだ。サリーの体は溶け、上にのばした片腕だけがぴくぴくふるえ、声のこだまだけが部屋の中にただよった。

でかぶつはやってのけた。だが、瀕死の少女が彼に向けて放ったゆがみはすでに存在していた。カートがまわりの空間の変形を感じるうちにも、でかぶつの最後の苦悶がちらと目にはいった。サリーが大きくのろまな相手の頭にどんなことをしたのか、最初はよくわからなかったのだ。いまそれを見て、カートはでかぶつがためらった理由を理解した。部屋が遠くかすんでいくあいだにも、かんだかい絶叫がでかぶつののどからもれ、カートの耳にとびこんだ。サリーのもたらした変化につつみこまれて、でかぶつは形を変え、流れだした。

ようやくそこで、この脂肪の塊の中にどれほどの勇気が埋もれていたかを、カートはさとった。でかぶつは危険を知りながら、あえてこの方法をえらび、そして――とにもかくにも――その結果を受けいれたのだ。

その巨大な体は、這いまわるクモたちの塊に変わっていた。さっきまでかぶつであったものは、いまや毛深い、ピクピクふるえる山に変わっていた。何千びきもの虫、数知れないクモたちが、ぽろりと下に落ちてはまたしがみつき、寄り集まっては離れ、また寄り集まっている。

その瞬間、部屋がなくなった。カートは空間を渡りきったのだ。

そこは昼下がりだった。からみあったつる植物の中になかば埋まって、カートは倒れていた。虫がまわりでブーンと飛びまわり、いやなにおいのする花の茎から湿りけをもとめている。赤みがかった空が、朝の日ざしの中で濃く焼きあがっていく。遠くのほうで、なにかの種類の動物が悲しげに仲間に呼びかけている。

かたわらでは、息子が身じろぎした。少年は立ちあがって、あたりをしばらくうろつきまわってから、ようやく父親に近づいた。

カートは木の幹につかまって立ちあがった。衣服が裂けていた。血が頬をつたい、口の中にはいってきた。首をふり、身ぶるいをして、あたりを見まわした。

パットの死体は一メートルほど先にころがっていた。ねじ曲がり、骨の砕けた体には、どこにも生命の気配がない。見捨てられ、主のなくなった、からっぽの抜けがら。

カートはそばに寄った。しばらく腰をおろして、ぼんやりと彼女を見つめた。それから手をのばし、彼女をかかえて立ちあがった。

「おいで」とティムにいった。「はじめよう」

ふたりは長い道のりを歩いた。でかぶつがふたりを移動させた場所は、村と村のあいだ、プロキシマ第六惑星の大森林のまっただなかだった。ひらけた土地で足をとめ、ふたりは休息をとった。しだれた木々の列のむこうに、青い煙がひとすじ立ちのぼっている。たぶん、パン焼き窯《がま》だ。それとも、だれか茂みを焼きはらっているのか。カートはまたパットを抱きあげて、歩きだした。

下生えの中からとつぜん道路にとびだしてきた親子連れを見て、村人たちは恐怖に身をすくめた。何人かはあわてて逃げ去り、あとに残った二、三人が、ぽかんとした顔で男と、そのそばの少年を見くらべた。

「だれだ、おまえは?」ひとりがナイフを手にとりながらつめよった。「そこになにを持ってる?」

やがて、村人たちは作業用トラックを持ってきて、荷台に積んだ丸太の上にパットをおろさせ、彼とティムをもよりの村まで送りとどけてくれた。それほど見当がはずれたわけでもない。百五十キロばかりの距離だ。村のよろず屋で、彼は厚い作業服と食事をあてがわれた。ティムが風呂へ入れてもらい、いろいろ世話してもらっているうちに、村会がひらかれた。

昼食の残り物が散らかった、大きな、荒削りのテーブルの前にすわって、カートは待った。どんな結論が出るかはわかっていた。なんの苦労もなく、それを予知することができた。

「あれだけひどいことになった死体を生きかえらせるのは、ここのだれにもむりだ」村長は彼に説明した。「上部神経節と脳がすっかりなくなってる。それに、脊柱《せきちゅう》の大部分もな」

カートはそれに聞きいるだけで、なにもいわなかった。そのあと、たのみこんでぼろトラックを一台借りうけ、パットとティムを乗せて、また走りだした。

パットの村には、すでに短波ラジオで連絡が届いていた。カートは荒っぽい腕でトラックからひきずり降ろされた。まわりで怒りの声と騒音がわきかえり、興奮した顔が悲しみと恐怖にゆがんだ。怒声、腹立ちまぎれに彼をこづく拳、尋問、押しあいへしあいする男女のぼやけた顔。ようやくパットの兄弟が彼のために道をひらき、自分たちの家に連れていった。

「むだだよ」パットの父親は彼に知らせた。「それに、あの婆さんはどこかへ行ってしまった。何年も前に」父親は山々のほうに手をふった。「婆さんはあそこに住んでいて——ときどき村へ下りてきた。だが、ここ何年も顔を見せたことがない」カートを荒々しくつかんだ。「もう手遅れだ、わからんのか！　あの子は死んだ！　どうしたって、生きかえらせることはできん！」

カートはその言葉に聞きいるだけで、やはりなにもいわなかった。どんな種類の予言にも関心がなくなっていた。ようやく彼らが話しやめると、カートはパットを抱きあげ、トラックに運びこみ、息子を呼びよせて、また旅をつづけた。

外は寒くなり、静まりかえった。トラックはぜいぜいあえぎながら、山道を登っていった。身を切るような寒気。白亜質の土から濃いもやが渦をまいてわきあがり、視界がきかない。一度は、大きくのろまな動物が通せんぼうをし、石を投げて追いはらわなくてはならなかった。とうとう燃料が切れて、トラックは立往生した。カートは車を降り、しばらくそこにたたずんでから、息子を起こしてまた歩きだした。

暗くなるころに、やっと岩のへりにのっかかった小屋が見えた。腐った肉と生乾きの毛皮の悪臭が鼻をつく中で、彼はよろめきながら、捨てられた瓦礫《がれき》と、ブリキ缶や空箱と、腐った布地や虫の食った材木の山のあいだを登っていった。

老婆《ろうば》はみすぼらしい野菜畑に水をやっているところだった。彼が近づくと、水まき用の缶を下におき、しわだらけの顔を疑惑と驚きにこわばらせて、こっちに向きなおった。

「むりだね」パットの生命のない骸《むくろ》の上に身をかがめて、老婆はあっさりといった。革色をしたかさかさの手で死人の顔をさすり、ブラウスの襟《えり》をはだけて、つめたいうなじの肉をもんだ。黒い髪をかきわけ、強い指で頭蓋をつかんだ。「だめ、どうにもならない」老婆の声は、あたりにうずまく夜霧の中で、ざらざらと、きびしくひびいた。「この娘は燃えつきたよ。治そうにも繊維組織が残ってない」

カートはひびわれた唇をむりやり動かした。「ほかにだれかいないかね？」かすれ声でいった。「ほかに蘇生能力者は？」

老婆はよろよろと立ちあがった。「だれにもむりさ。わからないのかい？　この娘は死んでるんだよ！」

カートは動かなかった。何度も何度もおなじ質問をくりかえした。とうとう、不承不承の答が返ってきた。この惑星のどこかに、もうひとりの競争者がいるという。カートはお礼として老婆にタバコとライターと万年筆をさしだし、つめたい死体を抱きあげた。ティムが頭を垂れ、疲労に身をかがめて、あとからくっついてきた。

「さ、行こう」カートはきびしくいった。老婆が無言で見送る前で、ふたりはプロキシマ第六惑星の黄色い、不機嫌な、ふたつの月の明かりをたよりに、山道をくだっていった。

あれから五百メートルと歩いていなかった。どういうわけか、知らないうちにパットの死体はなくなっていた。どこかで落としてきたらしい。屑の散らばった岩と、雑草のはびこった山道のどこかに。

ぎざぎざの山腹に切れこんだ、深い谷の中へでも落ちたのだろうか。

カートはへなへなと地べたに腰をおろした。もう、残されたものはなにもない。フェアチャイルドはテレパシー部隊の手中に落ちた。でかぶつはサリーに殺された。サリーも死んだ。植民地はテラに対して無防備だ。でかぶつが死んだとき、ミサイルに対する防壁もいっしょに消えてなくなったのだ。そして、パットもいない。

背後で物音がした。絶望と疲労に息切れしたカートは、ほんのわずか向きを変えただけだった。つかのま、ティムが追いついてきたのかと思った。目をこらしてみる。薄明かりの中から現われた人影は、ティムにしては背が高すぎるし、足どりもたしかだった。見おぼえのある姿。

「そのとおりだ」と相手がいった。前にフェアチャイルドのそばにいた、あの老人だ。あの老人が、黄色い月光の中に、大きく堂々と立っていた。「彼女を生きかえらせようとしてもむだだ。方法がないでもないが、むずかしすぎる。それより、ふたりで考えるべきことがほかにある」

カートは歩きだした。つまずき、足をすべらせ、足もとの岩に切り裂かれて、それでもしゃにむに山道をくだりつづけた。小石が足もとで崩れるなか、息を切らしてやっとの思いで平地にたどりついた。

ふたたび足をとめたとき、追いすがってきたのはティムだった。つかのま、彼はそれを幻覚と思った。想像の産物と思った。老人の姿はない。もともとそこにいるわけがない……。

まだ完全な理解ができずにいるうちに、目の前で変化が起きた。こんどは逆方向の変化だった。彼はそれが〈ひだり〉であることをさとった。これも見おぼえのある姿だが、さっきの老人とはちがう。もっと過去の記憶にある姿だ。

さっきまで八歳の少年が立っていた場所には、泣きさけび、むずかる生後十六ヵ月の幼児が這い歩きをしていた。いまでは変化がべつの方向に進んだのだ……こんどは、自分の目が見たものを否定できなかった。

「わかったよ」――八歳のティムがふたたび現われて、赤ん坊が姿を消したとき、彼はそういった。しかし、少年が現われたのもほんのつかのまだった。すぐにその姿が消え、新しい人影が山道に立った。三十代の男、カートの知らない男が。

しかし、どこか見おぼえがある。

「おまえはわたしの息子だね」とカートがいった。

「そうです」相手は薄明の中で彼を見つめた。「パットを生きかえらせるのがむりなのは、もうわかったでしょう。その問題をわきにどけないと、話がさきに進まない」

カートは疲れたようにうなずいた。「わかる」

「よかった」ティムは手をさしのべて近づいてきた。「じゃ、山を下りましょう。することはたくさんある。われわれのような中ごろからずっと端までの〈みぎ〉は、しばらく前から意向を通じようと努力していたんです。しかし、〈中央〉の同意がないと、時間をもどるのはむずかしい。しかも、こんどの場合は、〈中央〉がまだ幼いためになかなか理解させにくい」

「あの子がいったのはそういう意味だったのか」ふたりで村のほうへと道をひきかえしながら、カートはつぶやいた。「〈かげぼうし〉というのはあの子の時間線にそった彼自身だった」

「〈ひだり〉というのは、過去の〈かげぼうし〉です」とティムがいった。「〈みぎ〉はもちろん未来。おとうさんは、プレコグとプレコグの組み合わせからはなにも生まれない、といった。だが、これでわかりましたね？　そこから究極のプレコグが生まれた――時間の中を移動できる超能力者が」

「おまえたち〈かげぼうし〉は、境界を乗りこえようとしてたのか。それで、あの子はおまえたちを見て怖《お》じ気《け》づいた」

「とてもやりにくかった。しかし、いずれ彼がある程度年をとれば理解できるのはわかってました。彼は手のこんだ神話を作りあげた。というより、われわれが。いや、ぼくが」ティムは笑いだした。「ごらんのように、まだ適当な用語さえできていない。はじめての出来事には、どのみちそんなものはない」

「わたしは未来を変えることができた。それは未来をのぞくことができたからだ。しかし、現在は変えられなかった。おまえは過去へさかのぼって、現在を変えることができる。だからあの〈みぎ〉の端の〈かげぼうし〉、つまり、あの老人が、フェアチャイルドのそばにまとわりついていたんだな」

「あれが最初の横断の成功でした。とうとう〈中央〉に、なんとか〈みぎ〉へ二歩よらせることができたんです。それでやっとふたりは入れかわったが、ずいぶん暇がかかりましたよ」

「これからどうなるんだ？」カートはたずねた。「戦争かね？　分離独立かね？　レナルズはどうなった？」

「おとうさんが前に気づいたように、われわれは過去へもどって物事を変えることができる。しかし、それは危険です。過去でのごく単純なひとつの変化が、現在をすっかり変えるかもしれない。時間旅行能力はいちばん重要なもので――またいちばん革命的なものでもある。ほかの超能力は、例外なしに、これから起きることを変えることができる。ところが、ぼくはいまあるものを消すことができる。だれよりも、どんなものよりも先まわりができる。ぼくを阻止できるものはなにもない。ぼくはつねにそこへ一番乗りできる。つねにそこにいたんですからね」

カートはだまりこんだ。見捨てられて、錆びていくいっぽうのトラックのそばを、ふたりは通りすぎた。やっとカートは口をひらいた。

「反能力はどうなった？　おまえたちとあれの関係はどうなんだ？」

「あんまり関係はありません」息子は答えた。「あれを明るみに出したのは、おとうさんの功績だ。われわれが行動を起こしたのは、つい数時間前ですからね。時間線をさかのぼって、あの運動を援助しようとしたんです――フェアチャイルドのそばにいるわれわれを見たでしょう？　われわれはいまも反能力を援助してる。反能力が援助されなかったいくつかの時間線を見たら、きっとびっくりしますよ。おとうさんの予知は正しかった――それらの時間線はあんまり愉快なものじゃない」

「すると、最近のわたしは援助を受けていたわけか」

「そう、われわれが背後にいました。そして、いまからは、その援助がどんどんましていくでしょう。つねにわれわれは均衡状態を導入する。反能力のような手詰まり状態をね。いまのところ、レナルズはすこし均衡からはずれているが、彼を抑制するのは簡単です。もうすでに対策をとってあります。もちろん、われわれの力は無限じゃない。自分たちの寿命、約七十年という限界があるからです。時間の外側にいるのは奇妙な感覚ですよ。変化の外側にいて、どんな法則にも従属していないのは。

　まるでチェス盤からふいに持ちあげられて、ほかのみんなをただの駒として見るようなものです――この全宇宙が、黒と白の市松模様のゲームになる――そして、あらゆる人間、あらゆる物体が、自分の時空間にくっついている。われわれは盤から離れている。上から手をのばして、盤にふれることができる。調節のために、みんなの位置を変え、それぞれの駒には気づかれないでゲームの流れを変えることができる。外部からね」

「それなのに、パットを返してはくれないのか？」とカートは訴えた。

「あのひとに対して、ぼくからあまり同情を期待しないでください」彼の息子はいった。

「なんといっても、ぼくの母はジュリーです。いまになってようやくわかりかけてきましたよ。因果応報を〝神々の水車〟にたとえるわけが。われわれもこんなに細かく碾《ひ》かずにすめば、と思う……。ギアのあいだにはさまれた人たちを助けられたら、と思う。だが、もしわれわれの立場からそれを見ることができたら、あなたもきっと理解してくれるはずです。われわれは宇宙を天秤の上にのせている。それはものすごく巨大な盤なんです」

「あんまり巨大な盤だから、人間ひとりの命にはかまってられないというのか？」カートは悲嘆にくれてたずねた。

　息子は困ったような顔をした。カートにもおぼえがある。子供の理解を絶したことをティムに説明しようとしたとき、自分もそんな顔をしたものだ。そこをティムが、自分のやったよりもうまく説明してくれたら、と彼はねがった。

「そうじゃない」とティムはいった。「われわれにとって、パットはまだ消えたわけじゃない。彼女はまだそこにいます。あなたには見えない盤のべつの部分に。彼女はいつもそこにいました。そして、これからもそこにいるでしょう。その盤からこぼれ落ちる駒はひとつもない……いくら小さい駒であっても」

「おまえにとってはな」

「そう。われわれは盤の外側にいますからね。ひょっとすると、この能力をみんなが分かちあえる日がくるかもしれない。そうなったあかつきには、もう悲劇や死についての誤解はなくなる」

「だが、それまでは？」カートはなんとかティムに同意させようとする努力で、痛いほど緊張していた。「わたしにはその能力はない。わたしにとって、パットはすでに死んだ。彼女が盤の上で占めていた位置は空白になった。それはジュリーでは埋まらない。いや、だれにも」

ティムはじっと考えた。深く考えこんでいるようすだが、カートには息子がいそがしく時間線を往復し、反証をさがしまわっていることがよくわかっていた。ティムの目は、ふたたび父親の上に焦点を結び、悲しそうにうなずいた。

「ぼくは彼女が盤上のどこにいるかをおとうさんに見せられない。それに、おとうさんの人生は、ほかのどこでも空白だ、ただひとつの時間線のほかは」

カートはだれかが茂みの中を歩いてくる足音を聞きつけた。彼は向きなおり——そしてその瞬間、パットが彼の腕の中にあった。

「それがこの時間線なんです」とティムがいった。

ペイチェック

Paycheck

浅倉久志◎訳

だしぬけに彼は動きを感じた。まわりでジェット・エンジンがなめらかな唸《うな》りをひびかせている。自家用小型ロケット・クルーザーの中だ。クルーザーは午後の空をゆっくりと横ぎりながら、都市と都市のあいだを飛んでいる。

「ううっ！」彼は座席にすわりなおし、頭をさすった。かたわらでは、アール・レスリックが目をきらめかせ、鋭く彼を見つめていた。

「起きたか」

「ここはどこだ？」ジェニングズは鈍痛をはらいのけようと首をふった。「それとも、質問の方向がまちがってるのかな」いまが晩秋でないことには、すでに気がついていた。季節は春だ。クルーザーの下には緑の田園がひろがっている。最後におぼえているのは、レスリックといっしょにエレベーターに乗りこんだこと。あれは晩秋だった。場所はニューヨークだった。

「そう」レスリックが答えた。「あれから二年近くあとだ。いろいろと変化があったよ。政府は二カ月ほど前に倒れた。新政府はもっと強力だ。SP、つまり公安警察が、ほとんど無制限の権力を持っている。小学校の生徒に密告のしかたを教えこんでいる。しかし、そうなることは、みんなが予想していた。さてと、ほかになにがあったかな？　ニューヨークは前より大きくなった。サンフランシスコ湾の埋立ても完成したという話だ」

「そんなことより、ぼくが知りたいのは、この二年間、自分がいったいなにをやらされてたかだ！」ジェニングズは神経質な手つきでタバコの先端を押さえ、点火させた。「それを教えてくれる気は？」

「ないね。もちろん教えられない」

「これからどこへ？」

「ニューヨークの社へもどる。最初にきみと会った場所だ。おぼえているね？　おそらくわたしよりも記憶は鮮明だろう。なにしろ、きみにとっては昨日かおとといのことなんだから」

ジェニングズはうなずいた。二年！　おれの一生から二年が消えた。永久に消えた。そんなことが可能だろうか。あのエレベーターに乗りこんだときは、まだ検討中で、迷いに迷っていた。考えなおしたほうがいいかもしれんぞ。いくら大金を——おれのような高給とりにしても、桁はずれの大金を——積まれても、なんだか引きあわない気がする。あとになって、自分がどんな仕事をしていたかが、いつも気にかかるだろう。いったい合法的な仕事なのか？　それとも？　しかし、そんな迷いはもう過去のことだ。まだ決心をつけかねているときに、あの暗いとばりが下りてきたのだ。うらめしそうに、ジェニングズは窓から午後の空をながめた。下界は、湿った緑の息吹く大地。春、二年後の春だ。その二年間の努力の跡はどこにある？

「報酬はもらったのかな？」ジェニングズはたずねた。札入れをとりだして、中をのぞいてみた。「まだらしい」

「まだだ。社へ着いてからだ。ケリーが支払ってくれる」

「全額、一度に？」

「五万クレジット」

　ジェニングズは微笑した。相手がその金額を口にするのを聞いて、すこし気分がよくなった。結局、そう悪くもなかったじゃないか。眠っているうちに稼いだようなもんだ。しかし、あれからふたつ年を食った。それだけ寿命が減った。まるで自分の一部、自分の命の一部を切り売りしたようだ。最近では命もずいぶん値上がりしてるのにな。ジェニングズは肩をすくめた。過ぎたことは忘れろ。

「もうすぐ着くよ」年長の男がいった。ロボット・パイロットがクルーザーを下降させ、地上に近づけていく。ニューヨーク市の外縁部が真下に見えてきた。「それじゃ、ジェニングズ。もう二度と会わないかもしれん」レスリックが手をさしだした。「いっしょに仕事ができてたのしかった。われわれはいっしょに働いたんだよ。肩をならべてな。きみはわたしが見た最高の整備技術者だ。正解だったね、あれだけの給料を出してもきみを雇ったのは。きみはその何倍もの価値のある仕事をしてくれた。もっとも、本人としては実感がないだろうが」

「そりゃよかった。金に見あうものが得られて」

「ごきげん斜めだな」

「いや。ただ、知らないまにふたつ年を食ったのが、まだピンとこなくて」

レスリックは笑いだした。「きみはまだまだ若いよ。それに、彼女から給料をもらったら、もっと気分がよくなるはずだ」

ふたりが降り立ったのは、ニューヨークの社屋の屋上にある小さな発着場だった。レスリックが彼をエレベーターにみちびいた。ドアが閉まるのと同時に、ジェニングズは精神的ショックを味わった。最後におぼえているのはこれだ。このエレベーター。そのあとで意識がなくなったのだ。

「ケリーもきみに会えて喜ぶだろう」照明された廊下に出ると、レスリックがいった。「彼女、きみのことをたずねていたからね、ときどき」

「どうして？」

「彼女にいわせれば、きみはハンサムだと」レスリックはコード・キーをドアに押しあてた。ドアが反応して、大きくひらいた。ふたりはレスリック建設の豪華なオフィスにはいった。長いマホガニーのデスクのうしろに若い女がすわり、報告書を読んでいた。

「ケリー」とレスリックが声をかけた。「だれの年季が明けたか、見てごらん」

若い女は目を上げ、微笑をうかべた。「あら、ミスター・ジェニングズ。この世界にもどったご気分はいかが？」

「すてきだ」ジェニングズは彼女に近づいた。「レスリックにいわれた。きみから給料をもらえ、と」

レスリックがジェニングズの背中をぽんとたたいた。「じゃあな。わたしはプラントにもどる。もし急いで大金が必要になったときは、ここへ顔を出してくれ。また新しい契約を結ぶから」

ジェニングズはうなずいた。レスリックが出ていくと、デスクのそばに腰をおろし、足を組んだ。ケリーは引きだしをあけ、椅子をうしろにひいた。「わかりました。あなたの勤務期間は完了、レスリック建設は報酬を支払います。契約書の写しはお持ち？」

ジェニングズはポケットから封筒をぬきだして、デスクの上においた。「これだ」

ケリーがデスクの引きだしからとりだしたのは、小さい布袋と、何枚かの手書きの書類だった。しばらく書類に目を通した。小ぶりな顔に熱心な表情。

「なにか？」

「たぶん、あなたには意外かも」ケリーは契約書を彼に返した。「もう一度読んでみて」

「なぜ？」ジェニングズは封筒をひらいた。

「選択条項がひとつあるのよ。『前記レスリック建設会社との契約期間中に、もし乙が希望するときは――』」

「『もし乙が希望するときは、乙は自己の意志により、特記された報酬金額に代わるものとして、その金額と同等の価値を持つと乙が判断する自然または人工の物品の支給を受けることができる――』」

ジェニングズはその布袋をひったくると、袋の口をひらいた。中身を自分の掌の上にあける。ケリーはそれを見まもった。

「レスリックはどこだ？」ジェニングズは立ちあがった。「こんなイカサマが通るとでも――」

「レスリックとは関係ないわ。これはあなた自身の要望だったのよ。ほら、見て」ケリーは書類をさしだした。「あなたの筆跡よ。読んでごらんなさい。これはあなたの考えであって、わが社の考えじゃない。本当よ」ケリーは彼にほほえみかけた。「わが社と労働契約を結んだ人たちの中で、ときたま起こることなの。契約期間中に気が変わって、お金でなく、ほかのものをほしがる。なぜだか、わたしにはわからない。でも、その人たちは記憶を消去されてるし、それに本人の承諾も――」

ジェニングズはページをめくって、ざっと目を走らせた。自分の筆跡だ。まちがいない。手がふるえてきた。「信じられない。たとえ自分の筆跡でも」歯を食いしばり、書類をたたんだ。

「むこうにいるあいだに細工をされたんだ。こんなことを承諾するはずがない」

「なにか理由があったのよ、きっと。すじが通らないのは認めるけど。でも、記憶を消される前になぜ自分がそれを承諾したのか、そこにあなたの知らない理由があるわけよ。あなたがはじめてじゃない。何人かの前例があるわ」

ジェニングズは掌の上に目をやった。布袋からそこへあけたものは、いくつかのこまごました品物だった。コード・キー。チケットの半券。小包の預かり証。細い針金。ふたつに割れたポーカーチップの片方。細長い緑色の布ぎれ。バスの代用硬貨《トークン》。

「これが五万クレジットの代わりか」と彼はつぶやいた。「それと、この二年間の……」

ジェニングズはビルをあとにして、午後のにぎやかな街路に出た。まだ頭がぼうっとしている。混乱しきって考えがまとまらない。おれはペテンにかけられたのだろうか？ ポケットの中をさぐってみる。こまごましたガラクタ。針金、半券、その他いろいろ。二年間の仕事の報酬がこれか！　しかし、おれの筆跡はこの目でたしかめた。権利放棄証書と、現物給与の要求。まるでジャックと豆の木だ。なぜ？　なんのために？　なにがおれの気を変えさせたのか？

向きをかえて、歩道を歩きだした。交差点で立ちどまった。角を曲がろうとする路面クルーザーがいる。

「そこまでだ、ジェニングズ。乗れ」

彼はぎくりと頭を上げた。クルーザーのドアがひらいていた。膝をついた男が、熱線ライフルでこっちの顔を狙っている。青緑の制服。ＳＰだ。公安警察だ。

ジェニングズは乗りこんだ。ドアが閉まり、背後で電磁ロックがカチッと音を立てた。まるで金庫に入れられた気分だ。クルーザーは街路を走りだした。ジェニングズは座席の背にもたれかかった。かたわらで、ＳＰの警官が銃口を下げた。反対側ではもうひとりの警官が、熟練した手つきでジェニングズの体をあらため、武器をさぐった。警官がとりだしたのは、ジェニングズの札入れと、ひとつかみのガラクタだった。そして、封筒と契約書も。

「なにを持っていた？」運転している男がきいた。

「札入れ、現金。レスリック建設との契約書。武器はない」警官はジェニングズに所持品を返した。

「これはどういうことなんだ？」ジェニングズはいった。

「二、三、質問がある。それだけだ。レスリックのために働いていたな？」

「ああ」

「二年か？」

「二年近く」

「プラントで？」

ジェニングズはうなずいた。「だと思う」

警官が顔を近づけてきた。「そのプラントはどこにあるんだね、ジェニングズ？　場所はどこだ？」

「知らない」

ふたりの警官は顔を見あわせた。最初の警官が唇をなめ、けわしく、油断のない顔になった。「知らない？　つぎの質問。最後の質問だ。この二年間、きみはどんな種類の仕事をしていた？　きみの職業はなんだ？」

「整備技術者。電子機器の修理」

「どんな種類の電子機器だね？」

「知らない」ジェニングズは顔を上げた。抑えきれない微笑がうかんできて、唇を皮肉にゆがめた。「悪いけど、知らないんだ。本当だよ」

沈黙がおりた。

「どういう意味だ、知らないとは？　二年間も、なんだかわからない機械をいじってたというのか？　しかも、自分の居場所さえ知らずに？」

ジェニングズは体を起こした。「いったい、これはどういうことなんだ？　なんでぼくを連行した？　ぼくはなにもわるいことをしてない。いままでずっと――」

「わかってる。逮捕したわけじゃない。記録のために、情報がほしかっただけだ。レスリック建設についての。きみは、あの会社のプラントで、あの会社のために働いていた。重要な役割で。電子機器の整備技術者だったな？」

「そう」

「高性能コンピューターと、その付属機器の修理か？」警官は自分の手帳に目をやった。「きみはわが国でも一流の整備技術者らしい。これによると」

ジェニングズは答えなかった。

「ふたつだけ、こっちの知りたいことがある。それさえ話してくれれば、すぐに釈放する。レスリック建設のプラントはどこにあるのか？　そこではなにをしているのか？　きみはあの会社にたのまれて、そこの機械を整備した。そうだろう？　二年間にわたって」

「わからない。たぶんそうだと思う。この二年間、自分がなにをやっていたのか、まったく見当がつかないんだ。信じる信じないはそっちの自由だが」ジェニングズはうんざりして床を見つめた。

「どうする？」とうとう運転者がしびれを切らした。「これ以上の指示は受けてない」

「署へ連行しよう。ここでこれ以上の尋問はむりだ」クルーザーの外では、人びとが急ぎ足に歩道を行きかっている。どの街路も、郊外住宅に帰ろうとする通勤者のクルーザーでこみあい、動きがとれない。

「ジェニングズ、なぜわれわれの質問に答えない？　いったいどうした？　たったふたつの簡単な質問に、答えられないわけがないだろうが。政府に協力したくないのか？　なぜ、われわれに情報を隠す？」

「知ってれば話すよ」

警官たちは鼻を鳴らした。それっきりだまりこんだ。まもなくクルーザーは、石造の大きなビルの前にとまった。運転者がモーターを切り、コントロール・キャップをはずして、ポケットに入れた。それからドアにコード・キーをくっつけ、電磁ロックを解除した。

「これからどうする？　中へ連れていくか？　実際にはまだ――」

「待て」運転者が外に出た。ほかのふたりもつづいて外に出ると、ドアを閉め、またロックをかけた。公安警察署の前の歩道に立って、相談している。

ジェニングズは無言ですわったまま、床を見つめた。SPはレスリック建設のことを知りたがっている。だが、おれはなにも答えられない。むこうは相手をまちがえたのだ。しかし、どうやってそれを証明できる？　すべてが夢物語だ。二年間の記憶がすっかり消去された。だれがそんなことを信じる？　自分にさえ信じられないのに。

ジェニングズの心はふらふらとさまよい、はじめてあの求人広告を見たときへと舞いもどった。あの広告はぐっときた、ぐっと胸にきた。整備技術者求む。そして、業務の概要。なにやら漠然としてはいるが、自分の専門であることはひと目で明らかだった。しかも、給料ときたら！　会社での面接。テスト、書類。それからじょじょにわかってきたのは、レスリック建設が、こちらの知らないうちに、こちらのすべてを調べあげていることだった。いったいこの会社はどういう仕事をしているのだろう？　建設業といっても、どういう種類だ？　どういう機械を使っているのだろう？　二年間で五万クレジットとは……。

しかも、退職のときには記憶を消されなくてはならない。二年間の記憶がすっかりなくなるという。契約のその条項を承諾するまでには、長い時間がかかった。だが、とにかく承諾してしまったのだ。

ジェニングズは窓の外をながめた。三人の警官はまだ歩道で立ち話をつづけている。ジェニングズをどうするかという相談だ。これはまずい。おれは警察の知りたがっている情報をなにも与えられない。なにも知らない。だが、どうやってそれを証明できる？　どうすれば説明できるというのだ？　二年間も働いたあと、はいったときとおなじく、なにも知らずに出てきたことを！　ＳＰはきっとおれを拷問にかけるだろう。むこうが信じてくれるまでには長い時間がかかるだろうし、それまでにはこっちの体が――

すばやくあたりを見まわした。逃げ道はないのか？　じきに警官たちがもどってくる。ドアにさわってみた。ロックしてある。三重リングの電磁ロックだ。電磁ロックなら、これまで何度も修理したことがある。トリガー・コアの一部を設計したことさえある。正しいコード・キーがないと、ドアはあかない。絶対にあかない。ただし、なにかの方法で、ロックをショートさせればべつだが。しかし、なにを使う？

彼はポケットの中をさぐった。なにが使える？　もしロックをショートさせ、こわしてしまえば、かすかなチャンスが生まれる。通りは、職場から帰宅する人たちでこみあっている。もう五時すぎだ。大きなオフィス・ビルはどこもシャッターを閉め、街路は車と人でいっぱいだ。ここを出られさえすれば、むこうもあえて発砲はしないだろう。――もしここを出られさえすれば。

三人の警官が立ち話を終えた。ひとりは警察署への階段を登っていく。まもなく、あとのふたりはクルーザーにもどってくるだろう。ジェニングズはポケットに手をつっこみ、コード・キーと、半券と、針金をとりだした。針金！　髪の毛のように細い針金。絶縁してあるか？　彼は手早くそれをほどいてみた。いや。

その場にしゃがんで、熟練した手つきでドアの表面をなでた。ロックの縁に細い線がある。ロックとドアの境目の溝だ。針金の先端をそこに近づけ、目に見えないほど細い間隙にそうっとつっこんだ。針金は二センチほど中にもぐった。ジェニングズのひたいから汗が流れおちてきた。彼は針金をねじりながら、何分の一ミリか動かした。息をとめた。きっとこのへんにリレーが――

閃光。

なかば目がくらんだまま、全体重をドアにぶっつけた。ドアがひらいた。高熱で溶けたロックから煙が出ている。ジェニングズは街路へころがりでると、急いで跳ねおきた。まわりはクルーザーでいっぱいだ。ホーンをけたたましく鳴らして通りすぎていく。彼は中央レーンにとびこみ、大型トラックの陰に身を隠した。歩道をちらっとのぞく。ふたりのSPが、こっちへ駆けだしてくる。

買物客や通勤客を乗せたバスが、よたよた走ってきた。ジェニングズはうしろの手すりをつかまえ、デッキへ体を引きあげた。驚いた乗客たちの顔がぐーんと接近する。青白い小さな月が、いくつも目の前に現われたようだ。ロボット車掌が不機嫌なハム音をひびかせて、こっちへ近づいてきた。

「お客さん――」車掌は口を切った。バスはスピードを落としている。「お客さん、規則で飛び乗りは禁止――」

「だいじょうぶだ」答えてから、ジェニングズはとつぜん奇妙な高揚感に満たされた。ついさっきまで、おれは罠にとらえられ、逃げ道がなかった。人生の二年間をただどりされた気分だった。公安警察につかまり、こっちの知らない情報を要求されていた。絶望的な状況！　だが、ようやくいまになって事情がのみこめてきた。

　彼はポケットをさぐって、バスの代用硬貨《トークン》をとりだした。おちつきはらって、それを車掌のコイン投入口に入れた。

「これでいいな？」と彼はいった。足の下でバスの揺れが感じられる。運転手がためらっているのだ。やがて、バスはまたスピードを上げて走りだした。車掌はむこうを向き、ハム音も静まった。万事オーケーだ。ジェニングズはにやりとした。立っている人たちのあいだをすりぬけ、空席を探した。どこかへすわりたい。すわって、じっくり考えたい。

　考えることは山ほどある。頭の中が渦を巻いている。

　バスは走りつづけた。都会のせわしない車の流れに合流していた。ジェニングズには、まわりにすわった人びとの姿も、ほとんど目にはいらなかった。もう疑いはない。おれはペテンにかかったわけじゃない。あれはまっとうな契約だった。実際に自分がくだした判断だ。あきれた話だが、二年間の仕事の報酬として、おれは五万クレジットよりも、ひとにぎりのガラクタを選んだ。だが、もっとあきれるのは、ひとにぎりのガラクタのほうが大金よりも値打ちがあるらしい、とわかってきたことだ。

　一本の針金と、バスのトークンで、おれは公安警察から逃げられた。これはたいへんな値打ちだ。いったん、警察の灰色のビルの中へ連れこまれたら、金は効力を失う。五万クレジットの大金でも、助けにはなってくれないだろう。いま、ここに五つのガラクタが残っている。ジェニングズはポケットの中をたしかめた。あと五つ。ふたつはすでに使った。ほかの五つは——その使い道は？　先のふたつとおなじぐらい重要なのだろうか？

しかし、大きな謎は残る。どうしてあいつ——つまり、以前のおれは——一本の針金とバスのトークンが自分の命を救うと知っていたのか？　あいつはたしかにそれを知っていた。あらかじめ、それを知っていた。だが、どうやって？　それに、ほかの五つ。おそらくこれもきっとおなじように貴重なんだ。いや、貴重になるときがやってくるんだ。

この二年間のあいつは、いまのおれが知らないことを知っていた。その知識は、会社に記憶を消されたときになくなった。ちょうど、データをクリアーされた計算機のようなものだ。あらゆるものがきれいに清算された。あいつが知っていたことは、もうどこかへ消えてしまった。七つのガラクタだけを残して。そのうち五つは、まだこのポケットの中にある。

しかし、いまの切実な問題は、そんな謎ときじゃない。とても具体的な問題だ。公安警察がおれをさがしている。むこうはおれの名前も、人相も知っている。自分のアパートへもどってはだめだ——たとえあのアパートがまだそのままだとしても。だが、ほかにどこがある？　ホテル？　ホテルは、SPが毎日チェックしているだろう。友人？　友人をたよれば、友人も巻きぞえになる。SPに見つかるのは時間の問題だ。通りを歩いているときか、レストランで食事しているときか、ショーを見ているときか、どこかの下宿で眠っているときか。SPはいたるところにいる。

いたるところ？　そうとはかぎらない。個人は身を守るすべがなくても、ビジネスの世界はちがう。ほとんどあらゆるものが政府に吸収されたが、大企業は依然として自由をたもっている。個人からはとりあげられた権利が、まだ法人資産と産業を守っている。SPは、その気になればどんな人間でもしょっぴけるが、会社の中へ踏みこんだり、捜索したり、押収したりはできない。二十世紀中ごろに定められた法律がまだ通用している。

ビジネス、産業、法人は、公安警察からも安全だ。法の適正手続きが要求される。レスリック建設はSPの関心の的だが、なにかの法規違反が見つからないかぎり、SPも手が出せない。あの会社へひきかえして、建物の中へはいれば、もう安全だ。ジェニングズは苦笑をうかべた。現代の教会、現代の聖域。国家対教会の図式が、そのまま政府対企業に変わったわけか。新しい世界のノートルダム。法律の追及もおよばない場所。

レスリック建設はおれを受けいれるだろうか？　もちろんだ、前とおなじ条件で。げんにレスリックがそういった。もう二年がおれの人生から削りとられ、それからまた外へほうりだされる。それじゃなんにもならない。とつぜん彼はポケットに手をやった。五つのガラクタがまだ残っている。あいつがそれを使うつもりだったのはまちがいない！　いや、レスリックのところへもどって、もう二年の再契約を結ぶのはやめた。これはもっとほかの方法を使えというヒントだ。なにかもっと長つづきする方法を。ジェニングズは思案した。レスリック建設。いったいあの会社はなにを建設しているのか？　あいつはなにを知っていたのか？　この二年間になにを発見したのか？　そして、なぜSPがこれほどの関心をよせているのか？

五つの品物をとりだして、じっくりながめた。細長い緑色の布ぎれ。コード・キー。チケットの半券。小包の預かり証。半かけのポーカーチップ。ふしぎだ、こんなこまごました品物がそれほど重要だとは。

それにレスリック建設も関係がある。

それには疑いがない。答は、すべての答は、レスリック建設の中にある。だが、当のレスリックはどこにいるのか？　プラントの場所さえわからない。見当もつかない。オフィスの場所はわかっている。大きい、ぜいたくな部屋と、デスクの前にすわった若い女性。だが、あれはレスリック建設ではない。レスリックのほかに、それを知っているものはいるのだろうか？　ケリーは知らなかった。SPは知っているのか？

その場所は市外だ。まちがいない。そこへ行くのにロケットを使ったのだから。おそらく合衆国内部、たぶん、都市圏をはずれた農業地帯、へんぴな田舎だ。なんという厄介な状況！　いつSPにつかまるともかぎらない。こんどは逃げられないだろう。唯一のチャンス、安全な場所を見つける唯一の確実なチャンス、それはまずプラントをさがしあてることだ。それが自分の知りたいことを見つける唯一のチャンスでもある。そのプラント――おれが二年間もいて、どこだか思いだせない場所。彼は五つのガラクタに目をやった。この中のどれかが役に立ってくれるのだろうか？

絶望の波が押しよせた。たぶん、あれは偶然の一致でしかなかったんだ。針金も、トークンも。たぶん――

彼は小包の預かり証を調べた。裏をひっくりかえし、明かりに透かしてみた。とつぜん、みぞおちにしこりができた。脈拍が速くなった。やはり思ったとおりだ。そう、偶然の一致じゃない。針金も、トークンも。小包の預かり証は、二日先の日付になっている。この小包は、中身がなんであるにしても、まだ預けられていないのだ。あと四十八時間がたつまでは。

ほかの品物もよく調べることにした。チケットの半券。半券がなんの役に立つ？　何回も折り畳んだので、しわだらけでぼろぼろだ。こんなものではどこへもはいれない。半券ではどこへもはいれない。ただ、どこへはいったかがわかるだけだ。

どこへはいったか！

彼は背をかがめ、半券のしわをのばして、目をこらした。印刷された文字が途中でちょんぎれている。それぞれの単語の一部分が読めるだけだ。

ポートラ劇
スチュアーツヴィ
アイオ

微笑がうかんだ。これだ。これがおれのいた場所だ。なくなった文字を埋めればいい。それで充分だ。まちがいない。あいつはこうなることも見とおしていた。これで七つのガラクタのうち三つを使ったわけだ。あと四つ。スチュアーツヴィル、アイオワ。そんな町があったかかな？　彼はバスの窓から外をながめた。ほんの一ブロックほど先にインターシティ・ロケットの駅がある。時間はかからない。バスを降りてひとっ走り。あとは、警察がそこにいないことを願って——

だが、なんとなく予感がする。警察はそこにいないだろう。ポケットには、まだ四つの品物があるのだから。それに、いったんロケットに乗ってしまえば、もう安全だ。インターシティはSPでさえうかつに手出しのできない巨大企業だから。ジェニングズは残ったガラクタをポケットにしまいこむと、立ちあがって、ベルのひもを引いた。

まもなく彼は用心深く歩道に足を踏みだした。

ロケットは、町はずれにある小さい茶色の発着場にジェニングズをおろした。無関心なポーターが何人か、手荷物を積みあげたり、日陰で休憩をとったりしている。

ジェニングズは発着場を横ぎって待合室にはいり、まわりの乗客をそれとなく観察した。ごくふつうの人びとだった。職人、ビジネスマン、主婦。スチュアーツヴィルは中西部の小さい町だ。トラックの運転手。高校生。

彼は待合室の中を通りぬけて、街路に出た。これがレスリックのプラントの所在地か――おそらく。あの半券から推測した地名がまちがっていなければ。とにかく、この町にはなにかがある。でなければ、あいつがわざわざあの半券をガラクタの中に含めたりはしないはずだ。

スチュアーツヴィル、アイオワ。かすかな計画が、頭の奥に生まれかかっていた。まだぼんやりとしていて、まとまりがない。彼は両手をポケットにつっこみ、歩きながらあたりを見まわした。新聞社、軽食堂、ホテル、ビリヤード、理髪店、テレビの修理屋。巨大なショールームのあるロケット販売店。そこに並んだピカピカのロケット。家庭用サイズ。そして、ブロックのいちばん端は、ポートラ劇場。

街並みがまばらになった。農場、畑。緑の田園地帯がえんえんとつづく。上空には二、三台の輸送ロケットが、農産物や農業用品を積んで往復している。小さくて、あまり重要でない町だ。レスリック建設にとってはうってつけだろう。都市からも、SPからも遠く離れたここなら、プラントを作っても目立たない。

ジェニングズはいまきた道をひきかえした。〈ボブの店〉という軽食堂にはいった。カウンターの前に腰をおろすと、メガネをかけた若い男が、白いエプロンで手をふきふき近づいてきた。

「コーヒー」ジェニングズは注文した。

「コーヒーね」相手はカップを前においた。客はすくなく、店の中はがらあきだ。ブンブンうなりながら、窓ガラスにぶつかっているハエが二ひき。

表の通りでは、買物客や農家の人たちが店の前をのんびり通りすぎていく。

「ねえ」ジェニングズはコーヒーをかきまわしながらきいた。「この町でなにか仕事の口はないかな？　どこか知らない？」

「どういう職種です？」若い男がもどってきて、カウンターにもたれた。

「電気関係。ぼくは電気技術者でね。テレビ、ロケット、コンピューター。そのての仕事なんだが」

「なら、もっと大きな工業地帯を当たってみれば。デトロイト、シカゴ、ニューヨーク」

ジェニングズは首を横にふった。「大都市はごめんだよ。都会は性に合わない」

若い男は笑いだした。「この町にはデトロイトで働きたいやつがごろごろしてるのに。お客さん、電気技術者？」

「このへんになにかの工場はないかな？　修理工場とか、プラントとか？」

「さあ、知りませんね」若い男は、新しい客の注文を聞きにいった。ジェニングズはコーヒーをすすった。おれの早とちりだったのか？　もとへもどって、スチュアーツヴィル、アイオワのことは忘れたほうがいいのかも。たぶん、あのチケットの半券からまちがった推論をくだしたってことか。しかし、あのチケットにはなにかの意味がある。これまでのすべての出来事について、完全な思いちがいをしていないかぎりは。だが、いまさらそうわかっても遅すぎる。

若い男がもどってきた。ジェニングズはきいた。「どんな仕事でもいいんだ、この町で働き口はあるかね？　当座の生活ができればそれでいい」

「農場の仕事ならいつでもあるけど」

「修理屋の口は？　自動車とか、テレビの修理」

「この通りの先にテレビの修理屋がありますよ。人手をさがしてるかもしれない。あたってみれば？　農場の仕事は給料がいいんだけどね。最近はみんな軍隊へはいっちまうもんだから、男手がたりなくて。お客さん、干し草を運ぶ気はない？」

ジェニングズは笑いながら、コーヒーの代金を払った。「あんまり気が向かないね。どうもありがとう」

「ときどき、この通りのずっと先で働いてる人もいますがね。なにか政府の研究所みたいなのがあるらしい」

ジェニングズはうなずいた。網戸を押しあけて、暑い歩道に出た。しばらく、あてもなしにぶらついた。考えに考え、例のぼんやりした計画を何度も頭の中でひっくりかえした。よくできた計画だ。それですべてが、自分のかかえたすべての問題が、一気に解決するだろう。だが、いまのところ、糸口はひとつしかない――レスリック建設を見つけることだ。そして、手がかりもひとつだけ。もし、それを手がかりと呼べるならだが。ポケットにはいったしわだらけのチケットの半券。それと、あいつが自分のすることを心得ていたはずだという信念。

政府の研究所か。ジェニングズは足をとめ、あたりを見まわした。通りの向かい側にはタクシー乗り場があり、運転手がふたり、それぞれの車の中にすわって、タバコを吸いながら新聞を読んでいる。とにかく、ためしてみて損はない。ほかには打つ手がないのだから。レスリック建設がべつの外見を装っている可能性もある。政府研究所に見せかけておけば、だれもうるさい質問をしないだろう。政府のプロジェクトが、なんの説明もなく、秘密で進められるのに、人びとは慣れているから。

彼は最初のタクシーに近づいた。「ちょっとうかがいますが」

運転手が顔を上げた。「なんだい？」

「この先の政府の研究所に、働き口があるって聞いたんだけど。ほんとかな？」

運転手はじろじろ彼をながめてから、こっくりうなずいた。

「どういう職種です？」

「知らんな」

「求人の事務所は？」運転手は新聞をとりあげた。

「知らんな」運転手はどこ？」

「ありがとう」ジェニングズはきびすを返した。

「あそこじゃ求人はやってないよ。うんとたまにしか。あんまりおおぜい雇わないんだ。仕事の口をさがしてるんなら、ほかを当たったほうがいい」

「わかった」

もうひとりの運転手が、車の中から顔をつきだした。「あそこで使ってる日雇い労働者は、ほんのすこしだぜ。それだけさ。それにえり好みがきつくてな。あっさり人を雇わねえんだ。なんか軍需関係の研究らしい」

ジェニングズは聞き耳を立てた。「秘密施設？」

「やつらはこの町へやってきて、建設労働者を募集した。トラック一台分ぐらい。それだけさ。選考がまたえらく念入りでよ」

ジェニングズはそのタクシーのほうへひきかえした。「ほんとかね？」

「でっかい建物だ。スチールのフェンス。電流が通ってる。ガードマン。仕事は昼夜兼行。だけど、立ち入り厳禁だ。ヘンダースン・ロードのはずれにある丘の上。ここから四キロぐらいかな」運転手は彼の肩をつついた。「あそこは標識をつけてないとはいれないぜ。労働者を選んだあとで、標識をくばるんだ。わかるだろ」

ジェニングズは相手を見つめた。運転手が自分の肩のあたりを指でなぞっている。だしぬけにジェニングズは理解した。安堵の波がどっと押しよせた。

「知ってるよ」彼はいった。「あんたのいう意味はわかる。そんな気がする」ポケットをさぐって、四つのガラクタをとりだした。ていねいに緑色の布ぎれをほどいて、それをさしあげた。「こういうのかね？」

ふたりの運転手はその布ぎれを見つめた。「そうだ」片方の運転手がそれを見つめながら、ゆっくりと答えた。「どこで手に入れた？」

ジェニングズは笑いだした。「友だちさ」その布ぎれをポケットにしまいこんだ。「友だちがくれたんだ」

彼はインターシティの発着場に向かって歩きだした。第一歩を踏みだしたいま、することは山ほどあった。レスリックはまちがいなくここにいる。そして、ガラクタが役に立ってくれることも明らかだ。危機のたびにひとつずつ。未来を知っているだれかさんからもらった、ポケットいっぱいの奇跡。

しかし、つぎの一歩は、ひとりではやれない。協力者が必要だ。計画のこの部分には、だれかの助けがなくては。しかし、だれの？ それを考えながら、インターシティの待合室にはいった。協力をたのめそうな人物はひとりだけだった。成功のチャンスは望み薄だが、やってみるしかない。ここから先は、ひとりではむりだ。もしレスリックのプラントがここにあるなら、ケリーもきっと……。

街路は薄暗かった。街角には、ぽつんとついた街灯が、たよりない光を投げかけていた。そばを通りすぎていくクルーザーも数がすくない。

アパート・ビルの入口から、すらりとした人影が現われた。コートを着てバッグをさげた若い女だ。彼女が街灯の下を通りすぎるまで、ジェニングズは待った。ケリー・マクヴェインはどこかへでかけようとしている。おそらくパーティーだろう。スマートな着こなし、コツコツと歩道にこだまするハイヒールの足音、コートと帽子。

彼は背後から声をかけた。「ケリー」

彼女はくるりとふりむき、驚きに口をあけた。「あら!」

ジェニングズは彼女の腕をとった。「心配はいらない。ぼくだけだ。おめかしして、どこへいく?」

「べつに」彼女はまばたきした。「いやねえ。びっくりするじゃない。なんなの? どうかしたの?」

「なんでもない。二、三分、時間をもらえるかな? 相談したいことがある」

ケリーはうなずいた。「いいわ」あたりを見まわした。「どこへ行きましょう？」

「どこか静かに話しあえる場所は？　だれかに立ち聞きされるとまずい」

「歩きながらでは？」

「だめだ。警察が」

「警察？」

「ぼくをさがしてる」

「あなたを？　でも、どうして？」

「ここで立ち話はまずい」ジェニングズはさえぎった。「どこかいい場所はないか？」

ケリーはためらった。「わたしのアパートにもどりましょう。あそこなら、だれもいないから」

ふたりはエレベーターに乗りこんだ。ケリーはコード・キーを押しあてて、ドアのロックをはずした。ドアは大きくひらき、ふたりは中にはいった。彼女の一歩で、ヒーターと照明が自動的につく。ケリーはドアを閉め、コートをぬいだ。

「長居はしないから」ジェニングズはいった。

「いいのよ。なにか飲み物を作るわ」ケリーはキッチンにはいった。ジェニングズはカウチに腰をおろし、きちんとかたづいた小さい部屋の中を見まわした。まもなくケリーはもどってきた。隣にすわった彼女から、ジェニングズは飲み物を受けとった。よく冷えたスコッチの水割りだ。

「ありがとう」

ケリーはほほえんだ。「どういたしまして」しばらくはふたりとも無言だった。「それで？」とうとう彼女がうながした。「いったいなにがあったの？　なぜ警察があなたを？」

「警察はレスリック建設のことを知りたがっている。この一件では、ぼくはただの歩《ポーン》にすぎない。警察はぼくがなにかを知っていると思ってる。二年間、レスリックのプラントで働いていたという理由で」

「でも、あなたはなにも知らない！」

「どうやってそれを証明できる？」

ケリーは手をのばして、ジェニングズの頭をさわった。耳の真上を。「ここをさわってみて。このあたりを」

ジェニングズは手をそこにあてた。耳の上、髪の毛の下に小さな堅い部分があった。

「これは？」

「そこから頭蓋骨に穴をあけられたのよ。脳が小さく楔形に切りとられた。あなたの二年間の記憶のすべてがね。その部分をさがしあて、そこを焼き切った。SPがいくら手をつくしても、あなたの記憶はとりもどせない。消えてしまったのよ。あなたの記憶はどこにもない」

「警察がそれに気づくころには、こっちは廃人になってるさ」

ケリーは答えなかった。

「これがどれだけまずい立場なのかはわかるね。ぼくとしては、記憶があれば問題ないんだ。そうすれば、警察の尋問に答えられるし、むこうも――」

「そしたら、レスリック建設が潰されるわ！」

ジェニングズは肩をすくめた。「いけないいか？　ぼくにとって、レスリック建設はなんの意味もない。第一、あの会社がなにをやっているのかも知らない。それに、なぜ警察があんなに関心を持つ？　最初からどうもおかしいと思ったんだ。あれだけの秘密主義、人の記憶まで消して――」

「理由があるのよ。りっぱな理由が」

「きみはその理由を知ってるのか？」

「いいえ」ケリーはかぶりをふった。「でも、理由があるのはたしかだわ。もしSPが関心を持つとしたら、それ相当の理由があるはずだから」彼女は飲み物をおくと、ジェニングズに向きなおった。「警察は大嫌い。だれだっておなじ気持よ、ひとり残らず。警察はいつもわれわれをつけまわす。わたしはレスリック建設のことをなにも知らない。知れば、命が危なくなる。レスリック建設を警察から守ってくれるものは、たいしてないわ。わずかな法律、ひとにぎりの法律。たったそれだけ」

「SPが管理したがっているそこらの建設会社とは、桁がちがうという気がするな。レスリック建設は」

「たぶんね。はっきりしたことはなにも知らない。わたしはただの受付係。プラントへ行ったこともない。その所在地さえ知らない」

「しかし、きみはプラントに危険がおよんでほしくないと思っている」

「あたりまえじゃない！　あそこの人たちは警察と戦っているのよ。警察と戦う人たちは、だれであってもわれわれの味方だわ」

「そうかな？　そのての理屈は前にも聞かされたよ。二、三十年前には、共産主義と戦う人間なら、自動的に善とみなされた。まあ、それは時がたてばわかる。ぼくに関するかぎり、はっきりしてるのは、自分がふたつの冷酷な勢力のあいだでもがいてる一個人だってことだ。政府と企業との。政府はおおぜいの人間と富をかかえている。レスリック建設には独特のテクノロジーがある。あの会社がそのテクノロジーでなにをやっているのか、ぼくは知らない。つい最近までは知っていた。いまあるのは、かすかなちらつき、数すくない手がかりだけだ。ある仮説だ」

ケリーはちらと彼を見た。「仮説？」

「それと、ポケットいっぱいのガラクタだよ。七つのガラクタ。いまは三つか四つしか残ってない。いくつかはもう使った。それがぼくの仮説の土台なんだ。もし、レスリック建設がぼくの推測どおりのことをやっているとしたら、SPの関心も理解できる。というより、ぼくもSPとおなじ関心をいだきはじめた」

「レスリック建設がなにをやっているというの？」

「タイム・スクープの開発だ」

「え？」

「タイム・スクープ。理論的には、すでに何年か前から可能だった。しかし、タイム・スクープとタイム・ミラーを使った実験は、法律で禁止されていた。違反は重罪だ。もしつかまったら、すべての設備とデータを政府に没収される」ジェニングズはゆがんだ笑みをうかべた。「政府が関心を持つのも当然だよな。もし、レスリックをつかまえて、設備ごといただけたら――」

「タイム・スクープ。いきなりそういわれても」

「ぼくが正しいと思わないか？」

「よくわからない。たぶん、正しいんでしょうね。例のガラクタ。小さい布袋にガラクタを入れて持ち帰った人は、あなたが最初じゃないわ。いくつかは使ったんですって？　どうやって？」

「最初は針金と、バスのトークンだ。警察から逃げるのに使った。おかしな話だが、もしあれを持ってなかったら、まだ警察につかまっていただろう。一本の針金と、十セントのトークン。しかし、いつものぼくはそんなものを持ち歩かない。そこが要点なんだよ」

「タイム・トラベルね」

「ちがう。タイム・トラベルじゃない。バーコウスキーの証明によると、タイム・トラベルは不可能だ。これはタイム・スクープなんだよ。タイム・ミラーでべつの時間をのぞき、スクープで品物をすくいとる。このガラクタがそうだ。すくなくとも、この中のひとつは、未来からきた品物だ。すくいとられて、現在へ運ばれたんだ」

「どうしてそれがわかるの？」

「日付がある。ほかの品物は、たぶんちがうだろう。トークンや針金は、同類がたくさんある。どのトークンでもおなじように役に立つ。あいつは、あそこでタイム・ミラーを使ったにちがいない」

「あいつって？」

「レスリック建設で働いていたあいだのぼくのことさ。ぼくはタイム・ミラーを使ったにちがいない。自分の未来をのぞいてみたんだ。もし、あのプラントの機械を修理していたのなら、そうせずにいられるはずがない！　ぼくは自分の未来をのぞいて、どんな運命が待ちうけているかを知った。ＳＰに逮捕されることも。きっとそこまでのぞいてみたにちがいない。そして、針金とトークンがあればなにができるかを知ったにちがいない――かんじんのときにそれを持っていれば」

ケリーはじっと考えた。「それで？　わたしに相談というのは？」

「いままでは自信がなくなってきたんだよ。きみは本当にレスリック建設のことを、警察との戦いをつづけている善意の機関だと思っているのか？　ロンスヴォーで奮戦した勇将ローランのような――」

「会社に対するわたしの感情が、これとなんの関係があるの？」

「大きな関係がある」ジェニングズは水割りを飲みおわり、グラスをわきにどけた。「なぜかというと、きみに協力してもらいたいからだ。これからレスリック建設をゆするつもりなんだが」

ケリーはまじまじと彼を見つめた。

「それがぼくの生き残れる唯一のチャンスだ。レスリック建設の弱味をにぎらなくちゃならない。急所を押さえなくちゃならない。急所を押さえれば、むこうもぼくのいいなりの条件で取り引きに応じるだろう。ほかにたよれるあてはない。遅かれ早かれ、警察がぼくをつかまえる。もし、近いうちにぼくがプラントの中にはいれなかったら――」

「会社をゆするのに手を貸せっていうの？　レスリック建設を潰すのを？」

「いや。潰しはしない。会社を潰す気はない――ぼくの命はあの会社にかかっている。レスリック建設が、ＳＰの干渉をはねつけるほど強力であってもらわなくちゃ困る。しかし、このまま外部にいれば、いくらレスリック建設が強力であっても、なんにもならない。わかるね？　ぼくはあの会社の内部にはいりたい。手遅れにならないうちに、内部にはいりたい。しかも、こっちの要求する条件でだ。二年間の契約労働者では、期間が終わると同時に、外へ追いだされる」

「そして、警察につかまる」

ジェニングズはうなずいた。「そうなんだ」

「どうやって会社をゆするつもり？」

「プラントの中にもぐりこみ、レスリック建設がタイム・スクープ作業を実行していると証明できるだけの証拠を持ちだす」

ケリーは笑いだした。「プラントにもぐりこむって？　プラントの所在地もわからないのに？　ＳＰが何年も前からさがしまわって、まだ見つけられないのよ」

「ぼくはすでに見つけた」ジェニングズはカウチの背にもたれ、タバコに点火した。「ガラクタのひとつを使ってね。まだガラクタは四つ残ってる。それだけあればたりると思う。中へもぐりこむにも、ほしいものを手に入れるにも。レスリックの首を絞めるだけの書類と写真を、きっと持ちだせる。しかし、レスリックの首は絞めたくない。取り引きしたいだけだ。そこで、きみの出番がやってくる」

「わたしの？」

「きみなら、警察へ届けたりしないと信用ができる。証拠を預けられるような人間が必要なんだ。ぼくが持つのはやばい。手に入れたら、すぐにだれかに預けなくちゃならない。ぼくが見つけられないような場所へそれを隠してくれるだれかに」

「なぜ？」

「なぜなら」ジェニングズは穏やかな口調でいった。「ぼくは、いつＳＰに逮捕されるかもしれないからだ。レスリック建設に対してなんの愛情もないが、あの会社の息の根をとめたりはしたくない。だから、きみの協力を仰ぎたい。ぼくは情報をきみに渡し、きみに保管してもらってるあいだに、レスリックと取り引きする。でないと、自分でそれを持ってなくちゃならない。それを身につけていれば――」

ジェニングズはケリーのようすをうかがった。彼女は床を見つめている。緊張した顔。思いつめた表情。

「どうだ？　きみの返事は？　協力してくれるか？　それとも、ＳＰに逮捕されないとたかをくくって、ぼくに証拠を持ち歩かせるか？　レスリック建設を潰すのにじゅうぶんなデータだよ。さあ、どっちにする？　レスリック建設が潰されるのを見たいか？　返事はどっちだ？」

ふたりはうずくまって、野原のむこうの丘をながめた。丘はむきだしの茶色の地肌を見せて、そそりたっている。草木はきれいに焼きつくされている。いっさいなにも生えていない。丘のふもとをスチールのフェンスがくねくねととりまき、フェンスのてっぺんには電流を通じた有刺鉄線が張ってある。フェンスの向こう側にはガードマンがひとり歩いている。ヘルメットをつけ、ライフルをかついでゆっくりとパトロールしている小さな人影。

丘の頂上には、巨大なコンクリート・ブロックが腰を据えている。窓もドアもない巨塔だ。建物の屋上にはずらりと銃架がならび、早朝の日ざしをきらきら反射している。

「あれなのね、プラントは」ケリーは小声でいった。

「あれだ。あの丘を登って、フェンスを乗りこえるには、軍の大部隊が必要だろうよ。むこうが中へ入れてくれないかぎりはね」ジェニングズは立ちあがり、ケリーを助けおこした。ふたりは木々のあいだを抜けて、いまきた小道をひきかえした。そこにケリーがクルーザーをとめてある。

「ほんとに緑の腕章で中へはいれるかしら？」ケリーは運転席に乗りこみながらいった。

「町の人たちの話では、午前中にトラックが労働者を乗せて、プラントへ運んでいくそうだ。トラックは入口で労働者をおろし、全員がチェックされる。もし異状がなければ、フェンスをくぐって、敷地の中へ通される。建設作業、肉体労働だ。一日の仕事が終わると、また外へ出てきて、町まで送り返される」

「それでもまだ接近はむずかしいんじゃない？」

「すくなくとも、フェンスの中へはいれるわけだ」

「タイム・スクープにどうやって近づくつもり？　きっとあの建物の内部よ。内部のどこか」

ジェニングズは小さなコード・キーをとりだした。「これで中へはいれるよ。そう願っている。いや、信じている」

ケリーはそのキーを手にとって調べた。「そうか、これもあなたのガラクタのひとつなのね。あの小さい布袋の中身をもっとよく調べればよかったわ、われわれも」

「われわれ？」

「会社のこと。小さい袋がいくつか持ちだされるのを見たのに。わたしの手を通って。でも、レスリックはべつに文句をいわなかった」

「おそらく会社は、もう一度中へもどりたがるような人間はいないと、たかをくくっていたんだろう」ジェニングズはコード・キーを彼女からとりあげた。「さてと、きみのやることはわかってるね？」

「あなたがもどってくるまで、このクルーザーの中で待つ。あなたが証拠物件をよこす。そしたら、それをニューヨークまで持ち帰って、あなたからの連絡を待つ」

「そのとおり」ジェニングズは遠い道路に目をやった。道路は木々のあいだを縫って、プラントの正門までつづいている。「そろそろ行かなくちゃ。おっつけトラックがやってくるだろう」

「もし、むこうが労働者の人数をかぞえたら？」

「そのときはそのとき。しかし、心配はしてない。あいつが万事お見通しのはずだから」

ケリーは微笑した。「あいつか。たよりになるお友だちね。あなたが写真を手に入れたあとで、もう一度外に出るのに必要な品物を、あいつがちゃんとそろえてくれてればいいんだけど」

「ほんとにそう思う？」

「あたりまえでしょ」ケリーはさらりと答えた。「前からあなたが好きだったわ。あなたもそれを知ってる。わざわざわたしを選んだんだもの」

ジェニングズはクルーザーの外に出た。オーバーオールに作業靴、グレーのスェットシャツというかっこうだ。「じゃ、あとで会おう。もし万事が順調に運べばね。そうなると思う」ポケットの上を軽くたたいた。「お守りがこんなにそろってるんだ、幸運のお守りが」

彼は木々のあいだを足早に歩きだした。

木々は道路の縁までつづいていた。彼は道路の上には出ずに、木の間を進んだ。プラントのガードマンが道路を監視しているにちがいない。丘を焼いて丸裸にしてあるから、こっそりフェンスに近づこうとしても、たちまち見つかってしまう。それに、さっき見たところでは、赤外線サーチライトも備えつけてあるようだ。

ジェニングズは低くしゃがみこみ、道路を見張った。道路の数メートル先、門のすこし手前にバリケードがおいてある。腕時計に目をやった。十時三十分。しばらく待たなければならない。リラックスしようとつとめた。

十一時すぎに、やっと大型トラックがあえぎながら道路をガタゴトとやってきた。

ジェニングズは跳ねおきた。緑色の布ぎれをとりだし、腕に巻きつけた。トラックがさらに近づく。積荷が見えた。荷台は労働者でいっぱいだ。ジーンズと作業衣の男たちが、トラックの上でどすんどすんと揺すられている。予想どおり、みんなもおなじように、緑の腕章を二の腕に巻いている。ここまでは順調だ。

トラックがスピードを落とし、バリケードの前でとまった。男たちがのろのろと道路におり、暑い昼前の日ざしの中へ土ぼこりを巻きあげた。男たちはジーンズのほこりをはらい、中にはタバコをくわえるものもいた。ふたりのガードマンが、バリケードのうしろからゆっくり現われた。ジェニングズは身をかたくした。もうすぐだ。ガードマンはみんなのあいだを歩きまわりながら、腕章を調べ、顔を調べ、何人かの身分証を調べた。

バリケードがひっこめられた。門がひらいた。ガードマンたちは持ち場にもどった。

ジェニングズは茂みづたいにこっそり道路に近づいた。男たちはタバコの吸いがらを靴で踏んづけ、トラックの荷台へよじ登りはじめた。トラックはエンジンをふかし、運転手がブレーキをはずそうとしている。ジェニングズは道路の上、トラックのうしろに飛びおりた。草の葉がカサカサ鳴り、土くれの雨がうしろから降ってきた。彼の飛びおりた場所は、トラックの陰になっていて、ガードマンからは見えない。ジェニングズは息をころした。トラックの荷台めがけて走りだした。

息をあえがせて荷台によじ登る彼を、労働者たちはふしぎそうにながめた。彼らの顔は風雨にさらされ、灰色で、しわがよっていた。土に生きる人たちだ。ジェニングズがふたりのがっしりした農夫のあいだに腰をおろしたとき、トラックが発車した。だれも気にしているようすがない。あらかじめ皮膚に泥をなすりつけ、ひげを一日剃らずにおいてある。ちょっと見には、ほかのみんなとそう変わらないだろう。しかし、だれかが人数をかぞえたら——

トラックは門をくぐり、敷地の中にはいった。門がうしろで閉まった。こんどは急な坂道をどんどん登っていく。トラックはガタガタと左右に揺れる。巨大なコンクリートの建物が近づいてきた。あそこへこのままはいっていくのだろうか？　ジェニングズは夢中で前方をながめた。幅のせまく、丈の高いドアがうしろへひらいて、暗い内部が見えた。人工照明が一列にともっている。

トラックがとまった。労働者たちはまた荷台からおりはじめた。技術者が何人かやってきた。

「この組は？」ひとりがたずねた。

「掘削作業。中だよ」もうひとりが親指をしゃくった。「また掘削がはじまったんだ。中へ通してくれ」

　ジェニングズの胸はときめいた。中にはいれるぞ！　首に手をやった。グレーのスエットシャツの下に、ちょうど胸当てのようなかっこうで、平面カメラをぶらさげてある。そこにあることを知っていても、ほとんど感じられないほど軽い。ひょっとすると、万事は思っていたより簡単にいくかも。

　労働者たちは歩いてドアをくぐり、ジェニングズもその中に加わった。内部は巨大な工場だった。未完成の機械が据えつけられた長い工作台。ブームとクレーン。たえまない作業の騒音。ドアが彼らの背後で閉まり、外の世界から遮断した。これでプラントの中へはいれた。だが、タイム・スクープはどこにある？　そして、タイム・ミラーは？

「こっちだ」作業監督がいった。労働者たちは右手のほうへ歩きだした。建物の地下から登ってきた貨物用エレベーターが彼らを迎えた。「下へおりるんだ。この中でドリルの経験があるものは？」

　何人かが手を上げた。

「じゃ、みんなに使いかたを教えてやってくれ。ドリルとイーターで土を掘るんだ。イーターの経験があるものは？」

だれの手も上がらなかった。ジェニングズは工作台をちらとながめた。おれはここで働いていたのだろうか？　つい最近まで？　とつぜん、さむけが全身に走った。だれかこの顔を知っている人間がいたら？　そのへんにいる技術者といっしょだったかもしれない。

「早くこい」監督がいった。「ぐずぐずするな」

ジェニングズはほかのみんなといっしょに貨物用エレベーターに乗りこんだ。すぐに、暗いシャフトの中への下降がはじまった。下へ、下へ、プラントの最下層まで。レスリック建設はでっかい。地上から見たよりもずっとでっかい。想像していたよりもはるかにでっかい。地下の層また層、階また階が、目の前をかすめていく。

エレベーターがとまった。ドアがひらいた。目の前に長い廊下があった。床には石の粉が厚く積もっている。空気は湿っぽい。労働者たちが押しあいながらエレベーターから出ようとしている。とつぜん、ジェニングズは身をこわばらせ、あとずさりした。

廊下のつきあたりのスチール・ドアの前に、アール・レスリックの姿が見えたのだ。一団の技術者と話しあっている。

「さあ、出た出た」監督がいった。「早く行こう」

ジェニングズはみんなの背中に隠れるようにして、エレベーターの外に出た。レスリック！　心臓がにぶく動悸を打っている。もしレスリックに見つかったら終わりだ。ポケットをさぐった。超小型のボリス銃があるが、いったん発見されたら、それも役に立たないだろう。レスリックに顔を見られたら、万事休すだ。

「こっちへ」監督が一行をみちびいたところは、廊下の片側にある地下鉄道らしいものだった。線路を走る金属の台車に、みんなが乗りこんだ。ジェニングズはレスリックを観察した。腹だたしげな身ぶりをしているのが見える。その声が廊下のむこうからかすかに伝わってくる。だしぬけにレスリックが向きを変えた。片手を上げると、背後の大きなスチール・ドアがひらいた。

一瞬、ジェニングズの心臓は鼓動をとめた。

そこ、スチール・ドアのむこうにあるのは、タイム・スクープだった。ひと目でそれとわかる。タイム・ミラー。長い金属のロッド。かぎ爪のようになった先端。バーコウスキーの理論的模型とおなじだ。ただ、こっちは本物なのだ。

レスリックはその部屋にはいり、技術者たちもそのあとにつづいた。みんながタイム・スクープをとりかこみ、それを操作している。シールドの一部がはずされている。機械の内部を調べているところだ。ジェニングズはひとり残って、それを見つめた。

「おい、そこの——」監督が彼のほうに近づいてきた。スチール・ドアが閉まった。視野がさえぎられた。レスリックも、タイム・スクープも、技術者たちも、見えなくなった。

「すみません」ジェニングズはつぶやいた。

「ここで好奇心を起こすなといってあるだろうが」監督は彼の顔をしげしげと見つめた。

「見おぼえのない顔だな。カードを見せてみろ」

「カード？」

「おまえの身分証だよ」監督は横を向いた。「ビル、名簿を持ってこい」彼はジェニングズをじろじろとながめた。「いまから名簿でおまえをチェックする。どうも見おぼえのない顔だ。いいか、ここにいろ」横のドアから、ひとりの男が名簿を持って現われた。

逃げるチャンスはいましかない。

ジェニングズは、巨大なスチール・ドアめがけて廊下を走りだした。背後で驚きのさけびが上がった。監督とその助手だ。ジェニングズはコード・キーをとりだし、走りながら必死で祈った。ドアにたどりつき、キーを押しあてた。もう片手でボリス銃を抜いた。このドアのむこうにタイム・スクープがある。写真を撮り、図面をすこしかっさらって、それから、外へ逃げだすことさえできれば……。

ドアはあかない。あぶら汗が顔ににじみでてきた。彼はキーをドアにたたきつけた。なぜあかないんだ？　そんなはずは……。身ぶるいがはじまった。パニックがわきあがった。廊下のむこうからみんなが駆けつけてくる。あいてくれ……。

しかし、ドアはあかない。この手の中のキーは、まちがったキーだ。

だめだ。このドアと、このキーとは合わない。あいつがまちがえたのか、それともほかのドアのキーなのか。だったら、どこのドアだ？　ジェニングズは必死にあたりを見まわした。どこだ？　どこに行き場がある？

片側に半びらきのドアが見えた。ふつうのボルトのついたドアだった。彼は廊下を横ぎり、そのドアを押しあけた。中は一種の倉庫らしい。ドアを閉め、ボルトをおろした。外でおおぜいの混乱した声が聞こえた。ガードマンを呼んでいる。いまに武装ガードマンがやってくるだろう。ジェニングズはボリス銃をしっかりと構えて、あたりを見まわした。

袋のねずみか？　第二の出口は？

梱包や木箱の山、うず高く積まれたダンボール箱のあいだを抜けて、部屋の奥へと走った。いちばん奥に非常口があった。さっそくそれをあけた。衝動的にコード・キーを捨てたくなった。なんの役に立つというのだ？　しかし、あいつはちゃんと考えてそうしたにちがいない。あいつはこれをぜんぶ予見していたはずだ。神の目とおなじように、あいつにとって、これはすでに起こったことなんだ。あらかじめ決まった運命だ。あいつがまちがうはずはない。いや、そうだろうか？

さむけが背すじをつらぬいた。ひょっとすると未来は変化するのかも。たぶん、このキーがあのドアに合っていたときもあるのだろう。だが、いまはちがう！

背後で物音がした。追手が倉庫のドアを焼き切っているらしい。ジェニングズは非常口からもぐりでた。そこは天井の低いコンクリートの通路だった。じめじめして、ろくに明かりもない。彼はその通路にそっていちもくさんに走り、いくつもの角を曲がった。下水路のような感じだった。ほかの通路があっちこっちからそこに合流していた。

彼は足をとめた。どっちだ？　どこへ隠れよう？　大きな通風管の口が頭上にひらいていた。それをつかんで、体をひきあげた。顔をしかめ、その中にもぐりこんだ。追手は気がつかずに通りすぎてくれるだろう。そろそろと通風管の中を這《は》いはじめた。なまあたたかい空気が顔に吹きつけてきた。なぜこんなに大きい通風管が？　それは、この先に特別な部屋があることを意味する。やがて金属のグリルに行く手をふさがれて、彼は前進をとめた。

そして、息をのんだ。

そこから見えるのは、あの大きな部屋、スチール・ドアのむこうにちらと見えたあの広間だった。ただし、いまはそれを反対側からながめているわけだ。そこにはタイム・スクープがあった。そして、タイム・スクープのむこうでは、レスリックが映話スクリーンに向かってなにかしゃべっていた。非常ベルが鳴っている。けたたましい音があたりに反響している。技術者たちがあたふたと駆けまわっている。制服のガードマンも、あわただしく出入りをくりかえしている。

タイム・スクープ。ジェニングズはグリルを調べた。溝にはめこんである。横にすべらせると、グリルは簡単にはずれた。だれも見ていない。彼はボリス銃を構えて、用心深く室内に体をすべりこませた。うまくタイム・スクープの陰になっているし、技術者やガードマンたちがいるのは、部屋の向こう側、最初に廊下からのぞいたほうの側だ。

目的のものはそこにあった。あたり一面にあった。配線図、タイム・ミラー、報告書、データ、青写真。彼はカメラのスイッチを押した。胸の上でカメラがブーンと振動し、フィルムがまわりはじめた。配線図も何枚か失敬した。こないだまで、あいつはこの図面を使っていたのかも！

ポケットが図面でふくらんだ。もうフィルム切れだ。しかし、仕事は終わった。彼はふたたび通風管の口からもぐりこみ、四つんばいで進みはじめた。下水路に似た通路はまだ人影がないが、ドラムの連打のようなひびきと、話し声と、足音が、たえまなくつづいている。おびただしい数の通路……。追手はこの迷宮のような脱出路の中で、おれをさがしまわっているのだ。

ジェニングズは通路におりて、走りだした。方向に関係なく、最初の本通路にそってどこまでも走りつづけた。小さい通路が四方八方に枝分かれしていく。無数の小通路だ。本通路はどんどん下に向かっている。丘をくだっているらしい。

息をはずませながら、急に彼は立ちどまった。背後の物音は、しばらく前からやんだようだ。しかし、前方に新しい物音がする。彼はゆっくりと歩を進めた。通路はカーブして、右に折れている。ボリス銃を構えて、そろそろと前進した。

ガードマンがふたり、すこし前方に立っている。のんびり話しあっている。そのむこうにはコード・ロックのついた頑丈なドアがある。背後では、また例の物音がはじまり、しだいに大きくなってくる。ここまでたどってきた通路を見つけたらしい。いまに追いつかれるだろう。

　ジェニングズはボリス銃を構えて、進みでた。「手を上げろ。銃を捨てるんだ」

　ガードマンたちはぽかんと彼を見つめた。ふたりともまだ少年だ。短く刈った金髪と、おろしたての制服。ふたりは蒼白な、おびえた顔であとずさりした。

「銃だ。銃を捨てろ」

　二挺のライフルが音を立てて床にころがった。ジェニングズは微笑した。子供だ。おそらく、この連中としてははじめてのトラブルなんだろう。ピカピカに磨きあげたブーツが泣くぜ。

「ドアをあけろ」ジェニングズは命じた。「早く」

　ふたりはまじまじと彼を見つめた。背後の物音がしだいに大きくなってくる。

「あけろ」彼は苛立ってきた。「早くしろ」拳銃でうながした。「あけろったら、くそったれ！　撃たれたいのか……」

「あか……あかないんだ」

「なに？」

「あかないんだ。コード・ロックだから。キーがない。ほんとだよ。おれたち、キーをもらってないんだから」ふたりはおびえていた。ジェニングズにもその恐怖が伝染した。背後では、ドラムのようなひびきがますます高まってきた。袋のねずみだ。逃げ場はない。

いや、そうだろうか？

だしぬけに彼は笑いだした。つかつかとドアに歩みよった。「信念だ」片手を上げながらつぶやいた。「それをなくしちゃいけない」

「な……なにを？」

「自分に対する信念。自信だよ」

コード・キーを押しあてるのといっしょに、ドアが静かにひらいた。まぶしい日ざしがさしこんで、つかのま目が見えなくなった。彼は銃をしっかり握りしめた。外へ出られたのだ、門のすぐ前に。三人のガードマンがびっくりして拳銃を見つめている。そこは門のすぐ前だった——門をひとつ越せば、森が待っている。

「そこをどけ」ジェニングズは門の鉄格子めがけて銃を撃った。ぱっと炎が上がり、金属が溶け、煙がもくもくと立ちのぼった。

「そいつをつかまえろ！」背後からおおぜいの人間が飛びだしてきた。さっきの通路から現われたガードマンたちだ。

ジェニングズはくすぶる鉄格子のあいだをくぐりぬけた。焼けた金属に体をひっかかれ、やけどができた。ころがりながら、煙の中をかきわけた。跳ねおきると、木々に向かってまっしぐらに駆けだした。

外へ出られたのだ。あいつはおれを裏切らなかった。キーはちゃんと役に立った。最初に使ったときは、まちがったドアだったのだ。

どこまでも、どこまでも、走りつづけた。息を切らし、木々のあいだを縫って。背後では、プラントも、追手の声も遠ざかっていった。証拠はこれで手に入れた。しかも、おれは自由だ。

ジェニングズはケリーを見つけ、フィルムと、ポケットに詰めこんだ図面を彼女に渡した。それからふだんの服装に着替えた。ケリーはスチュアーツヴィルの町はずれで彼をおろした。ニューヨークをめざして空に上昇していくクルーザーを、ジェニングズは見送った。それから歩いて町へもどり、インターシティのロケットに乗りこんだ。

飛行中は、居眠りしているビジネスマンの中にまじって、彼も眠った。目がさめると、ロケットはすでに降下をはじめ、巨大なニューヨーク宇宙港に着陸するところだった。

ジェニングズはロケットからおり、人の流れに溶けこんだ。ニューヨークにもどってきたからには、SPに再逮捕される危険がある。宇宙港の乗り場でタクシーをひろったとき、緑の制服を着たふたりの公安警官が無表情にこっちをながめているのが見えた。タクシーはダウンタウンの車の流れに合流した。ジェニングズはひたいの汗をぬぐった。あぶなかった。つぎはケリーに会わなければ。

小さいレストランで夕食をとった。窓から遠く離れた席を選んだ。外に出ると、日が沈みかけていた。考えこみながら、ゆっくりと歩道を歩いた。

ここまでは成功だ。図面もフィルムも手に入れて、しかもうまく脱出できた。脱出の一歩一歩で、ガラクタが役に立ってくれた。あれがなければ、まったく無力だったろう。彼はポケットの中をあらためた。あとふたつ。ぎざぎざに割れたポーカーチップの半分と、小包の預かり証。彼は預かり証をとりだし、夕暮れの光の中で目を近づけた。

とつぜん、あることに気づいた。そこに書かれた日付はきょうの日付だ。とうとうその紙きれに追いついたのだ。

それをポケットにしまって、また歩きだした。これはどういう意味だろう？　これの使い道は？　彼は肩をすくめた。いずれそのうちにわかることだ。それと半かけのポーカーチップ。いったいなんのために？　知りようがない。いずれにせよ、最後までやりとげられるのはたしかだ。あいつはここまでおれをひっぱってきてくれた。ゴールまでは、あとわずかだろう。

ケリーのアパートの前まできて、彼は足をとめ、窓を見あげた。明かりがついている。在宅だ。快速小型クルーザーが、インターシティ・ロケットの一足先に着いたらしい。彼はエレベーターでケリーの階までのぼった。

「やあ」ドアがあくのを待って、彼はいった。

「無事だった？」

「ああ。はいっていいか？」

　彼は中にはいった。ケリーはドアを閉めた。「会えてよかったわ。この町はSPでいっぱいよ。どのブロックにもうろついてる。それにパトロールが……」

「知ってる。宇宙港にもふたりいた」ジェニングズはカウチに腰をおろした。「でも、帰ってきて、ほっとするよ」

「SPがインターシティの飛行をぜんぶさしとめて、乗客を調べるんじゃないかと、気が気じゃなくて」

「SPは、ぼくがこの町へ舞いもどるとは思ってもいないだろう」

「そこまでは考えなかったわ」ケリーは彼と向かいあってすわった。「で、つぎはなに？あなたは資料をうまく持ちだせた。これからどうするつもり？」

「つぎはレスリックに会って、ニュースを知らせるわけさ。プラントから脱出した人間は、このぼくだというニュースをね。だれかが脱出したのは彼も知っているが、それがだれであるかは知らない。きっとSPが潜入したと思ってるにちがいない」

「彼がタイム・ミラーを使ってそれを調べたら？」

　ジェニングズの顔が一瞬くもった。「そうだ。そこまでは考えなかった」あごをさすり、眉をよせた。「なんにしても、ぼくは証拠を持っている。いや、きみが持っている」

ケリーはうなずいた。

「よし。それじゃ計画をそのまま進めよう。明日、われわれはレスリックに会いにいく。このニューヨークで彼に会うんだ。彼をあのオフィスまで呼びだせるか？　もしきみがそういえば、レスリックはやってくるかな？」

「まかせといて。営業連絡のコードがあるの。わたしがきてくださいといえば、彼はやってくる」

「よし。ぼくは彼とそこで会う。われわれがフィルムと配線図を持っていることがわかれば、彼もこっちの要求をのむしかないだろう。こっちが出す条件で、レスリック建設にぼくを迎えるしかなくなる。それを断われば、証拠資料を公安警察にひきわたされるのを覚悟しなければならない」

「で、レスリック建設に迎えられたら？　レスリックがあなたの要求をのんだら？」

「プラントで見てきたところからすると、レスリック建設はぼくが最初に考えていたよりもはるかにでっかい。どれぐらいでっかいかは、よくわからない。あいつが興味をひかれたのも当然だ！」

「会社の経営権の半分を要求するつもり？」

ジェニングズはうなずいた。

「二度と整備技術者にもどる気はない、そうでしょう？　以前のように」

「そうだ。だれがまた追いだしを食いたがる？」ジェニングズは微笑した。「とにかく、それよりましな進路をあいつが考えていたことはたしかだよ。あいつは慎重な計画を立てた。あのガラクタがそうだ。ずっと前からあらゆることを準備していたにちがいない。そう、ぼくは整備技術者としてもどる気はない。あそこで見たものはたくさんある。何階もの機械と人間。あの連中はなにかをやっている。ぼくも一口それに乗っかりたい」

ケリーは無言だった。

「わかるだろう？」ジェニングズはいった。

「わかるわ」

彼はアパートを出て、暗い通りを急いだ。長居をしすぎたようだ。もしふたりいっしょのところをSPに見つかったら、レスリック建設はアウトだ。ゴールが目の前なのに、へたな危険はおかせない。

腕時計を見た。真夜中を過ぎている。朝になったらレスリックに会い、こっちの提案を押しつけよう。歩きながら、気分がうきうきしてきた。おれは安全だ。安全以上だ。レスリック建設は、たんなる工業力よりも、はるかに大きいなにかをめざしている。あのプラントで見たものからおしても、ひとつの革命が生まれかかっていることはまちがいない。何層もの地下施設、銃と武装ガードマンに警備されたコンクリートの要塞の奥深くで、レスリック建設はひとつの戦争を計画している。いろいろの機械が作られている。タイム・スクープとタイム・ミラーがせっせと作業し、のぞきこみ、手をのばし、採取している。

　あいつがあれほど念入りな計画を立てたのもふしぎはない。あいつはあのすべてを見て、それを理解し、考えを練りはじめた。記憶消去の問題。契約期間が明けると同時に、記憶は消される。すべての計画がおじゃんになる。おじゃんに？　だが、契約には選択条項がひとつある。ほかの連中もそれに気づき、それを利用した。だが、あいつの考えた方法は、それではない！

　あいつはそれまでのだれよりも大きいものを狙っていた。それを理解し、計画したのは、あいつが最初だった。七つのガラクタは、そこに架け渡された橋なのだ。これまでのなによりも彼方にあるものに……。

　ブロックのむこうの角で、ＳＰのクルーザーが歩道のわきにとまった。ドアがひらいた。心臓がぎゅっと縮む思いで、ジェニングズは立ちどまった。市街を巡回する深夜パトロールだ。もう十一時過ぎ、外出禁止の時間にはいっている。急いであたりを見まわした。どこもまっ暗。商店も、住宅も、戸を閉めきっている。どのアパートも、ビルも、静まりかえっている。酒場さえもが灯を消している。

　いまきた道をふりかえった。背後で、もう一台のＳＰクルーザーがとまった。ふたりの警官が歩道の上におりた。こっちの姿を見られたのだ。ふたりは近づいてくる。ジェニングズは凍りついたように立ちつくし、通りの左右をながめた。

向かい側にしゃれたホテルの入り口があり、ネオンが輝いていた。彼はそっちへ歩きだした。靴音が歩道に反響した。

「とまれ！」ＳＰのひとりがさけんだ。「もどってこい！　この時間に外でなにをしている？　おまえはだれだ――」

ジェニングズは階段を登り、ホテルの中にはいった。ロビーを横ぎる。フロントの係員が彼を見つめた。ほかに客はいない。ロビーは閑散としている。彼は肩を落とした。これはまずい。あてどもなく走りはじめた。ロビーを抜けて、カーペット敷きの廊下にはいった。たぶん、どこかの裏口に通じているだろう。背後では、すでにＳＰたちがロビーにはいってきた。

ジェニングズは角を曲がった。ふたりの男が現われ、道をふさいだ。

「どこへ行く？」

ジェニングズは立ちどまり、油断なく身構えた。「通してくれ」ボリス銃を抜こうとポケットに手を入れた。とたんにむこうが動いた。

「つかまえろ」

両腕をわきに押しつけられた。プロの手ぎわだ。暴力団だ。相手の肩ごしに明かりが見えた。光と音、なにかの活動。人びと。

「よし」暴力団のひとりがいった。ジェニングズは、廊下をもときたロビーのほうへひきずられはじめた。彼は弱々しく抵抗した。おれは袋小路へ迷いこんだらしい。暴力団、安酒場。この町にはそんな連中が、あっちこっちの暗闇にたむろしている。このしゃれたホテルは、表向きの看板だ。やつらにほうりだされたら、SPの手に落ちる。

廊下をやってくる客がいた。ふたりの男女。かなり年輩だ。いい服装をしている。むこうは、ふたりの男のまんなかにぶらさがったジェニングズを、ふしぎそうに見つめた。だしぬけにジェニングズは了解した。安堵の波が押しよせ、目がぼうっとかすんだ。

「待ってくれ」だみ声でいった。「ポケットだ」

「うるせえ」

「待ってくれ。ここだ。右のポケット。自分で調べてくれ」

彼は緊張を解いて、じっと待った。右側の暴力団員が手をのばし、その手をそろそろと彼のポケットにつっこんだ。ジェニングズは微笑した。これでいい。あいつはここまで見通していた。失敗の可能性はどこにもない。これで問題がひとつ解決した。レスリックに会うまでの時間をどこで過ごすか。ここで過ごせばいい。

暴力団員は、半かけのポーカーチップをとりだし、ぎざぎざの割れ目をながめた。「ちょっと待った」自分の上着の中から、金の鎖の先につけたポーカーチップの片割れをとりだした。そして、ふたつをくっつけ合わせた。

「もういいか?」ジェニングズはきいた。

「いいとも」彼らはジェニングズを放した。思わず彼は上着のほこりをはらった。「いいとも。悪かったね、だんな。最初からそういってくれりゃいいものを——」

「裏口へ連れていってくれないか」ジェニングズは汗をぬぐいながらいった。「ぼくをさがしてる連中がいる。できることなら、見つかりたくないんでね」

「いいとも」彼らの案内で、ジェニングズは廊下をひきかえし、賭博場にはいった。ポーカーチップの半かけが、大きな災難を幸運に変えてくれた。賭博場と売春宿。警察も大目に見ている、数すくない施設。ここなら安全だ。それはまちがいない。あと、残された問題はひとつだけ。レスリックとの戦いだ!

レスリックの顔はきびしかった。唾をのみこみながらジェニングズを見つめた。

「いや。きみだとは知らなかった」とレスリックはいった。「てっきりSPだと思っていた」

沈黙がおりた。ケリーはデスクのそばの椅子で脚を組み、指にタバコをはさんでいる。ジェニングズは腕組みして、ドアによりかかった。

「なぜミラーを使わなかった?」とジェニングズはきいた。

レスリックは目をきらめかせた。「タイム・ミラーか? きみはいい腕だ。もちろん、われわれはミラーを使おうとした」

「使おうとした?」

「契約期間が明ける前に、きみはミラーの内部の配線をすこし変えていったらしい。われわれが作動させようとしても動かないんだ。わたしは半時間前にプラントを出た。みんながまだ首をひねっていたよ」

「二年の年季が明ける前に、ぼくがそんなことをした?」

「どうやらきみは綿密な計画を立てたようだな。ミラーがあれば、われわれがあっさり侵入者を追いつめられることを、ちゃんと読んでいた。きみは腕のいい整備技術者だ、ジェニングズ。われわれが雇った中でも最高だ。いずれまたもどってきてほしいと思う。われわれのために働いてほしい。あんなふうにミラーを操作できる者は、ほかにだれもいない。そして、いま現在、われわれはまったくミラーが使えない」

ジェニングズは微笑した。「あいつがそんなことをしたとは知らなかった。ちょっと見くびりすぎたかな。じゃ、あいつの保護手段はあれだけじゃなくて——」

「だれのこと?」

「ぼく自身。この二年間のね。わざと三人称を使ってる。そのほうがわかりやすいから」

「それで狙いはなんだ、ジェニングズ? きみらふたりは綿密な計画を立て、われわれの配線図を盗んだ。なぜだ? 目的はなんだ? まだ警察に届けてはいないな?」

「ああ」

「では、ゆすりが目的と見ていいわけか？」

「そのとおり」

「なんのために？　なにが望みだ？」レスリックは急に年をとったようだった。目の光が失われ、背中をまるめて、神経質にあごをさすった。「きみはずいぶん手数をかけて、われわれをこんな立場に追いこんだ。その理由が知りたい。まだわれわれのプラントで働いているうちに、きみは下工作をすませた。そして、いま、われわれの予防策の裏をかいて、それを完成させた」

「予防策？」

「きみの記憶を消したこと。プラントの所在地を隠したこと」

「早く話せば」と、わきからケリーがいった。「なぜあなたがそうしたかを」

ジェニングズは大きく息を吸った。「レスリック、ぼくがそうしたのは、もう一度中へもどるためだ。この会社へもどるためだ。理由はそれだけだ。ほかにはない」

レスリックはまじまじと彼を見つめた。「この会社へもどるため？　きみはいつでももどれる。前にもそのことはいったはずだ」レスリックの声は、心労のために細く、鋭くなっていた。「頭がどうかしたのか？　そうしたければ、いつでももどれる。好きなだけプラントに残っていい」

「整備技術者としてか」

「そう、整備技術者としてだ。われわれはおおぜいの——」

「整備技術者としてはもどりたくないね。あんたの下で働く気はないんだ。聞いてくれ、レスリック。ぼくはこのオフィスを出るなり、SPにつかまった。もし、あいつの助けがなかったら、いまごろは死んでいる」

「SPにつかまった？」

「やつらは、レスリック建設がなにをしているのかを知りたがった。ぼくにそれをしゃべらせようとした」

レスリックはうなずいた。「気の毒に。それは知らなかった」

「だろうね、レスリック。だから、そっちの好きなときにほうりだされるような一介の技術者としては、もどりたくない。あんたの下で働くんじゃなく、あんたと同格で、この会社にもどりたい」

「わたしと同格？」レスリックは彼を見つめた。その顔の上にゆっくりと膜がかかった。冷酷非情な膜だった。「きみのいう意味はよくわからんな」

「あんたとぼくが、いっしょにレスリック建設を経営するんだ。いまからはそれでいこう。ぼくの記憶はだれにも消させない。だれの安全のためにも」

「それがきみの要求か？」

「そうだ」

「で、もしその要求をはねつけたら？」

「そのときは、配線図とフィルムがSPに渡る。簡単明瞭な話さ。だが、ぼくはそうしたくない。この会社を潰したくない。この会社にはいりたい！　安全な立場になりたい。あれがどんな気持のものか、あんたは知らないだろう。街にほうりだされて、どこにも行き場のない気持が。いまではもう、個人にはたよれる場所がなくなった。だれも助けてくれない。個人は、ふたつの冷酷な勢力、政治的権力と経済的権力のあいだにとらえられた歩《ポーン》だ。歩《ポーン》であることに、ぼくはもううんざりした」

長い時間、レスリックは無言だった。にぶい空白な表情で、床を見つめていた。ようやくレスリックは顔を上げた。「その気持はわかる。その気持はずっと前から知っている。きみより前からだ。わたしはきみよりずっと年を食っている。そんな状況がはじまり、年ごとにどんどんひどくなるのを見てきた。レスリック建設の存在理由はそれだ。いつの日か、そのすべてが変わるだろう。われわれがスクープとミラーを完成したあかつきには。究極の武器が完成したあかつきには」

ジェニングズはだまっていた。

「そんなことぐらい、わたしは知りすぎるほど知っている！　わたしは老人だ。長年働いてきた。だれかが配線図をプラントから盗みだしたという報告が届いたとき、いよいよ終わりがきたと思った。きみがミラーをこわしたことは、すでにわかっていた。そこになにかのつながりがあるのはわかっていたが、そこでまちがった推論をくだしたんだ。

もちろん、われわれの推論はこうだった。SPがわれわれのやっていることを調べるため、きみをおとりにしてもぐりこませた、と。やがて、きみは自分が情報を持ちだせないことに気づき、代わりにミラーをこわした。ミラーがこわれていれば、SPは捜査を進めて――」

レスリックは言葉を切り、あごをさすった。

「つづけてくれ」ジェニングズはいった。

「ところが、これはきみの単独犯行だった……脅迫のための。会社入りのための。きみはこの会社の目的を知らないんだ、ジェニングズ！　よくも経営に参加したいといえたもんだ！　長年、われわれは営々とした努力でここまで築きあげてきた。きみは自分ひとりの安全のために、この会社を潰すというのか。自分ひとりを救うだけのために、われわれを破滅させるというのか」

「だれも潰すとはいってない。ぼくがいればずいぶん役に立つと思う」

「わたしはこの会社を独力で経営している。これはわたしの会社だ。わたしが作り、育ててきた会社だ。これはわたしのものだ」

ジェニングズは笑いだした。「もしあんたが死んだら、会社はどうなる？　それとも、その革命はあんたが生きているうちに成就するとでもいうのかね？」

　レスリックがぎくりと首をもたげた。

「あんたが死ねば、だれもその事業をつづけられない。わかってくれ。ぼくは腕のいい整備技術者だ。あんたもそういったじゃないか。あんたはばかだよ。レスリック。会社を自分ひとりで切りまわしたがっている。ひとりですべてをこなし、すべてを決定したがっている。だが、人間いつかは死ぬ。そのときになにが起きる？」

　沈黙がおりた。

「ぼくを参加させたほうがいい──ぼく自身のためじゃなく、会社のためにも。ぼくは大きな役に立てる。あんたが死んでも、会社はぼくが預かって生きながらえさせる。そうすれば、革命も成就するかもしれない」

「いま生きていられるだけでもありがたいと思え！　もし、われわれがあのガラクタを持ちだすことを許さなかったら──」

「ほかにどんな方法があった？　技術者にミラーを整備させ、自分たちの未来をのぞかせたあとで、彼らが自分を助けるために手を打つのを許さずにおけるか？　なぜそっちが支払いの選択条項を補足する羽目になったか、その理由は明らかだ。ああするしかほかに方法がなかったんだ」

「大きな口をたたくな。われわれがなにをしているかも、なぜ存在しているかも知らないくせに」

「かなりいい線まで察しはついてるよ。なにしろ、この会社で二年間働いたんだから」

時間が刻々と過ぎた。レスリックは何度となく唇をなめ、頬をさすった。ひたいに汗がにじんでいる。とうとう、レスリックは顔を上げた。

「だめだ。ことわる。この会社は絶対に人手に渡さん。わたしが死ねば、会社も死ぬ。これはわたしの財産だ」

ジェニングズはさっと緊張した。「それだと、書類が警察に渡ることになる」

レスリックは無言だったが、奇妙な表情がその顔を横ぎり、その表情を見て、ジェニングズは急にさむけを感じた。

「ケリー」ジェニングズはいった。「あの書類をいまそこに持っているのか?」

ケリーはもじもじして立ちあがった。タバコを消し、蒼白な顔でいった。「いいえ」

「どこにある? どこへおいた?」

「ごめんなさい」ケリーは小声でいった。「それはいえないわ」

ジェニングズは彼女を見つめた。「なに?」

「ごめんなさい」ケリーはくりかえした。小さくかぼそい声だった。「書類は安全よ。SPの手には絶対に渡さない。でも、あなたの手にも渡さない。いい時機を見はからって、わたしの父に返すわ」

「きみの父？」

「ケリーはわたしの娘なんだ」レスリックがいった。「それだけはきみの計算ちがいだったな、ジェニングズ。あいつの計算ちがいでもあった。それはわたしたち親子しか知らない秘密だ。わたしは責任のある地位をぜんぶ家族で埋めようとした。いまにして、それが名案だったことがわかる。しかし、そのことは秘密にしておく必要があった。もしSPがそれを感づいたら、きっとケリーを逮捕したろう。彼女の命も安全でなかったろう」

ジェニングズはゆっくりと息を吐いた。「そうだったのか」

「あなたに調子を合わせておくのが得策だと思ったのよ」ケリーはいった。「断われば、あなたはひとりでやるにちがいない。そして、手に入れた書類を持ち歩くにちがいない。あなたのいったとおり、もしSPがあなたを逮捕して、書類を手に入れたら、わたしたちは破滅。だから、協力したの。書類を渡されたあとで、すぐそれを安全な場所に隠したわ」ケリーは薄く笑みをうかべた。「ほかのだれにも見つからない場所にね。ごめんなさい」

「ジェニングズ、きみはいつでも会社にもどってきてくれていい」レスリックはいった。「もしそうしたければ、いつまででも働ける。われわれのために働き、われわれの一部になれる。ただし、断わっておくが――」

「この会社を経営するのは自分だけだ、といいたいのかね」

「そのとおりだ。ジェニングズ、この会社は歴史が古い。わたしよりも古い。わたしがこの会社を創立したわけじゃない。それはわたしに――いわば、遺贈されたわけだ。わたしがその責任をひきついだ。会社を経営し、それを大きく育てる仕事だ。宿願の日がやってくるまで。きみの言葉をかりれば、革命が実現するまで。

わたしの祖父が、二十世紀にこの会社を創立した。この会社はつねに一族のものだった。これからもそうだろう。いずれそのうち、ケリーが結婚すれば、その仕事をひきついでくれる後継者ができる。だから、その点での心配はない。この会社はメイン州で創立された。いかにもニュー・イングランドらしい小さい田舎町で。わたしの祖父は、生粋のニュー・イングランド人でな、つつましく、正直で、おそろしく独立心が強かった。祖父は一種の修理屋を経営していた。機械工具を売り、簡単な修理をする店だ。機械いじりのコツをのみこんでいた。

政府と大企業があらゆる人間を圧迫しはじめたとき、祖父は地下にもぐった。レスリック建設は地図から消えた。政府がメイン州を組織化するのには、ほかのたいていの土地よりもひまがかかった。世界のほかの部分が国際カルテルと世界国家のあいだで分割されたときも、ニュー・イングランドは健在だった。まだ自由だった。そして、わたしの祖父と、レスリック建設も。

祖父はごく少数の人間を雇った。整備技術者、医師、弁護士、中西部の小さい週刊新聞の記者。会社は大きくなった。いろいろの武器が完成した。武器と知識。タイム・スクープとタイム・ミラー！　多大の費用と、長い年月をかけて、秘密裏にプラントが建設された。プラントは大きい。大きく、底が深い。きみが見たよりも、もっとたくさんの階が地下にある。あいつはそれを見た。きみの分身がだ。あそこには巨大なエネルギーがある。エネルギーと、地上から姿を消した人たち。つまり、全世界の追放された人びとだ。われわれは彼らをまっさきに手に入れた。えりぬきの人びとを。

ジェニングズ、いつかそのうちに、われわれは決起する。わかるだろう、いまのような状況がこれ以上つづくことは許されない。これでは人間は生きていけない。政治と経済の権力に翻弄されるだけだ。大多数の人びとは、政府やカルテルの必要に応じて、あっちへ、またこっちへと、押しやられている。いつの日か、抵抗運動がはじまるだろう。強力な、覚悟をきめた抵抗運動だ。偉い人間たち、権力のある人間たちでなく、平凡人——バスの運転手、食料品屋、映話スクリーンのオペレーター、給仕など——による抵抗運動だ。そして、この会社が参加するのはそこなんだ。

われわれは彼らに必要な助力を与える。道具、武器、知識。われわれは彼らにサービスを〝売り〟つける。彼らはわれわれを雇うことができる。彼らにも、自分らで雇える味方が必要なはずだ。なにしろ敵は手ごわい。たいへんな富と権力を持っている」

沈黙がおりた。

「これでわかった？」ケリーがいった。「あなたが干渉してはいけないわけが？　これは父の会社なのよ。前からずっと。これがメインの人たちのやりかただわ。うちの一族のやりかた。この会社は一族のもの。わたしたちのものなの」

「われわれに協力してくれ」レスリックがいった。「技術者として。すまないとは思う。だが、どうしても視野のせまさが出てしまうんだ。視野はせまいが、それが昔からのわが一族の流儀でね」

ジェニングズは無言だった。ポケットに両手をつっこみ、ゆっくりとオフィスを横ぎった。しばらくして、窓のブラインドを上げると、はるか下の街路を見おろした。

真下では、まるで小さな黒いかぶと虫のように、SPのクルーザーが動いていた。街路を行き来する車の流れにまじって、静かに流れていた。そのクルーザーは、すでにパークしているもう一台と落ちあった。そのそばには、緑の制服を着た四人のSP警官が立ち、そして、彼が見まもるうちにも、通りの向かい側からもう何人かがやってきた。ジェニングズはブラインドをおろした。

「むずかしい決断だ」とジェニングズはいった。

「もし外へ出れば、やつらにつかまるぞ」レスリックはいった。「やつらはいつもあそこで見張っている。きみにはチャンスはない」

「おねがい――」ケリーは彼を見あげた。

とつぜん、ジェニングズは微笑した。「じゃ、書類のありかを絶対にぼくに教えないというんだね。どこに隠したかを」

　ケリーはうなずいた。

「待て」ジェニングズはポケットに手を入れた。小さい紙きれをそこからとりだした。おもむろにしわをのばし、文字をあらためた。「ひょっとして、きのうの午後三時ごろ、きみはダン・ナショナル銀行にそれを預けたんじゃないか？　そこの貴重品保管金庫に預けたんじゃないか？」

　ケリーはあえぎをもらした。自分のバッグをひっつかむと、その口をあけた。ジェニングズはその紙きれ、小包の預かり証を、自分のポケットにもどした。「やっぱり、あいつはそこまで予見していたんだ」とつぶやいた。「最後のガラクタ。これがなんのためなのか、ふしぎでしかたがなかった」

　ケリーは狼狽した顔で、必死にバッグの中をさぐった。彼女は一枚の紙きれをとりだし、それをふりかざした。

「ちがうわ！　ここにちゃんとあるもの！　まだここにあるわ」彼女はすこし安心したようすだった。「そこになにを持ってるのか知らないけど、これが――」

　頭上の空気の中で、なにかが動いた。暗い空間がそこに現われた。黒い円が。その空間が身じろぎした。ケリーとレスリックは、凍りついたようにそれを見あげた。

暗い円の中から、かぎ爪が現われた。きらきら光るロッドの先についた金属のかぎ爪。そのかぎ爪が大きな弧を描いて、揺れながら下降してきた。かぎ爪は、ケリーの手から紙きれをさらいとった。かぎ爪はいっときためらった。それからふたたび上にひっこみ、紙きれといっしょに黒い円の中に姿を消した。つぎに、かぎ爪も、ロッドも、円も、音もなく消えた。いまや、そこにはなにもなくなった。まったくなにも。

「どこへ――あれはどこへいったの？」ケリーはささやいた。「あの紙きれ。あれはなんだったの？」

ジェニングズはポケットを上からたたいた。「あれはぶじだ。ぶじにここにある。あいつがいつ現われるかと、気にはなっていた。ちょっぴり心配になってきたところだった」

レスリックとその娘は、ショックで口もきけずに、茫然とつったっていた。

「そう悲しそうな顔をするなよ」ジェニングズはいって、腕組みをした。「書類は安全だ――この会社も安全だ。そのときがくれば、この会社は立ちあがる。強力で、しかも革命に喜んで手助けをする会社だ。そうなるようにわれわれが努力するさ。われわれみんな、つまり、あんたと、ぼくと、あんたの娘が」

ジェニングズは目をきらめかせて、ケリーを見つめた。「ぼくたち三人。それに、たぶんそのころには、この一族の頭数もうんとふえていると思うよ！」

変数人間

The Variable Man

浅倉久志◎訳

1

エリック・ラインハート公安長官は足早に玄関階段を上って、議事堂にはいった。ガードマンたちがいそいで道をゆずる中を、巨大な機械のうなりに満たされたなじみ深い部屋にはいった。頬のそげた顔はうっとりとなり、目はきらきら輝いている。ラインハートは中央のSRBコンピューターに熱心な視線をそそぎ、その表示をにらんだ。

「ここ十五分間、連続上昇中です」コンピューター室のカプラン主任が、まるで自分の手柄のように誇らしげな笑顔を見せた。「わるくないですよ、長官」

「われわれはやつらに追いついてきた」ラインハートは答えた。「だが、まだスピードがのろい。彼らを追い越さなければならん――しかも、早急に」

きょうのカプランは多弁だった。「われわれが新兵器を設計すれば、彼らは防御法の改良で対抗してきます。そして、現実にはなにも製造されないんです！　たえまない改良ばかり。われわれも、ケンタウルス側も、生産が安定するまで新設計をやめることができません」

「それにもけりがつくだろうよ」ラインハートはひややかにいった。「地球側が、ケンタウルス側の防御不可能な新兵器を開発したとたんにな」

「どんな兵器にも防御法はあります。設計と、欠点の発見。そしてたちまち古くなる。どんなものも、そんなに長くは――」

「こっちの狙いはタイムラグだ」ラインハートが不機嫌に相手をさえぎった。食いいるようなきびしい灰色の瞳に見つめられて、カプラン主任はひるんだ。「こっちの攻撃兵器の設計と、敵の防御手段の開発とのあいだに生じるタイムラグだ。そのラグはつねに変化する」彼はＳＲＢコンピューターの列に向かって気短に手をふった。「きみがよく知っているようにな」

この瞬間、二一三六年五月七日午前九時三十分、ＳＲＢコンピューターによる統計的確率は、21―17でケンタウルス有利と出ていた。すべてのデータを検討した場合、プロキシマ・ケンタウリが地球側の軍事攻勢をはねかえす確率が高いのだ。この確率は、ＳＲＢコンピューターに入力された全情報、太陽系とケンタウルス系のあらゆるセクターからたえずそそぎこまれる巨大なデータ流の統一的全体《ゲシュタルト》にもとづいている。

21―17でケンタウルス有利。しかし、つい一カ月前には敵の勝利の確率はもっと高く、

24—18だった。状況は徐々に、だが確実に改善されている。地球より歴史が古く、それだけ活力に乏しいケンタウルスは、地球テクノロジーの発達に対抗できない。地球が追いつき追いこす日も近い。

「いま開戦すれば」とラインハートは思案深げにいった。「こっちの負けだ。まだ武力攻撃のリスクをおかす実力はない」きびしく冷酷な表情が彼の端正な容貌をゆがめて、無情な仮面に変えた。「しかし、確率はこっちの有利にかたむいている。地球軍の攻撃力はしだいに彼らの防御力に追いついている」

「早く開戦に持っていきたいですな」カプランも同意した。「みんながいらいらしてます。じっと待つのは……」

戦争はまもなくはじまるだろう。ラインハートはそれを肌で感じていた。周囲のムードが、熱気というか、緊張に満ちている。彼はSRB室を出て、公安省の翼棟にある警備厳重な自分のオフィスへ向かった。もうそんなに長く待たなくていい。文字どおり、運命の熱い吐息がうなじにかかるのが感じられる——ラインハートにとっては、心地よい感覚だった。彼は薄い唇に冷笑をうかべ、日焼けした肌と対照的な、白くきれいな歯ならびを見せた。いい気分なのはたしかだ。長年の努力が実ろうとしているのだから。

最初の接触があったのは百年前だった。プロキシマ・ケンタウリの前哨《ぜんしょう》と、宇宙探険を試みる地球からの侵入者のあいだに、たちまち衝突の火花が散った。何度かの短い戦闘、とつぜんの火炎とエネルギー・ビームの噴出。

そのあとは、光速に近いスピードでも接触に何年もかかる両者のあいだで、長くわびしい休戦の歳月がつづいた。ふたつの星系の実力は五分五分だった。バリヤー対バリヤー。戦艦対発電所。ケンタウルス帝国は地球を包囲しており、たとえ錆びて腐食しているとはいえ、その鉄の輪を破ることは不可能だった。もし地球人が宇宙に進出したければ、新兵器を考案しなければならない。

オフィスの窓から、ラインハートはどこまでもつらなる高層ビル群と街路を見わたした。地球人がいそぎ足に往来している。空のきらきらした斑点は、ビジネスマンやホワイトカラー層を運ぶ小さい卵形の通勤艇だ。そして、おおぜいの工員を集合住宅から工場や労働キャンプに運ぶ巨大な地下鉄。この人たちみんなが、宇宙に出たがっている。その日を待ちわびている。

ラインハートは極秘回線の映話スクリーンをつけた。「軍事設計局」と鋭く命じた。

映話スクリーンが反応するまで、彼は鋼《はがね》のような体を緊張させて待ちうけた。とつぜん図体の大きいピョートル・シェリコフの映像が目の前に現われた。シェリコフは、ウラル山中の地下にある巨大な研究所網の最高責任者である。

シェリコフの大きなひげづらが、ラインハートを見たとたんにひややかになった。不機嫌にもじゃもじゃの黒い眉を寄せた。

「なんの用だ？　忙しいのは知ってるだろうが。ただでさえ仕事が多すぎる。この上――政治家にじゃまされなくてもな」

「そっちのほうへ行くついでがあってね」ラインハートはのんびり答えた。しみひとつないグレーのマントの袖口をととのえながら、「きみの仕事と、これまでの進捗ぶりの詳細な報告がほしい」

「そちらのオフィスのどこかに、いつもの定期報告のプレートがころがってるはずだ。それを見てくれれば、どれぐらいわれわれが――」

「報告書には興味がない。きみたちの仕事ぶりをこの目で見たい。それと、きみの研究をくわしく説明する用意をしておいてくれ。まもなくそっちに着く。半時間後に」

ラインハートは通話を切った。シェリコフの肉づきのいい顔が縮んで消えていった。ラインハートは肩の力をぬき、ほっと息を吐いた。シェリコフとの仕事はやりづらい。この大柄なポーランド人の科学者は、社会に組みこまれるのをいさぎよしとしない個人主義者だ。へそ曲がりで、独立心が強い。すでに是認された有機的国家という世界観とは正反対に、目的としての個人という思想をいだいている。

しかし、シェリコフは軍事設計局のトップに立つ超一流の科学者だ。そして、地球の未来のすべては設計局の手腕にかかっている。ケンタウルスに勝つか――それとも、荒廃と衰退におちいってはいるが、まだ強力で敵愾心《てきがいしん》に燃える、腐敗した帝国に包囲され、太陽系に閉じこめられたまま待ちつづけるか。

ラインハートはすばやく立ちあがると、オフィスをあとにした。いそいで廊下をぬけ、評議会ビルの外に出た。

それから数分後には、高速クルーザーで朝の空を横ぎり、アジア大陸をウラル山脈へ向かっていた。軍事設計局の研究所へ。

シェリコフはその入口で彼を迎えた。「いいか、ラインハート。わたしをあごでこき使えると思ったら大まちがいだぞ。わたしは――」

「そう興奮するな」ラインハートは大男の横に並んで歩いた。ふたりは検問所を通過し、研究所の中にはいった。「きみとそのスタッフに対して、ただちになにかを強制するつもりはない。お好きなように現在の仕事をつづけてくれてけっこう――いまのところはな。はっきりさせておこう。わたしの関心は、きみの研究をわが全体社会の要求に組みこむことにある。きみの研究が充分な成果を上げているかぎりは――」

ラインハートは急に足をとめた。

「かわいいだろう、そう思わんか?」シェリコフが皮肉な口調でたずねた。

「いったいあれはなんだ?」

「イカロスと命名した。ギリシア神話をおぼえてるか? イカロス伝説を。イカロスは飛んだ……。このイカロスも、いずれそのうちに飛ぶだろう」シェリコフは肩をすくめた。

「お望みなら、どうぞ調べてくれ。おそらくきみは、これを見にここへきたんだろうから」

ラインハートはゆっくりと前に進んだ。「これが現在開発中の兵器か？」

「ご感想は？」

広間の中央に立っているのは、ずんぐりした巨大な金属円筒だった。色は暗灰色、先細りになっているが、無骨きわまりないしろものだ。技術者たちがその周囲をとりまき、露出したリレーの配線に余念がない。おびただしい数の電子管とフィラメント、交錯するリード線と端子と部品の何層にも重なりあった迷宮。それをラインハートは目にとめた。

「どういうものなんだ？」ラインハートは作業台の縁に腰をかけて、大きな背中を壁によりかからせた。

「ジェーミスン・ヘッジのアイデアだよ――四十年前に星間映像瞬送装置を開発した男だ。その男が超光速飛行の方法を発見しようとしているさなかに事故死した。その事故で、研究データの大部分も破壊された。それ以後、超光速の研究は見捨てられていた。未来がないように思われていたんだ」

「しかし、証明されているんじゃないのか？　どんなものも光より速くは飛べないと」

「星間映像瞬送は光より速いぞ！　ちがうんだ、ヘッジは有効な超光速推進法を開発したんだよ。彼は物体を光速の五十倍で推進させることに成功した。だが、物体は速度を増すにつれて、長さが縮み、質量がふえていく。これは質量＝エネルギー変換に関する、あのなじみぶかい二十世紀の概念と一致している。ヘッジの発射物は速度を上げるにつれてしだいに長さを失い、質量を増していくうち、ついに長さがゼロになり、質量が無限大になったというのが、最初の推測だった。そんな物体は想像を絶している」

「つづけてくれ」

「だが、ことの真相はこうだ。ヘッジの発射物は長さを失い、質量を増しつづけて、ついに速度の理論的限界、つまり光速を超えた。その時点で、発射物はまだ速度を上げながら、端的にいえば存在しなくなった。長さがなくなったため、もはや空間を占めなくなったんだ。それは消失した。しかし、発射物が破壊されたわけじゃない。それはなおも飛びつづけ、刻々と運動量を獲得しながら、太陽系を離れ、弧を描いて銀河系を横ぎった。ヘッジの発射物は、人間の理解を超えたべつの存在領域にはいった。ヘッジの実験の第二段階は、超光速物体を減速して光速以下にもどす方法、つまり、この宇宙へひきもどす方法の探求にあった。対抗原理はやがて完成した」

「その結果は？」

「ヘッジの死と、研究装置の大部分の破壊だ。彼の発射物は、時空間宇宙に再突入するさい、すでに物質によって占められた空間に出現した。無限大のレベルからは落ちたが、まだ厖大《ぼうだい》な質量を持ったヘッジの物体は、爆発して大激変をもたらした。そんな推進法では宇宙飛行などとうてい不可能だ。ほとんどすべての宇宙空間には、なんらかの物質が存在する。そんな空間に再突入すれば、自動的に破壊がひきおこされる。ヘッジは超光速推進法と減速法を発見はしたが、これまではだれひとりそれを実用化できなかった」

ラインハートは大きな金属の円筒に近づいた。シェリコフはいそいでそのあとを追った。

「よくわからんな」とラインハートはいった。「その原理は宇宙飛行の役に立たんのだろう？」

「そのとおり」

「では、これはなんのためだ？　もし宇宙船がこの宇宙にもどったとたんに爆発するなら――」

「これは宇宙船じゃない」シェリコフは狡猾《こうかつ》にほほえんだ。「イカロスはヘッジの原理の最初の応用だ。イカロスは爆弾だよ」

「すると、これは兵器なのか」ラインハートはいった。「爆弾。巨大な爆弾」

「光を上まわる速度で飛行する爆弾だ。この宇宙に存在しない爆弾だ。ケンタウルス側は、これを探知することも、阻止することもできない。どうしてできる？　光速を超えた瞬間に、この爆弾は存在しなくなる――どんな探知もきかない」

「しかし――」

「イカロスはこの研究所の外、地表から発射される。イカロスは自力でプロキシマ・ケンタウリに照準を合わせ、ぐんぐん加速していく。目的地に到達するころには光速の数千倍で飛行しているだろう。イカロスはプロキシマ星内部でこの宇宙にひきもどされる。その大爆発であの恒星は破壊され、惑星の大部分は消滅するだろう——彼らの拠点である主惑星アルムンを含めてだ。いったん発射されたイカロスを、彼らが阻止する方法はない。どんな防御も不可能だ。いかなるものもイカロスを防ぎとめられない。これはまちがいない事実だ」

「いつ、その準備ができる？」

シェリコフは目をそらした。「まもなく」

「正確にはいつだ」

巨体のポーランド人は口ごもった。「実をいうと、たったひとつ障害がある」

シェリコフはラインハートの先に立って、大実験室の奥に向かった。ガードマンを押しのけるようにして、そこに近づいた。

「これが見えるかね？」シェリコフが軽くつついたのは、一端のひらいた、グレープフルーツ大の球体だった。「これがその障害だよ」

「なんだ、それは？」

「中央制御タレット。この球体が、適正な瞬間にイカロスを亜光速飛行へひきもどす。そのタイミングは極度に正確を要する。イカロスがあの星の内部にいる期間は、マイクロ秒の範囲だからだ。もしこのタレットが正確に機能しないと、イカロスはそのままプロキシマ星を飛びだし、その彼方へ飛び去ってしまう」

「そのタレットはあとどれぐらいで完成するんだ？」

シェリコフは大きな両手をひろげて、あいまいな返事をした。「だれにわかる？　これの配線にはきわめて綿密な作業が要求される――肉眼では見えない極微の工具とリード線を使うんだ」

「完成の予定はつかないのか？」

シェリコフはコートのポケットに手をつっこみ、マニラ紙のホルダーをとりだした。「SRBコンピューター用のデータを用意しておいた。完成予定日もはいっている。これをコンピューターに入力すればいい。わたしの見積もりでは最大限十日だ。そこから先は、コンピューターが計算してくれる」

ラインハートは警戒の目でそのホルダーを受けとった。「その日付は確実なのか？　まだきみを完全に信用しきれないんだがな、シェリコフ」

シェリコフがむっつりした顔になった。「その危険はおかすしかないだろうよ、長官。相手を信用してないのは、こっちもおなじだ。あんたがわたしをここから追いだして、代わりに腹心のだれかを入れたがっていることは、よく知っている」

ラインハートは巨体の科学者を思案深げに見つめた。この男は厄介な存在になりそうだ。

設計局は、評議会でなく公安省の管轄下にある。シェリコフの地位はあやうくなりかけている――だが、この男は依然として潜在的脅威だ。頑固で、個人主義的で、けっして全体の利益を自分の幸福よりも優先させようとしない。

「よかろう」ラインハートはホルダーをゆっくりとコートのポケットにしまった。「これを入力させてみる。だが、早く結果を出したほうがいいぞ。失敗は許されん。すべてがこ
こ数日の成り行きいかんにかかっているんだ」

「もし確率が地球有利にかたむいたら、動員令を出すつもりかね？」

「そうだ」ラインハートは答えた。「確率が変わりしだいに動員令を出す」

コンピューターの前に立って、ラインハートはいらいらと結果が出るのを待っていた。午後二時。暖かくさわやかな五月の午後だ。ビルの外では、この惑星の日常生活がふだんどおりにつづいている。

ふだんどおりに？　そうともいえない。どこかちがった空気がある。日ごとに高まっていく興奮がある。長いあいだ地球は待ちつづけた。プロキシマ・ケンタウリに対する攻撃を――それは早いほどいい。歴史の古いケンタウルス帝国は地球を包囲し、人類を太陽系に閉じこめてきた。人類の息をふさぐ巨大な網が天空に張りめぐらされ、その彼方にちりばめられた輝かしいダイヤモンドから地球をさえぎっている……。その状況に終止符を打

たなければ。

SRBコンピューターが回転をつづけ、それまで表示されていた数字が消えた。つかのま、ディスプレイは空白になった。ラインハートは身をかたくした。彼は待った。

新しい数字が現われた。

ラインハートは息をのんだ。7―6。地球有利！

それから五分たらずのうちに、緊急動員令が政府のあらゆる部局に伝えられた。評議員たちとダッフェ大統領がただちに会議に招集された。万事がめまぐるしく回転をはじめた。

しかし、疑いの余地はない。7―6。地球有利。ラインハートはいそいで自分の書類を整えた。評議会の会議に間にあうように。


歴史調査部では、極秘スロットから通信プレートがいそいでひきぬかれ、中央研究室を横ぎって、部長のデスクへと届けられた。

「これを見てください！」フレッドマンは上司のデスクの上にプレートをおいた。「見てください！」

ハーパーはプレートをとりあげ、ざっと目を通した。「どうやら成功したようだな。わたしの生きているうちにこんな日がくるとは思わなかった」

フレッドマンは部屋を出て、廊下をいそいだ。彼はタイムバブル実験室にはいった。

「バブルはどこだ？」周囲を見まわしてたずねた。

技術者のひとりがゆっくり顔を上げた。「約二百年前にいます。一九一四年の戦争について興味深いデータが得られそうです。すでにバブルがよこした報告でも――」

「中止しろ。通常の調査は終わりだ。バブルを現在にひきもどせ。いまからは、すべての機材を軍事目的に切り替えなくちゃならん」

「しかし――バブルは自動制御で運転中です」

「手動で回収しろ」

「危険です」技術者はためらった。「非常時の要求ということであれば、イチかバチかで自動制御を止めることはできますが」

「非常時にはあらゆることが要求されるさ」フレッドマンは感情をこめていった。

「しかし、確率が変化するかもしれないわ」マーガレット・ダッフェ大統領が不安そうにいった。「いつ、もとにもどるかもしれない」

「これは千載一遇のチャンスだ！」怒りを高まらせたラインハートはかみつくようにいった。「いったいどうしたんです？　われわれは長年この日を待ちわびていたんですぞ」

評議会の中に興奮のざわめきが上がった。マーガレット・ダッフェは青い瞳を不安にくもらせて、しばらくためらった。

「機会が訪れたことは承知しています。すくなくとも統計的にはね。しかし、新しい確率はまだ現われたばかりです。それが長つづきするとどうしてわかります？　たったひとつの兵器にもとづく数字ですよ」

「ちがいますな。あなたは状況を把握していない」ラインハートは非常な努力で自分を抑えた。「たしかにシェリコフの新兵器によって、確率は地球有利にかたむいた。しかし、何カ月も前から確率はその数字に近づいていたのです。あとは時間の問題でした。遅かれ早かれ、天秤が逆にかたむくのは不可避でした。原因はシェリコフだけではない。彼はたんなる一因子にすぎない。これには太陽系の九惑星ぜんぶが関係しているのです――ひとりの人間ではなく」

ひとりの議員が立ちあがった。「全惑星が早くこの待機期間を終わらせたがっていることは、大統領も認識されているはずだ。ここ八十年間のわれわれの活動のすべては、その方向に――」

ラインハートは、ほっそりした大統領に近づいた。「あなたがこの戦争に賛成しなければ、おそらく大規模な暴動が起きますぞ。一般大衆が強い反発を示すはずだ。きわめて強い反発を。そして、あなたもそれを知っている」

マーガレット・ダッフェはひややかに彼を一瞥《いちべつ》した。「あなたは緊急動員令を出して、わたしをのっぴきならない立場に追いこんだ。自分の行動を百も承知でね。いったん動員令を出せば、事態はとどめようがないことを知っていた」

議場の中のざわめきがしだいに大きくなった。「開戦を承認するしかない！……乗りかけた船だ！……いまさらひきかえしても手遅れだ！」

さけび声、怒号、やむことのない音の波がマーガレット・ダッフェの周囲に打ちよせた。「わたしも戦争を支持する点では人後に落ちません」彼女は鋭くいった。「ただ、慎重さを要求しているだけです。星間戦争は大きな賭けです。コンピューターが統計的に勝利の確率があるといった、それだけの理由で戦争に踏みきるのですか？」

「勝てない戦争をはじめる意味はない」ラインハートはいった。「SRBコンピューターは、われわれが勝てるかどうかを教えてくれている」

「コンピューターは勝利の確率を教えているだけです。なにも保証していません」

「勝利の確率のほかに、いったいなにが望めますかな？」

マーガレット・ダッフェはきびしくあごをひきしめた。「わかりました。みなさんの大声はよく聞こえました。評議会が賛成なら、それをじゃまするつもりはありません。投票をはじめればいいでしょう」つめたく鋭い目でラインハートをじっとながめて、「とりわけ、緊急動員令が政府の全部局に発令されたあとではね」

「よろしい」ラインハートはほっとしたように彼女のそばを離れた。「では、一件落着だ。これでとうとう総動員にとりかかれる」

総動員は着々と進行した。つぎの四十八時間は休むひまもない活動だった。

ラインハートは、評議会の議場を使った政策レベルの軍事説明会に出席した。説明にあたったのは、カールトン司令長官だった。

「われわれの戦略はごらんのようなものです」カールトンは図解のほうに手をふった。「シェリコフによると、超光速爆弾の完成まであと八日かかる。そのあいだに、プロキシマ星付近にいるわが艦隊は、所定の位置につく。大爆発と同時に、わが艦隊は生き残ったケンタウルス艦艇の掃討作戦を開始する。もちろん、数多くの艦艇が大爆発を生きのびるにちがいないが、アルムンが消滅すれば、撃破することは充分可能でしょう」

ラインハートがカールトン司令長官に代わって説明した。「ここで経済的状況を報告しよう。地球の全工場は軍需生産に切り替えられた。アルムンが消滅すれば、ケンタウルス植民地のあいだに集団反乱の火をかきたてることもできる。たとえ亜光速の艦艇を持っていても、星間帝国の維持はむずかしい。一地方を支配する将軍が、たえずほうぼうに出現するからだ。われわれは反乱軍に提供できる武器を用意し、早急にそれを届けられるよう艦艇を派遣したい。いずれはすべての植民地がそのまわりに団結できるような、ひとつの統一原理を提示できるだろう。われわれの関心は政治よりも経済にある。いかなる種類の政府を持とうと、それは彼らの自由だ。地球の補給源という役を果たしてくれるかぎりはな。いま、太陽系の八つの惑星が果たしてくれているような役を」

カールトンが自分の説明を再開した。「ケンタウルス艦隊を全滅させれば、いよいよ戦争の重要段階に着手できる。プロキシマ星付近の枢要な宙域に待機させておいた人員と補給品を着陸させるわけです。この段階で——」

ラインハートはその部屋を出た。動員令が出てからまだ二日しかたっていないことが信じられなかった。全太陽系が生き生きとして、熱にうかされたような活動にはいっている。無数の問題が解決されつつある——だが、まだ多くの問題が残っている。

彼はエレベーターに乗りこみ、SRBコンピューター室に向かった。あれからコンピューターの表示に変化があったのではないかと気になったのだ。数字は前のままだった。まずこれでよし。ケンタウルス人はイカロスのことを知っているだろうか？　知っているにちがいない。だが、手の打ちようがないはずだ。なにしろ、たった八日間では。

新しく到着したデータを整理していたカプラン主任が、ラインハートに近づいた。データに目を通しながらいった。「おもしろい情報がはいりました。ご興味があるかもしれません」彼は通信プレートをラインハートにさしだした。

それは歴史調査部からの報告だった——

二一三六年五月九日

報告。調査用タイムバブルを現在時点にひきもどすため、はじめて手動回収装置が使用されました。その結果、完全な分離が行なわれず、過去から若干量の物質が持ちこまれました。その物質の中には、二十世紀初頭の男がひとり含まれていましたが、彼はただちに研究所から逃走しました。現在、彼はまだ保護拘留されていません。この偶発事故の発生は、歴史調査部としてまことに遺憾であるものの、緊急処置によるやむをえないものと考えます。

E・フレッドマン

ラインハートはそのプレートをカプランに返した。「おもしろいな。過去からきた男か――それがこの宇宙でも未曾有《みぞう》の大戦争のさなかに投げこまれたわけだ」

「奇妙なことも起こるものですね。コンピューターはこの事件をどう考えるでしょうか」

「なんともいえんな。たぶん、なんの影響もないだろう」ラインハートは部屋を出て、足早に自分のオフィスへもどった。

中にはいると、すぐに極秘回線を使って映話スクリーンにシェリコフを呼びだした。ポーランド人のいかつい顔が現われた。「やあ、長官。戦争努力のほうはどんなぐあいだね？」

「好調だ。タレットの配線は進んでるか？」

シェリコフの顔がちょっぴりかげった。「実をいうとだな、長官――」

「なにがあった?」ラインハートは鋭くききかえした。

シェリコフは口ごもった。「こういう仕事のむずかしさは知ってるだろう。技術者のチームでは埒《らち》があかんので、作業ロボットにやらせてみた。ロボットのほうが手先が器用なんだが、悲しいかな、判断ができない。この仕事は器用さだけではどうにもならん。この仕事には――」彼は言葉をさがした。「――芸術家が必要なんだ」

ラインハートの表情がきびしくなった。「待て、シェリコフ。爆弾の完成まで、きみに与えられた期間はあと八日だ。SRBコンピューターに入力されたデータには、その日付も含まれている。7―6の確率は、その予定に基づいたものだ。もし、きみが約束を守れなければ――」

シェリコフは当惑に身をもじもじさせた。「そう興奮しないでくれ、長官。まちがいなく完成させるさ」

「そうあってほしいもんだな。完成したら、すぐわたしに連絡しろ」

ラインハートは接続を切った。もしシェリコフが期待にそむいたら、拘引して銃殺するしかないだろう。こんどの戦争の勝敗は超光速爆弾にかかっているのだ。

映話スクリーンのライトがまたついた。ラインハートはスイッチを入れた。コンピューター室のカプラン主任の映像が浮かびあがった。その顔はこわばって蒼白だった。

「長官、SRB室にきてください。問題が起きました」

「なんだ？」

「こちらでお見せします」

胸騒ぎを感じながら、ラインハートはいそいで自分のオフィスを出て、廊下を歩いた。カプランがＳＲＢコンピューターの前に立っていた。

「どういうことだ？」とラインハートは詰問した。コンピューターの表示を見る。数字は変わっていない。

カプランは通信プレートを不安そうにさしだした。「ついさっき、これをコンピューターに入力しました。その結果を見たあと、いそいで削除したんです。さっきあなたに見せたデータですよ。歴史調査部からの。過去からきた男に関する報告です」

「これを入力すると、どうなったんだ？」

カプランはいいにくそうに唾をのみこんだ。「いまお見せします。もう一度やってみましょう。前とまったくおなじように」彼はそのプレートを入力スロットにさしこんだ。

「表示される数字を見ていてください」カプランはつぶやいた。

ラインハートは緊張に身をかたくして見つめた。しばらくはなにも起きなかった。７―６の数字がつづいていた。やがて……。その数字が消えた。コンピューターはためらった。新しい数字がつかのま現われた。24―４でケンタウルス有利。ラインハートは息をのみ、とつぜん不安に胸を締めつけられた。だが、その数字も消えた。新しい数字が現われた。

38―16でケンタウルス有利。それから86―48。こんどは79―15で地球有利。つぎは空白。機械は回転をつづけているが、なにも出てこない。

なにひとつ。どんな数字も出ない。ただの空白だけ。

「これはどういう意味だ？」ラインハートは茫然《ぼうぜん》とつぶやいた。

「奇怪です。こんなことはありえない――」

「なにが起きた？」

「コンピューターがこの情報を処理できないのです。だから、表示が出ません。コンピューターはこの情報が消化できません。予測資料として使用できないため、ほかのすべての数字が無効になってしまったんです」

「なぜだ？」

「これは――これは変数なんです」カプランは身ぶるいしていた。唇は血の気がなく、顔は蒼白だった。「そこからどんな推論も引きだせないデータなんです。過去からきた男。コンピューターは彼を処理することができません。変数人間を！」

2

竜巻がおそってきたのは、トマス・コールが砥石でナイフを研いでいるときだった。そのナイフは大きな緑色の家に住んでいる老婦人の物だった。コールが〝よろず修理〟の荷馬車でやってくるたびに、その老婦人は研ぎ物を持ってくる。ときにはコーヒーをごちそうしてくれる。へこんだ古いポットからつがれる熱いブラック・コーヒーだ。コールはそれが気にいっていた。うまいコーヒーは大好物だった。

その日は低い雲がたれこめ、小雨が降っていた。商売は上がったりだ。おまけに自動車を見て、二頭立ての馬が怖《お》じ気《け》づいた。天気のわるい日は外に出る人がすくないので、いちいち馬車から下りて呼鈴を鳴らさなければならない。

しかし、黄色の家に住んでいる男が、電気冷蔵庫の修理代に一ドルもくれた。ほかのだれも直せなかった冷蔵庫だという。製造工場から呼んだ男でも直せなかったというのだ。一ドルあれば、かなり長くもつ。一ドルは大金だ。

竜巻だということは、それにおそわれる前から見当がついていた。まわりがやけに静かだった。彼は手綱を膝のあいだにはさみ、砥石の上に背をかがめて仕事に没頭していた。

ナイフはうまく研げた。あとすこしで終わりだった。刃を唾で濡らして、研ぎぐあいをたしかめているとき――そこへ竜巻がおそってきたのだ。

とつぜん竜巻は彼をとりまいた。灰色のもやに包まれてなにも見えない。彼と馬車と二頭の馬は、竜巻の中心にある穏やかな目の中にいるらしかった。荷馬車は完全な静寂の中にはいっていた。どっちを見ても灰色のもやだった。

　これからどうしようか、どうやってあの老婦人にナイフを返そうかと考えているとき、だしぬけにどすんと衝撃が走り、竜巻で荷馬車がかたむいて、地上に投げだされた。馬たちは恐怖のいななきを上げて、立ちあがろうとした。コールはすばやく起きあがった。

　ここはどこだ？

　灰色のもやは消えていた。まわりには白い壁があった。強い光が上からさしていた。日光ではないが、それに似た光だ。二頭立ての馬が横倒しになった馬車をひきずっているために、馬車から道具や材料がころがり落ちていた。コールは馬車を起こし、身軽に御者台に飛び乗った。

　そして、はじめて人びとの姿に気づいた。

　驚きに顔が青ざめた、なにかの制服を着ている人たち。そして、危険の直感！

　コールは馬をドアに向かって駆りたてた。蹄鉄《ていてつ》が堅い床の上で高らかな音を立て、猛然と戸口をくぐりぬけるのといっしょに、驚いた人びとは四方へ逃げ散った。そこは広い廊下だった。病院のような建物だ。

　廊下が枝分かれした。新しい顔ぶれがまわりの部屋から飛びだしてきた。

　興奮したさけびと混乱。まるで白い蟻《あり》のようだ。なにかがコールのそばをかすめた。濃い紫色の光線だ。それが馬車の隅を焼き焦がし、板がくすぶりはじめた。

コールは恐怖を感じた。彼はおびえた馬たちを足でけった。馬車は大きなドアの前にきて、どすんとそれにぶつかった。ドアはひらいた――すると、そこは戸外で、まぶしい日光がいきなり照りつけてきた。ぞっとするような一瞬、馬車はかたむいて、もうすこしでひっくりかえりそうになった。それから馬たちが足どりを速め、遠い緑の線に向かって野原を横ぎりはじめた。コールは手綱をしっかり握りしめた。

背後では、まっさおな顔をした人びとが外でひとかたまりになり、さかんに手をふりまわしている。彼らのかんだかいさけびが、かすかに伝わってきた。

しかし、なんとか逃げられた。もう安全だ。コールは馬たちに足どりをゆるめさせ、大きく息をついた。

その森は人工のものだった。一種の公園らしい。しかし、この公園は野生にもどり、繁茂しすぎている。ねじくれた枝のからみあう濃密なジャングル。あらゆるものが雑然と生えている。

公園はからっぽだった。人影はまったくない。太陽の位置から見て、いまは早朝か、それとも夕方だ。草花の香りと、木の葉に宿った露からすると、早朝だろう。竜巻にさらいあげられたときは夕方だった。それに、空も雲がたれこめ、小雨がふっていた。

コールはじっと考えた。どうやらとんでもない遠方まで運ばれたようだ。あの病院、青白い顔の男たち、奇妙な明かり、おかしななまりのある言葉――どこから見ても、ここはネブラスカ州じゃない——合衆国の中かどうかも怪しい。

修理道具の一部は、ここまでくる途中で馬車から落っこちてしまった。コールは残ったものを集めてそれを選《え》りわけ、愛情をこめてひとつひとつをなでさすった。小さいたがねと木工用ののみがいくつか失われ、小さい刃先の大部分がなくなっていた。彼は残った道具を集めて、そうっと箱の中にもどした。挽《ひ》きまわし鋸《のこ》をとりあげ、油のしみたぼろでていねいに拭いて、それも箱におさめた。

荷馬車の上では、太陽がゆっくりと空の高みに昇ろうとしている。コールは大きな手をひたいにかざして、空を見あげた。コールは猫背で、あごに半白の無精ひげが生えた大男だった。服はしわがより、よごれていた。しかし、ライトブルーの瞳はよく澄んで、両手はいかにも器用そうだった。

この公園に長居はできない。こっちのほうへ馬車を走らせるのを見られた。まもなく彼らがさがしにくるだろう。

なにかが空の高いところを矢のように横ぎってくる。信じられない速さで動く小さな黒点。第二の黒点がそのあとにつづいた。ふたつの黒点は、コールがそれに気づくのとほとんど同時に消えてしまった。音はまったくしない。

コールは眉をよせ、胸騒ぎを感じた。いまの黒点が気になる。ここにじっとしていてはまずい——それに食べ物もさがさなくては。すでに腹がぐうぐう鳴りはじめている。

仕事だ。自分にやれる仕事はいっぱいある——植木の手入れ、刃物研ぎ、機械や時計の修理、家庭用品のよろず修理。それにペンキ塗りや、大工仕事や、日雇い仕事、掃除洗濯まで。

どんなことでもできる。人びとにたのまれる仕事ならなんでも。食事や小遣い銭とひきかえに。

トマス・コールは二頭の馬をうながして、先に進んだ。背をかがめて御者台にすわり、よろず修理の荷馬車が密生した草をかきわけて進んでいく中で、木々と草花のジャングルのむこうにじっと目を据えていた。

ラインハートはもう一隻の武装護衛艇をうしろにしたがえ、クルーザーを全速力で飛行させた。大地が灰色と緑のまだらにぼやけて、眼下をかすめていく。

かつてニューヨークの市街だったものが、下にひろがっていた。いまのそれは、雑草のはびこる、灰色の海に似た廃墟だった。二十世紀の数度にわたる核戦争で、東海岸のほとんど全域が、果てしないかなくその荒野に変わったのだ。

そのかなくそと雑草が真下にひろがっている。とつぜんその中に密林が現われた。かつてのセントラル・パークだ。

歴史調査部が視野にはいった。ラインハートは空から舞いおり、本館の裏手にある小さい補給飛行場にクルーザーを着陸させた。

ラインハートの艇が着陸するのを待っていたように、調査部長のハーパーが飛びだしてきた。

「正直なところ、なぜ長官がこの問題を重要とお考えになったのか、よくわからないんですが」ハーパーは不安そうにいった。

ラインハートはじろりと彼を一瞥した。「なにが重要であるかは、わたしが判断する。タイムバブルを手動でひきもどすように命令したのはきみか？」

「実際に命令をくだしたのはフレッドマンです。すべての研究設備を軍事目的のために待機させよという、長官のご指示にしたがって――」

ラインハートは研究所の入口へと歩きだした。「フレッドマンはどこだ？」

「中です」

「彼に会いたい。行こう」

フレッドマンは中でふたりを迎えた。彼はまったく感情を顔に出さずに、おちついてラインハートにあいさつした。

「面倒をおかけして申し訳ありません、長官。われわれはこの研究所を臨戦態勢に切り替えようと努力していました。できるだけ早くバブルを回収したかったのです」ふしぎそうにラインハートを見やって、「あの男と馬車は、まもなく公安警察に捕えられると思いますが」

「なにが起こったかを知りたい。くわしく話してくれ」

フレッドマンはもぞもぞと身じろぎした。「たいしてお話しするほどのこともありません。わたしはバブルの自動制御を解除して、手動で回収するように命令をくだしました。その信号が到達した瞬間、バブルは一九一三年の春を通過中でした。自動制御の解除と同時に、バブルはその人物と、彼の荷馬車が占めていた地面の一部をさらいとりました。当然、その人物はバブル内部にはいり、現在時点にひきもどされることになったのです」

「バブルに異物が混入していることが、計器に表示されなかったのか？」

「だれもが夢中になっていて、表示が目にはいらなかったのです。手動コントロールに切り替えられて半時間後に、バブルは観測室に実体化しました。脱エネルギー作業が終わるまで、バブルの中にあるものにだれも気づきませんでした。われわれはその男を捕えようとしましたが、彼は荷馬車を走らせて廊下に逃れ、われわれをけちらしました。二頭の馬がおびえて荒れ狂ったのです」

「どんな種類の荷馬車だ？」

「なにか看板らしいものがついていました。荷馬車の両側面に黒い文字でなにか書いてありました。しかし、その文字を読んだものはだれもいません」

「つづけろ。それからなにが起こった？」

「だれかがその男の背後からスレム光線を発射しましたが、当たりません。二頭の馬は男を乗せたまま建物の外へ逃れ、敷地内を横ぎりました。われわれが出口にたどりついたときには、荷馬車は公園に近づいていました」

ラインハートは思案をこらした。「もし彼がまだ公園の中なら、まもなく捕まえられるな。だが、慎重にやる必要がある」ラインハートはフレッドマンをそこに残して、すでに艇のほうへ歩きだしていた。ハーパーがそのあとを追った。

ラインハートは艇のそばで足をとめた。彼は護衛官たちを手招きした。

「ここの幹部職員を逮捕しろ。反逆罪の嫌疑で裁判にかける。あとでな」顔面蒼白になったハーパーに皮肉な笑みを向けて、「いまは戦時だ。死刑を逃れられたら幸運だと思え」

ラインハートは自分の艇に乗りこみ、離陸して、空へ急上昇していった。第二の艇、武装護衛艇がそのあとにつづいた。ラインハートは灰色の鉱滓《こうさい》の海、復興されていない廃墟の上を高く飛んだ。灰色の海の中にとつぜん現われた緑の四角の上を通過した。ラインハートはそれが見えなくなるまでうしろをふりかえりつづけた。

セントラル・パークだ。空に目をもどすと、警察艇がフルスピードで飛びかい、兵士たちを乗せた何隻かの輸送船が緑の四角をめざしていた。地上には轟音《ごうおん》を上げて走る重砲と装甲車の列。黒い線が四方から公園に接近していく。

まもなくあの男は捕まるだろう。だが、それまでSRBコンピューターは空白だ。この戦争のすべてが、ＳＲＢコンピューターの表示にかかっているというのに。

正午近くに荷馬車は公園を通りぬけて廃墟のへりにたどりついた。コールはしばらく休息をとり、馬たちに密生した草を食《は》ませた。静まりかえった廃墟、融けた金属の平原に、彼はどぎもを抜かれていた。なにが起こったんだろう？　なにひとつ動くものはない。建物もなく、人の住む気配もない。平らなかなくその表面から、ところどころに雑草が顔を出してはいるが、そのながめを見ていると、背すじがうそ寒くなってきた。

コールはかなくその上にそろそろと荷馬車を進めながら、空を見あげた。公園を出てしまったいま、どこにも隠れ場はない。いったん融けてから冷えかたまった金属は、海のように平坦で均一な表面を作りあげている。もし空から見つかったら——

小さい黒点の群れが空を横ぎり、高速で近づいてきた。まもなくその群れは右に向きを変え、そして消えてしまった。また飛行機、翼のない金属の飛行機だ。コールはそれが消えるのをたしかめてから、ゆっくり前進をつづけた。

半時間後、なにかが行く手に現われた。コールは荷馬車を徐行させ、じっと目をこらした。鉱滓の平原は終わりにきた。ここがその限界だ。大地が顔を出している。黒い土と草。雑草がいたるところにはびこっている。かなくそが尽きた前方に建物が並んでいる。一種の家だ。それとも物置小屋か。

おそらく家だろう。しかし、こんな家を見るのははじめてだった。

どの家もおそろいだった。まったく同一だった。小さい緑の貝殻が何列も並んだような家は、ぜんぶで数百軒もあるだろうか。どの家の前にも小さい芝生があった。芝生と、小道と、玄関のポーチと、そしてそれぞれの家をとりまく貧弱な植込み。しかし、どの家もまったくおなじ形で、とても小さい。

あたりにはだれもいないようだった。コールは家並みのあいだの通りにはいり、二頭の馬のひづめの音が静寂の中に大きくひびいた。ここは町らしい。だが、犬や子供の姿がどこにもない。あらゆるものが整然として、静まりかえっている。陳列品のようだ。彼は落ちつかなくなった。

歩道を歩いていた若い男がびっくりして彼を見つめた。おかしな服装の若者だった。トーガに似た、膝までの長さのマントを着ている。一枚の布で作られていて、縫い目が見えない。それにサンダル。

それともサンダルに似たなにか。マントもサンダルも、発光性の奇妙な材質だった。日ざしを受けてかすかに輝いている。布地というより金属に近い。

芝生のへりでは、ひとりの女が花壇に水をやっていた。二頭の馬が近づくのを見て、彼女は立ちあがった。彼女の目がまるくなった。驚きと——そして、つぎには恐怖。口がOの字のかたちにひらいたが声が出てこない。水まき用のじょうろがぽろりと手から落ち、音もなく芝生の上にころがった。

コールは赤くなり、いそいで顔をそむけた。この女はほとんど裸同然だ！　彼は手綱をひょいと振って馬たちをいそがせた。

コールの背後で、女はまだ突っ立ったままだった。彼はもう一度ちらとうしろをふりかえり——そして耳まで真っ赤になって、かすれ声で馬をうながした。さっき見たとおりだった。彼女が着ているのは半透明のショーツだけ。ほかにはなにも身につけていない。きらきら輝く発光性の生地をうんと切り詰めて作った服。女の小柄な体は、それ以外まったくの裸だ。

コールは馬たちをとまらせた。きれいな女だ。茶色の髪と瞳、深紅の唇。体もなかなかのものだ。ほっそりした腰、うぶ毛の生えた脚、やわらかくゆたかな乳房——そんな考えを彼は必死に頭から追いはらった。早く仕事にありつかなければ。商売、商売。

コールはよろず修理の荷馬車をとめ、歩道に飛びおりた。でたらめに一軒の家を選んで、用心深くそこに近づいた。魅力的な家だった。ある種の単純な美しさがある。しかし、いかにもひよわそうだ——それに、ほかの家とまったくおんなじだ。

彼はポーチに上がった。呼鈴はなかった。呼鈴はどこだろうかと、不安げにドアの表面をなでまわした。とつぜん、どこかでカチッと音がした。彼の目とおなじ高さで、鋭い音がしたのだ。コールはぎくりと目を上げた。レンズがひっこんで、ドアの一部がその上にかぶさるところだった。写真を撮られたのだ。

コールがまだその意味を考えあぐねているとき、ふいにドアがひらいた。ひとりの男、茶色の制服を着た大男が、不気味な顔つきで戸口をふさぐようにして立っていた。

「なんの用だ？」大男は詰問した。

「仕事をさがしてます」コールはもぐもぐといった。「どんな仕事でもいいです。なんでもやります。なんでも修理できます。こわれた品物も直せます。修繕の必要なものがあったら」不安になって、声がかぼそくとぎれた。「どんなものでも」

「連邦活動管理庁の就職斡旋《あっせん》課へ申しこめ」男は歯切れよく答えた。「すべての作業療法はあの課をつうじることになってる」男はふしぎそうにコールをながめた。「なぜそんな大昔の服を着てるんだ？」

「大昔？　いや、べつに――」

男はコールの肩ごしに、よろず修理の荷馬車と、うとうとしている二頭の馬を目にとめた。「あれはなんだ？　あの二頭の動物は？　馬か？」男はあごをさすり、じっとコールを見つめた。「これはふしぎだ」

「ふしぎ？」コールは不安そうにつぶやいた。「どうして？」

「もう一世紀も前から、馬という動物はいない。第五次核戦争で世界中の馬が全滅した。だからふしぎなんだ」

　コールははっと身構えた。その男の目になにかを感じたからだ。敵意、突き刺すような視線。コールはポーチを後退して小道に下りた。用心しなければ。なにかがおかしい。

「帰ります」と彼はつぶやいた。

「馬という動物が死に絶えて、もう百年あまりになる」男はコールに近づいた。「おまえは何者だ？　なぜそんな服装をしている？　どこでそんな乗り物と馬を手に入れた？」

「帰ります」コールはもう一度つぶやいて、歩きだした。

　男はなにかをベルトからぬいた。細い金属の筒だ。それをコールにさしだした。

　それはくるくる巻かれた写真だった。筒の形に丸められた薄い金属の紙だ。そこになにか文字が書いてある。コールには意味がとれなかった。その男の写真と、何列もの数字と、文字と――

「わたしはウィンスロー監督官だ」と男はいった。「連邦備蓄管理局のな。さっさと説明しろ。さもないと、公安警察の車が五分でここへやってくるぞ」

　コールはすばやく動いた。背をかがめて、いまきた小道を荷馬車のほうへ走りだした。通りに向かって。

　なにかが当たった。壁のような力が背中を強打し、彼はうつぶせに倒れた。体がしびれ、茫然と腹這いになっていた。全身が痛く、自由がきかずに激しくふるえている。だが、衝撃の波は頭上を通りすぎ、しだいに弱まった。

コールはよろよろと起きあがった。目まいがする。体がふらつき、疲れきり、身ぶるいがとまらない。さっきの男があとを追ってくる。コールは息をあえがせ、嘔吐《おうと》しながら、荷馬車の上に体をひきあげた。馬たちが駆けだした。揺れる荷馬車の上で胸がわるくなり、座席の上につっぷしてしまった。

コールは手綱をつかみ、なんとか上体を起こして御者台にすわった。荷馬車はスピードを増し、角を曲がった。家々がうしろに飛び去った。コールは身ぶるいに似た大きな息をつき、弱々しく馬たちをうながした。荷馬車がぐんぐん速度を上げるにつれて、家々と街路がぼやけた流れになった。

やがて荷馬車は町を離れ、整然と並んだ小さい家々は背後に遠ざかった。そこは一種の街道だった。街道の両側には、大きな建物と工場が並んでいた。そして人影。人びとが驚きの目でこっちを見つめている。

やがて、たくさんの工場もうしろに去っていった。コールは馬の足どりをゆるめた。あの男がいったのはどういう意味だ？　第五次核戦争？　馬は全滅？　まったくわけがわからない。それに、ここの連中は、想像もつかないものを持っている。バリヤー。翼のない——音もしない——飛行機。

コールは自分のポケットをさぐった。さっきの男がよこした筒が見つかった。さっきは夢中でそれをつかんだまま逃げだしたのだ。その筒をそろそろとひらいて、よく調べてみた。見なれない単語ばかりだった。

長いあいだ、コールはその筒を調べつづけた。やがて、あることに気づいた。右上の隅にあるものに。

日付だ。二一二八年十月六日。

コールの目はかすんだ。あらゆるものがぐるぐるまわり、ゆらゆら揺れた。二一二八年十月。そんなことがありうるのか？

だが、げんにこの紙が手の中にある。薄い金属製の紙。銀箔《ぎんぱく》のような紙。これは日付にちがいない。そう書いてある。隅のほうに、紙そのものの上に印刷してある。

コールはその紙をゆっくりと筒に巻いた。ショックで頭がぼうっとしていた。二百年。とても本当とは思えない。だが、それでつじつまが合ってきたような気がする。ここは未来だ、二百年先の未来だ。

コールがそんなことを考えているあいだに、高速の黒い公安警察の艇が頭上に現われ、道路をゆっくり進んでいる荷馬車に向かって急降下をはじめた。

ラインハートの映話スクリーンのブザーが鳴った。彼はいそいでスイッチを入れた。

「はい？」

「公安警察隊からの報告です」

「つないでくれ」ラインハートが緊張して待つあいだに、線がつながった。スクリーンがふたたび明るくなった。

「西部地区司令部のジョゼフ・ディクスンです」士官は咳《せき》ばらいして、通信プレートをとりあげた。「過去からきた男が目撃されたと報告がありました。ニューヨーク地区から遠ざかっている模様です」

「包囲網のどっち側だ？」

「外側です。彼は鉱滓地域の縁にある小さい町を通りぬけ、セントラル・パークの包囲網から脱出しました」

「だ、脱出した？」

「われわれは彼が町を避けるだろうという前提に立っていました。当然、それらの町は包囲網に含まれてなかったのです」

ラインハートのあごがひきしまった。「つづけろ」

「彼は包囲網が公園のまわりに完成する数分前に、ピーターズヴィルの町にはいりました。われわれは公園のレベルを焼きはらいましたが、もちろんなにも見つかりません。彼はすでにそこにいなかったのです。一時間後、ピーターズヴィルの一住民から報告がはいりました。備蓄管理局の職員です。過去からきた男は、職さがしで彼の家を訪れたそうです。ウィンスローというその職員が、会話をつづけて引きとめようとしましたが、過去からきた男は荷馬車に飛び乗って逃走しました。ウィンスローはただちに公安警察に連絡しましたが、もう手遅れでした」

「つぎになにかが起こったら、すぐわたしに報告しろ。彼を捕えなければならん——それも早急にだ」ラインハートは通話を切った。スクリーンは空白にもどった。

ラインハートは椅子の背にもたれて、つぎの報告を待った。


コールは公安警察艇の影に気づいた。彼は反射的に行動した。影が頭上を通りすぎたつぎの瞬間には荷馬車から飛びおり、まろぶように走りだした。横にころがったり、ジグザグに走ったりしながら、できるだけ荷馬車から遠く離れようとした。

すさまじい大音響と目もくらむ白い閃光。熱風がコールを投げとばし、さらいあげ、木の葉のようにもてあそんだ。彼は目をつむり、全身の力を抜いた。彼は大きく跳ねあがって地上に落下した。砂利や石ころが、顔と膝と両手の掌《てのひら》に食いこんだ。

思わずコールは苦痛の悲鳴を上げた。体が火に包まれていた。目もくらむ白い火球に、生きながら焼きつくされてしまいそうだった。火球がぐんぐん大きさを増し、よじれながら、太陽の怪物のようにふくれあがった。いよいよ最期のときがきた。もうだめだ。彼は歯を食いしばり——

貪欲な火球の勢いが衰え、しだいに薄れていく。火球がプップッ音を立てて消えると、そのあとに黒い灰が残った。あたりにはいがらっぽい悪臭がたちこめていた。彼の服は焼け焦げ、まだくすぶっている。体の下の地面も、熱風に焼かれて乾ききり、まだやけどしそうに熱い。だが、命はあったようだ。すくなくとも、ここしばらくは。

コールはのろのろと目をあけた。荷馬車はなくなっていた。いままで荷馬車があったところには、街道のまんなかの爛《ただ》れた傷痕のように大きな穴があいていた。穴の真上には、みにくい雲が黒く不気味に浮かんでいた。はるか頭上では、翼のない飛行機が旋回しながら、生命の気配をさぐっていた。

コールは浅くのろい呼吸をしながら、そこに横たわった。時が過ぎていった。太陽が、じれったいほどゆっくり空を横ぎっていく。午後の四時ごろか。コールは頭の中で計算した。あと三時間ほどであたりは暗くなる。それまで生きのびることができれば——

あの飛行機は、こっちが荷馬車から飛びおりるのを見ただろうか？

彼は身動きもせずに横たわっていた。午後の太陽が照りつける。ひどい気分だ。吐き気がするし、熱っぽい。口の中がカラカラだ。

荷馬車はなくなった。その考えが彼を鞭打ち、こめかみの苦しげな脈拍といっしょになって脳をうちのめした。もうないんだ。焼きつくされたんだ。あとには灰と黒焦げになった馬の遺骸《いがい》しか残っていない。その認識に茫然となった。

ようやく飛行機が旋回をやめ、地平線のほうへと去っていった。とうとうその姿が消えた。もう空にはなにもいない。

コールはよろよろと立ちあがった。ふるえる手で顔をぬぐった。全身が痛み、ふるえている。口の中がまずいので、出ないつばをむりやりに吐いた。あの飛行機は、たぶん報告をするだろう。すると、またおおぜいが死体を調べにくる。どこへ逃げればいい？

右手の方角に、遠い緑の塊になって、山がつらなっていた。うまくすれば、あそこにたどりつけるかもしれない。彼はゆっくりと歩きだした。用心が必要だ。むこうはこっちをさがしまわっている――しかも、むこうには武器がある。信じられないような武器が。

日暮れまで命があれば幸運だろう。馬たちも、よろず修理の荷馬車もなくなった――そして、道具もぜんぶなくなった。コールはあっちこっちのポケットに手をつっこみ、期待をこめて中身をさぐった。出てきたのは何本かの小さいネジまわしと、小さいペンチと、すこしばかりの導線と、ハンダと、砥石と、そしてあの老婦人のナイフだった。

残ったのはほんのわずかな小さい道具だけだ。ほかのものはぜんぶなくなった。しかし、荷馬車がなければ、見つかりにくいから安全だとはいえる。いくら空からでも、歩いている人間を見つけるのはむずかしいだろう。

コールは足を速め、遠い山のつらなりに向かって、平野を横ぎりはじめた。

ラインハートはほとんど待つ間もなく、つぎの連絡を受けとった。ディクスンの顔が映話スクリーンに浮かびあがった。

「新しい報告があります、長官」ディクスンは通信プレートを読んだ。「いいニュースです。過去からきた男はピーターズヴィルを出て、ハイウェイ13号線を時速約十マイルの荷馬車で移動中を発見されました。警察艇がただちに彼を爆撃しました」

「それで——仕留めたのか？」

「パイロットの報告では、爆撃のあとに生命の痕跡は認められません」

ラインハートの心臓はほとんどとまりそうになった。彼は椅子の背にもたれた。「よし、彼は死んだ！」

「ただし、死体調査がすむまでは断言できません。いま、地上車が現場に急行しています。まもなく完全な報告がはいるはずです。情報がはいりしだいお知らせします」

ラインハートは手を伸ばして、スイッチを切った。画面は暗くなった。過去から来た男を仕留めることはできたのか？　それともまたもや逃げられたのか？　あの男は永久に逃げつづけるのだろうか？　つかまらないのだろうか？　しかもその間、SRBコンピューターは沈黙をつづけ、なにも表示してくれないのだ。

ラインハートは暗い顔つきでそこにすわり、地上車からの報告が届くのをいらいらと待ちつづけた。

もう夕暮れだった。

「やめろよ！」スティーヴンはさけびながら、必死で弟を追いかけた。「返せったら！」

「つかまえたらね」アールは走った。丘の斜面をくだり、軍貯蔵庫の裏を抜け、ネオテックスのフェンスにそって走りつづけ、ノリス夫人の家の裏庭に飛びおりた。

はあはあ息をあえがせて、スティーヴンは弟を追いかけた。走りながら、必死にさけんだ。「返せ！　早く返せ！」

「なにをとられたの？」サリー・テイトがとつぜんスティーヴンの行く手をふさぐようにしてきいた。

スティーヴンは胸を波打たせながら立ちどまった。「ぼくの星間映話機」彼の小さな顔は、怒りと悲しみにゆがんでいた。「早く返せっていってるのに！」

アールが右のほうからぐるっと輪を描いてもどってきた。暖かい夕闇の中で、その姿はほとんど見えなかった。「ここだよ」と彼はいった。「とりにくるかい？」

スティーヴンはかっとしてアールをにらみつけた。アールが両手で持った四角なボックスが見わけられた。「早く返せ！　でないと――でないと、パパにいいつけるぞ」

アールは笑った。「とりにこいよ」

「パパにいいつけてやる」

「返してあげなさいよ」サリーがいった。

「ぼくをつかまえたらね」

アールが走りだした。スティーヴンはサリーを押しのけ、激しく弟を追いかけた。どすんとぶつかったはずみに、アールは倒れた。その手からボックスが飛びだした。ボックスは舗道の上を滑って街灯の柱にぶつかった。

アールとスティーヴンはのろのろと起きあがった。こわれたボックスを見つめた。

「ほら見ろ！」スティーヴンは目に涙をため、かんだかい声でさけんだ。「おまえがやったんだ！」

「おまえがやったんだよーだ。ぶつかってきたくせに」

「おまえのせいだ！」スティーヴンはかがみこんで、ボックスを拾いあげた。街灯のそばまで持っていき、舗道の縁石に腰をかけて調べた。

アールがゆっくりと近づいてきた。「おまえがぶつかってきたからさ」

夜のとばりが急速に下りてきた。町のむこうにそびえる丘のつらなりは、すでに闇の中に消えている。ぽつんぽつんと明かりがともりはじめた。暖かい夜だ。どこか遠くで、地上車のドアがばたんと閉まった。空には小艇が低いうなりを上げて行き来している。地下の大工場街からくたびれて帰ってくる通勤者たちだ。

トマス・コールは街灯の下に集まった三人の子供にゆっくり近づいていった。歩くのがひと苦労だった。体は痛いし、疲労で腰が曲がっている。日は暮れたが、まだ安全とはいえない。

　彼はくたびれきっていた。へとへとで空腹だった。長い道のりを歩いてきたのだ。なにか食べないと、いまにも倒れそうだった。

　子供たちから一メートルほど手前でコールは立ちどまった。子供たちは、スティーヴンの膝の上のボックスを熱心に見つめていた。とつぜん、子供たちがしんと黙りこんだ。アールがゆっくり顔を上げた。

　おぼろな明かりの下で、トマス・コールの大きな猫背の姿はいっそう不気味に見えた。長い腕が体の両脇にだらんとぶらさがっている。顔は影の中に隠れている。体の輪郭はぼんやりとしか見えない。作りかけの大きな彫像のような姿が、一メートル先の薄闇の中にじっと無言で立っている。

「あんた、だれ？」アールが低い声できいた。

「なんの用？」とサリーがきいた。子供たちは不安そうに体をうしろににじらせた。「あっちへいってよ」

　コールは近づいてきた。そして腰をかがめた。街灯の光が彼の顔に当たった。くちばしのように薄くて高い鼻。薄いブルーの瞳――

　スティーヴンは映話機を抱きしめて、もぞもぞと立ちあがった。「あっちへいけ！」

「待った」コールはにやりと笑った。彼の声はかすれて、ざらついていた。「そこに持ってるのはなんだ？」長く細い指をつきつけて、「おまえが持ってるその箱だよ」

子供たちは黙りこんだ。ようやくスティーヴンが身じろぎした。「星間映話機」

「こわれちゃったけどね」とサリーがつけたした。

「アールがこわしたんだ」スティーヴンは恨みがましく弟をにらみつけた。「アールがほうり投げてこわしたんだ」

コールはほほえんだ。それから大儀そうに縁石に腰をおろして、ほっとためいきをついた。長いあいだ歩きすぎたのだ。疲労で全身がうずく。腹がへり、疲れきっている。しばらく彼はそこにすわったまま、首すじと顔の汗を拭きつづけた。話をする気にもなれなかった。

「あんた、だれ？」とうとうサリーがきいた。「どうしておかしな服を着てるの？　どこからきたの？」

「どこから？」コールは子供たちを見まわした。「遠いところだよ。うんと遠いところだ」頭をはっきりさせようと、首をゆっくり左右にふった。

「なんの療法を受けてるんだい？」アールがきいた。

「療法？」

「なにをしてるのさ？　どこで働いてんの？」

コールは深く息を吸ってゆっくり吐きだした。「修理をするんだ。よろず修理。どんな

「どこか、仕事をくれる家を知らんかね？」と彼はきいた。「おれにできることはないか？　なんでも直せる。時計、タイプライター、冷蔵庫、鍋にやかん。屋根の雨漏り。どんなものでも直せるよ」

コールは聞いていなかった。とつぜんの必要に目ざめて、ぱっと立ちあがった。

アールは冷笑をうかべた。「だれも修理なんかしないよ。こわれたら捨てるだけさ」

ものでもいい」

スティーヴンは星間映話機をさしだした。「これを直してよ」

沈黙がおりた。ゆっくりとコールの目はボックスにそそがれた。「それを？」

「ぼくの映話機。アールがこわしたんだ」

コールはそのボックスをそうっと受けとった。ボックスをひっくりかえし、明かりに近づけた。眉をよせ、精神を集中した。長く繊細な指がボックスの表面をなでまわし、さぐった。

「盗まれちゃうぞ！」アールがだしぬけにいった。

「いや」コールはぼんやりと首をふった。「おじさんを信用しろ」

彼の敏感な指は、ボックスをまとめあげている突起をさぐりあてた。その突起を巧みに中へ押しこんだ。ボックスはひらき、複雑な中身をさらけだした。

「あけちゃった」サリーがささやいた。

「返して！」スティーヴンはちょっぴり怖くなってきた。彼は片手をさしだした。「返してよ」

三人の子供は心配そうにコールを見つめた。コールはポケットの中をさぐった。そして、小さいネジまわしとペンチをゆっくりとりだした。それを自分のわきにおいた。ボックスを返すそぶりはまったくない。

「返してよ」スティーヴンが弱々しくいった。

コールは顔を上げた。ライトブルーの瞳が、薄闇の中で前に立っている三人の子供を見てとった。「直してやるよ。直してほしいといったろうが」

「返してほしいんだ」スティーヴンは疑惑と迷いの板ばさみになって、足をもぞもぞさせた。「ほんとに直せるの？　前みたいに動くようにしてくれる？」

「ああ」

「わかった。じゃ、直して」

コールのくたびれた顔に、ずる賢い微笑がうかんだ。「ちょっと待った。もしこれを直してやったら、なにか食べるものを持ってきてくれるか？　ただでは直せん」

「なにか食べるもの？」

「食べ物だ。温かい食べ物がほしい。それと、できればコーヒーもな」

スティーヴンはうなずいた。「うん。持ってくるよ」

コールはほっとした。「よし。それならいい」彼は膝の上のボックスに注意をもどした。「それなら、これを直してやる。ちゃんと直してやるからな」

彼の指はひらひらと動いて、回路とリレーを順々にたどり、さぐり、調べた。星間映話機のことを肌で知った。それがどうして動くかを発見した。

スティーヴンは非常口から家の中にはいった。忍び足でキッチンに向かった。胸をどきどきさせながら、キッチンの制御装置のキーをでたらめに打った。レンジがブーンと音を立ててよみがえった。計器の表示が現われ、調理完了のマークに近づいていった。

まもなくレンジのドアがひらき、湯気の立った料理のトレーが滑り出てきた。メカニズムはカチッと音を立て、ふたたび沈黙にもどった。スティーヴンはトレーの中身をいそいで両手にかかえこんだ。それから廊下をもどり、非常口をくぐって庭に出た。庭はまっくらだった。スティーヴンは一歩一歩をたしかめながら、そろそろ進んでいった。

なにも落とさずに、なんとか街灯の下までたどりつくことができた。

トマス・コールは、スティーヴンの姿が見えるとゆっくり立ちあがった。

「ほら」とスティーヴンはいった。息をはずませながら食べ物を縁石の上においた。「ほら、持ってきたよ。もう直ったの？」

コールは星間映話機をさしだした。「直った。かなりひどくこわれていたがね」

アールとサリーは目をまるくした。「ちゃんと動く？」サリーがきいた。

「動くわけないだろ。だって、こんな――」

「スイッチを入れなさいよ！」サリーが熱心にスティーヴンをつついた。

「ちゃんと動くかどうか、ためしてみれば」

スティーヴンは明かりの下にボックスを持っていって、スイッチを調べた。彼は電源を入れた。表示ランプがともった。「ついたよ」スティーヴンがいった。

「なにかしゃべってみてよ」

スティーヴンはボックスに口を近づけた。「ハロー！　ハロー！　こちらは情報員6―Z75。聞こえますか？　こちらは情報員6―Z75。聞こえますか？」

街灯の明かりから離れた闇の中で、トマス・コールは食べ物を前にしてうずくまった。感謝の気持で、黙々と食べはじめた。うまい食べ物だった。焼きぐあいも味加減もいい。へんてこな容器にはいったオレンジジュースを飲み、なじみのない甘い飲み物を飲んだ。大半は見たこともない料理だったが、気にはならなかった。長い道のりを歩いてきた上に、まだ朝がくるまで長い旅をしなくてはならない。日が昇る前にあの山の奥深くへはいってしまわなければ。あそこの林と草むらの中へはいれば安全だ、と本能が告げていた――すくなくとも、いまよりは安全だ。

彼は夢中で食べつづけた。すべてを平らげおわるまで顔を上げなかった。それから手の甲で口のまわりをぬぐって、おもむろに立ちあがった。

　三人の子供たちは顔を寄せあって立ち、星間映話機をいじっていた。彼はしばらく子供たちをながめた。三人とも、小さいボックスから顔を上げなかった。自分たちのやっていることに熱中しきっていた。

「どうだ？」とコールはしびれを切らしてたずねた。「ちゃんと動くか？」

　しばらくして、スティーヴンが彼をふりかえった。少年の顔には奇妙な表情がうかんでいた。スティーヴンはこっくりうなずいた。「うん。動くよ。ちゃんと動くよ」

　コールは「よかったな」とつぶやいた。彼は背を向けて、街灯の明かりから離れた。

「そりゃよかった」

　子供たちは無言で、トマス・コールの姿が闇の中に消えるのを見送った。彼らはゆっくりとおたがいに顔を見あわせた。それからスティーヴンの手に握られたボックスに目を移した。そのボックスを見つめるうち、彼らはしだいに畏怖《いふ》にとらえられた。いま生まれたばかりの不安が、その畏怖とまじりあった。

3

　スティーヴンは向きを変え、家のほうに歩きだした。「こいつをパパに見せなきゃ」と彼はぼんやりした口調でつぶやいた。「パパに知らせないと。だれかに知らせないと！」

ラインハートは、その映話機のボックスを手の中で何度もひっくりかえして調べた。

「すると、彼はあの爆撃を逃れたわけですな」ディクスンが不承不承に認めた。「爆発の寸前に荷馬車から飛びだしたにちがいない」

ラインハートはうなずいた。「彼は逃れた。きみの手から逃れた――これで二度目だ」映話機をおくと、デスクの前でおちつかなげに立っている男のほうへ急に身を乗りだした。

「もう一度きみの名を」

「エリオットです。リチャード・エリオット」

「息子さんの名は？」

「スティーヴン」

「これが起きたのはゆうべかね？」

「八時ごろです」

「つづけて」

「スティーヴンが家の中にはいってきました。そのようすがおかしいんです。あの子は星間映話機を手に持っていました」エリオットはラインハートのデスクの上にあるボックスを指さした。「それです。あの子は妙にそわそわしていました。わたしはどうしたんだときききました。あの子はしばらく言葉が出てきません。すっかり動転してるんです。それからやっとその映話機を見せました」エリオットは身ぶるいするように大きく息を吸いこんだ。「それが前とちがっていることは、すぐにわかりました。わたしは電気技師です。一度、電池の交換でふたをあけたこともあります。内部のようすは、かなりはっきりおぼえています」エリオットは口ごもった。「長官、それが改造されているんです。回路のあっちこっちが変えられています。位置がちがいます。リレーの接続も前とちがいます。部品のいくつかは見あたりません。古い部品を応急に改造したものもくっついているんです。そのうちにわたしはあることに気づいて、それで公安警察に通報しました。その映話機は――本当に動くんですよ」

「動く？」

「いいですか、もとのそれはただのおもちゃでした。通信範囲といっても、せいぜい町の何ブロックか先まで。子供が自分たちの部屋から友だちと話ができる程度のものでした。いわばポータブルの映話スクリーンなんです。長官、わたしはその映話機をためしてみました。ボタンを押して、マイクで呼びだしてみました。そしたら――前線にいる軍艦につながったんです。プロキシマ・ケンタウリのむこうで行動中の戦艦に――八光年もの先ですよ。本物の映話機でも通信範囲の限界に近い距離です。だから、公安警察に連絡しました。すぐその場で」

ラインハートはしばらく無言だった。やがて、デスクの上のボックスをつついていった。

「前線の戦艦が呼びだせたというのか――こんな小さいもので？」

「そうです」

「制式の映話機の大きさはどれぐらいだ？」

ディクスンが答えた。「二十トンの金庫ぐらいはあります」

「そうだろうな」ラインハートは苛立たしげに手をふった。「よくわかった、エリオット。情報を提供してくれてありがとう。ごくろうさん」

公安警察官がエリオットをオフィスの外に連れだした。

ラインハートとディクスンは顔を見あわせた。

「まずい」ラインハートが荒々しい口調でいった。「例の男には才能がある。機械いじりの才能だ。こんな芸当ができるなら、天才かもしれん。彼がどの時代からやってきたかを考えてみろ、ディクスン。二十世紀の初頭だ。世界大戦が連続して起きる前だ。あれはユニークな時代だった。ある種の活力があり、ある種の才能が生まれた。驚くべき成長と発見の時代だ。発明家のエジソン、細菌学者のパスツール、園芸改良家のバーバンク、飛行家のライト兄弟。発明と機械。当時の人びとは、神秘的な機械いじりの才能を持っていた。機械に関する一種の直観だ――それがいまのわれわれには欠けている」

「つまり――」

「つまり、そういう人間がわれわれの時代にやってきたのは、戦争のあるなしにかかわらず、かんばしくない。彼はほかの人間とちがいすぎる。べつの線を志向している。われわれに欠けた能力がある。修理という能力だ。それがわれわれの不意をつき、混乱をきたす。しかも、目前に戦争を控えているのに……。

なぜＳＲＢコンピューターが彼を計算に組みいれられなかったのか、やっとわかりかけてきたぞ。われわれがこの種の人間を理解するのは不可能だ。ウィンスローによると、あの男はなにか仕事はないかとたずねた。どんな仕事でもできる、なんでも直せるといった。これがなにを意味すると思う？　わかるか？」

「いや」とディクスンはいった。「なにを意味するんです？」

「われわれの中にそんなことができるものがいるか？　いない。だれにもできない。われわれは専門化している。だれもが自分の得意分野、専門の仕事を持っている。わたしはわたしの仕事を理解し、きみはきみの仕事を理解している。進化の傾向はより大きい専門化をめざしている。人間社会は、力ずくで適応を強《し》いる生態系だ。たえず複雑性が高まるため、個人が自分の専門外のことを知るのは不可能になる——わたしは隣のデスクにすわった人間の仕事まで追いきれない。どの分野にも厖大な知識が積もり積もっていくからだ。それに、分野の数も多すぎる。

あの男はちがう。あの男はなんでも直せるし、どんなことでもできる。知識とか学問とか、分類されたデータの蓄積をたよりに仕事をするわけじゃない。あの男はなにも知らない。学問のかたちで頭の中にあるんじゃないんだ。彼は直観で作業する——彼の能力は、頭の中でなく、両手の中にある。なんでも屋だ。あの両手がそうなんだ！　たとえていえば、画家に似ている。一種の芸術家だ。すべてはあの両手の中にある——そして、彼はわれわれの生活をナイフの刃のように切り裂いていく」

「なるほど」

「もうひとつの問題は、あの男、あの変数人間が、アルバーティン山脈に逃げこんだことだ。これで捜索がえらくむずかしくなった。彼は利口だ——奇妙な抜け目なさがある。なにかの動物に似ている。あの男を捕まえるのは骨が折れるぞ」

ラインハートはディクスンを帰らせた。まもなく、彼はデスクの上の書類をひとつかみ持って、SRBコンピューター室へ向かった。コンピューター室は閉鎖されて、武装した公安警察官が何重にも入口をかためている。その人垣の前で、怒りにあごひげをふるわせ、大きな手を腰に当てて立っているのは、ピョートル・シェリコフだった。

「どうなってるんだ？」とシェリコフはかみついた。「中へはいって確率を見るのがどうしていけない？」

「すまん」ラインハートは警官たちをわきにどかせた。「いっしょにきてくれ。説明しよう」ドアがひらかれ、ふたりは部屋にはいった。その背後でふたたびドアが閉ざされ、警官たちの人垣が築かれた。「研究室からわざわざお出ましとは、どういう風の吹きまわしだね？」とラインハートはたずねた。

シェリコフは肩をすくめた。「理由はいくつかある。あんたにも会いたかった。映話で呼びだそうとしたが、おつなぎできませんという。こりゃなにかが起こったなと思ったよ。なにがあったんだ？」

「それはいま話す」ラインハートはカプランを呼びつけた。「ここに新しい情報がある。これをすぐ入力しろ。コンピューターが処理できるかどうかを知りたい」

「かしこまりました、長官」カプランは通信プレートを受けとり、それを入力スロットに入れた。コンピューターがブーンと音を立てた。

「まもなくわかる」ラインハートはだれにともなくいった。

シェリコフが鋭く彼を見やった。「なにがわかるんだ？　打ち明けてくれ。なにがあった？」

「困ったことができた。二十四時間前から、コンピューターがまったく数字を出さなくなっている。表示は空白のままだ。まったくの空白だ」

シェリコフは信じられないという顔をした。「しかし、そんなことはありえない。つねになんらかの確率は存在するんだから」

「確率は存在するが、コンピューターには計算できないんだ」

「どうして？」

「ある変数が導入されたからだ。コンピューターには扱えないひとつの因子が。それがあるために、まったく予測ができなくなった」

「それを排除するわけにはいかんのかね？」シェリコフがいたずらっぽくいった。「たんに――たんにそれを無視するわけには？」

「だめだ。それは実在している。現実のデータだ。したがって、それが予測のバランス、ほかの入手可能なデータの総合計に影響する。それを排除すれば、虚偽の表示が得られることになる。コンピューターは、真実とわかったデータを排除できない」

シェリコフは陰気に黒いあごひげをしごいた。「コンピューターが扱えない因子とはどんな種類のものか、それを知りたいね。同時代の現実に関係したすべてのデータをとりこめるものだと思っていたが」

「とりこめるとも。だが、この因子は同時代の現実と関係がない。そこが厄介なんだ。歴史調査部がタイムバブルを過去から回収するさいに、熱意がたたって、回路を早く切りすぎた。バブルは中身を乗せてもどってきた――二十世紀の人間を。過去からきた男を」

「なるほどね。二世紀前からきた男か」大柄のポーランド人は眉をよせた。「しかも、根本的にちがう世界観の持ち主。現代社会とはつながりがない。われわれの進路にはまったく組みこまれていない。したがって、SRBコンピューターは首をかしげている」

ラインハートはにやりとした。「首をかしげている？　かもしれんな。いずれにせよ、コンピューターはこの男に関するデータを扱いかねている。変数人間。どんな統計も出てこない――どんな予測も出てこない。そして、これがほかのすべての位相を狂わせた。われわれはたえず表示される勝敗の確率に依存している。戦争努力のぜんたいが、そのまわりで回転している」

「蹄鉄の釘だよ。むかしの詩をおぼえているか？　〝一本の釘がないために蹄鉄がなくなる。蹄鉄がなくなったために馬がだめになる。馬がだめになったために、乗り手も立往生――〟」

「そのとおりだ。こんなふうに飛びこんできたひとつの因子、たったひとりの人間が原因で、すべてが混乱する。ひとりの人間が社会ぜんたいのバランスを狂わせるなんて、およそありえないことに思える――だが、どうやらそうなったらしい」

「その男をどうするつもりなんだね？」

「公安警察に命じて、大々的に捜索をさせている」

「結果は？」

「彼はゆうべアルバーティン山脈に逃げこんだ。こうなると発見はむずかしい。あと四十八時間は逃げつづけるものと予想しなければならない。われわれがあの山地の全面破壊を準備するには、それぐらいかかる。ひょっとすると、もうすこしかかるかもしれん。そのあいだにも――」

「準備できました、長官」とカプランがいった。「新しい合計が出るところです」

ＳＲＢコンピューターは、新しいデータの計算を完了した。ラインハートとシェリコフはいそいでディスプレイの前に陣どった。

しばらくはなにも起こらなかった。やがて確率が数字になって現われた。

シェリコフが息をのんだ。99―2。地球有利。「こりゃすばらしい！　これで――」

その数字が消えた。代わって新しい確率が現われた。97―4。ケンタウルス有利。シェリコフは驚きと落胆のうめきをもらした。「待て」とラインハートがいった。「これが長つづきするとは思えん」

その数字も消えた。やつぎばやに確率がディスプレイに表示された。瞬時に変化していく数字の奔流だった。そして、ついにコンピューターは沈黙してしまった。

なにも現われない。どんな確率も。どんな数字も。ディスプレイは空白だ。

「わかったか？」ラインハートはつぶやいた。「くそ、いつもこれだ！」

シェリコフは考えこんだ。「ラインハート、あんたは衝動的すぎるよ。アングロサクソンの欠点だ。もっとスラブ的になれ。その男は二日以内に捕えられて、抹殺《まっさつ》されるんだろうが。きみ自身がそういったじゃないか。その間にも昼夜ぶっとおしで戦争努力はつづけられる。艦隊はプロキシマ付近で待機し、ケンタウルス軍に対する攻撃の布陣をしく。軍需工場はすべてフル操業。攻撃開始日時までには、本格的規模の侵攻軍がケンタウルス植民地への遠征準備を完了しているだろう。地球の全人口が動員された。八つの補給惑星が資源を送りこんでくる。たとえ確率は表示されなくても、このすべてが昼夜兼行でつづいているんだ。攻撃がはじまる前には、その男はまちがいなく死んでいるだろうし、コンピューターもまた表示ができるようになっているはずだよ」

ラインハートは考えた。「しかし、それでも心配だ。あんな男を自由にしておくのは。野放しにしておくのは。予測不能の男。それは科学にも反する。われわれは二世紀にわたって社会に関する統計的報告をつづけてきた。厖大なデータのファイルがある。コンピューターは、各個人、各集団が、与えられた時点に与えられた状況でなにをするかを予測できる。だが、この男はあらゆる予測の彼方にある。彼は変数だ。それは科学に反する」

「不確定粒子か」

「なんのことだ？」

「ある瞬間にどの位置を占めるかを予測できないような動きをする粒子だよ。ランダムなんだ。ランダム粒子」

「そのとおり。それは――それは不自然だ」

シェリコフは皮肉な笑い声を上げた。「そんなことは気にするな、長官。その男はいまにつかまり、万事が自然な状態にもどる。あんたはふたたび人民の動きを、実験室の迷路の中にいるネズミのように予測できるようになる。ところで――なぜこの部屋は閉鎖されたんだ？」

「コンピューターが表示不能になったことを、だれにも知られたくない。戦争努力にとって有害だ」

「たとえば、マーガレット・ダッフェに知られたくないわけか？」

ラインハートは不承不承にうなずいた。「ああいう議会派は臆病すぎる。SRBの確率が表示不能だと知ったら、戦争計画を中断して、待機状態にもどろうといいだすだろう」

「それが歯がゆいのかね、長官？　法律、討論、評議会、投票……。もし、ひとりの人間が全権力を握れば、大きな時間の節約になるというわけか。ひとりの人間が大衆になにをすべきかを教え、大衆の代わりに考え、彼らをひきずりまわせば」

ラインハートは巨体のポーランド人に批判的な目を向けた。「それで思いだした。イカロスはどうなっている？　制御タレットの作業は進んでいるのか？」

シェリコフの幅の広い顔に渋い表情がうかんだ。「制御タレット？」大きな手をあいまいにふって、「まあ順調といえるだろう。そのうちに予定に追いつくさ」

とたんにラインハートは油断のない顔になった。「追いつく？　というと、まだ予定より遅れているのか？」

「いくらかな。ほんのすこしだ。しかし、いまに追いつくよ」シェリコフは戸口へ退却した。「下のカフェテリアでコーヒーでも飲もう。あんたは取越し苦労のしすぎだよ、長官。

もっと落ちついたほうがいい」

「そうかもしれん」ふたりの男は廊下を歩きだした。「神経がぴりぴりしてるんだ。その変数人間のことが、どうしても頭から離れない」

「その男がなにかやらかしたのかね？」

「なにも重要なことはしてない。子供のおもちゃの配線を変えただけだ。おもちゃの映話機の」

「ほう？」シェリコフは興味を示した。「どういう意味だね？　その男はなにをした？」

「見せよう」ラインハートはシェリコフを連れて自分のオフィスにはいった。彼はシェリコフにそのおもちゃを渡し、コールがやったことの概略を説明した。奇妙な表情がシェリコフの顔をよぎった。彼はボックスの突起を押した。ボックスのふたがひらいた。巨体のポーランド人はデスクの前にすわり、ボックスの内部を調べはじめた。

「過去からきた男がこの配線を変えたのはたしかなのか？」

「もちろんだ。その場でな。持ち主の子供は、遊んでいる最中にそれをこわした。そこへ変数人間がやってきたので、子供は彼に直してくれとたのんだ。彼はそれを直した。完全に」

「信じられない」シェリコフは配線から二、三センチのところに目を近づけた。「こんな小さいリレーを。どうやって彼は――」

「どうした?」

「なんでもない」シェリコフはボックスのふたをていねいに閉めて、だしぬけに立ちあがった。「これを借りていってもいいか? わたしの研究所でもっとくわしく分析してみたい」

「いいとも。しかし、なぜ?」

「これといった理由はない。コーヒーを飲みにいこう」シェリコフはドアのほうへ歩きだした。「で、その男を一、二日中に捕まえる予定なんだね?」

「殺すんだ、捕まえるんじゃない。あの男を一片のデータとして消去しなくちゃならん。いま、攻撃隊を編成中だ。今回は失敗が許されん。そこで、アルバーティン山脈ぜんたいが平らになるまで絨毯《じゅうたん》爆撃を加える計画だ。これから四十八時間以内に、なんとしてもあの男を抹殺しなければならん」

シェリコフはうわの空でうなずいた。「そうだな」とつぶやいた。彼の大きな顔には、まだほかのなにかに夢中な表情が残っていた。「よくわかるよ」


トマス・コールは自分でおこした焚火の前でうずくまり、両手をあたためた。もうじき夜が明ける。空が紫がかった灰色に変わってきた。山の空気はすがすがしく冷たい。コールは身ぶるいして焚火に近づいた。

火のぬくもりが、両手にこころよく感じられた。両手。火明かりを受けて橙色《だいだいいろ》に見えるその手を、コールは見つめた。爪は黒くよごれて、割れている。指にも、掌にも、つぶれてはまたできあがったまめがある。しかし、りっぱな手だ。指は長く、先細りになっている。コールはその手を尊敬してはいるが、自分でもよく理解できない。

コールは自分のおかれた状況をじっと考えこんだ。

これで山の中へはいってから、二晩と一日を過ごしたことになる。最初の夜は最悪だった。ころんだり、滑り落ちたりしながら、けわしい斜面をあぶなっかしく登り、からみあった藪と下生えの中を——

だが、日が昇ったときには、もう安全だった。ふたつの大きな峰のあいだにある深い山の中にいた。そして、日がふたたび沈むころには、雨露を防ぐ隠れ家と、火をおこす手段を手に入れていた。いまでは、草を編んだロープと、穴と、刻み目をつけた杭《くい》の組みあわせで、巧妙な小型の罠もできあがった。すでに一ぴきのウサギが後脚を上にして吊るされ、罠はつぎの獲物を待っていた。

空は紫がかった灰色から、つめたく濃い、金属的な灰色に変わった。山々は静まりかえり、人けがない。どこか遠くで一羽の小鳥がさえずり、その声が広大な斜面と谷間にこだましていた。ほかの小鳥たちも歌いはじめた。彼の右手でガサガサと音がした。茂みをかきわけていく動物だ。

一日が明けようとしている。この山での二日目が。コールは立ちあがって、ウサギを綱からはずしはじめた。食事の時間だ。それからは？　それからはまだ計画がない。いまある道具とこの器用な両手で当分生きていけることは、本能的にわかっていた。獲物を殺して、その皮を剝ぐこともできる。そのうちには、もっと永久的な住居も作れるし、毛皮から着るものも作れる。冬には——

だが、コールはそんな先のことを考えていなかった。焚火の前に立ち、両手を腰に当てて空を仰いだ。とつぜんぎくりとして、目をこらした。なにかが動いたのだ。空の上でなにかが灰色の中をゆっくりと漂っている。ひとつの黒点が。

彼はいそいで焚火を踏み消した。なんだろう？　目をこらして、それを見きわめようとした。鳥？

第二の黒点が第一のそれに加わった。ふたつの黒点。やがて、それが三つにふえた。四つ。五つ。黒点の群れが早朝の空を横ぎって、ぐんぐん近づいている。山のほうに。彼のほうに。

コールはいそいで焚火から離れた。ウサギの死骸をさらいあげ、それをかかえて、枝葉で隠した小屋の中にはいった。この中にいれば、空からは見えないだろう。だれにも見つからない。だが、もしやつらが焚火に目をとめていたら——

彼は小屋の中にうずくまり、黒点がしだいに大きくなるのをながめた。飛行機だ、まちがいない。翼のない黒い飛行機が刻々と近づいてくる。いままでは音も聞こえるようになった。かすかな鈍いブーンというひびきがしだいに大きさをまし、やがて足もとで地面が揺れだした。

先頭の飛行機が急降下した。つぶてのように落ちながら、黒く巨大にふくれあがった。コールは息をのみ、腰を落とした。飛行機は弧を描いて近づき、地上を低くかすめた。とつぜん積荷がこぼれだした。白い包みが落下し、花の種のように散らばった。

その包みは地上へと漂いおりてきた。そして着陸した。どれもが兵士だった。軍服を着た兵士だった。

いまや二機目が降下をはじめた。うなりを上げて頭上を通りすぎながら、その積荷を投下した。さらにたくさんの包みがこぼれ出て、空を満たした。三機目、つづいて四機目が急降下した。空は漂いおりる白い包みでいっぱいになった。花の種が白い毛布のように舞いおりてきて、地上に落ちついた。

地上では、兵士たちが、いくつかの班に分かれた。そのさけび声は、小屋の中にうずくまったコールの耳にも伝わってきた。彼の全身を恐怖がつらぬいた。兵士たちは小屋の周囲に着陸している。逃げ道はさえぎられた。最後の二機は、コールの背後に兵士を降下させたのだ。

コールは立ちあがり、小屋から外に出た。何人かの兵士が、焚火の跡の灰と消し炭を発見していた。ひとりの兵士が膝をつき、消し炭に手をふれた。彼はほかの仲間に手をふった。兵士たちはまわりをとりかこんで、声をかけあったり、手で合図したりしている。中のひとりが一種の銃を据えつけはじめた。ほかの兵士たちは、巻いた管のようなものをほどき、そこに奇妙なパイプや機械をくっつけはじめた。

コールは逃げた。なかば滑り落ちるように斜面をくだった。谷底で起きあがり、茂みの中に飛びこんだ。蔓枝《つるえだ》と木の葉が彼の顔をひっかき、切り裂いた。からみあった藪に足をとられて、また倒れた。必死に起きなおり、足をひき抜こうとした。ポケットのナイフに手が届きさえすれば――

声。足音。兵士たちがあとを追って斜面を駆けおりてくる。コールは必死に身をもがき、息をはずませ、体をよじって逃れようとした。蔓枝をひきちぎろうと足をひっぱり、両手でつかもうとした。

ひとりの兵士が膝をついて、銃を構えた。さらにおおぜいの兵士が到着して、めいめいが銃の狙いをつけた。

コールはひと声さけんだ。目をつむり、とつぜん全身の力を抜いた。汗が首すじを流れ落ちてシャツの中にはいっていく。網のようにからみついた蔓枝や木の枝に体をあずけ、歯を食いしばりながらじっと待った。

静寂。

コールはゆっくり目をあけた。兵士たちは隊形をととのえていた。斜面をこっちへくだってくる大男が、歩きながら大声で命令している。

ふたりの兵士が茂みの中にはいってきた。ひとりがコールの肩をつかんだ。

「逃がすなよ」大男は、黒いあごひげをつきだすようにして近づいた。「しっかりつかんでろ」

コールは息をあえがせた。とうとう捕まった。どうすることもできない。さらに新手《あらて》の兵士たちが谷に下りてきて、四方をとりまいた。ふしぎそうにコールをながめ、ひそひそささやきあっている。コールは疲れたように首をふり、だんまりをきめこんだ。

あごひげを生やした大男は、彼の前に立ち、両手を腰において、じろじろとながめた。

「逃げようとするな」と男はいった。「きみは逃げられない。わかるな？」

コールはうなずいた。

「そうか、よろしい」男は手で合図した。兵士たちがコールの腕と手首に金属の輪をはめた。金属が皮膚に食いこみ、彼は苦痛のうめきをもらした。両足にも輪がはめられた。

「われわれがここから外に出るまで、はめたままにしておく。長い旅になるが」

「どこへ――どこへ連れていくんだ？」

ピョートル・シェリコフはしばらく変数人間を見つめてから答えた。「どこへ？　研究所まできみを連れていくつもりだ。ウラル山中の」彼はだしぬけに空を見あげた。「いそいだほうがいい。あと二、三時間のうちに、公安警察が爆撃を開始するだろう。それがはじまる前に、ここからできるだけ遠くへ離れていたい」

シェリコフは補強された安楽椅子に腰をおろし、吐息をついた。「やっぱりここが一番だ」彼は衛兵のひとりに合図をした。「よし。彼の拘束を解いてくれ」

金属のクランプが、コールの手足からはずされた。コールはその場にへたりこんだ。シェリコフは無言で彼をながめた。

コールは床の上にすわり、だまって手足をさすりつづけた。

「なにがほしい？」シェリコフはきいた。「食べ物か？　腹がへったか？」

「いや」

「薬は？　気分がわるいか？　けがをしたか？」

「いや」

シェリコフは鼻にしわをよせた。「風呂にはいったほうがよさそうだな。それはあとで手配しよう」

彼は葉巻に火をつけ、灰色の煙をあたりにまきちらした。部屋の入口には、ふたりの衛兵が銃を構えて立っている。そのふたりをべつにすると、部屋の中にいるのはシェリコフとコールだけだった。

トマス・コールは、首をうなだれて床の上にうずくまっていた。ぴくりとも動かなかった。こうしていると、彼の体は前よりいっそうひょろ長く猫背に見えた。髪はくしゃくしゃにもつれ、あごと頬には灰色の無精ひげが伸びかけていた。茂みの中を這い歩いたために、衣服はよごれ、あっちこっちが裂けていた。皮膚にも切り傷やひっかき傷があった。首すじや頬やひたいはやけどで赤くただれていた。ひとことも口をきかない。胸が大きく波打っている。ライトブルーの瞳はほとんど閉ざされたままだ。かなりの年齢に見える。しなびてひからびた老人に。

シェリコフは衛兵のひとりに手をふった。「医者を呼んできてくれ。この男を診察させたい。点滴が必要かもしれんな。ここしばらく、なにも食べてないようすだ」

衛兵は部屋を出ていった。

「きみの身になにかあっては困る」シェリコフはいった。「話を進める前に、健康状態を調べさせてもらうよ。同時に、シラミも駆除しよう」

コールはだまっていた。

シェリコフは笑いだした。「元気を出せ！　めいる理由はなにもない」コールのほうに身を乗りだして、太い指をつきつけた。「あと二時間できみは死ぬところだったんだぞ、あの山の中で。それを知ってるか？」

コールはうなずいた。

「わたしを信用してないな。いいか」シェリコフは手をのばして、壁にとりつけられた映話スクリーンのスイッチを入れた。「これを見ろ。まだ作戦がつづいているはずだ」

　スクリーンが明るくなった。映像が現われた。

「これは極秘の公安省チャンネルだ。数年前からわたしは通信の傍受をはじめた――自衛のために。いまわれわれが見ている映像は、そっくりそのままエリック・ラインハートに送られている」シェリコフはにやりとした。「いまきみが画面で見ている作戦は、そのラインハートが手配したものだ。よく見ろ。二時間前に、きみはあそこにいたんだぞ」

　コールはスクリーンに向きなおった。最初はなにが起きているのか、よく見わけられなかった。スクリーンに映っているのは、泡だっている巨大な雲、渦のような動きだった。スピーカーからは遠雷のような低いとどろきが聞こえていた。やがて場面が変わり、すこしちがった角度からのながめになった。コールははっと身をかたくした。

　彼がながめているのは、山脈ぜんたいの破壊だった。

　その映像は、かつてアルバーティン山脈だったものの上空を飛んでいる艇から撮影したものだ。もはやそこにあるのは渦巻く灰色の雲と、天に冲《ちゅう》する微粒子の噴煙だけだった。巻きあげられた燃えかすの煮えたぎる渦が、しだいに風に流されて四方へ散っていく。

　アルバーティン山脈は跡形もとどめていなかった。あとに残ったのは、いくつかの巨大な灰の雲だけだった。眼下には、火と雨に見舞われたぎざぎざの平原がひろがっていた。

ところどころに大きな傷口がぱっくりあいていた。底なしの巨大な穴だ。目の届くかぎり、えんえんとつらなるクレーターの群れ。爆孔と灰燼《かいじん》。それは荒れ果てた、あばただらけの月面を思わせた。二時間前のそこは、うねうねつづく尾根と谷、下生えと緑の藪と木々の世界だったのに。

コールは目をそむけた。

「これでわかったろう？」シェリコフはスクリーンを切った。「二時間前まで、きみはあそこにいた。あの大音響と煙――すべてはきみを殺すためだ。過去からきた変数人間であるきみを殺すためだ。こんどこそきみを仕留めようと、ラインハートがあの作戦を手配した。そこをわかってほしい。きみがそこを理解することが、非常に重要なんだ」

コールはだまっていた。

シェリコフは自分の前にあるデスクの引き出しをあけた。そこから小さい四角なボックスをとりだし、コールのほうにさしだした。

「きみがこれを配線した、そうだろう？」

コールはその箱を手にとった。しばらくは、疲れきった頭がうまく働いてくれなかった。なんだろう？　彼はその箱を見つめた。これは子供のおもちゃだ。星間映話機、子供たちはそう呼んでいた。

「ああ。これを直したのはおれだ」彼はシェリコフにそれを返した。「子供らのために直してやった。こわれてたんでな」

シェリコフは大きな目をぎらつかせて、相手をじっと見つめた。彼がうなずくと、黒いあごひげと葉巻が上下をくりかえした。

「よろしい。それだけを知りたかったんだ」シェリコフはふいに椅子をうしろに押しやって立ちあがった。「医者がきた。彼がきみをもとの体にしてくれるだろう。必要な手当をしてくれるだろう。そのあとで、もう一度話しあおう」

医者が彼の腕をかかえて助け起こすと、コールはべつに文句もいわずに立ちあがった。

コールが診療室から解放されたあと、シェリコフは研究室の階上にある専用の食堂で彼と落ちあった。

ポーランド人はがつがつと料理をたいらげ、食べながら話をつづけた。コールはその向かい側に無言ですわり、なにも食べずにいた。古いよごれた服はとりあげられ、新しい服が与えられていた。ひげを剃り、全身をマッサージされていた。やけどや切り傷はすでに治り、体と髪を洗ったあとだった。いまの彼は前よりずっと健康で、若く見えた。しかし、まだ猫背で疲れており、ライトブルーの瞳はどんよりしている。シェリコフが西暦二一三六年の世界の現状を説明するのを、コールはなんの感想もはさまずに聞きいった。

「これでわかったろう」シェリコフはチキンの骨をふりたてて結論にはいった。「なぜ、きみの出現によって、われわれの計画が根本からくつがえされたか。われわれのことをよく知ったいまでは、なぜラインハート長官があれほど執念深くきみを抹殺しようとしたかがよくわかるはずだ」

コールはうなずいた。

「いいかね、ラインハートは、SRBコンピューターの計算不能が、戦争努力をおびやかす最大の危険だと信じている。だが、そんなものはなんでもない！」シェリコフはからになった皿を騒々しく押しやり、コーヒーを飲みほした。「結局、戦争は統計的予測なしでもやれる。SRBコンピューターは計算するだけだ。コンピューターは機械的な傍観者でしかない。コンピューターだけで戦争の成り行きは変えられない。戦争するのは人間だ。コンピューターは分析するだけだ」

コールはうなずいた。

「コーヒーは？」とシェリコフはきいた。彼はプラスチック容器をコールのほうに押しやった。「お代わりをどうぞ」

コールはお代わりを受けとった。「ありがとう」

「いいかね、われわれのかかえる本当の問題は、まったくべつのものなんだ。コンピューターは、人間が長いあいだかかって計算することを、二、三分でやってのけるというだけだ。われわれの召使というか、ひとつの道具なんだ。われわれがその神殿へ足を運んで祈る神々じゃない。われわれに代わって未来をのぞいてくれる神託じゃない。コンピューターに未来はのぞけない。たんに統計的予測をするだけだ——予言じゃない。そこに大きなちがいがあるんだが、ラインハートやその手合いは、ＳＲＢコンピューターのような機械を神々に仕立ててあげてしまった。だが、わたしには神々はいない。すくなくとも、わたしの見るかぎりでは」

コールはコーヒーをすすりながらうなずいた。

「きみにこんな話をするのは、われわれがどんな壁にぶつかっているかを理解してほしいからだ。地球は歴史の古いケンタウルス帝国に包囲されている。その帝国は、何十世紀、何千年も前から、この宇宙に存在していた。いつからあったのかは、だれも知らない。帝国は老いている——腐敗して崩れかけている。堕落して打算的だ。しかし、その帝国がこの周辺の宇宙の大半を支配しているため、われわれは太陽系の外へ進出できない。イカロスのことはもう話した。ヘッジの超光速飛行の研究のことも話した。われわれはケンタウルスとの戦争に勝たなくてはならん。長年、この日のために準備をととのえてきたんだ。人類が壁を突破して、星々のあいだに進出していく日のために。イカロスはその決め手になる兵器だ。イカロスに関するデータで、ＳＲＢの確率は地球有利に変わった——歴史上はじめて。つまり、ケンタウルスを相手にした戦争の勝利は、ＳＲＢコンピューターじゃなく、イカロスにかかっているんだ。わかるか？」

コールはうなずいた。

「しかし、問題がひとつある。わたしがコンピューターに入力したイカロスのデータには、イカロスが十日以内に完成すると明記されていた。その半分あまりの日数がすでに過ぎた。だが、制御タレットの配線がまったく進んでいない。あのタレットにはお手上げだ」シェリコフは皮肉な笑みをうかべた。「わたしも配線に手を染めてみたが、ぜんぜんだめだった。なにしろこみいっている――それに小さい。たくさんの技術的な問題がまだ解決されないんだ。なにしろ、これがはじめてだからな。これまでに何度も試作品を作った経験があるならともかく――」

「はじめての試作品か」コールはいった。

「しかも、四年前に死んだ男の設計をもとにしたものだ――彼はもうわれわれの誤りを訂正してくれない。われわれはイカロスをこの研究所の中で作っている。だが、いろいろ問題が多くて、手を焼いているんだ」だしぬけにシェリコフは立ちあがった。「とにかく、研究室へ行って実物を見よう」

シェリコフが先に立ち、ふたりは一階下におりた。コールは大実験室の入口で思わず足をとめた。

「なあ、たいしたもんだろう」シェリコフはうなずいてみせた。「安全のために、こいつは研究所のいちばん下の階層においてある。充分に保護してある。はいってくれ。これから仕事があるんだ」

大実験室の中央にイカロスはそそり立っていた。いつかそのうち、この灰色のずんぐりした円筒が、四光年あまり彼方のプロキシマ・ケンタウリの中核に向かって、宇宙空間を光の数千倍の速度で飛行するのだ。円筒のまわりでは、制服の人びとが、残された仕事を仕上げようと熱にうかされたように働いていた。

「こっちへきてくれ。これが制御タレットだ」シェリコフはコールを部屋の一隅に導いた。「ここは厳重に警備されている。ケンタウルスのスパイが地球のいたるところにもぐりこんでいるんでな。彼らはあらゆる情報を盗もうとしている。だが、われわれもおなじことをしている。SRBコンピューターに入力する情報は、そこから手に入れているんだ。どちらの星系にもスパイがいるんだよ」

半透明の球形をした制御タレットは、金属の台座の中央におかれ、その両側に武装した衛兵が立っていた。シェリコフが近づくと、彼らは銃を下におろした。

「これにめったなことがあってはたいへんだ」シェリコフはいった。「これには地球の運命がかかっている」彼は球体を片手でつかもうとした。その途中で手がさえぎられた。空中にある見えない障壁にぶつかったのだ。

シェリコフは笑いだした。「バリヤーだ。切ってくれ。まだスイッチがはいってる」

衛兵のひとりが手首につけた装置のボタンを押した。球体の周囲で空気がちらちら光って消えた。

「よし」シェリコフの手が球体をつかんだ。それを台座からそうっとはずして、コールの前にさしだした。「これが、こっちのでっかい円筒の制御タレットだ。プロキシマ星にはいった瞬間に、こいつがイカロスを減速させる。減速したイカロスは、この宇宙に再突入する。その星の中心で。すると——もうプロキシマ星はなくなる」シェリコフはにこにこした。「そして、アルムンもなくなる」

だが、コールは聞いていなかった。彼はシェリコフから球体を受けとって、ぐるぐるひっくりかえし、その表面をなでまわし、顔を近づけた。うっとりした目つきで、その内部をのぞきこんだ。

「配線は目に見えないよ。レンズがないと」シェリコフの合図で、メガネ形のマイクロ・レンズが届けられた。シェリコフはそれをコールの鼻の上にのせ、つるを耳のうしろにひっかけた。「さあ、これでためしてみてくれ。倍率は調節できる。いまは一〇〇〇倍にしてある。もっと上げることも、下げることもできる」

コールは息をあえがせ、体をふらつかせた。シェリコフが彼を支えた。コールは球体の中をのぞきこみ、メガネの焦点を合わせながら、首をわずかに動かした。

「すこし練習が必要だ。しかし、それがあればずいぶん助かる。極微の配線ができる。もちろん、専用の道具もあるよ」シェリコフは言葉を切り、唇をなめた。「われわれにはうまくやれない。マイクロ・レンズと小さい工具を使って回路の配線ができる人間は、ごくわずかしかいない。ロボットも使ってみたが、この仕事にはたくさんの意思決定が要求される。ロボットには意思決定ができない。反応するだけだ」

コールは無言だった。唇を結び、身をこわばらせて、球体の内部をのぞきこんでいた。シェリコフはなんとなく気味がわるくなった。

「きみを見てると、むかしの占い師のようだな」シェリコフは冗談めかしていったが、背すじにつめたいものが走った。「返してもらおうか」片手をさしだした。

ゆっくりとコールは球体を返した。しばらくしてメガネをはずしたが、まだ考えこんでいるようすだった。

「どうした?」とシェリコフはうながした。「これでわたしの希望はわかったろう。このくそいまいましいしろものを配線してほしいんだ」シェリコフは大きな顔をきびしくひきしめて、コールに近づいてきた。「きみならできると思う。いま、きみがこれを手に持っていたようすで、それがわかる——それと、もちろん、きみがあのおもちゃを改造した手ぎわからもだ。こいつの配線を完成させてくれ——五日間で。ほかのだれにもそれはできない。そして、もしこれが完成しなければ、ケンタウルスが宇宙の支配をつづけ、地球は太陽系の中でじっとがまんしなけりゃならない。ひとつの小さい平凡な恒星、全銀河系と比べたら、塵のひと粒にしかすぎないものの中で」

コールは答えなかった。

シェリコフは苛立ってきた。「どうなんだ？　返事は？」

「もし、この装置を配線しなかったらどうなる？　つまり、おれはどうなるね？」

「そのときは、きみをラインハートにひきわたす。ラインハートは即刻きみを殺すだろう。彼はきみが死んだと思っている。アルバーティン山脈が破壊されたときにだ。もし、わたしがきみを救ったことを彼が知ったら――」

「なるほど」

「わたしがきみをここに連れてきた理由はただひとつだ。もしこれを配線してくれたら、きみ自身の時代へ帰してあげよう。もし断わったら――」

コールは陰鬱な顔でじっと考えこんだ。

「そうして損はないだろう？　あのままなら、きみは死んでいたんだぞ。われわれがあの山中からきみを連れださなければ」

「本当にもとの時代へ帰してくれるのか？」

「もちろんだ！」

「ラインハートは干渉してこないんだな？」

シェリコフは笑いだした。「彼になにができる？　どうやってわたしを妨害できる？　ここにはわたしの軍隊がある。きみも彼らを見たはずだ。きみのまわりに着陸した兵士たちを。だいじょうぶ、帰れるとも」

「ああ。あんたの軍隊は見た」

「では、承知してくれるな」

「承知した」トマス・コールはいった。「あんたのために配線しよう。制御タレットを完成させてやるよ――これからの五日間で」

4

それから三日後に、ディクスンは閉回路の通信プレートを上司のデスクの上においた。

「これを。興味がおありかと思いまして」

ラインハートはおもむろにそのプレートをとりあげた。「なんだね？　わたしにこれを見せるために、わざわざやってきたのか？」

「そのとおりです」

「なぜ映話で送らなかった？」

ディクスンは暗い笑みをうかべた。「これを復調されればわかりますよ。プロキシマ・ケンタウリから送られてきたものです」

「ケンタウリ！」

「われわれの逆スパイ機関です。彼らが直接わたしに送ってきました。わたしが復調しましょう。お手間をはぶくために」

ディクスンはラインハートのデスクのうしろにまわった。彼は長官の肩ごしに手をのばし、通信プレートをつかんで、親指の爪で封を切った。

「驚かないように」ディクスンはいった。「これは大きなショックですよ。アルムンに潜入したわれわれの情報員によると、ケンタウルス最高議会は、間近にせまった地球軍の攻撃に対処するため、緊急会議を召集したそうです。ケンタウルスのスパイは、地球のイカロス爆弾がほとんど完成したことを最高議会に報告しました。爆弾の製造作業は、地球人の物理学者ピョートル・シェリコフの指揮のもとに、ウラル山中の地下研究所で最終段階にはいっている、と」

「シェリコフ自身の口からもそれは聞いた。ケンタウルス人があの爆弾のことを知っているのに驚いたのかね？　彼らはおびただしい数のスパイを地球に送りこんでいる。べつに耳新しくはない」

「まだあります」ディクスンはふるえる指で通信プレートをなでた。「ケンタウルス側のスパイはこう報告しているんです。ピョートル・シェリコフがタレットの配線を完成させるため、過去の時間連続体から優秀な機械技術者を招きよせた、と」

ラインハートはふらりとよろめき、デスクにつかまった。目をつむり、荒い息を吐いた。

「あの変数人間はまだ生きています」ディクスンはつぶやいた。「どうやって逃げのびたのか、見当もつきません。アルバーティン山脈はまったく跡形もないんです。いったいどうしてあの男は、地球を半周したむこうにたどりつけたのか？」

ラインハートは顔をゆがめ、ゆっくりと目をあけた。「シェリコフだ！　爆撃がはじまる前に、シェリコフがさらっていったにちがいない。わたしはシェリコフに作戦開始時刻を教えた。あいつは助けがほしかったんだ――変数人間の。でないと、約束を果たせそうもなかった」

ラインハートは勢いよく立ちあがると、部屋の中を行ったりきたりしはじめた。「SRBコンピューターには、変数人間が抹殺されたという情報を与えてしまった。いまコンピューターは、7―6で地球有利という、もとの確率を表示している。だが、その確率は誤った情報に基づいたものだ」

「では、その誤ったデータをとり除いて、もとの状況に復帰させれば」

「いや」ラインハートは首をふった。「それはできん。コンピューターを機能させておかねばならん。作動停止の再発は許せない。危険すぎる。もしダッフェが感づいたら――」

「じゃ、どうするつもりです？」ディクスンは通信プレートをとりあげた。「コンピューターに虚偽のデータを入れっぱなしにはできません。それは反逆行為です」

「あのデータは取り消しがきかんのだ！　それに代わる価値のあるデータが存在しないかぎりは」ラインハートは腹だたしげに歩きまわった。「くそ、あの男はまちがいなく死んだと思っていた。これは信じられない状況だ。あの男を抹殺しなければならん――いかなる代償をはらっても」

とつぜんラインハートは足をとめた。「タレットだ。おそらくいまごろはもう完成しているだろう。そうだな？」

ディクスンはゆっくり同意のうなずきを返した。「あの変数人間の手をかりて、シェリコフはきっと予定より早く作業を完了しているでしょう」

ラインハートの灰色の瞳がきらりと光った。「とすれば、彼はもう用ずみだ――シェリコフにとってもな。危険をおかしてもいい……たとえ、強硬な反対があっても……」

「どういうことです？」ディクスンは問いかけた。「なにを考えてるんです？」

「即時行動をとるとしたら、どれぐらいの部隊が動かせる？　予告なしに、どれだけの兵力が動員できる？」

「開戦を目前にして二十四時間態勢の動員を完了しました。空軍が七十個部隊、それに地上軍が約二百個部隊。公安警察隊の残りは戦線に移管され、軍の指揮下にあります」

「兵士は？」

「約五千名の兵士が出撃準備を完了、まだ地球に待機しています。彼らの大部分は、軍用輸送船に移される途中です。いつでも差し止めることはできます」

「ミサイルは？」

「さいわい、発射管はまだ分解されていません。まだ地球上にあります。ここ数日中に植民地の局地戦用に積みこまれる予定ですが」

「では、まだ即時行動に利用できるんだな？」

「はい」

「よろしい」ラインハートは両手を組み、指に力をこめて、とつぜんの決断をくだした。「それは好都合だ。わたしの思いちがいでないかぎり、シェリコフは半ダースほどの空軍部隊しか持っておらず、地上車輛はゼロ。それに、兵士の数も二百名程度だ。もちろん、防御バリヤーはあるが――」

「なにを計画してるんです？」

ラインハートの顔は石のように灰色できびしかった。「出動可能な全警察隊をきみの直接指揮下におくよう、命令を出せ。きょうの午後四時までに移動の準備を完了させろ。訪問するところがある」ラインハートはきびしい顔で述べた。「不意の訪問だ。相手はピョートル・シェリコフ」

「ここでとまれ」ラインハートは命令した。

装甲車はスピードを落とし、停止した。ラインハートは用心深く顔を出し、行く手の地平線に目をこらした。

四方には、砂といじけた雑草だけの砂漠がひろがっている。なにひとつ動くものがない。その雑草だけの荒れ地が右手のほうで盛りあがり、巨大な連峰を形作っている。果てしなくつづく連峰は、はるか遠くで視界から消えている。ウラル山脈だ。

「あそこだ」ラインハートが指さして、ディクスンにきいた。「見えるか？」

「いいえ」

「よく見ろ。さがすものがわからなければ、見つけるのはむずかしい。直立したパイプだ。一種の通風口だな。それとも潜望鏡」

ディクスンはようやくそれを見つけた。「いわれなければ、気がつかずに通りすぎていましたよ」

「うまく隠してある。研究所の本体は一キロあまりの地下だ。山脈そのものの下だ。難攻不落。どんな攻撃にも耐えられるように、シェリコフが何年か前に設計した。空襲にも、地上車にも、爆弾にも、ミサイルにも――」

「じゃ、地下で安全だと思いこんでいるでしょう」

「そのはずだ」ラインハートは空を見あげた。かすかな黒点がふたつ三つ、大きな輪を描いてゆっくりと飛んでいるのが見える。「あれは味方の艇じゃないな？　命令を――」

「はい。味方の艇じゃありません。味方の部隊は隠れています。あれはシェリコフ側です。彼のパトロールです」

ラインハートは緊張を解いた。「よし」手をのばして、車のダッシュボードの映話をつけた。「このスクリーンはシールドされているな？　探知はきかないだろうな？」

「彼らがどうあがいても逆探知はむりです。非指向性ですから」

スクリーンがよみがえった。ラインハートはキーを打ちこみ、すわって待つことにした。ほどなくスクリーンに映像が現われた。大きな顔だ。もじゃもじゃした黒い眉と、大きな目。

ピョートル・シェリコフは驚きと好奇心をあらわにして、ラインハートを見つめた。

「長官！　どこからかけているんだね？　いったい――」

「作業の進捗状況は？」とラインハートはひややかに割りこんだ。「イカロスの完成は間近いのか？」

シェリコフは誇らしげにほほえんだ。「イカロスは完成したよ、長官。予定より二日前にな。宇宙空間への発射準備もととのった。あんたのオフィスへ映話を入れたんだが、連絡がとれなくて――」

「わたしはオフィスにいない」ラインハートはスクリーンに顔を近づけた。「研究所の入口をあけろ。きみはいまから客を迎えることになる」

シェリコフは目をぱちぱちさせた。「客？」

「きみに会いにきた。イカロスの件で。すぐにトンネルをあけてもらいたい」

「いまどこにいるんだね、長官？」

「地上だ」

シェリコフの目がきらりと光った。「ほう？　しかし――」

「あけろ！」ラインハートは一喝した。腕時計に目をやって、「五分間で入口に着く。迎えの用意をしておくように」

「もちろんだ」シェリコフはあっけにとられた顔でうなずいた。「いつでも歓迎だよ、長官。ただ――」

「では、五分後に」ラインハートは通話を切った。スクリーンが暗くなった。彼はすばやくディクスンに向きなおった。「きみは打ち合わせどおり地上に残れ。わたしは一個中隊の警官を連れて地下におりる。この作戦に正確なタイミングが要求されることは心得ているな？」

「だいじょうぶです。準備は完了しました。全部隊が所定の位置についています」

「よろしい」ラインハートはディクスンのためにドアをあけた。「きみは指揮スタッフに加われ。わたしはこのままトンネルの入口に向かう」

「幸運を祈ります」ディクスンは車から砂地に飛びおりた。一陣の乾いた風が車内に吹きこみ、ラインハートのまわりで渦巻いた。「では、またあとで」

ラインハートはドアを閉めた。車のうしろで銃を構えてうずくまる一団の警官をふりかえった。「行くぞ」とラインハートはつぶやいた。「ついてこい」

車は砂漠を横ぎって走りだした。シェリコフの地下要塞の入口に向かって。

シェリコフは、トンネルのいちばん底でラインハートを出迎えた。トンネルの底は研究所のメイン・フロアに向かってひらいていた。

巨体のポーランド人は誇りと満足の笑みをたたえ、片手をさしのべて近づいてきた。

「これはようこそ、長官」

ラインハートは、武装した公安警察隊といっしょに車からおりた。「祝賀会をひらく必要があるな、どうだ?」

「それはいい！　予定を二日も短縮したんだからな。SRBコンピューターも興味を持つだろう。このニュースで、確率は激変するはずだ」

「まず大実験室へ行こう。制御タレットをこの目で見たい」

シェリコフの顔にちらと影がさした。「いまは技術者たちのじゃまをしたくないんだがね、長官。彼らはタレットを期日までに完成させようと、無理に無理を重ねてきた。現在、最終的な仕上げをいそいでいるところなんだ」

「では、映話スクリーンでながめてもいい。ぜひとも彼らが作業しているところを見たい。

あの細かい配線をするのは、なかなかたいへんだろう」

シェリコフはかぶりをふった。「残念だが、映話スクリーンでもお見せできない。わたしが許可しない。あまりにも重要な作業だからだ。地球の全未来がそこにかかっている」

ラインハートは警察隊に合図を送った。「この男を逮捕しろ」

シェリコフは蒼白になった。あんぐりと口をひらいた。警官たちはいそいで彼をとりかこみ、銃口を彼につきつけた。シェリコフはすばやい能率的な身体検査を受けた。ガンベルトと、巧みに隠したエネルギー・バリヤーが没収された。

「いったいどうした？」シェリコフはいくらか顔色を回復して詰問した。「なにをする気だ？」

「戦争の継続期間中、きみを拘留する。きみはすべての権限を剝奪された。いまからは、わたしの部下が軍事設計局を運営する。戦争が終わったあかつきには、きみは評議会とダッフェ大統領の前で裁判を受けることになる」

シェリコフは茫然とかぶりをふるばかりだった。「よくわからんな。どういうことだ？説明してくれ、長官。いったいなにがあったんだ？」

ラインハートは警官たちに合図した。「用意はいいか。いまから大実験室に向かう。実力行使で突入することになるかもしれん。変数人間はイカロス爆弾のそばで制御タレットを整備しているはずだ」

それを聞いたとたん、シェリコフの顔がきびしくなった。彼の黒い瞳は、敵意をおびてぎらぎら輝いた。

ラインハートはぎすぎすした笑い声を上げた。「ケンタウルスから逆スパイの報告があったのさ。きみとしたことがうかつだったな、シェリコフ。ケンタウルスのスパイはメッセージ中継機を持って、あらゆる場所に潜入している。それぐらいは当然――」

シェリコフが動いた。猛然と。だしぬけに警官の手をふりほどき、巨体で警察隊に体当たりを食わせた。警官たちが将棋倒しになった。シェリコフは逃げた――まっすぐ壁をめざして。警察隊があわてて射撃した。ラインハートも銃をひきぬこうとした。

エネルギー・ビームの閃光がひらめくなか、シェリコフは背をまるめて走り、壁にたどりついた。彼は壁に体当たりし――そして消えた。

「伏せろ！」ラインハートはさけんで、床に四つんばいになった。周囲で警官たちも床に身を投げだした。ラインハートは激しく毒づきながら、ドアに向かってすばやく這い進んだ。いますぐここから出なくては。シェリコフは脱出した。あれはにせの壁だ、彼の圧力に反応するようになっていたエネルギー・バリヤーだ。シェリコフはそこへ飛びこんで、安全地帯に逃れた。つぎは――

周囲のいたるところで、とつぜん地獄が口をあけた。ごうごうと轟く死の火炎が四方から押しよせてきた。燃えさかる巨大な破壊の火が壁から壁へ跳ねまわった。彼らをとらえたのは、出力を全開にした四列のエネルギー・ビームだった。これは罠だ——死の罠だ。

ラインハートは息をあえがせて廊下にたどりつき、すばやく立ちあがった。少数の警官があとにつづいた。背後では、炎に包まれた部屋の中で、中隊の大半が悲鳴を上げてのたうちまわり、おそいかかるエネルギー・ビームで焼きつくされていった。

ラインハートは生き残った部下を集めた。すでにシェリコフの衛兵が配置につきはじめている。廊下の一端にずんぐりしたロボット砲が現われた。サイレンが鳴りだした。衛兵たちがめいめいの持ち場へいそいでいる。

ロボット砲が発射された。廊下の一部が噴きあがってこっぱみじんになった。灰と燃えかすの雲が流れてきて、息をふさいだ。ラインハートと警官たちは吐き気をこらえながら、廊下を後退した。

やっと廊下の分岐点にたどりついた。第二のロボット砲が彼らを射程にとらえようと、ごろごろ音を立てて近づいてきた。ラインハートはそのデリケートな制御装置を狙って、慎重に撃った。とつぜんロボット砲が発作におそわれたように旋回をはじめた。壁にぶつかり、びくともしない壁に再三体当たりした。それから、まだギアを回転させたまま、その場にひっくりかえってしまった。

「行こう」ラインハートはそこを離れ、姿勢を低くして走りだした。腕時計に目をやる。そろそろ時間だ。あと二、三分。

研究所の衛兵の一団が前方に現われた。ラインハートは撃った。背後で警察隊が射撃を開始し、菫色《すみれいろ》のエネルギー・ビームが廊下に現われた衛兵たちをとらえた。衛兵たちは散り散りになり、もがきながら倒れた。一部は灰になって、廊下を漂っていった。ラインハートはうずくまってはまた走りだし、燃えかすと死体の山の中をかきわけて実験室をめざした。警官たちもそのあとにつづいた。

「早く！　とまるな！」

とつぜん、彼らのまわりで、シェリコフの声がひびきわたった。廊下の壁にとりつけられた幾十ものスピーカーで拡大された、雷のような大音声《だいおんじょう》。ラインハートは足をとめ、周囲を見まわした。

「ラインハート！　あきらめろ。地上へもどれる見こみはないぞ。銃を捨てて降伏しろ。おまえたちは四方から包囲されている。しかも、ここは一キロあまりの地下だ」

ラインハートは猛然と動いた。廊下に漂う灰の雲の中をかきわけていった。「ばかに自信たっぷりだな、シェリコフ」とつぶやいた。

シェリコフは笑いだした。金属的で耳ざわりなそのひびきが、大波となってラインハートの鼓膜に打ちよせた。

「長官、あんたを殺したくはない。戦争の鍵を握った男だからな。変数人間のことを知られたのは残念だった。この一件でケンタウルスのスパイという因子を見逃していたことは認める。だが、彼のことを知られた以上は――」

とつぜんシェリコフの声がとぎれた。殷々《いんいん》たる轟音が床をゆるがし、大波のような振動が廊下をふるわした。

ラインハートはほっと肩を落とした。灰の雲の中に目をこらし、腕時計の文字盤を見わけた。定刻きっかりだ。一秒の遅れもない。

世界の反対側にある評議会ビルから発射された水爆ミサイルの第一弾も、そろそろ落下するだろう。攻撃がはじまったのだ。

六時きっかりに、トンネルの入口から六キロ離れた地上に立つディクスンは、待機中の部隊に合図を送った。

シェリコフの防御バリヤーを使用不能にする、それが最初の仕事だった。なんの干渉も受けずにミサイルを貫通させるためだ。ディクスンの合図を待って、三十隻の公安警察艇からなる編隊が、十五キロの高度から地下研究所の真上にある山脈へ舞いおりた。それから五分たらずで防御バリヤーは粉砕され、すべての砲塔は崩壊して平らになった。これで、この山々は防備をまったくとり除かれたわけだ。

「まず、これでよし」

ディクスンは安全な場所からそれをながめてつぶやいた。警察艇の編隊が任務をすませて、轟音とともにもどってきた。砂漠の表面には、警察の装甲車隊が、蛇行をくりかえしながらトンネルの入口へといそいでいた。

そのとき、シェリコフ側の反撃がはじまった。

周囲の丘から砲台が火を吐いた。巨大な火柱が、前進する装甲車の行く手に立ちのぼった。砂漠が吠えたける火の渦と爆発の修羅場と化したとき、装甲車隊は前進をためらい、退却をはじめた。あっちこっちで装甲車が原子の雲に還元され、蒸発していった。逃げようとした一隊はとつぜんばらばらになった。おそいかかった烈風に空へとさらいあげられたのだ。

ディクスンは砲台を沈黙させろと命令をくだした。警察艇の編隊が、大地をゆるがさんばかりにジェットの轟音を上げ、ふたたび上空に近づいた。巧みに散開すると、周囲の丘を防御する砲台の上に急降下していった。

砲台は対空攻撃に切り替え、装甲車をあきらめて砲口を上に向けた。二度三度と編隊は来襲し、巨大な爆発が山々をふるわせた。

砲台は順々に沈黙した。爆弾が大損害を与えるたびに、大きくこだまする砲声が薄れ、しぶしぶ消えていった。

ディクスンは爆撃の終了を満足げにながめた。警察艇は密集隊形で上昇した。動物の死骸から誇らしげに舞いあがる黒いハエの群れのようだった。非常用の対空ロボット砲が駆りだされ、燃えさかるエネルギーの閃光で空を飽和させはじめると、編隊はいそいで引きあげた。

ディクスンは腕時計をたしかめた。ミサイルはすでに北アメリカから飛行中だ。着弾まであと数分。

爆撃の成功で自由に動けるようになった装甲車は、隊形をととのえて、新しく正面攻撃を開始した。またもや這うような前進に移り、燃える砂漠を横ぎり、破壊された山々の壁に用心深く接近して、ねじくれた金属の残骸に向かった。そこはさっきまで要塞であったもの、地下トンネルの入口だった。

まだ生き残った大砲が、ときおり装甲車隊に向かって弱々しい攻撃をこころみた。だが、車の列は強引に突進した。いま、山々のふところから、シェリコフの衛兵隊が迎撃のために地上へといそいでいる。最初の装甲車が山のかげにたどりつき……。

耳をろうする轟音とともに、炎の雹《ひょう》が降ってきた。小型ロボット砲がいたるところから出現したのだ。針のように細い銃身が、隠れたバリヤーや、木立や、茂みや、岩かげから現われた。警察の装甲車隊は猛烈な十字砲火にとらえられ、山のふもとで動きがとれなくなった。

シェリコフの衛兵隊が斜面をくだって、立往生した装甲車におそいかかった。装甲車の火器が突撃する兵士に向かって火ぶたを切るのと同時に、砂漠は煮えたぎり、高熱の雲が立ちのぼった。一台のロボット砲がなめくじのように砂漠へ這いおり、装甲車に接近しながら撃ちまくった。

ディクスンはいらいらと身をよじった。あと数分。もうすぐだ。ひたいに手をかざして、空を見あげた。まだ見えない。彼はラインハートの身を思いやった。地下からはなんの音沙汰もない。ラインハートは厄介な事態にでくわしたにちがいない。地下の迷宮、山々の下に掘りあげられた網の目のような通路の中では、必死の激闘がつづいているのだろう。

空中では、シェリコフ側の数すくない武装艇があわただしく飛びまわり、むなしい反撃をつづけている。

シェリコフの衛兵隊が砂漠の上に打って出た。伏せたり走ったりをくりかえして、立往生した装甲車へ近づいていく。何隻かの警察艇がキーンと音を立てて舞いおり、機銃掃射をはじめた。

ディクスンは息をこらした。ミサイルが落下すれば――

最初のミサイルが命中した。山の一部が蒸発し、煙と泡だつガスに変わった。熱い爆風がディクスンの顔を殴打し、彼をきりきり舞いさせた。いそいで彼は自分の艇に乗りこむと、戦場をあとに急上昇した。彼は背後をふりかえった。第二、第三のミサイルがすでに命中していた。山々には巨大な穴があき、まるで何本かの歯が抜けたように、広大な地域が消え失《う》せていた。これで、ミサイルは地下研究所まで貫通できる。

　地上では、装甲車隊が危険地帯外に待避し、ミサイル攻撃の完了を待っていた。第八のミサイルが命中したあと、装甲車隊はふたたび前進をはじめた。もうミサイルは落ちてこない。

　ディクスンは艇を旋回させ、現場へひきかえした。いまや研究所はむきだしになっていた。その最上階がまっぷたつに裂けていた。強力な爆発で引き裂かれたブリキ缶のように横たわった研究所は、空中からでも最上階がまる見えだ。地上に現われた衛兵隊と戦いながら、警察隊の兵士と装甲車がそこへ攻めこんでいく。

　ディクスンは夢中でそれを見つめた。シェリコフの衛兵隊は大型ロボット砲を地上に運びあげようとしている。だが、警察艇の編隊がふたたび急降下に移った。シェリコフの哨戒艇はすでに空から駆逐されていた。警察艇の編隊は轟音を上げて、露出した研究所におそいかかった。小型爆弾が風を切って落下し、まだ生き残ったエレベーターで地上に昇ってくるロボット砲を精密爆撃した。

　だしぬけにディクスンの映話がカチッと鳴った。ディクスンはスクリーンをふりむいた。

　ラインハートの顔がそこに浮かびあがった。

「攻撃を中止させろ」ラインハートの服はぼろぼろに裂けていた。頰に走る深い傷から血が流れていた。ラインハートはディクスンに向かって苦笑し、もつれた髪をかきあげた。

「けっこう手を焼いたよ」

「シェリコフは——」

「彼は衛兵たちに戦闘中止を命じた。われわれは休戦に同意した。もう終わったんだ。これ以上の攻撃は必要ない」ラインハートは息をはずませながら、首すじのよごれと汗をふきとった。「艇を着陸させて、すぐにここへきてくれ」

「変数人間は？」

「それはこれからだ」ラインハートはきびしい顔で、銃の出力を調節した。「いっしょにきてもらいたい。そのためにな。きみに獲物を仕留めてもらいたいんだ」

ラインハートは映話スクリーンに背を向けた。部屋の隅にはシェリコフが無言で立っていた。

「それで？」とラインハートがどなった。「彼はどこだ？　どこへ行けば見つかる？」

シェリコフは不安そうに唇をなめ、ちらとラインハートを見た。「長官、もう一度きくが——」

「攻撃は中止させた。きみの大実験室は無事だ。きみの生命もな。こんどはそっちが歩みよる番だ」ラインハートは銃を構え、シェリコフににじりよった。「あの男はどこにいい、いる？」

つかのまシェリコフはためらった。それから敗北をさとったように、巨大な肩をがくっと落とした。大儀そうにかぶりをふって、「わかった。あの男のいる場所に案内しよう」シェリコフの声はほとんど聞きとれないほどだった。かすれたささやきだった。「こっちだ。ついてきたまえ」

ラインハートはシェリコフのあとから部屋を出て、廊下にはいった。警察隊と衛兵隊がすでにせっせと働いて、瓦礫《がれき》をとりのぞき、ほうぼうの火災を消しとめていた。

「だますなよ、シェリコフ」

「だまさない」シェリコフはあきらめたようにうなずいた。「トマス・コールはひとりで作業している。大実験室から離れた翼棟で」

「コール？」

「変数人間だ。それが彼の本名だ」ポーランド人は巨大な頭をめぐらした。「彼には名前がある」

ラインハートは銃をふりたてた。「いそげ。手ちがいを起こしたくない。このためにやってきたんだ」

「長官、忘れずにおいてほしいことがある」

「なんだ？」

シェリコフは歩みをとめた。「あの球体に事故が起きてはならない。制御タレットのことだ。すべてがあれにかかっている。戦争も、われわれの未来も――」

「わかってる。あのしろものに手をつけたりはせん。行こう」

「もし、あれに損傷が起きたら――」

「わたしはあの球体を追ってはいない。わたしの関心は……トマス・コールだけだ」

彼らは廊下の突きあたりにきて、金属のドアの前で立ちどまった。シェリコフがドアのほうへあごをしゃくった。「この中だ」

ラインハートはうしろにさがった。「ドアをあけろ」

「自分であけなさい。わたしはこんなことに関係したくない」

ラインハートは肩をすくめた。彼はドアに近づいた。銃を構えたまま、あいた片手を電子アイの前にかざした。なにも起こらない。

ラインハートは眉をひそめた。ドアを手で押した。ドアは静かにひらいた。ラインハートがのぞきこんだそこは、小さい実験室だった。作業台と、工具と、いろいろの器具と、計測装置があり、そして作業台の中央には透明な球体があった。制御タレットだ。

「コール？」ラインハートはいそいで部屋にはいった。とつぜん警戒心がきざして、周囲を見まわした。「どこに――」

部屋はからっぽだった。トマス・コールの姿はなかった。

最初のミサイルが落下したとき、コールは作業をやめ、すわったまま耳をすました。

はるかむこうから遠い雷鳴のような音が地中に伝わり、足もとの床を揺るがした。作業台の上で、工具や器具が踊りまわった。ペンチが床に落ちた。ネジのはいった箱がかたむいて、中身が外にこぼれだした。

コールはしばらく耳をすましていた。まもなく、彼は透明な球体を作業台から持ちあげた。慎重な手つきで球体を支え、淡いブルーの瞳に思案深い表情をたたえて、その表面にそっと指を走らせた。やがて、彼はふたたび球体を作業台の上の台座にもどした。

球体は完成した。かすかなほてりのように、誇らしい思いが変数人間の全身にひろがった。その球体は、彼がこれまでにやってのけた最高の仕事だった。

低い雷鳴はやんだ。コールはとたんに緊張をよみがえらせた。スツールから飛びおり、いそいで部屋を横ぎってドアに近づいた。一瞬、ドアの前でじっと耳をすました。向こう側から物音が聞こえる。さけび声、衛兵たちがなにか重いものをひきずり、必死に走っていく。

ものすごい衝撃音が廊下にこだまして、ドアに打ちよせた。その振動で彼はきりきり舞いした。ふたたびエネルギーの津波が壁と床を揺るがし、彼は投げとばされて四つんばいになった。

明かりがまたたき、そして消えた。

コールは暗闇の中を手さぐりしてハンドライトを見つけた。停電だ。炎のパチパチはぜる音が聞こえる。だしぬけにまた明かりがつき、異様な黄色の光がさしたが、またちらついて消えてしまった。コールは腰をかがめ、ハンドライトでドアを調べた。磁気ロックだ。外からの誘導電流でひらくようになっている。彼はネジまわしをつかみ、ドアをこじった。つかのま抵抗してから、ドアはひらいた。

コールは用心深く廊下に足を踏みだした。まわりは大混乱だった。やけどを負い、なかば失明した衛兵たちが、あたりをさまよっていた。破壊された機材の山の下敷きになって、ふたりの兵士がうめいていた。高熱で融けた銃、焼けた金属のにおい。空気は燃える電線とプラスチックの悪臭でいっぱいだった。濃い煙に息をふさがれ、体をふたつに折りながら先に進んだ。

「とまれ」ひとりの衛兵が弱々しくつぶやき、起きあがろうとした。コールは相手を押しのけて廊下を進んだ。まだ機能している二台の小型ロボット砲が、彼を追い越して、混乱に割れかえる戦いの場へいそいでいた。彼はそのあとにつづいた。

廊下の分岐点で、戦闘は絶頂に達していた。シェリコフ側の衛兵たちが公安警察隊と戦い、柱やバリケードのかげにうずくまって必死に射撃をつづけている。ふたたび、大爆発音がどこか上でひびきわたるのと同時に、全構築物が身ぶるいした。爆弾か？　砲弾か？

コールが身を伏せるのと同時に、菫色の光線が耳のそばをかすめ、背後の壁が崩れ落ちた。ひとりの警官が狂おしい目つきでめったやたらに撃ちまくっていた。シェリコフの衛兵のひとりがその警官の腕を撃つと、銃が床の上にころがった。

コールが分岐点を通りぬけようとしたとき、ロボット砲が彼のほうに向きなおった。彼は走りだした。ロボット砲は彼を追いかけてきて、あやふやな狙いをつけた。コールは息をはずませ、前かがみで走りつづけた。ちらつく黄色の明かりの中で、ひとにぎりの警官が巧妙な射撃をつづけながら、シェリコフの衛兵隊の急造防衛線に近づいてくる。

ロボット砲はコースを変えてそっちに向かい、コールは角を曲がって追跡を逃れた。

彼は大実験室にはいった。その広間の中央に、イカロスのずんぐりした巨体がそびえ立っていた。

イカロス！　きびしい顔つきの衛兵たちが、銃と盾を構えて、その周囲に人間の壁を作っている。しかし、警察隊はイカロスに近づかなかった。それに損傷を与えたくはないからだ。コールはひとりの衛兵の追跡を逃れ、部屋のいちばん奥にたどりついた。

バリヤー発生機をさがしあてるのは、ほんの数秒ですんだ。だが、スイッチがない。つかのま彼はめんくらい――それから思いだした。衛兵が手首につけた装置でそれを操作していたのを。

いまさら気づいても手遅れだ。彼はネジまわしで発生機の被覆プレートをはずし、配線をぐいとひきちぎった。発生機がはずれるのを待って、壁からそれをひきずりだした。ありがたい、これでバリヤーが消えた。彼はその発生機を枝廊下へ運びこんだ。

うずくまったコールは、発生機の上に背をかがめ、器用な指先を走らせた。さっきひきちぎった配線を床の上におき、熱にうかされたようなスピードでその回路をたどった。

改造作業は予想したより簡単だった。バリヤーは配線と直角の方向に二メートルの距離で発生する。どの導線も片側がシールドされている。力場は外に向かって放射され、中央に円錐形の空白が残る。彼はその配線でベルトをひと巻きしてからズボンの脚の中に通し、シャツの下から手首と足首に届かせた。

重い発生機を持ちあげたとたんに、ふたりの公安警官が現われた。彼らはブラスターを構え、至近距離で発射した。

コールはバリヤーのスイッチを入れた。振動が全身をつらぬき、あごががくんと閉じ、体が飛びあがった。自分の体から放射されるエネルギーの強さになかば麻痺しながら、彼はよろよろと逃げだした。菫色の光線がバリヤーに当たったが、苦もなくはねかえした。

これで安全だ。

コールはいそいで廊下を進み、破壊されたロボット砲や、まだブラスターを握りしめている死体のそばを通りすぎた。放射能塵《じん》の大きな雲がまわりに漂っていた。彼はおずおずとその雲のわきをすりぬけた。放射能をおびた金属塩に蝕まれて死んだ衛兵や、瀕死の衛兵が、いたるところに倒れていた。外に出ないとあぶない――いそごう。

廊下の突きあたりでは、ひとつの要塞ぜんたいが廃墟になっていた。あたりには巨大な火柱が燃えさかっていた。一発のミサイルがこの地下室まで貫通したのだ。

コールはまだ運転中のエレベーターを見つけた。負傷した衛兵の一団が地上に運びあげられるところだった。だれもコールに注意を向けるものはない。猛火がエレベーターのまわりに押しよせ、炎の舌が怪我人たちをちろちろとなめている。技術者たちが必死にエレベーターを動かそうとしている。コールはエレベーターに飛び乗った。一瞬後、さけび声と火炎をあとに残して、上昇がはじまった。

エレベーターが地上に出たとたん、コールは飛びおりた。ひとりの衛兵が彼に気づき、追いかけてきた。体をまるめたコールは、まだ白熱して煙を上げている、ねじくれた金属の塊の中に飛びこんだ。そこは破壊された防御バリヤー発生塔だった。彼はその側面から高熱で融けた地面に飛びおり、山腹を走った。足もとの大地が熱い。息をあえがせて、必死に足を速めた。長い斜面にたどりつき、そこを登りはじめた。

追いかけてきた衛兵の姿はもう見えなくなっていた。シェリコフの地下要塞の廃墟からわきだす灰の雲に隠されてしまったのだ。

コールは丘の頂上にたどりついた。つかのま足をとめて息をととのえ、自分の居場所をたしかめた。もう夕方だった。太陽が沈もうとしていた。暗くなりかけた空には、まだいくつかの黒点が飛びかい、とつぜん炎に包まれたり、消えたりしていた。

コールはあたりを見まわしながら、用心深く立ちあがった。眼下には、どっちを見ても廃墟がひろがっていた。あの溶鉱炉の中から脱出できたのだ。はらわたをえぐられ、修理のすべもないほど破壊しつくされた混沌の世界、白熱の金属と瓦礫《がれき》。からみあった鉄骨と、なかば蒸発した機械が何キロもの先までひろがっている。

コールは思案した。みんなは消火作業と負傷者の救出にいそがしい。いなくなったことが発見されるまでには、すこし間がありそうだ。しかし、逃げられたと気づいたとたん、彼らは追いかけてくる。だが、研究所の大部分は破壊された。そっちには隠れ家はない。

廃墟のむこうには、巨大なウラル山脈がある。果てしない連峰が、目の届くかぎりどこまでもつづいている。

山々と緑の森。未開の自然。あそこに逃げこめば見つからずにすむだろう。

コールは山腹にそって歩きだした。バリヤー発生機を小脇にかかえ、ゆっくりと用心深く歩いた。あの混乱にまぎれて、当座生きていくための食べ物と道具をさがせるかもしれない。夜明けまで待って、必要な品物をとりに廃墟の中にもどろう。いくつかの道具があれば、手についた技術で充分生きていける。ネジまわし、ハンマー、釘、それに――

大きなブーンという音が耳に届いた。やがてそれが耳をろうする轟音になった。驚いて、コールはうしろをふりかえった。巨大なものが背後の空を満たし、刻々と大きさを増してくる。身動きもならず、コールはその場に凍りついた。雷鳴のような音とともに頭上を通過するものを、ばかのように突っ立ったまま見あげた。

それから、ぎごちなくたよりない足どりで走りだした。足をつまずかせて転び、斜面をすこしころげ落ちた。必死に地面にすがろうとした。両手はやわらかい土をむなしくさぐりながら、腕にかかえた発生機を放すまいとしていた。

閃光。目もくらむ火花がコールを押しつつんだ。

その火花にさらいあげられて、コールは枯葉のように宙を舞った。高熱の炎がまわりでパチパチはじけ、彼は苦痛のうめきをもらした。炎熱地獄がバリヤーのむこうから彼に嚙みつき、むさぼりつくそうとしていた。コールはくるくる回転しながら、炎の雲を抜け、闇の奈落、ふたつの丘にはさまれた巨大な深淵に墜落していった。配線がもぎとられた。発生機が手から離れ、背後に失われた。とつぜん力場が消失した。

コールは谷底の闇の中に横たわった。地獄の業火《ごうか》にもてあそばれて、全身が苦痛に絶叫していた。彼は燃えている炭殻《たんがら》だった。漆黒の宇宙で赤熱しているなかば燃えつきた灰だった。苦痛に耐えかねて身をよじり、昆虫のように這いずりながら、地中にもぐろうとした。悲鳴と絶叫をあげ、恐ろしい火炎から逃げよう、遠ざかろうともがいた。彼方の闇のとばりへたどりつこうとした。あそこなら冷たくて静かだろう。あそこなら、はじける猛火も食いついてはこないだろう。

彼は闇に向かって懇願するように手をさしのべ、弱々しくそこに這いより、自分の体をそこへひきずりこもうとした。彼自身の肉体である灼熱の球体が、徐々に冷えていった。

貫通不能の混沌とした夜が下りてきた。闇の潮が自分の体にうちよせ、灼熱の炎を消しとめてくれるままにまかせた。

ディクスンは巧みに自分の艇を着陸させ、倒れた防御バリヤー発生塔の前に停止させた。外に飛びおりると、まだくすぶっている地面をいそいで横ぎった。

エレベーターから公安警察隊にとりまかれたラインハートが現われた。「あの男に逃げられた！　また脱出したぞ！」

「いや、脱出してはいません」ディクスンは答えた。「わたしが仕留めました」

ラインハートは激しく身ぶるいした。「どういう意味だ？」

「いっしょにきてください。この方角です」ディクスンはラインハートといっしょに破壊された丘の斜面を登りはじめた。ふたりとも息を切らしていた。「ちょうど着陸しかけたときでした。エレベーターから出てきた人影が山へ向かうのが見えたんです。まるでなにかの動物のように。その人影がひらけた場所に出るのを待って、わたしは急降下し、黄燐《おうりん》爆弾を投下しました」

「すると、彼は――死んだのか？」

「黄燐爆弾を食らって生きのびられるはずがありません」ふたりは丘の頂上にたどりついた。ディクスンは足をとめ、丘のむこうにある穴を興奮して指さした。「あそこです！」

ふたりはそろそろと斜面をくだった。あたりの地面は焼きつくされていた。煙の雲が重くたちこめていた。そこかしこにまだちろちろと火が燃えている。ラインハートは咳《せ》きこみ、腰をかがめて目をこらした。ディクスンは携帯発光装置を倒れた男のそばにおいた。

その男は燃える燐になめつくされて、黒焦げになっていた。ぴくりともせずに横たわり、片腕を顔にのせ、口をあけ、グロテスクな角度に両脚をゆがめていた。焼却炉に捨てられて、見わけもつかないほど焼けただれた、ぬいぐるみの人形のようだった。

「まだ生きている！」ディクスンがつぶやいた。ふしぎそうにあっちこっちをさわって、「なにかの防御バリヤーを身につけていたにちがいない。あの爆弾を食らって生きのびるなんて――」

「これは彼か？　本当にあの男か？」

「外見の特徴は一致しています」ディクスンは焦げた衣服の端をちぎりとった。「これは変数人間です。すくなくとも、彼の残骸です」

ラインハートはほっと肩の力をぬいた。「では、とうとう仕留めたわけだ。あのデータが正しい。彼はもはやひとつの因子でなくなった」

ディクスンはブラスターを抜いて、ゆっくり安全装置をはずした。「もしお望みなら、いますぐ片をつけますが」

その瞬間にシェリコフが、武装したふたりの公安警官につきそわれて現われた。彼はきびしい顔で丘の斜面をくだり、黒い瞳を光らせた。

「コールはどこに――」彼は言葉を切った。「ああ、神さま」

「ディクスンが黄燐爆弾で彼を仕留めた」ラインハートがあっさりといった。「彼は地上に脱出し、山中に逃げこもうとしていたんだ」

シェリコフは疲れきったように顔をそむけた。「驚くべき人物だな。彼はあの爆撃の最中に、自分の部屋のロックをこじあけて脱出した。衛兵が至近距離から撃ったが、まったく無傷だった。急造のバリヤーを体に張りめぐらしていたんだ。なにかを改造して」

「ともかく、これで片がついた」ラインハートは答えた。「彼に関するSRBプレートを作成したか？」

シェリコフはゆっくりとコートの中をさぐり、マニラ封筒をとりだした。「彼に関するすべての情報はここにある。いっしょにいるあいだに集めておいた」

「完全な情報か？　これまでの情報はただの断片でしかなかった」

「できるかぎり完全なものにしたつもりだ。そこには球体内部の写真と図解も含まれている。彼がわたしのためにやってくれたタレットの配線だ。まだそれを見る時間はなかったが」シェリコフは封筒をいじった。「コールをどうするつもりだね？」

「この艇に乗せて、都市まで連れ帰る――そして、安楽死管理局の手で正式に眠らせる」

「合法的殺人か？」シェリコフは唇をゆがめた。「なぜこの場であっさりけりをつけてしまわない？」

ラインハートは封筒をわしづかみにすると、それを内ポケットにつっこんだ。「さっそくコンピューターに入力してみる」ディクスンをうながして、「行こう。いよいよ艦隊にケンタウルスへの攻撃準備を命令できるぞ」彼はシェリコフをふりかえった。「イカロスはいつ発射できる？」

「あと一時間かそこらで。いま、制御タレットを装着させている。それがうまく機能するとすれば、残った作業はそれだけだから」

「よろしい。では大統領に連絡して、戦闘艦隊に信号を出してもらおう」

ラインハートは、シェリコフを待機している警察艇まで連れていくよう、ふたりの警官にうなずきを送った。やつれた土気色の顔のシェリコフは、にぶい足どりで歩きだした。コールの生気のない体がかつぎあげられ、貨物用のカートに乗せられた。カートはごろごろと警察艇の船倉にはいり、そのうしろでドアが密閉された。

「コンピューターがこの新しいデータにどう反応するか、見ものですな」ディクスンがいった。

「確率は劇的に向上するだろうよ」ラインハートは内ポケットをふくらませた封筒を、上からぽんとたたいた。「予定より二日も早い」

マーガレット・ダッフェ大統領はゆっくりとデスクの前から立ちあがった。無意識に椅子をうしろにどかせた。

「そこをはっきりさせましょう。爆弾が完成したんですね？　いつでも発射できると？」

ラインハートは苛立たしげにうなずいた。「そういったでしょうが。現在、技術者たちがタレットの装着状態を点検中です。あと半時間で発射可能」

「三十分！　とすると――」

「とすると、ただちに攻撃開始に移れるわけです。艦隊の出動準備は完了したでしょうな」

「もちろん。数日前に準備は完了しています。でも、信じられないわ。爆弾がそんなに早く完成するとは」マーガレット・ダッフェは麻痺したような足どりで、オフィスの戸口へ向かった。「きょうは記念すべき日ですね、長官。古い時代は背後に去りました。明日のいまごろにはケンタウルスは消滅しているでしょう。そして、やがては植民地がわれわれのものになる」

「長い道のりでした」ラインハートはつぶやいた。

「ひとつだけ。シェリコフに対するあなたの告発ですが。わたしにはとても信じられません。彼ほどの器量の人物が――」

「その話はあとにしましょう」ラインハートはひややかにさえぎって、上着の内ポケットからマニラ封筒をとりだした。「時間がなくて、この付加データをまだＳＲＢコンピューターに入力してなかった。失礼して、いまからそれをやりにいきます」

一瞬、マーガレット・ダッフェは戸口で足をとめた。ふたりは無言でおたがいを見つめあった。ラインハートの薄い唇には微笑がうかび、女の青い瞳には敵意がこもっていた。

「ラインハート、ときどきわたしは、あなたが行き過ぎるのではないかと懸念することがあります。また、ときどきは、すでに行き過ぎたのではないかと……」

「確率になにか変化が起きたら、すぐに知らせますよ」

ラインハートは彼女のそばをすりぬけて、オフィスから廊下に出た。ＳＲＢコンピューター室へ向かうあいだにも、全身に強烈な動物的興奮がわきあがってきた。

まもなく彼はコンピューター室にはいり、機械の前に近づいた。ディスプレイには７―６の確率が出ている。ラインハートは淡い笑みをうかべた。７―６。誤った情報に基づいた、にせの確率。こんどこそ、その情報を排除できる。

カプランがいそいでやってきた。ラインハートは彼に封筒をわたし、窓ぎわに歩みよって、街の風景を見おろした。せわしなく往来する車と人びと。まるで蟻のようにあわただしく動きまわっている役人たち。

戦争がはじまったのだ。プロキシマ・ケンタウリ周辺で長らく待機していた戦闘艦隊に信号が送られたのだ。ラインハートの全身を一種の勝利感がつらぬいた。おれは勝った。

過去からきた男を抹殺し、ピョートル・シェリコフを罷免《ひめん》した。戦争は計画どおりにはじまった。地球はくびきを脱しかけている。ラインハートは微笑をうかべた。大成功だ。

「長官」

ラインハートはゆっくりとふりむいた。「いま行く」

カプランがコンピューターの前に立ち、表示を見つめていた。「長官……」

とつぜんラインハートは胸騒ぎにおそわれた。カプランの声がおかしい。彼はいそいでそっちにもどった。「どうした？」

カプランはふりむいた。その顔は蒼白で、目は恐怖に見ひらかれていた。口をぱくぱくさせるが、言葉が出てこない。

「どうした？」ラインハートはさむけを感じて詰問した。彼はコンピューターの前で腰をかがめ、表示を読もうとした。

そして、恐怖に胸がわるくなった。

100―1。ケンタウルス有利！

彼はその数字から目をひきはなせなかった。信じられない結果にショックを受け、体が麻痺していた。100―1。いったいいなにが起こったんだ？　どんな手ちがいが？　タレットは完成し、イカロスの発射準備は完了し、艦隊に出動命令がくだったのに――

ビルの外から、とつぜん大きな轟音が起きた。さけび声が下から聞こえてきた。ラインハートは、不安に心臓を凍りつかせながら、ゆっくりと窓のほうに顔を向けた。夕空を横ぎってひとつの飛跡が動き、しだいに上昇していく。細く白い線。刻々とスピードをまして、空に昇っていく物体。地上のみんなは畏怖にうたれた顔でそれを見あげている。

その物体はスピードを増した。ぐんぐん速くなる。そして消えた。イカロスは旅路についたのだ。攻撃は開始された。もうあともどりはきかない。

そして、コンピューターには百対一の確率が出ている——失敗の確率が。

二一三六年五月一五日の夜八時に、イカロスはプロキシマ星に向かって発射された。その一日後、地球の全住民が待ちわびる中で、イカロスは光の数千倍の速度で飛行しながら恒星内部にはいった。

なにも起こらなかった。イカロスは恒星内部に消えた。爆発は起こらなかった。爆弾は起爆されなかったのだ。

それと同時に、地球の戦闘艦隊は、総攻撃に移ったケンタウルスの外郭艦隊と交戦状態にはいった。地球軍の主要艦艇が二十隻も拿捕《だほ》された。ケンタウルス艦隊も大損害をこうむった。ほうぼうの植民星が、帝国のくびきを脱しようと反乱を起こしはじめた。

二時間後、アルムンを出発したケンタウルス大艦隊がとつぜん出現して、戦闘に加わった。星系の半分を照らしだすほどの激戦がつづいた。艦艇はつぎつぎに閃光に包まれ、灰《かい》燼《じん》と化して消えていった。まる一日間、ふたつの艦隊は、数百万キロの宇宙空間を舞台に戦いをまじえた。無数の兵士が死んでいった――双方ともに。

大打撃をこうむった地球艦隊の生き残りは、ついに針路を変えてのろのろとアルムンに向かうことになった――完敗だった。かつては威容を誇った大艦隊も、いまは見る影もない。黒焦げになった少数の艦艇が、拿捕されて敵の本拠地へひきたてられていった。イカロスは機能しなかったのだ。プロキシマは爆発しなかった。奇襲は失敗だった。

戦争は終わった。

「われわれは敗北しました」マーガレット・ダッフェ大統領は信じられない敗北にひしがれたまま、小声でそう述べた。「おしまいです。戦争は終わりました」

評議員たちは、会議テーブルをかこんですわっていた。口もきかず、身動きもしない、半白の髪の老人たち。みんなが議場の二面の壁をおおう大恒星図を無言で見つめていた。

「すでに休戦協定締結の権限を与えた使節団を派遣しました」マーガレット・ダッフェはつぶやくようにつづけた。「ジェサップ副司令長官には戦闘中止を命じました。もう望みはありません。カールトン司令長官とその旗艦は、数分前に自爆しました。ケンタウルス最高議会は、戦闘を終結させることに同意しました。彼らの帝国ぜんたいは芯まで腐っています。それ自身の重みで倒れそうなのです」

ラインハートは両手で頭をかかえて、テーブルの上にうなだれていた。「わからん……なぜだ？　なぜあの爆弾は爆発しなかった？」彼はふるえる手でひたいをぬぐった。これまでのポーズはすっかり失われていた。身ぶるいのとまらない敗残者だった。「どこに手ちがいがあったんだ？」

土気《つちけ》色《いろ》の顔をしたディクスンが、ぼそぼそと答えた。「変数人間がタレットに細工したにちがいありません。SRBコンピューターはそれを知っていました……データを分析して。コンピューターは知っていたんです！　だが、手遅れでした」

ラインハートはわずかに顔を上げたが、その目は絶望に沈んでいた。「あの男がわれわれを滅ぼすことはわかっていた。もうおしまいだ。一世紀もの計画と努力が」彼の全身が怒りと苦悩にけいれんした。「すべてはシェリコフのせいだ！」

マーガレット・ダッフェがひややかにラインハートをながめた。「なぜシェリコフのせいなのです？」

「あいつがコールを生かしておいたからだ！　わたしは最初からコールを殺すつもりだった」とつぜんラインハートは椅子から立ちあがった。ふるえる手で銃を抜こうとした。

「いや、あの男はまだ生きている！　たとえ戦争に負けても、コールの胸にブラスターのビームをぶちこむたのしみは残ってるぞ！」

「すわりなさい！」マーガレット・ダッフェは命令した。

ラインハートはドアのほうに向かった。「あの男はまだ安楽死管理局に拘束されて、正式指令が出るのを――」

「いいえ、ちがいます」マーガレット・ダッフェはいった。

ラインハートは凍りついた。自分の耳が信じられないように、のろのろと向きなおった。

「なんだと？」

「コールはあそこにいません。わたしが彼の身柄を移し、あなたの指令の取り消しを命じました」

「あの……あの男はどこにいる？」

それに答えるマーガレット・ダッフェの声には、いつにないきびしさがあった。

「ピョートル・シェリコフといっしょです。ウラル山中に。わたしはシェリコフの権限を復活させ、コールの身柄をあそこに移して、シェリコフに保護させることにしました。コールがまちがいなく回復し、われわれが彼との約束を果たせるように――彼をもとの時代に帰すという約束をね」

ラインハートは口をぱくぱくさせた。その顔からは血の気がひいていた。頬の筋肉がぴくぴくふるえた。やっとのことで声が出てきた。

「気でもくるったのか！　地球最大の敗北に責任のある反逆者を――」

「われわれは戦争に負けました」マーガレット・ダッフェは静かに答えた。「しかし、これは敗北の日ではありません。勝利の日です。地球がこれまでにかちえた、最も信じがたい勝利です」

ラインハートとディクスンは二の句がつげなかった。「なにを――」ラインハートは息をあえがせた。「なにをばかな――」

議場は混乱状態になった。すべての議員が立ちあがった。ラインハートの言葉はかき消された。

「もうすぐシェリコフがここにきて説明します」マーガレット・ダッフェの穏やかな声がひびいた。「彼がその発見者です」まだ信じられない表情の議員たちを見まわして、「みなさん、着席してください。シェリコフが到着するまで、ここに全員とどまってもらいます。彼の話を聞くことはきわめて重要です。彼のもたらすニュースが、この状況ぜんたいを塗り替えるでしょう」


ピョートル・シェリコフは武装した技術者からブリーフケースを受けとった。「ありがとう」椅子をうしろにずらし、おもむろに議場を見まわした。「みなさん、わたしの話を聞く用意はできましたか？」

「できました」マーガレット・ダッフェが答えた。議員たちは緊張した顔で、会議テーブルをかこんでいた。その一端からラインハートとディクスンが不安そうに見まもる前で、巨体のポーランド人はブリーフケースから書類をとりだし、注意深く目を通した。

「まず最初に、超光速爆弾の基礎となった最初の研究を思いだしていただきたい。ジェーミスン・ヘッジは、物体を光よりも速く推進した最初の人間だった。ご存じのように、物体は光速に近づくにしたがって、長さを失い、質量を増していく。そして、光速に達した瞬間に、その物体は消失する。われわれの基準からすれば存在しなくなる。その物体は長さがないため、空間を占めることができない。つまり、より高次の存在に昇格したのだ。

ヘッジがその物体を回収しようとしたとき、大爆発が起きた。ヘッジは命を落とし、彼の研究設備は破壊された。その爆発力は計算を超えたものだった。ヘッジは彼の観測船を何百万キロも離れた場所に位置させておいた。しかし、それでも距離は充分でなかった。もともと彼は、その推進法を宇宙飛行に利用する考えだった。しかし、彼の死後、その原理は見捨てられてしまった。

つまり――イカロスの製作まではだ。わたしはヘッジの理論に爆弾の可能性を見いだした。ケンタウルス帝国の全武力を破壊できる未曾有《みぞう》の強力な爆弾。イカロスの再出現は彼らの星系の全滅を意味する。ヘッジが実証したとおり、その物体はすでにほかの物質が占めている空間に再突入して、その結果、信じられないほどの大破壊がもたらされるわけだ」

「しかし、イカロスはもどってこなかった」ラインハートがさけんだ。「コールは配線を変えて、爆弾が飛行をつづけるようにした。おそらく、いまも飛びつづけているんだ」

「ちがうね」シェリコフはにっこりした。「爆弾はたしかに再出現した。だが、爆発しなかった」

ラインハートは激しい反応を示した。「というと――」

「爆弾はプロキシマ星内部にはいると同時に光速以下に落ち、通常空間にもどった。だが、爆発はしなかった。大破壊は起きなかった。再出現の瞬間にたちまち恒星に吸収され、ガスに変わった」

「なぜ爆発しなかったんだ？」ディクスンがたずねた。

「トマス・コールがヘッジの課題を解決したからだよ。彼は超光速物体を衝突ぬきでこの宇宙へひきもどす方法を見つけた。爆発させずにだ。あの変数人間は、ヘッジがさがしもとめていたものを見つけたんだ……」

評議会の全員が立ちあがっていた。ざわめきが大きくなって議場を満たし、みんなが口々になにかさけびだした。

「わたしは信じないぞ！」ラインハートが荒々しくいった。「そんなことは不可能だ。もしコールがヘッジの課題を解決したなら、それは――」彼は驚きに言葉を切った。

「これで超光速推進が宇宙飛行に使えるようになったんだ」シェリコフは、手をふって静粛をもとめながら、話をつづけた。「ヘッジの最初の意図どおりに。わたしの部下は、制御タレットの写真を研究中だ。まだどうしてそれがうまく動くのかわからない。しかし、タレットの完全な記録は残っている。大実験室の修理がすみしだい、その配線を再現することはできる」

　議場の中にはしだいに理解が生まれようとしていた。

「では、超光速宇宙船を作ることも可能ですね」マーガレット・ダッフェがいった。「もし、それができれば――」

「わたしが制御タレットを見せたとき、コールはその目的を理解した。わたしの目的ではなく、ヘッジの頭の中にあった本来の目的をだ。イカロスが実は爆弾でなく、不完全な宇宙船であることに、コールは気づいた。彼はヘッジが予見したもの、超光速推進の萌芽をそこに見いだした。そして、イカロスの実現にとりかかった」

「これでケンタウルスのむこうへ行ける」ディクスンがつぶやいた。唇をゆがめて、「とすれば、戦争の勝敗はささいなことだ。ケンタウルス帝国を完全におきざりにして、われわれは外宇宙に進出できる。銀河系の彼方まで」

「全宇宙がわれわれの前にひらかれたんだ」シェリコフは同意した。「時代遅れの帝国を乗っ取らなくても、目の前に全宇宙が調査と探険を待っている。神の創造物のすべてが」

　マーガレット・ダッフェは立ちあがって、部屋の奥の壁面を占めた巨大な恒星図にゆっくりと近づいた。そこに長いあいだ立ちつくし、無数の太陽と、おびただしい星系を畏怖の目で見あげた。

「彼はこのすべてを理解していたのかしら？」と彼女はだしぬけにたずねた。「この星図に現われたすべてのものを」

「トマス・コールはふしぎな人物だ」シェリコフがなかばひとりごとのようにいった。「どうやら彼は、機械について、物事がどんなふうに動くかについて、一種の直観を備えているらしい。その直観は、彼の頭の中でなく、彼の指先にある。画家やピアニストのような芸術家だ。科学者ではない。彼はいろいろなものについて、言葉の知識、語義的な参照データを持っていない。彼は物それ自体を扱う。直接に。

　こんどの場合も、トマス・コールが自分の作りだすものを理解していたかどうかは、大いに疑わしい。彼は制御タレットと呼ばれる球体の中をのぞきこんだ。そして、そこに不完全な配線とリレーがあるのを見てとった。その仕事が未完成なのを見てとった。それは不完全な機械だった」

「修理の必要なものだった」マーガレット・ダッフェがわきから口をはさんだ。

「そう、修理の必要なものだった。芸術家とおなじように、コールは自分の仕事を予見できた。彼はただひとつのことにしか興味がなかった。自分の持つ技術を使って、最高の仕事をすることだ。その技術がわれわれに代わって、全宇宙のドアをひらいてくれた。これから探険することになる無数の島宇宙と星系。果てしない世界。かぎりなく、だれの手もまだふれていない世界のドアを」

ラインハートがふらりと立ちあがった。「さっそく仕事にとりかかろう。建設チームを組織するんだ。探険隊員を。そして、軍需生産を船舶設計に切り替えなくちゃならない。まず調査用に、探鉱機械と精密計器の製造をはじめなくては」

「そのとおり」とマーガレット・ダッフェは答え、考え深げに彼を見つめた。「でも、あなたがその仕事に関係を持つことはないでしょう」

ラインハートは大統領の顔にうかんだ表情に気づいた。彼は銃に手をやり、すばやくドアのほうへ後退した。ディクスンもさっと立ちあがって、彼に加わった。

「さがれ!」とラインハートはさけんだ。

マーガレット・ダッフェが合図すると、密集隊形を組んだ政府軍兵士がふたりをとりかこんだ。磁気捕捉網を構えたきびしい顔つきの精鋭たちだった。

ラインハートのブラスターの銃口がぐるっと向きを変えた——仰天したまま動けずにいる評議員たちから、マーガレット・ダッフェへと。銃口は彼女の青い瞳を狙っていた。ラインハートの顔が異様な憎しみにゆがんだ。

「さがれ! そばに寄るな。さもないと、彼女が最初にビームを食らうぞ!」

ピョートル・シェリコフがテーブルから離れると、ただの一歩で巨体をラインハートの前に運んだ。黒い毛におおわれた鉄拳が、弧を描いて相手のあごをとらえた。ラインハートはふっとばされ、壁に強くぶつかって、ずるずると床にくずおれた。

政府軍の兵士たちはすばやくラインハートのまわりに捕捉網を投げ、彼を立ちあがらせた。ラインハートの体は硬直していた。唇からは血がしたたっていた。どんよりした目になって、彼は折れた歯を吐きだした。ディクスンはぽかんと口をあけたまま、捕捉網に手足を拘束されても気がつかないようすだった。

ドアのほうに引き立てられる途中で、ラインハートの銃が下に落ち、床を横すべりした。ひとりの老評議員が銃をひろいあげ、ふしぎそうに調べてから、用心深くテーブルの上においた。「フル・パワーだ」と彼はつぶやいた。「発射準備ができていた」

ラインハートの傷ついた顔は憎悪でどす黒くなった。「きさまらみんなを殺すべきだった。きさまらみんなを！」裂けた唇が、残忍な冷笑にゆがんだ。「もしこの手が自由になれば――」

「絶対にならないわ」マーガレット・ダッフェがいった。「考えるだけむだね」彼女の合図で、兵士たちはラインハートとディクスンを部屋の外に引き立てていった。まだ憎しみにとりつかれ、口ぎたなく毒づいているふたりを。

しばらくのあいだ、室内は静まりかえった。ようやく落ちついた評議員たちが、不安そうにめいめいの席にもどりはじめた。

シェリコフが近づいて、マーガレット・ダッフェの肩に大きな手をおいた。「だいじょうぶかね、マーガレット？」

彼女は微笑した。「ええ、だいじょうぶよ。ありがとう……」

シェリコフは彼女のやわらかな髪にそっと手をふれた。それからいそいでそばを離れ、書類をブリーフケースにしまいはじめた。

「これからどこへ？」彼女はためらいがちにたずねた。「もう行かないと。またあとで連絡するよ」

「ウラルへ帰らなくちゃならん」シェリコフは黒いひげづらで彼女ににやりと笑いかけ、部屋の外に向かった。「とても重要な仕事が残っているんでね」

トマス・コールは、シェリコフが戸口に現われたとき、ベッドに起きあがっていた。ひょろ長い猫背の体は、薄い透明な気密プラスチックの袋に包まれていた。ふたりの看護ロボットがたえまなく彼のそばでうなりを立て、脈拍や、血圧や、呼吸や、体温を測っていた。

巨体のポーランド人がブリーフケースをほうりだして窓枠に腰をかけると、コールはすこし体の向きを変えた。

「気分はどうだね？」シェリコフはたずねた。

「よくなった」

「ごらんのように、われわれの医学はずいぶん進歩している。きみのやけどは、二、三カ月で全快するよ」

「戦争はどうなった？」

「戦争は終わった」

　コールの唇が動いた。「イカロスが――」

「イカロスは期待どおりに飛んだ。きみの期待どおりに」シェリコフはベッドの上に身をかがめた。「コール、わたしはきみにあることを約束した。その約束を果たしたい――きみの体がよくなりしだいに」

「もとの時代へ帰してくれるのか？」

「そのとおりだ。ラインハートが権力を失ったいまでは、わりあい簡単な問題だよ。きみは故郷へ帰れる。きみ自身の時代、きみ自身の世界へだ。こちらはきみの商売の資本になりそうなもの、プラチナの円盤かなにかを提供できると思う。きみにはよろず修理の新しい荷馬車が必要だからな。それと道具も。衣服も。数千ドルの金があれば、そうできるだろう」

　コールは無言だった。

「もうすでに歴史調査部との打ち合わせをすませた」シェリコフは話をつづけた。「きみが全快すれば、いつでもタイムバブルを準備できる。お気づきと思うが、われわれはきみに借りがあるんだ。きみはわれわれの偉大な夢の実現を可能にしてくれた。この惑星ぜんたいが興奮にわきかえっているよ。いまの経済を臨戦体制から——」

「こうなったことをみんなは恨んでないのかね？　あの失敗でおおぜいの人ががっくり気落ちしただろうに」

「最初はな。しかし、彼らはそれを乗り越えた——未来になにが待ちうけているかを理解したとたんにだ。きみがここに残ってそれを見られないのが残念だよ、コール。全世界がくびきから離れようとしている。宇宙へ飛びだそうとしている。みんなはこの週の終わりまでに超光速船を建造しろとせがんでいるんだ！　すでに何千通もの申込書が届いている。最初の飛行に参加したいという男女から」

コールは微笑した。「むこうにはどんな楽隊もないのにな。パレードも、歓迎委員会も待っていないのに」

「かもしれん。ひょっとすると、最初の宇宙船は、砂と乾いた塩しかない、どこかの死んだ世界にたどりつくかもしれん。しかし、みんなが行きたがっている。まるでお祭りのようなんだ。町の人びとは通りを走りまわったり、さけんだり、物を投げたり……。

残念だが、わたしは研究所にもどらなくちゃならん。復旧作業がはじまってるんでね」

シェリコフはふくらんだブリーフケースの中をさぐった。「ところで……ちょっとたのみがあるんだが。ここで養生してるあいだに、これを見ておいてくれないか？」

彼はひとつかみの配線略図をベッドの上においた。

コールはゆっくりとそれを手にとった。「これは？」

「わたしが設計したささやかな機械だ」シェリコフは立ちあがって、のそのそと戸口に向かった。「いま、ラインハート事件の再発を防ぐために、政治体制の再編成を考えている。これで独裁者の権力奪取が防げると思うんだ」彼は太い指で配線略図を指さした。「その装置はわれわれみんなに権力を与えるものなんだ。ひとりの人間が支配できる、かぎられた人数じゃない——ラインハートが評議会を牛耳ったようなことは二度とさせない。

その装置で市民がじかに問題を提起し、決定することが可能になる。市民は評議会が法案を作成するのを待つ必要がない。この装置を使えば、どんな市民も自分の意思を伝達し、自分の要求を中央コントロールに記録して、自動的に反応を得られる。全人口のうち、充分に大きな比率の人びとがなにかをやってほしいと希望すれば、その小さい装置が能動的なフィールドを作りあげて、ほかのみんなに接触する。法案を作成して正式な議会を通過させる必要はなくなる。白いあごひげの老人たちがそこにたどりつくよりはるかに早く、市民がじかに自分たちの意思を表明できるんだ」

シェリコフは言葉を切り、眉をよせた。「もちろん」と彼はおもむろに先をつづけた。「ひとつ小さい問題がある……」

「というと？」

「わたしの模型はまだうまく機能してくれない。いくつかバグがある……こういうこみいった仕事は得意じゃないんだ」彼は戸口で足をとめた。「とにかく、もとの時代へ帰る前にまた会いたいね。きみの気分がよくなったら、最終的な打ち合わせをしようじゃないか。そのうち、いっしょに夕食をとるとか。どうだね？」

しかし、トマス・コールは聞いていなかった。風雨にさらされた顔をしかめて、略図の上にかがみこんでいた。彼の長い指は休みなく略図の上を動きまわり、配線や端末をたどっていた。考えこみながら、唇を動かしていた。

シェリコフはしばらく待った。それから廊下に出て、後ろ手にドアを閉めた。

彼は陽気に口笛を吹きながら、廊下を歩きだした。

編者あとがき

『アジャストメント』『トータル・リコール』に続く、フィリップ・K・ディック短篇傑作選第三弾『変数人間』をお届けする。ハヤカワ文庫SFでは、このあとさらに三冊のディック短篇集が待機中で、最終的に、ディックが生涯に書いた約百二十篇のうち主要作品六十篇余を網羅する、全六巻の決定版フィリップ・K・ディック短篇選集となる予定。

まだそんなに出るの？　と思う人もいるでしょうが、没後三十年以上経つ今も、ディック人気は衰えを知らない。アメリカでは、電子書籍版やオーディオブック版や新しい短篇集が次々に出ているが、日本でも事情は同じ。二〇一三年には、未訳のまま残されていた数少ないSF長篇のひとつ『空間亀裂』（「カンタータ百四十番」に後半部を加えて長篇化したもの）が創元SF文庫から刊行（佐藤龍雄訳）。さらに、ディックが弱冠二十五歳で書いた初期の主流文学長篇『市《まち》に虎声《こせい》あらん』が平凡社から初邦訳された（阿部重夫訳）。手前ミソながら、長く品切だった初期長篇『タイタンのゲーム・プレーヤー』（大森望訳／創元SF文庫）も岩郷重力デザインの新カバーで復刊されてます。

また、ハヤカワ文庫SFでは、この短篇選集全六巻のほかに、既訳のディック長篇の連続刊行プロジェクトがスタートする。二〇一四年一月刊行の『時は乱れて』（山田和子訳）を皮切りに、『宇宙の眼』『ヴァリス』などなど往年の名作群が新たな装いで（改訳・新訳含む）順次復活してゆく予定。ディック・ファンのひとりとして、これが一過性の復刊ブームに終わらず、末永く読み継がれていくことを祈りたい。

さて、本書のラインナップは、浅倉久志訳の九篇に、ディック短篇集初収録となる晩年の掌篇「猫と宇宙船」（大森望訳／別題「異星人マインド」）を加えた全十篇。中期を代表する傑作「パーキー・パットの日々」を巻頭に置き、短いアイデア・ストーリー三篇をはさんで、後半には、巻末の表題作を中心に、超能力や戦争をモチーフとするディック一流のサスペンスとアクション五篇を集めた。以下、各篇の原題と初出、簡単な紹介を。

「パーキー・パットの日々」 “Days of Perky Pat” アメージング一九六三年十二月号

核戦争による文明崩壊後、地下で暮らす人々を描く、著者十八番のポストアポカリプスもの。『タイタンのゲーム・プレーヤー』などと同じく、登場人物たちが興じる奇妙なゲームが焦点になる。著者によれば、バービー人形の流行から発想したという。

「CM地獄」 “Sales Pitch” フューチャー・サイエンス・フィクション一九五四年六月号

ひたすら自分を売り込むセールス・ロボットが珍騒動を巻き起こすドタバタSF。原題は、「セールス・トーク」「売り込み口上」の意味。

「**不屈の蛙**《かえる》」“The Indefatigable Frog” ファンタスティック・ストーリー・マガジン一九五三年七月号

ゼノンのパラドックスを下敷きにしたバカSF調の愉快なショートショート。ゼノンのパラドックスと呼ばれるものには、有名な〝アキレスと亀〟（アキレスはけっして亀を追い越せない）のほか、〝飛んでいる矢は静止している〟など、いくつもあるが、本篇では二分法のパラドックスが（意外なかたちで）使われている。

「**あんな目はごめんだ**」“The Eyes Have It” サイエンス・フィクション・ストーリーズ一九五三年一月号

ディックには珍しく、フレドリック・ブラウン風の言葉遊びを軸にしたユーモア掌篇。慣用句を文字どおり解釈するというネタは珍しくないが、恐怖と切迫感に満ちた語りが妙におかしい。

「**猫と宇宙船**」“The Alien Mind” ユバ・シティ・ハイ・タイムズ一九八一年二月

ファンだという高校生の求めに応じてハイスクールの校内新聞に寄稿した、ディック最晩年のショートショート。二、三時間で書き飛ばしたような小品ながら、大の猫好きだったディックらしい、皮肉な結末が効いている。一九八三年に出た『あぶくの城：フィリップ・K・ディックの研究読本』(三田格編/北宋社)に、「異星人マインド」のタイトルで仁賀克雄訳が掲載されている。

「スパイはだれだ」“Shell Game”ギャラクシー一九五四年九月号
宇宙船の事故によって異星に不時着した人々。何者かの破壊工作に怯え、疑心暗鬼に陥るが、やがて彼らの出自にまつわる意外な事実が明らかになる……。現実に対するディック的なオブセッションをストレートに描いたサスペンス。一九七三年にDAWブックスから出た初期短篇集 *The Book of Philip K. Dick* に収められた。本篇の世界を発展させて、長篇『アルファ系衛星の氏族たち』が書かれた。

「不適応者」“Misadjustment”サイエンス・フィクション・クォータリー一九五七年二月号
〝超能力者とは、みずからの妄想体系を実体化させる能力を持つ異常者である〟というディック的な発想に基づく超能力SF。〝造船植物〟のイメージがすばらしい。邦訳は、二〇〇二年にハヤカワ文庫SFから出たファン・ブック『フィリップ・K・ディック・リポート』が初出。ディックの邦訳短篇集にはこれが初収録となる。

「超能力世界」“A World of Talent”ギャラクシー一九五四年十月号
さまざまなタイプの超能力者の力を利用して地球からの独立を目指すプロキシマ第三惑星のコロニー。その中心は、〝でかぶつ〟と呼ばれる体重二百キロの三歳児だった……。

反能力者をめぐる第三章の議論は、『ユービック』にそのまままとりこまれている。

「ペイチェック」“**Paycheck**”イマジネーション一九五三年六月号

ディックのSFアクションを代表する秀作。ジョン・ウー監督、ベン・アフレック主演で二〇〇三年にハリウッド映画化され（邦題「ペイチェック　消された記憶」）、全世界で一億ドル近い興行収入を上げた。

「変数人間」“**The Variable Man**”スペース・サイエンス・フィクション一九五三年九月号

本書のトリは、時の流れを超えて過去からやってきた予測不可能の男コールが大騒動を巻き起こす波瀾万丈のアクションSF中篇。一九五七年に出た中篇集の表題作にも選ばれている。浅倉久志による『永久戦争』巻末解説にいわく、

「これを書いた当時の新進作家ディックは、まだA・E・ヴァン・ヴォクトの影響をもろに受けていたようで、スケールのでっかさ、息つくひまもないプロットの展開、もっともらしい疑似科学的説明、そして、悪玉のモノマニアックな性格までもがお師匠さまの作風そっくりである。もっとも、ヴァン・ヴォクト作品に比べて、はるかにすじが通っているところはさすがといえる」

編者略歴　1961年生，京都大学文学部卒，翻訳家・書評家　訳書『犬は勘定に入れません』『ブラックアウト』ウィリス　編訳書『トータル・リコール』ディック　著書『21世紀SF1000』（以上早川書房刊）他多数

HM=Hayakawa Mystery
SF=Science Fiction
JA=Japanese Author
NV=Novel
NF=Nonfiction
FT=Fantasy

ディック短篇傑作選

変《へん》数《すう》人《にん》間《げん》

〈SF1929〉

二〇一三年十一月十五日　発行
二〇一七年　九　月十五日　二刷

（定価はカバーに表示してあります）

著　者　フィリップ・K・ディック
編　者　大《おお》森《もり》　望《のぞみ》
発行者　早川　浩
発行所　株式会社　早川書房

郵便番号　一〇一 - 〇〇四六
東京都千代田区神田多町二ノ二
電話　〇三 - 三二五二 - 三一一一（大代表）
振替　〇〇一六〇 - 三 - 四七七九九
http://www.hayakawa-online.co.jp

乱丁・落丁本は小社制作部宛お送り下さい。
送料小社負担にてお取りかえいたします。

印刷・精文堂印刷株式会社　製本・株式会社川島製本所
Printed and bound in Japan
ISBN978-4-15-011929-4 C0197

本書のコピー、スキャン、デジタル化等の無断複製は著作権法上の例外を除き禁じられています。

本書は活字が大きく読みやすい〈トールサイズ〉です。